한국고전소설과 중국여성인물

韓國古典小說與中國女性人物

장곤(張坤)

중국해양대학교 한국어과를 졸업하고, 한국학중앙연구원 한국학대학원 국문학 전공에서 고전소설 연구로 석·박사 학위를 받았다. 현재 중국 연태대학교에서 강의하고 있다. 한국고전소설에서 나타난 중국 역사, 중국 인물, 중국 형상 등 중국적 요소에 마음에 두고, 한중 비교문학을 중심으로 한 연구에 전념하고 있으며 동아시아 고전학의 보편성과 독창성을 화두 삼아 공부하고 있다. 「〈최지원전〉 탄생담 재검토」(2015), 「〈몽옥쌍봉연록〉에 나타난 왕조 교체의 의미」(2015) 등 논문이 있다.

옛한글문헌연구총서 3
한국고전소설과 중국여성인물(韓國古典小說與中國女性人物)

초판 1쇄 인쇄 2018년 11월 5일
초판 1쇄 발행 2018년 11월 15일

지 은 이 장곤(張坤)
펴 낸 이 이대현

책임편집 임애정
편　　집 이태곤 권분옥 홍혜정 박윤정 문선희 백초혜
디 자 인 안혜진 홍성권
마 케 팅 박태훈 안현진

펴 낸 곳 도서출판 역락 / 서울시 서초구 동광로46길 6-6 문창빌딩 2층(우 06589)
전　　화 02-3409-2058 FAX 02-3409-2059
이 메 일 youkrack@hanmail.net
홈페이지 www.youkrackbooks.com
블 로 그 blog.naver.com/youkrack3888
등　　록 1999년 4월 19일 제303-2002-000014호

ISBN 979-11-6244-309-5 94810
979-11-6244-130-5(세트)

*정가는 뒤표지에 있습니다.

*잘못된 책은 바꿔 드립니다.

*이 도서의 국립중앙도서관 출판예정도서목록(CIP)은 서지정보유통지원시스템 홈페이지(http://seoji.nl.go.kr)와 국가자료공동목록시스템(http://www.nl.go.kr/kolisnet)에서 이용하실 수 있습니다.(CIP제어번호: CIP2018034483)

옛한글문헌연구총서 3

한국고전소설과 중국여성인물

韓國古典小說與中國女性人物

장곤(張坤)

역락

옛한글문헌연구총서를 내며

10여 년 전부터 한국학중앙연구원과 성신여대의 고전문학 전공자들이 모여서 서로의 관심사를 학문적으로 연구하고 토론하는 <한국고전서사문학회>를 자발적으로 운영해왔다. 아무도 관심을 가지지 않았지만, 그 안에서 이루어진 발표들은 속속 전문 학술지에 논문으로 실리는 성과로 이어졌다. 즐거움이 없는 것은 아니었지만, 우리들끼리만 공유하고 함께 한다는 아쉬움도 컸다. 이 연구 모임을 좀 더 확대하고 공개하고 싶은 욕심이 생겼다. 물론 여기에는 우리들의 모임이 시간이 흐름에 따라 처음에 가졌던 긴장감과 열정이 약해지고 있다는 자각도 있었다.

이에 새로운 연구회를 결성하기로 하였다. 이를 위해 먼저 연구회의 정체성에 대하여 진지하게 고민하였다. 지금까지 이어져 온 수많은 학회나 연구 모임과는 결을 달리해야 한다는 부담감이 짓눌렀다. 발의를 한 몇몇 사람들이 진지하게 머리를 맞대고 토의하고 논쟁하며 검토하였다. 그리고 마침내 '옛한글'을 핵심어로 상정할 수 있었다. 시기의 중심에는 조선을 놓았다. 조선 시대에 쓰였던 한글은 어휘나 표기, 표현 등에서 지금과는 많이 다르다. 결국, '옛한글'이라는 말은 현재 우리가 쓰고 있는 한글을 염두에 둔 어휘이다.

'옛한글'은 단지 국어학과 문학에서만 찾을 수 있는 것이 아니다. 역사, 철학, 고문서, 의학, 지리, 언해 등등 다양한 분야가 '옛한글'로 기록되어 있다. 이들 분야의 전문가들과 함께 학제간 연구를 통하여 '옛한글' 문헌들을 풀어낼 때가 왔다. 이러한 시의성을 고려하여, 연구회의 명칭을 <옛한글문

헌연구회>로 하였다. 특정 전공의 전유물이 아닌, 모든 학문 분과가 함께 할 수 있는 길을 열기 위해서이다. 이와 함께, '옛한글 문헌'의 내용을 일반 교양인들도 이해할 수 있도록 현대어로 번역해낼 필요성도 제기되었다. 연구 성과에 대해 학자들끼리만 즐기고 만족해하지 말자는 취지였다. 이렇게 함으로써, 탈초와 주석과 번역을 각각의 전문가가 협력하여 수행하는 일이 가능하게 되었다.

<옛한글문헌연구회>는 이러한 결과물을 지속적으로 산출해낼 것이다. 그리고 이것은 "옛한글문헌연구총서"와 "옛한글문헌자료총서" 시리즈로 출판될 것이다. 또한 "옛한글 강독회와 자료 발표회"를 한 달에 두 번 개최하여 '옛한글과 옛한글문헌'에 대한 이해와 해독 능력을 확산시키고자 한다.

비로소 한 발을 내딛었다. 앞으로도 지금의 시작하는 마음이 그대로 이어질 것이다. '옛한글'에 관심이 있는 모든 분들의 많은 참여를 기대한다.

옛한글문헌연구회 회장 임치균

머리말

한국 고전소설과의 공식적인 첫 만남은 2009년도에 이루어졌다. 물론 학부시절에도 한국 문학 수업이 있었지만, 당시에는 영웅소설, 판소리소설 등 몇몇 작품 유형의 존재 양상을 아는 정도에 불과했기 때문이다. 한국에서 한국 고전소설 수업을 듣게 된 필자는 첫 수업에서 지도교수 임치균 선생님께 <구운몽>의 인기가 작품성 때문인지 아니면 한국 고전소설의 효시라는 문학사적 위상 때문인지에 대해 당돌하게 여쭈었던 기억이 난다. 그때 임치균 선생님께서는 일단 작품을 읽어보고 스스로의 질문에 대한 답을 찾아보라고 하셨다. 첫 수업을 계기로 <구운몽>을 읽게 된 필자는 자신도 모르게 밥 먹는 것도, 잠자는 것도 잊고 단숨에 책을 읽어버렸다. 그때만 해도 작품에 내재된 사상이나 주제적 측면에 대한 깊이 있는 고민은 하지 못했지만 작품에 나타난 화려한 필치와 재미있는 스토리에 푹 빠졌던 것이다. 더불어 한 가지 눈에 띄는 점은 <구운몽>이 중국을 배경으로 하고 있을 뿐 아니라, 중국에 대한 다양한 지식을 담아내는 가운데 미지의 중국을 그럴싸하게 형상화하고 있다는 것이었다. 이후 필자는 '허구'와 '역사적 사실'을 혼합하여 만들어진 '중국' 혹은 '중국적 요소'들이 한국 고전소설에서 어떠한 역할을 담당하고 있는지에 대한 관심을 갖게 되었다. 그리고 이러한 관심은 공부를 하면 할수록 증폭되기에 이르렀다.

프랑스 비교문학자 Daniel-Henri Pageaux는 한 나라의 문학에 나타난 외국적인 요소 및 양상들을 "文學化 또한 社會化하는 과정에서 얻은 외국에 대한 인식의 총 결과물"로 해석한 바 있다. 다시 말해, 한국 고전소설에 나타난 중국적 요소들은 한국 고전소설이라는 문학 장르와 조선사회라는 외적 요인이 결합하여 나타난 결과라는 것이다. 그러한 까닭에 한국 고전소설에 나타난 중국은 실존하는 중국이기보다는 조선사회에서 재구성된 새로운 중국이라 할 수 있다.

필자는 이러한 관점에서 중국 여성 인물을 주인공으로 한 한국 고전소설을 연구하여 박사논문을 작성하였다. 부끄럽게도 이 책은 필자의 박사논문을 수정・보완한 것이다. 이 책은 창작 방식을 기준으로 하여 중국 여성 인물을 주인공으로 한 총 9종의 소설을 '번역형', '개작형', '창작형' 소설로 분류하여 검토하였다.

먼저, 번역형 소설에 속한 <매비전>, <당고종무후전>, <소소매전>, <소달기전>은 대개 원문에 충실한 번역양상을 보이지만 한편으로 번역자의 적극적인 개입에 의한 생략, 축약, 의역이 엿보이는 작품들이다. 이러한 양상은 원문 번역에 있어 당대의 사회・문화적 상황들이 영향을 미쳤음을 보여주는 것으로, 이들 작품의 주인공인 매비, 무측천, 소소매, 소달기는 원작의 모습을 보유하면서도 인물 형상에 있어 일정한 변화가 나타난다.

개작형 소설에 속하는 <한성제조비연합덕전>과 <양귀비>는 중국 원작에 부분적인 변형을 가하여 만들어진 작품들이다. 이러한 개작을 통해 각각의 인물형상은 더욱 입체적이며 조선의 풍토에 적합하게 변모되었다. 이에 따라 <한성제조비연합덕전>에서 여성의 부덕과 권선징악의 주제의식은 더욱 뚜렷하게 나타났으며, 활자본 소설인 <양귀비>는 상업

목적을 고려한 대중적인 작품으로 거듭날 수 있었다.

개작형 소설은 일정의 '다시 쓰기'라고 한다면 창작형 소설들은 "비판적 글쓰기"의 산물이라 할 수 있다. 다시 말해, 창작형에 속하는 작품들은 원작의 극히 일부만을 수용한 작품들을 가리킨다. 이러한 작품들은 대개 원작에 대한 비판이나 원작과는 다른 서사적 지향을 내포하고 있다. <난초재세기연록>은 환생구조를 통해 <공작동남비>의 주인공의 원한을 풀어주는 가운데 烈女에 대한 인식의 변화를 도모하고 있으며, <사시전>에서 서시는 紅顔禍水로서의 이미지를 벗고 나라를 구하는 여성호걸로 변모되었다. 더불어 <정목란전>의 목란에게는 '효' 뿐 아니라, '충'과 '열'의 이미지가 추가되어 유교적 이데올로기에 부합하는 조선 부녀자의 모범으로 변모하였다.

이처럼, 본서에서 살핀 중국의 여성들은 중국 역사 속의 인물들이지만 조선사회에서 그들의 삶이 소설화되는 과정에서 그들은 조선의 풍토를 띠는 인물들로 변형되었다. 이들 작품에 대한 연구는 한국 고전소설의 창작 기법을 살핀다는 점과 더불어, 변화된 중국 여성 인물들의 모습을 통해 당대 조선의 사회·문화적 풍토를 엿볼 수 있다는 점에서 연구사적 의의를 부여할 수 있을 것이라 생각한다. 더불어 필자는 본서가 하나의 본보기가 되어 향후 한·중 양국의 문화 및 학술교류에 공헌할 수 있기를 바란다.

지금까지 한국 고전소설을 공부하면서 많은 분들의 도움을 받았다. 백지 상태인 필자의 머릿속을 알록달록한 한국 고전소설의 색채를 입혀주신 지도교수 임치균 선생님께 먼저 머리 숙여 깊은 감사를 전한다. 임치균 선생님께서는 '師父'라는 말을 온몸으로 보여주신 분으로 필자에게 올

바른 학자의 모습과 학문적 열정을 보여주신 은사님이시자, 8년이라는 긴 외국 생활 동안 항상 따뜻한 배려를 해 주신 아버지 같은 분이시다. 또한 엄격한 가운데 애정을 갖고 박사논문을 심사해주신 신익철 선생님, 김병선 선생님, 신정수 선생님, 허원기 선생님, 그리고 박사논문을 완성할 수 있도록 격려해주신 김건곤, 조융희 선생님께도 다시 한 번 진심으로 감사의 말씀을 전한다. 더불어 학문의 길로 이끌어주신 중국 해양대학교 이해영 선생님께도 감사의 말씀을 전하고 싶다. 또한 학문적 기초를 다지는데 많은 도움을 주신 김인회, 이민호 선배님, 부족한 필자를 모든 면에서 너그럽게 포용해주신 강문종, 홍현성, 주수민, 오화 선배님, 그리고 박사논문 교정을 도와준 이후남 동학 및 다른 선후배님들께도 깊은 감사를 표한다. 마지막으로, 존재만으로도 힘이 되는 사랑하는 가족들에게 말로 다 형용할 수 없는 감사와 사랑을 전하고 싶다. 가족들의 격려와 응원이 없었다면 지금의 나는 분명 없을 것이라 확신하기 때문이다. 끝으로 책을 기쁘고 예쁘게 만들어주신 역락 이대현 사장님과 임애정 선생님께 진심으로 감사드립니다. 현재 필자는 중국 연태대학교에서 근무하고 있다. 사회에 발걸음을 내딛은 지 얼마 되지 않은 필자는 벌써부터 '선배가 꿈속에 나타나 공부 안 하냐고 훈계를 하던 유학 시절'이 그립다. 그때처럼 아무런 잡념 없이 선후배와 더불어 공부하는 시간이 다시 올 수 있을지 모르겠지만 한국 유학시절에 대한 감사와 그리움을 안고, 현재의 위치에서 한국 문화 전파에 미력이나마 보탤 수 있는 학자가 되고자 끊임없이 노력하겠다.

처음으로 강단에 오른 2018년 가을에

烟台大學校 三元湖 옆에서 저자 씀.

차례

제 2 부 개작형 소설과 중국여성인물

제 3 부 창작형 소설과 중국여성인물

들어가며

1.

한국고전소설은 조선시대에 이르러 성장과 발전을 이룰 수 있었다. 특히 현존하는 대부분의 작품들은 조선 후기에 창작되었다. 이들 작품들은 조선사회의 다양한 풍토와 조선인들의 인식 세계를 담았다고 할 수 있다. 그런데 특징적인 것은 조선에서 창작된 소설에서 상당히 많은 부분은 중국과의 관련성을 가지고 있다는 점이다. 일단 작품 배경만 하더라도 상당수 작품들에 있어서 중국의 특정 시대와 장소가 등장해 입체적이고 다채로운 중국 양상을 형상화하였다.

프랑스 비교문학자 Daniel-Henri Pageaux는 한 나라의 문학에 나타난 외국적인 양상들을 "文學化 또한 社會化하는 과정에서 얻은 외국에 대한 인식의 총 결과물"[1)]로 해석한 바 있다. 다시 말해, 한국 고전소설에 나타난 중국의 양상은 한국 고전소설이라는 문학 장르와 조선사회라는 외적

---

1) Pierre Brunel 편, 『Precis de Littérature Comparée』, Presses Universitaires de France, 1989, 135쪽.(孟華 編, 『比較文學形象學』, 北京大學出版社, 2001, 4쪽 재인용).

요인이 결합하여 나타난 결과라는 것이다. 그러한 까닭에 한국 고전소설에 나타난 중국은 실존하는 중국이기보다는 조선사회에서 재구성된 새로운 중국이라 할 수 있다. 이러한 맥락에서 출발하여 학계에서는 고전소설을 통해 조선인의 명·청에 대한 인식,[2] 강남 이미지에 대한 고찰,[3] 명나라의 정난지변에 대한 의식[4] 등 다양한 각도에서 中國觀을 살펴보기도 하였다.

그러나 시공간 배경뿐만 아니라 한국고전소설의 거의 모든 작품에 중국의 실존 역사 인물이 등장하기도 한다. 이들은 太任이나 太姒, 太姜 등과 같이 여성 주인공의 부덕을 강조하기 위해 관습적이고 상투적인 인물도 있다. 또한 남자 주인공의 뛰어난 영웅성과 능력을 드러내기 위하여 관우, 이태백, 왕희지 등을 거론하기도 한다. 이들 인물들은 작품 전개에 직접적으로 관여하지 않는다. 반면 중국의 실존 역사 인물이 작품의 서사전개에 깊숙이 관여하기도 한다. <문장풍류삼대록>의 소소매를 예로 들 수 있다. 소동파 가문을 그린 이 작품에서 여성 인물 소소매가 주인공은 아니지만 작품의 한 축을 담당한다. 이 작품에서 소소매는 才貌를 겸비한 여자로 등장하며, 부덕과 여공을 중요시한 전통적인 대가규수의 모습과 대비되는 문식이 있는 여성으로 표상된다.[5]

---

2) 강상순, 「한국 고전소설 속 중국 배경과 중국 인식」, 『고전과 해석』 15, 2013.
주수민, 「고전소설에 나타난 중국인식 연구-원·청 배경 작품을 중심으로>」, 한국학중앙연구원, 박사논문, 2016.

3) 박계옥, 「한국 <사씨남정기>에서 중국 강남 이미지 연구」, 『고전과 해석』 15, 2013.
박일용, 「한국 고전문학에 나타난 중국의 강남(江南) 체험과 강남 형상」, 『한국고전연구』 28, 2013.

4) 박영희, 「長篇家門小說의 明史 수용과 의미-정난지변을 중심으로」, 『한국고전연구』 6, 2000.
김동욱, 「고전소설 정난지변 수용 양상과 그 의미」, 『고소설 연구』 41, 2016.

5) 홍현성, 「<문장풍류삼대록>에 나타난 여성 인식과 의미」, 『장서각』 21, 2009. 이밖에 남성들도 이와 유사한 존재로 등장하는 경우가 적지 않다. 이에 대해서는 임치균, 「18세기 고전 소설의 역사 수용 일양상 -<옥환기봉>을 중심으로-」, 『한국고전연구』 8, 2002 참조.

나아가 중국 실존인물들을 주인공으로 한 작품들까지 등장한다. 송나라 寇準을 주인공으로 한 <寇萊公貞忠直節記>, 명나라 范仲淹을 주인공으로 한 <范文正公忠節言行錄>, 당나라의 명장 李晟을 다룬 <화산기봉> 등이 그 예이다. 이 작품들은 역사적 사실에 바탕을 두면서도 새로운 내용이 추가되었다. <구래공정충직절기>, <범문정공충절언행록>, <화산기봉>은 구준, 범중엄, 이성의 일부 사적만 수용했을 뿐이며, 전편의 내용은 한국의 서사 기법으로 창작한 허구적인 작품이다. 이러한 작품의 출현은 중국 인물에 대한 단순한 수용을 넘어서 중국 인물의 '朝鮮化'를 의미한다. 즉, 이들 작품의 주인공인 중국 인물은 중국 실존 인물이기도 하지만, 한국의 생활과 정서를 반영한 한국식 인물이기도 하다는 말이다. 따라서 이러한 작품은 중·한 양국의 학계에 높은 연구 가치를 지닐 수 밖에 없다.[6]

2.

소설을 道聽塗說로 여겨지는 조선사회에서 소설은 남성사대부에게 꾸준히 배척되었던 문학 장르지만 여성과 깊은 연관성을 지니고 있다. 여성들이 소설의 주요 독자층이며 소설의 유통과 창작에도 적극 참여하였다. 또한 여성들은 직접 소설을 필사하기도 하며 창작하기도 하였다.

이런 이유에서인지 중국 여성 인물을 주인공으로 한 소설 작품은 매우

---

6) 중국 학계에 있어서, 중국 인물의 해외 전파 양상을 살피는 데에 중요한 증거물이며, 한국 학계에 있어서 중국 인물을 재해석하는 과정에서 조선인이 지닌 창조적인 소설 창작 능력을 획득하는 중요한 자료이기도 한다.

다양하게 나타났다. 문식이 뛰어난 蘇小妹, 남장한 여성 영웅의 최초 대변자 木蘭, 하층민의 여성 영웅을 대변한 西施, 봉건적 이념의 억압으로 원사하였다가 다시 보상을 받은 蘭芝, 그리고 정권을 휘두르는 武后, 황제를 현혹하는 蘇妲己, 음탕한 楊貴妃 등 다양한 중국 여성 인물을 다룬 작품들이 현존하고 있다. 이들 여성 주인공들 가운데 역사에서 부정적 평가를 받는 인물들이 대부분을 차지한다는 점은 특기할 만하다.

물론 이렇게 다채로운 중국 여성상을 보여주는 것도 눈여겨볼 만하지만, 그보다 더 중요한 것은 이들 작품은 단순한 수용의 측면에만 멈추지 않고 한국식으로 변용시켰다는 점이다. 그 의미는 이들 여성은 중국의 역사 인물이지만, 한국식 서사 기법을 활용한 가공을 통해 이미 조선의 특색을 띠게 되며 조선의 풍토와 문화를 담고 있는 새로운 여성인물이 되었다는 것이다.

이에 본서는 중국 여성 인물을 중심으로 한 고전소설을 대상으로 그 특징을 살펴보고자 한다. 蘭芝를 주인공으로 한 <난초재세기연록>, 梅妃를 중인공으로 한 <매비전>, 武后를 주인공을 한 <당고종무후전>, 趙飛燕을 주인공으로 한 <한성제조비연합덕전>, 木蘭을 주인공으로 한 <정목란전>, 西施를 주인공으로 한 <서시전>, 蘇小妹를 주인공으로 한 <소소매전>, 蘇妲己를 주인공으로 한 <소달기전>과 <달기전>, 楊貴妃를 주인공으로 한 <염정 양귀비>는 그것이다.

이들 작품에 대한 연구는 그리 많지 않다. 오직 몇몇의 작품이 개별 작품론으로 연구되었을 따름이다. 따라서 작품에 대한 구제척이고도 전반적인 고찰이 필요하다.

3.

중국 여성 인물을 주인공으로 형상화된 고전소설의 형성 과정은 매우 다양하다. 그 형성 과정에 따라 작품의 특징과 주인공의 변모양상이 다르기 때문에 그들의 형성과정을 살펴보는 것이 가장 먼저 수행해야 할 작업이라 생각한다. 이를 분류하면 대략 세 가지로 나눌 수 있다. 실존 여성 인물이 등장하는 중국의 원전을 그대로 번역하는 경우, 중국의 원전을 수용하면서도 변용시킨 경우, 실존 인물의 이야기를 소재로만 삼아 새로 창작한 경우가 그것이다. 따라서 연구에 앞서 분류 기준을 명확하게 제시하고 적당한 용어로 명명해야 할 필요성이 있다.

번역이란 첫째로 의상으로, 둘째로는 문체상으로 원어 메시지를 역어로 가장 가깝고 자연스러운 등가로 재생산해낸 것이다.[7] 번역은 단순이 양국 언어 측면의 이동뿐만 아니라 해당 문화권의 문화, 민족 등과 긴밀한 관계를 지닌다. 따라서 번역하는 과정에서 줄이고, 보태고 고치는 창조적인 활동이 이루어지며 역어 나라의 상황에 맞게 번역하게 된다. 그렇지만 아무리 변화를 가하더라도 기본적인 줄거리를 유지하기 때문에 새로운 인물과 배경의 첨가가 없다. 이처럼 번역의 기준은 상대적으로 명확하다. 이에 번역을 통해 형성된 작품들은 번역형 소설로 명명하겠다.

창작은 새로운 작품을 독창적으로 지어내는 행동을 말하는데, 중국의 역사, 인물, 배경 등을 활용할 수 있으나 결국은 한국식의 서서기법으로 새롭게 지어낸 것이다. 이는 번역과 명확한 구분이 가능하기 때문에 창작형 소설이라 부르겠다.

---

7) E.A. Nida& C.R.Taber, 『The Therry and Practice of Translation』, leiden, brill, 1969, p.12. (김효중, 『번역학』, 민음사, 1998, 19쪽 재인용)

문제되는 것은 창작과 번역 사이에 처한 일군의 작품들이다. 이들은 번역 방식과 창작 방식을 겸용하고, 원전 작품을 수용하면서도 변용을 가하였다. 필자는 이들 작품을 개작형 소설이라 칭한다. '작품이나 원고 따위를 고쳐 다시 지음'의 辭典적인 의미에 충실할 때, 개작은 원작을 고쳐 다시 쓰는 것을 의미한다. 다시 말하면 개작은 '원작의 줄거리를 유지하면서도 새로운 내용 혹은 새로운 서사기법을 통해 다른 문제의식을 가진 작품'인 것이다.

이처럼, 번역, 개작, 창작의 개념은 결국은 중국 원전과의 관계를 기준으로 분류한다. 요약하자면, 원전의 줄거리를 유지하는 전제 하에 인물이나 사건에 변용이 있을 수 있지만 새로운 내용의 추가가 없는 소설이 번역형 소설이다. 반면 원전의 줄거리를 유지하되 부분적으로 새로운 내용과 서사기법의 추가가 이루어진 것은 개작형 소설이라고 하겠다. 원전의 내용이 하나의 소재로 존재하면서 전혀 새로운 작품으로 만들어진 것이 창작형 소설이다.

제1부

번역형 소설과 중국여성인물

제1장

〈艶異編〉과 〈매비전〉, 〈당고종무후전〉

1. 서론

한글필사본 <매비전>, <한성제조비연합덕전>, <당고종무후전>은 아단문고[1]에 수장되어 있으며 한 책에 필사되어 있다. 그들의 주인공은 각각 매비, 조비연, 그리고 무후이다. 그러나 이 세 여성 인물이 역사적으로 등장했던 시대가 제각기 다르며 인물의 성격도 전부 다르다. 즉 어떠한 측면에든 이들 세 사람은 아무런 연관관계가 없다. 그렇다면 누가 왜 이 세 작품을 번역하고 필사하여 같이 묶어놓았는지를 살펴볼 필요가 있다. 유희준 · 민관동의 선행연구에서는 정확한 답을 찾을 수 없으며 다만 사랑, 그것도 황실의 사랑이란 공통적인 특징을 가지고 있다고 지적

1) 아단문고는 아단(雅丹) 강태영 여사가 각별한 애정과 관심으로 수집한 고전적과 근현대 문학 자료를 바탕으로 설립되었다. 1985년부터 한국 전통문화의 토대를 마련한 전적 자료를 수집하기 시작했고, 1989년부터는 저명 문인들의 친필과 유품 등을 기증받았다. 2005년에 재단법인 아단문고를 설립하면서 명실상부한 한국학 박물관과 자료실로 거듭나게 되었다. 재단법인 설립 이전의 아단문고가 자료의 수집과 정리, 보관에 역점을 두었다면, 재단법인 설립 이후에는 전시 기획과 열람 기능, 학술 연구 업무, 자료 발간 사업 등으로 영역을 확장함으로써 국내 유수의 한국학 박물관과 자료실로 발전해가고 있다.

하였다. 또한 아마 陶宗儀의 <說郛>를 대본으로 <매비전>을 번역했을 가능성이 크며 궁이나 사대부가에서 읽혔고, 필사자도 여성일 가능성이 높다고 판단하였다.[2)]

그러나 <매비전>은 <說郛> 외에도 여러 전기소설집에서 수록되었기에 단순히 <說郛>가 조선에 유입되었다는 사실만으로 <매비전>이 <說郛>를 대본으로 번역한 것이라는 추측은 설득력이 좀 부족한 듯하다. 또한 <說郛>에는 <매비전>의 원문이 끝난 후에 贊과 跋文이 있는데 한글본 <매비전>에는 贊만 있고 跋文이 없다. 그렇다면 <설부>가 아니라 다른 원전을 대본으로 했을 가능성도 열어두어야 한다.

또한 <매비전>은 <한성제조비연합덕전>, 그리고 <당고종무후전>과 같이 한 책으로 묶였다는 특징을 지니고 있다. 이 특징을 제쳐놓고 오직 <매비전>을 고려한다면 중요한 사실을 놓칠 수 있다. 따라서 이 글에서 먼저 세 작품의 특징을 통틀어서 살펴보겠다.

2. 〈艶異編〉의 전래와 수용

아단문고에 소장된 이 책에는 <매비전>, <한셩뎨조비연합덕젼>, <당고종무후뎐>의 순서로 필사되었다. 그 서지 사항은 다음과 같다.

<매비전>의 본문은 총18장으로 되어 있고, 페이지당 13행, 행 당 18~22자, 흘림체로 필사되어 있다.

그리고 본문이 끝난 페이지(그림 1)에 <매비전>에 나온 시를 다시 한자로 정리하였다. 그렇지만 중국원전과 비교하면 동일하지 않다.

---

2) 유희준 · 민관동, 「<매비전>의 국내유입과 번역양상」, 『비교문학』 27, 2010.

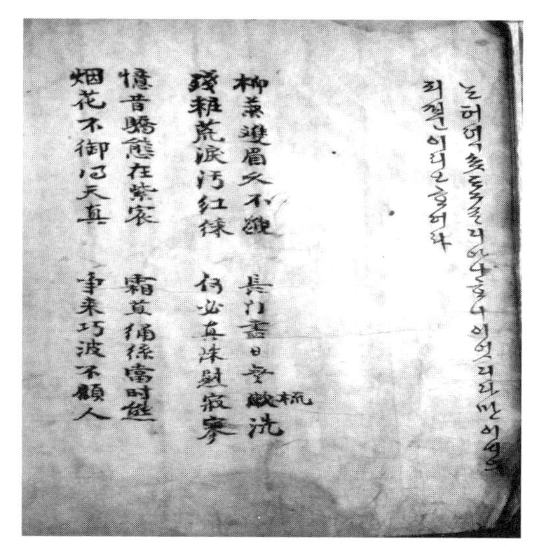
柳葉雙眉久不貌 長門盡日無梳洗
殘粧荒淚汚紅綵 何必眞珠慰寂寥
憶昔驕態在紫宸 霜茸稱係當時態
烟花不御得天眞 爭來巧波不顧人

〈그림 1〉

<梅妃傳> 原典에 있는 한시

柳葉雙眉久不描　殘妝和泪汚紅綃　長門盡日無梳洗　何必珍珠慰寂寥

한글본 <매비전>의 본문 안에 있는 한시

뉴엽빵미구불모ᄒᆞ니 잔장황누오홍최라 장문진일무소세ᄒᆞ니 하필진주위적뇨요[3)]

한글본 <매비전>의 본문 뒤에 있는 한시

柳葉雙眉久不貌　殘妝荒泪汚紅綵　長門盡日無梳洗　何必眞珠慰寂寥

<梅妃傳> 原典에 있는 한시

憶昔嬌妃在紫宸　鉛華不御得天眞　霜綃雖似當時態　爭奈嬌波不顧人

3) <매비전>, 11쪽.

한글본 <매비전>의 본문 안에 있는 한시

억석교비지ᄌ신ᄒᆞ니 연화불어득천진이라 상초수ᄉᆞ당시티나 쟁내교파불고인고[4)]

한글본 <매비전>의 본문 뒤에 있는 한시

憶昔嬌態在紫宸　烟火不御得天眞　霜草◇[5)]絲當時態　爭來巧波不顧人

중국 원전과 <매비전> 한시의 차이점을 정리하면 다음과 같다.

〈표 1〉

원전	한글본 원문	한글본 원문 뒤
描	모	貌
和	황	荒
綃	쵀	綵
珍	진	眞
妃	비	態
鉛華	연화	烟火
綃	초	草
雖	수	◇
似	ᄉᆞ	絲
奈	내	來
嬌	교	巧

표에서 정리된 내용을 통해 중국 원전과 한글본 본문 뒤에 있는 한시의 음이 같고 글자가 다르다는 것을 확인할 수 있다. 다른 양상이 보인

4) <매비전>, 11쪽.
5) 원문에 있는 글자가 무슨 글자인지 판독하지 못하여 ◇로 표시함.

것은 중국 원전에 있는 '妃'자를 '態'자로, '綃'자를 綵로 적은 부분이다. 전자의 이유는 아마 한글본에 '비'자를 '틔'자로 잘못 인식한 탓인 듯하다. 후자는 綃자 음인 '초'+'ㅣ'(주격조사)를 '취'로 오식한 것 같다.

따라서 중국 원전과 비교한 결과 한글본 <매비전> 본문 뒤에 있는 한시는 필사자가 원전 <梅妃傳>을 보고 직접 필사한 것이 아니며 한글본 <매비전>을 보고 한글 음을 통해서 한시를 복원하려고 시도한 결과이다.

앞의 두 구절과 뒤의 두 구절이 필체는 같지만 글자 크기가 다르기 때문에 이 시구가 한편의 시인지 아니면 2구절씩으로 이루어진 다른 시편인지 확정지을 수 없다. 다만 才情, 心地, 忠孝, 讓廉을 강조하는 것을 통해 볼 때 문식이 있는 유학자가 지은 듯하다. <東文選> 17권을 보면 李那가 아들에게 써준 교훈시에 "萬事不求忠孝外, 一朝名譽達吾王"이라는 비슷한 구절이 있다. 또한 <鵝溪遺稿> 제1권에도 "萬事不求忠孝外, 一身空老是非間" 라는 유사한 내용이 있다. 더 재미있는 부분은 <松川遺集>의 제4권 <書・又答眉巖>에 "每誦朱夫子萬事不求忠孝外之句以警之"라는 말이 있는데 朱夫子는 朱熹를 가리키는 것이며 "萬事不求忠孝外"는 주희의 말로 인식하고 있는 듯하다.

이어서 다음 페이지(그림 2)에는 출처를 알 수 없는 한시 4구절 밑에 수결(手決)이 나타난다.

才情橫益文同海　心地光明月在天
萬事不求忠孝外　一身都在讓廉間

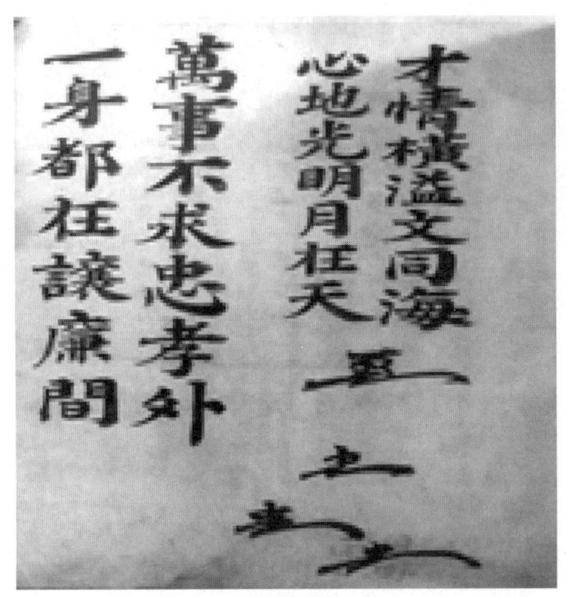

〈그림 2〉

그 다음 페이지(그림 3)에도 필체가 다른 한시 한편과 2구절이 적혀 있다. 오른쪽의 한시는 <剪燈新話>에 있는 <令狐生冥夢錄>에서 나온 것이다. 그후 凌濛初의 <二刻拍案驚奇>에도 개편시로써 이 시를 인용한 적이 있다. 그 원문은 다음과 같다.

一陌金錢便返魂　公私隨處可通門
鬼神有德開生路　日月無光照覆盆
貧者何緣蒙佛力　富家容易受天恩
早知善惡都無報　多積黃金遺子孫

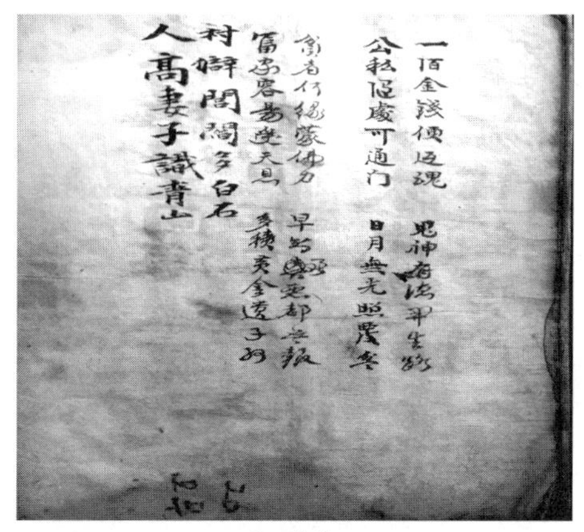
村僻閭閻多白石
人高妻子識青山

〈그림 3〉

여기서 볼 수 있듯 이 한시는 한글본 <매비전>에 등장하는 시와 일치한다. 따라서 이 한시의 필사자는 중국소설을 애독하는 독자임을 알 수 있다. 그렇지만 왼쪽에 있는 필체가 다른 두 구절인 '村僻閭閻多白石 人高妻子識青山'의 출처가 불분명하다.

<그림 3>의 다음 페이지는 바로 <한셩뎨조비연합덕전>으로 이어진다. "한셩뎨조비연합덕전"이라는 국문 제목으로 시작하며, 흘림체로 페이지당 13행, 행당 18~22자, 총 23장으로 필사되고, 본문이 끝난 다음 페이지(그림 4)에 역시 한시 6구절이 있다. 앞의 4구절의 필체가 뒤 2구절과 다르며 글자 크기도 다르기 때문에 아마도 앞의 4구절은 칠언절구 한편이며 뒤의 2구절은 다른 시편의 내용이다.

梧桐月入懷中照

楊柳風來面上吹

一片雲山摩語業

四時花鳥杜陵詩

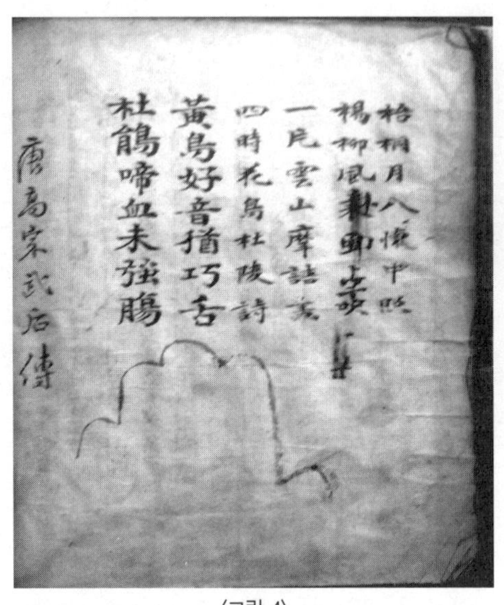

〈그림 4〉

이 한시는 송나라 시인 邵雍의 <首尾吟>의 일부분만 인용해서 재창작한 것으로 보인다. <首尾吟>의 원문은 다음과 같다.

> 堯夫非是愛吟詩　雖老精神未耗時　水竹清閒先據了　鶯花富貴又兼之
> 梧桐月向懷中照　楊柳風來面上吹　被有許多閒捧擁　堯夫非是愛吟詩

여기서 볼 수 있듯이 '梧桐月入懷中照 楊柳風來面上吹'는 邵雍의 <首尾吟>의 제5·6구와 한 글자 외에 동일하다. 따라서 이 한시의 작자는 邵雍의 시를 보고 摘句하여 다시 창작한 것으로 추측된다.

이 한시 뒤에 있는 '黃鳥好音猶巧舌 杜鵑啼血未强腸' 두 구절의 글씨가 앞의 것과 다르기 때문에 그 출처는 알려지지 않았다. 또한 시구 밑에 왼쪽 손 모양을 그대로 그려서 수결을 대신하였다. 그리고 이 페이지의 왼쪽에 다음 작품인 <당고종무후뎐>의 한자 제목 '唐高宗武后傳'이 적혀 있다.

<그림 4>에서 다음 페이지로 넘어가 국문 제목인 '당고종무후전' 및 작품이 이어진다. 이는 역시 흘림체로 페이지 당 13행, 총 22장으로 필사되어 있다. 본문이 끝난 후 이 책을 수장한 白淳在의 장서인 '白淳在藏書'(그림 5)가 찍혀 있다.

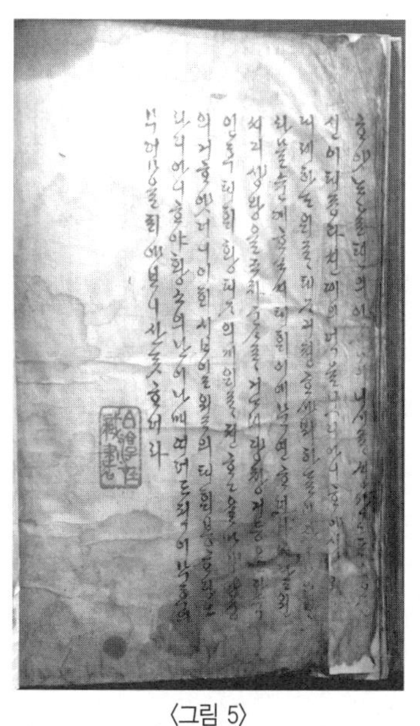
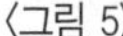
〈그림 5〉

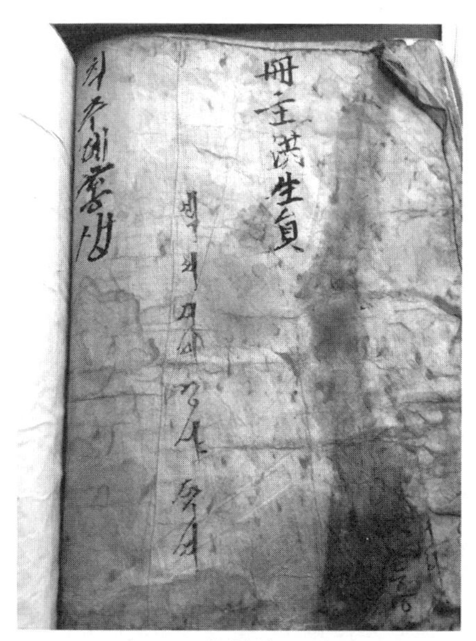

〈그림 6〉

그 다음 페이지 즉 이 책의 뒤표지(그림 6) 안쪽 면의 오른쪽에 '冊主洪生員', 중간에 '빅셔지세강샤작서', 그리고 왼쪽에 '칙주에홍싱'이라고 적혀 있다. 필사시기를 추정할 수 있는 필사기는 없다.

이상 정리한 서지사항을 통해서 몇 가지 정보를 얻을 수 있다.

첫째, <매비전>, <조비연합덕전>, <당고종무후전>의 본문 내용은 같은 필체를 가지고 있어 동일한 필사자에 의하여 필사되었다.

둘째, 이 책은 홍생원에게 수장되어 있다가 다시 藏書家 白淳在의 손으로 넘어갔다. 홍생원이 누군지 확인할 길이 없지만 白淳在(1927~1979)는 서울고 국어교사이며 장서가이고 서지학자이다. 그의 장서는 아단문고에 의하여 입수되었으며 현재 아단문고에 소장되어 있다. 따라서 현재 아단문고에 소장된 이 책의 마지막 개인 소유자가 백순재임을 알 수 있다.

셋째, 이 책에 쓰인 한시는 각각 다른 필체를 지니고 있으며 수결도 두 종류가 있다. 따라서 이 책의 한시들은 여러 사람을 통해서 필사됐을 것이다. 한시의 출처를 통해서 볼 때 한시의 필사자가 중국 소설이나 중국 한시에 대해 잘 아는 사람이거나 한시를 지을 수 있는 문식이 있는 사람인 것 같다. 또 이 책의 주인 홍생원까지 포함해서 여러 한시의 필사자가 남성인 것으로 볼 때 이 책은 여러 남성에게 읽혔다.

그렇다면 이 세 작품은 어떻게 한국에 전파되었으며 또한 어떻게 한 책에 묶이게 되었는지를 살펴볼 필요가 있다. <매비전>은 중국 전기소설 <梅妃傳>을 번역한 작품임이 이미 선행연구[6]에서 밝혀졌다. 이 작품은 당나라 매비의 생애를 다루면서 그와 당명황의 사랑이야기, 그리고 양귀비까지의 삼각관계를 핍진하게 그려낸 작품이다. 중국에서 <梅妃傳>에 대한 첫 번째 언급은 南宋시대 尤袤의 <遂初堂書目>에 있으며 가장 이른 시기에 보인 원문은 元나라 말기 陶宗儀의 문집인 <說郛> 제38권에 있다. 그리고 <梅妃傳>의 본문 뒤에 贊과 跋文이 있다. 이 작품은 송나라 시기 대표적인 전기소설로서 후대에 여러 문집에 거듭 수록되었다. <顧氏文房小說>, <綠窓女史>, <五朝小說>, <唐人說薈>, <唐代叢書>,

---

6) 유희준・민관동, 앞의 논문.

<藝苑捃華>등 문집에도 수록되었지만 오직 <艶異編>과 <情史>에 발문을 삭제한 후 수록되었다.[7] 다시 말하면 <說郛>보다 <艶異編>과 <情史>에 있는 <梅妃傳>이 아단문고에 소장되어 있는 한글본 <매비전>과 더 가깝다.

이어서 <한셩뎨조비연합덕젼>의 상황을 살펴보겠다. <한셩뎨조비연합덕젼>은 한나라 조비연, 조합덕, 그리고 한성제의 사랑 이야기를 다룬 작품이다. 중국에는 <漢城帝趙飛燕合德傳>이라는 동명 작품이 없다. 그렇지만 <漢書> 등 사적 외에 조비연이나 조합덕을 주인공으로 한 <趙飛燕外傳>, <趙飛燕別傳>이라는 전기소설들이 있다. 이들 자료와 한글본 <한셩뎨조비연합덕젼>을 비교해보면, <한셩뎨조비연합덕젼>은 <趙飛燕外傳>, <趙飛燕別傳>, 그리고 <漢書・外戚傳>의 내용이 합쳐진 것으로 보인다. <趙飛燕外傳>, <趙飛燕別傳>이 들어 있는 문집이 여럿이 있지만, 한글본처럼 <漢書・外戚傳>의 내용까지 함께 수록된 문집은 오직 <艶異編>뿐이다.

<당고종문후뎐>은 당고종의 황후 무측천의 생애를 다룬 작품이다. 중국에서 역시 동명의 작품을 찾아볼 수 없다. 무측천을 주인공으로 한 소설이 무척 많은데 그 내용을 비교해보면 <당고종문후뎐>은 전기소설인 <武后傳略>을 번역한 작품임을 알 수 있다. <武后傳略>은 <新唐書>의 내용과 野史, 그리고 唐傳記의 내용을 바탕으로 창작된 소설인데 현재 <艶異編>에서만 그 원문을 확인할 수 있다.

이상의 내용을 종합해보면, <매비전>, <당고종무후전>은 각각 중국소설 <梅妃傳>과 <武后傳略>을 번역한 작품이며, <한셩뎨조비연합덕

---

7) 石昌渝,『中國古代小說總目提要・文言文篇』, 山西教育出版社, 2004, 287쪽.

전>은 <漢書・趙皇后傳>・<趙飛燕外傳>・<趙飛燕別傳>의 내용을 합쳐 다시 창작한 작품이다. 무엇보다도 이들 중국 작품은 공통적으로 <艷異編>에 수록되어 있는 점이 중요하다. 따라서 한 책으로 묶은 <매비전>, <한성데조비연합덕전>, <당고종무후전>은 <염이편>을 저본으로 번역했을 가능성이 높다.

<염이편>은 명나라의 文言소설집인데 현존하는 판본은 대략 세 계열로 나눌 수 있다.[8)]

계열A: 王世貞系列
45권, <艷異編>, 중국국가도서관 소장.
40권, <新鐫玉茗堂批選王弇州先生艷異編>, <續艷異編> 19권과 합간, 上海古籍出版社에서 편찬된 <古本小說成>에 영인.
12권, <玉茗堂摘批王弇州先生艷異編>, 북경도서관 소장.

계열B: 僞王世貞系列①
57권본 <艷異編>
53권본 <艷異編>

계열C: 僞王世貞系列②
12권 國家圖書館 <艷異編>
12권 <安雅堂重校古艷異編>

계열A의 45권은 왕세정이 지은 것이며 가장 이른 시기의 <염이편>이고 대개 1544~1566년간 출판되었다. 40권은 45권의 일부분만 발췌해서 재정리한 것이며 1627년 이후에 간행되었다.[9)] 12권은 45권의 부분을

---

8) 任明華, 「略論<艷異編>的版本」, 『明淸小說硏究』 119, 2016, 164~173쪽.

발췌하면서도 부분적으로 40권의 내용과 일치한다.[10)]

계열B와 계열C는 왕세정이 지은 것이 아니라 書房主가 왕세정의 이름을 위탁하여 지은 것인데 내용은 원작인 45권과 크게 다르다. 계열B는 1605~1637년 사이에 출현되었고 계열C는 1634년 이후에 출간되었다.[11)]

善本인 계열A 45권 <염이편>을 기준으로 볼 때 이 작품은 星, 神, 水神, 龍神, 仙, 宮掖, 戚里, 幽期, 冥感, 夢遊, 義俠, 徂異, 幻術, 妓女, 男寵, 妖怪, 鬼등 十七部로 분류하고 총 431篇의 작품을 수록하였다. 이 글에서 다룰 <梅妃傳>, <漢書 · 趙皇后傳> · <趙飛燕外傳> · <趙飛燕別傳>, 그리고 <武后傳略>은 45권과 40권에만 있다.

<염이편>은 이른 시기에 조선으로 전파되어 조선의 독자들이 즐겨 읽는 소설로 주목을 받았다. 우선 허균의 <惺所覆瓿藁 · 閑中錄>의 '遊興'에서 그 예를 찾을 수 있다. 허균은 滕達道의 꽃구경 이야기를 제시하면서 그 출처로 <염이편>을 언급하였다.

> 滕達道 錢醇老 孫莘老 孫巨源 同在館中 花時 各歷數京師花最盛處(…中略…) 莘老嘗語人云 平生看花 只此一處 艷異編.[12)]

허균은 1610년에 병에 걸려 세상일을 사절하고 문을 닫고 손님을 만나지 않으면서 긴 해를 보낼 방법이 없다고 생각하여 <한중록>을 지었는데, 매우 간략하였다. 그 후에 중국에서 사천여 권을 구입하여 봤는데 그 가운데 閑情에 관한 부분을 표시하여 나중에 재정리하려고 마음먹었

---

9) 王重陽, 「<艷異編> 硏究」, 南開大學校 碩士論文, 2007, 9쪽.
10) 임명화, 앞의 논문, 165~166쪽.
11) 위의 논문, 167~173쪽.
12) 許筠, <惺所覆瓿藁 · 閑中錄>, 한국고전번역원DB 참조.

다가 시간이 없어서 못하였다. 그런데 1617년에 남에게 고발을 당해 죄인이 되어 시간의 여유가 생기면서 두렵고 놀란 정황에 깊은 시름을 떨쳐버리려고 옛날에 표시했던 책을 재정리할 수 있게 되었다.

허균이 중국 북경에 가서 사천여 권의 책을 사들였던 시기는 甲寅年(1614년)과 乙卯年(1615년)이었다. 그리고 그 책 目錄에 <艶異編>이 있다.

> 甲寅乙卯兩年 因事再赴帝都 斥家貨購得書籍幾四千餘卷… (中略) … 林居漫錄 艶異編耳談類林 避暑餘話 太平淸話 玄關雜記 河南師說 西湖遊覽記等[13)]

위 내용을 통해 볼 때 <염이편>은 늦어도 1614~1615년에 조선에 유입되었다. 이 외에도 <염이편>은 다른 문헌 기록에서 거듭 이야기되었다. 정태제(1612~1669년)는 자신이 창작한 <천군연의>의 서문에서 <염이편>에 대하여 언급하였다.

> 近世小說雜記 行於世者固多 而以其中表著者言之 來自中國者剪燈新話 艶異編 出於我東者鍾離葫蘆 禦眠楯等書 非鬼神怪誕之說 則皆男女期會之事 其不及諸史遠矣[14)]

정태제는 중국의 <전등신화>, <염이편>을 제시하면서, 남녀의 만남을 다루었는데 역사서보다는 못하다고 비판하였다. 물론 정태제는 <염이편>을 비판하고 있지만 그 내용을 알고 있으므로 이미 <염이편>을 읽었을 가능성이 높다.

그 후 1762년에 完山 李氏의 <中國小說繪模本>[15)]의 서문에도 <염이

13) 許筠, <惺所覆瓿稿・閑情錄>, 凡例. (정용수(2013), 「국색천향의 통속적 성격과 조선유입의 의미」, <석당논총> 57, 동아대학교 석당전통문화연구소, 17쪽에서 재인용.)

14) 정태제, <천군연의>, 한남서림, 1917, 4쪽(서문).

편>을 언급한 부분이 있다.

> 槩其條目之大則 曰 開闢演義 (…中略…) 其條目之小則 曰 留人眼 曰 西湖佳話 曰 人中畵, 曰 禪眞後事史 曰 剪燈叢話 曰 文苑楂橘 曰 艶異編 (後略…)[16]

이처럼 <염이편>은 조선에 이른 시기에 유입된 문언소설집이며 조선의 독자들이 애독하던 작품 중의 하나라고 할 수 있다. 또한 시기상 봤을 때 조선에 유입된 <염이편>은 아마도 45권을 저본으로 했을 가능성이 높다.[17]

3. 〈매비전〉의 번역 양상

<매비전>은 당명황의 총비 매비를 주인공으로 하여 당명황, 그리고 양귀비와의 삼각관계를 다룬 작품이다. 여기서는 먼저 예비 작업으로 중국 원전의 서사전개와 비교하겠다. 이를 바탕으로 <매비전>의 번역 특징을 포착하고 매비의 형상화를 구체적으로 살펴보겠다.

아래 표는 한글본 <매비전>과 그의 원전 중국전기소설 <唐玄宗梅妃傳>[18]의 서사전개를 간략히 비교한 것이다.

---

15) <中國小說繪模本>에는 83종의 서명(그 중 소설명 74종)이 나열되어 있으며 일부 소설의 삽화가 128폭 실려 있다. 그 서문에는 완산이씨가 1762년에 작성하였다는 기술과 김덕성(1729~1797) 등 화원을 시켜 그림을 베껴 책을 만든 과정이 담겨 있다. (박재연 편, 『중국소설회모본』, 강원대학교 출판부, 1993.)

16) 위의 책, 152쪽.

17) 선행연구에서 40권의 본문 내용은 대개 45권과 동일하다고 거듭 지적되었다. 45권을 확인할 수 없어서 上海古籍出版社에서 편찬한 <古本小說集成>에 영인된 40권 <염이편>으로 연구텍스트를 삼겠다.

18) <염이편>에서는 <唐玄宗梅妃傳>이라 하였다. 이 글에서는 두 작품을 구별하기 위해 중국 소설을 <唐玄宗梅妃傳>이라 칭하고 한글본 <매비전>은 그냥 <매비전>이라고

〈표 2〉

서사단락		한글본 〈매비전〉	〈唐玄宗梅妃傳〉
①	매비의 이름은 채빈이며 醫師 강중손의 딸로서 9세에 주남과 소남을 외움.	√	√
②	開元중에 고력사가 매비를 황제에게 바쳤는데 황제가 한번 총행하자 다른 궁녀를 먼지처럼 여기며 오직 매비만 사랑함.	√	√
③	매비는 글쓰기를 잘하고 자태가 출중함.	√	√
④	매비가 매화를 좋아하는 관계로 황제가 '매비'라고 칭함.	√	√
⑤	매비가 賦 여덟 편을 지음.	√	√
⑥	궁에 열린 잔치에서 당명황의 동생 漢王이 몰래 매비의 신을 밟자 매비가 잔치에서 물러나와 황제의 부름에도 불구하고 다시 나오지 않음.	√	√
⑦	황제가 매비와 차 싸움(鬪茶)을 했는데 매비에게 짐.	√	√
⑧	마침 양태진도 황제의 총애를 얻음. 황제가 매비를 멀리하는 마음은 없으나 매비가 양태진과의 싸움에서 지자 상양궁으로 쫓아냄.	√	√
⑨	황제가 매비와 밀회를 가질 때 양태진이 갑자기 나타남. 황제가 두려워서 매비를 겹장 안에 감춤. 양태진이 난리치고 간 후에 황제가 다시 매비를 찾았는데 이미 소황문에 의하여 상양궁으로 돌아감. 매비가 황제의게 버림을 당했다고 생각하여 슬퍼함.	√	√
⑩	매비가 돈을 써서 <長問賦>를 지어줄 사람을 구하려 하는데 모두 양태진이 두려워서 거절함. 할 수 없이 매비가 스스로 <樓東賦>를 지음.	√	√

⑪	황제가 매비에게 진주를 하사하였는데 매비가 이를 보고 시 한편을 지음. 황제가 이 시를 보고 악부를 명하여 <一斛珠>라는 곡을 편찬함.	√	√
⑫	안록산의 난이 일어나자 황제가 서쪽으로 도망감. 궁에 돌아온 후 매비의 행적을 찾으려 했는데 찾지 못함. 꿈에서 매비를 만나 그의 지시에 따라 온천 옆에 있는 매화나무 밑에서 그의 시신을 발견함.	√	√
⑬	찬문	√	√

<표 2>의 내용을 통해 한글본 <매비전>과 原典 <唐玄宗梅妃傳>의 서사단락이 일치함을 알 수 있다. 이어서 <매비전>의 번역 양상을 살펴보겠다.[19)]

1) 직역

<매비전>은 기본적으로 글자를 하나하나 번역하는 축자역 방식을 취하였다.[20)] 그 도입부에서부터 이미 이러한 양상이 나타나고 있다.

> ᄆᆡ비의 성은 강시니 보텬 사ᄅᆞᆷ이라 (…중략…) 아비ᄃᆞ려 니ᄅᆞ오ᄃᆡ ᄂᆡ 비록 녀ᄌᆡ나 이 글노뻐 ᄠᅳᆺᄒᆞ기ᄅᆞᆯ 기약ᄒᆞ리라 ᄒᆞᆫ대 아비 긔특이 넉여 일홈을 ᄎᆡ빈이라 ᄒᆞ다[21)]

칭한다.

19) 이 작품은 한 글자 한 글자를 착실히 직역하는 번역 방식을 취하면서 간혹 의역한 부분이 보인다. 그 외에 음독이 부가된 운문 번역 방법도 사용하였다. 유희준・민관동의 논문에서 직역 및 의역의 양상을 구체적으로 다루었기 때문에 이 글에서는 직역 양상을 간단하게 제시하고 선행연구에서 다루지 못한 오역이나 의역에서 빠진 부분, 그리고 縮譯한 부분을 구체적으로 살펴보겠다.

20) 유희준・민관동, 앞의 논문, 274쪽.

21) <매비전>, 1쪽.

梅妃 姓江氏 莆田人(…中略 …) 語父曰 我雖女子 期以此爲志 父奇之 名曰 采蘋[22]

<매비전>은 매비의 가계를 소개하는 것부터 시작하고 있다. 그의 성은 강이며 보전 사람이다. 매비는 아버지에게 자신이 비록 여자이지만 이 글(주남과 소남)로 뜻하기를 기약하겠다고 하자 그의 아버지가 기특히 여겨 채빈이라는 이름을 지어주었다.

이러한 직역 방식은 작품 전체를 꿰뚫고 있다. 심지어 본문 끝에 이어진 찬문에도 이러한 형상이 보인다.

찬의 ᄀᆞᆯ오ᄃᆡ 명황이 노쥐 별가로부터 호긔롭고 긔특ᄒᆞ미 유명ᄒᆞ야 대마디명 우두즈음의 치빙ᄒᆞ야 협쇼로 더부러 노다가 일노ᄡᅥ 지셔의 니ᄅᆞ나 죤위ᄅᆞᆯ 오십 연을 불와 텬ᄒᆞ의 밧들믈 누려 샤티ᄒᆞ기ᄅᆞᆯ 궁극히 ᄒᆞ며 ᄌᆞ손이 ᄇᆡᆨ슈라 그 만방의 미ᄉᆡᆨ 디내기ᄅᆞᆯ 만히 ᄒᆞ여시되 늣게야 양시ᄅᆞᆯ 어더 삼강을 변역ᄒᆞ고 ᄉᆞ히ᄅᆞᆯ 변역ᄒᆞ며 ᄉᆞ히ᄅᆞᆯ 탁난호야 몸이 폐ᄒᆞ고 나라히 욕ᄒᆞ되 죠금도 뉘웃디 아니ᄒᆞ니 이 진실노 그 ᄆᆞ음을 마티고 욕을 치온디라 강비ᄂᆞᆫ 그 ᄉᆞ이의 션후ᄒᆞ여 ᄉᆡᆨ으로ᄡᅥ 기리새은 ᄇᆡ 된즉 님군을 당ᄒᆞᄂᆞᆫ 쟈ᄂᆞᆫ 죡히 ᄯᅩᄒᆞᆫ 알니로다 의논하ᄂᆞᆫ 재 닐오ᄃᆡ '혹 복종ᄒᆞ며 혹 비명이나 그다 괴이며 ᄡᅴ여 스ᄉᆞ로 취타' ᄒᆞ니 그러티 아녀 명황이 모황ᄒᆞ고 ᄆᆞ음이 어디디 아녀 믄득 하로 ᄂᆡ의 세 아ᄃᆞᆯ 죽이거ᄂᆞᆯ 가ᄇᆡ야이 가야ᄆᆡ 목숨 조티ᄒᆞ고 도라낫다가 도라와 혼역의게 제어ᄅᆞᆯ 맛고 네역호로 도라보니 비빈이 다 죽어 진ᄒᆞ고 몸만 홀노 구챠히 사라 텬해 슬리 넉이니 <젼>의 ᄀᆞᆯ오ᄃᆡ '그 ᄉᆞ랑티 아닛ᄂᆞᆫ 바로ᄡᅥ 그 ᄉᆞ랑하ᄂᆞᆫ 바의 밋다' ᄒᆞ니 대개 하늘이 갑ᄒᆞ신 ᄇᆡ라 보복ᄒᆞᄂᆞ니ᄂᆞᆫ 터럭긋도 그ᄅᆞ치 아니ᄒᆞ니 이 엇디 다만 이녀의 죄ᄲᅮᆫ이리오 ᄒᆞ더라[23]

贊曰 明皇自爲潞州別駕 以豪偉聞 馳騁大馬鄠杜之間 與俠少游 用此起支庶

22) <唐玄宗梅妃傳>, 463쪽.
23) <매비전>, 14~16쪽.

> 踐尊位五十餘年 享天下之奉 窮奢極侈 子孫百數 其閱萬方美色衆矣 晚得楊氏 變易三綱 濁亂四海 身廢國辱 思之不少悔 是固有以中其心 滿其欲矣 江妃者 後先其間 以色爲所深嫉 則其當人主者 又可知矣 議者謂 或覆宗或非命 均其媢忌自取 殊不知 明皇耄而忮忍 至一日殺三子 如輕斷螻螘之命 奔竄而歸 受制昏逆 四顧嬪嬙 斬亡俱盡 窮獨苟活 天下哀之 傳曰 以其所不愛及其所愛 蓋天所以酬之也 報復之理 毫忽不差 是豈特兩女子之罪哉[24]

찬문은 당명황이 황제가 되어 사치하고 미색에 빠져 국정을 돌보지 않으므로 나라를 망하게 하는 것을 비판하면서 나라를 곤경에 처하게 한 것은 양귀비와 매비의 죄가 아니라고 주장하고 있다.

인용문에 보이는 것처럼 이 찬문 역시 거의 직역하는 방식으로 번역되었다. 豪偉는 '호긔롭고 긔특ᄒᆞ미'로, 天下之奉은 '텬ᄒᆞ의 밧들물'로, 窮奢極侈는 '샤티ᄒᆞ기롤 궁극히 ᄒᆞ며'로 子孫百數는 'ᄌᆞ손이 빅슈라'로, 身廢國辱은 '몸이 폐ᄒᆞ고 나라히 욕ᄒᆞ되'로 거의 대부분의 내용을 한글자 한글자 번역하였다. 지명까지 일일이 번역한 것을 통해 역자가 매우 충실한 태도를 지니고 있었음을 알 수 있다.

그렇지만 잘못 쓴 부분도 보인다. 變易三綱 濁亂四海을 '삼강을 변역ᄒᆞ고 ᄉᆞ희롤 변역ᄒᆞ며 ᄉᆞ희롤 탁난ᄒᆞ야'라고 쓰여 있다. 이는 오역이 아니고 전사하는 과정에서 생긴 오기인 듯하다.

이처럼 <매비전>의 전편은 직역을 위주로 하고 있다. 그렇지만 직역 외에 의역한 경우가 간혹 보인다. 이어서 그 의역의 양상을 살펴보겠다.

---

24) <唐玄宗梅妃傳>, 469~470쪽.

2) 의역

의역도 중국고전소설을 번역할 때 자주 쓰이는 방법이다. 그 구제적인 양상을 살피겠다.

> 아비 듕숀이 딕〃로 신농 약서롤 빅화 사람을 구ᄒᆞ더라 비 구셰 쥬람 소남을 외와25)

> 父仲遜 世爲醫 妃年九歲 能誦二南26)

이 부분은 매비의 아버지 중손을 소개한 것이다. 원전의 '世爲醫'는 대를 이어 의사가 되었다는 뜻인데 한글본에서는 신농약서를 배워 사람을 구했다는 의미로 부여하였다. 신농씨는 365가지의 약초를 맛보아 <神農本草經>을 작성하였다. 또한 신농씨는 의학의 시조라고 불렸다. 매비의 아버지는 신농씨의 葯書를 배워 의사가 되고 사람을 구하는 것으로 의사의 책임을 다하였다. 따라서 단순히 의사라고 번역하는 것보다 역자의 배경지식을 활용하여 생동감이 있는 부연에 중점을 두었다. 또한 '二南'을 주남과 소남으로 풀어서 번역하였다. 이것을 통해 독자가 이해할 때의 편의성을 고려한 역자의 번역 태도를 엿볼 수 있다. 이러한 형상은 작품에 거듭 나타난다. '英皇'을 蛾皇, 女英로 풀어주는 부분도 그러하다.

이렇게 풀어쓰는 것 외에 작가의 임의로 순서를 바꾸거나 상황에 맞게 변형한 부분도 보인다. <매비전>에 나온 시 중의 하나를 통해 번역의 변형을 살펴보겠다.

---

25) <매비전>, 1쪽.
26) <唐玄宗梅妃傳>, 463쪽.

뉴엽빵미구불묘ᄒᆞ니 　버들닙 ᄀᆞᆺ은 눈겁을 오래 그리디 아니ᄒᆞ니
잔장황누오홍쵀라 　쇠잔ᄒᆞᆫ 단장이 눈물의 화ᄒᆞ야 븕은 깁을 더러이ᄂᆞᆫ도다
장문진일무소세ᄒᆞ니 　댱문의 날이 ᄆᆞᆺ도록 셩젹ᄒᆞ미 업ᄉᆞ니
하필진주위적뇨요 　엇지 반ᄃᆞ시 진쥬롤 보내여 젹막ᄒᆞ믈 위로ᄒᆞ리오[27]

柳葉雙眉久不描
殘妝和淚汚紅綃
長門盡日無梳洗
何必珍珠慰寂寥[28]

<매비전>에서는 총 시 2편, 부 1편이 나오는데 모두 시 전편의 음독을 부가한 후에 번역을 이루었다. 여기서 주목할 부분은 세 번째 구절인 '長門盡日無梳洗'의 번역문이다. 장문은 冷宮을 가리킨 것인데 司馬相如의 <長文賦>에 황후 陳阿嬌가 장문궁으로 내쫓긴 후에 매일 눈물을 흘리면서 漢武帝를 기다렸다. 매비는 진아교가 장문궁에 처한 것에 자신의 처지를 비유하면서 상양궁으로 온 후에 황제가 오지 않아 날이 늦도록 세수하지 않았다. 그런데 번역문에서 '날이 ᄆᆞᆺ도록 셩젹[29]하미 업ᄉᆞ니'라고 하면서 날이 마치도록 분을 바르지 않았다고 해석했다. 번역문은 원문대로 직역하지 않았지만 '女爲悅己者容'의 전고를 사용해 매비가 황제의 총애를 잃은 후 분을 바르지 않았다는 내용을 구현함으로써 매비의 비참함을 적실히 묘사하였다.

---

27) <매비전>, 11쪽.
28) <唐玄宗梅妃傳>, 468쪽.
29) 성적(成赤): 혼인날 신부가 얼굴에 분을 바르고 연지를 찍는 일. 여기서 '화장'을 가리키는 듯함.

샹이 날 ᄇᆞ리기ᄅᆞᆯ 깁히 ᄒᆞ시ᄂᆞᆫ도다 샹이 비ᄅᆞᆯ ᄇᆞ리시미 아니라 진실노 태진의 투긔ᄅᆞᆯ 두려ᄒᆞ시미니이다 비 웃고 ᄀᆞᆯ오ᄃᆡ 날을 ᄇᆞ리디 아니시면 엇지 ᄉᆞᆯ삔 ᄌᆞᆼ년의 졍을 동ᄒᆞᆯ가 두려ᄒᆞ시리오[30]

妃謂使者曰 上棄我之深乎 使曰 上非棄妃 誠恐太眞無情耳 妃笑曰 恐怜我則動肥婢情 豈非棄也[31]

매비가 당명황이 보낸 使者에게 황제가 어찌 자신을 이렇게 깊이 버렸는지 물어봤는데 사자가 이는 황제가 버린 것이 아니라 양귀비 때문이라고 대답한다. <唐玄宗梅妃傳>에 있는 양귀비의 '無情'을 한글본 <매비전>에서는 투기로 번역하였다. 無情은 몰인정하다는 의미인데 여기서 역자는 투기로 의역하였다. 물론 정확하지 않지만 작품의 이해에 있어서 더 간명해졌다. '恐怜我則動肥婢情 豈非棄也'는 '날을 ᄇᆞ리디 아니시면 엇지 ᄉᆞᆯ삔 ᄌᆞᆼ년의 졍을 동ᄒᆞᆯ가 두려ᄒᆞ시리오'라고 번역했는데 우선 원전의 어순과 다르다. 이는 한국어와 중국어의 말하는 습관에 의해 생긴 현상이라 할 수 있다. 이렇게 고침으로써 한국어 말하기 방식에 더 가까워졌으며 더 쉽게 이해할 수 있었다. 또한 '怜我'를 '나를 불쌍히 여기다'로 번역하지 않고, '날을 ᄇᆞ리디 아니시면'으로 번역하였다. 그렇지만 문맥상 영향을 주지는 않는다. 이는 축역의 경우에 해당한다.

이처럼 역자가 혹은 독자의 이해를 돕기 위해서, 혹은 장면의 부연설명을 위하여, 혹은 필요 없는 부분을 축역하고, 혹은 조선의 문화 및 언어적 습관에 맞게 변형시켜 작품을 의역하기도 하였다.

---

30) <매비전>, 6쪽.

31) <唐玄宗梅妃傳>, 466쪽.

3) 오역

오역은 원천 텍스트를 목표로 번역하면서 '잘못' 옮기는 것이나 '잘못' 옮긴 결과물을 가리킨다.[32] 그 이유는 여러 가지 있으나 크게 두 분류로 나눠 볼 수 있다. 즉 언어적 오역과 문화적 오역이다.

우선, 언어적 오역의 경우를 살펴보겠다.

> 초목의 희롱은 그ᄅᆞᆺ 폐하롤 이긔엿거니와 ᄉᆞ희롤 됴화ᄒᆞ며 뎡ᄂᆡ의 핑임ᄒᆞ믄 만승이 스ᄉᆞ로 벌을 두어 계시니 쳔쳡이 엇디 능히 승부를 결우라잇고[33]

> 草木之戲 悞勝陛下 設使調和四海 烹餁鼎鼐 萬乘自有憲法 賤妾何能較勝負也[34]

매비가 차 놀이에서 당명황을 이긴 후, 당명황이 매비의 재능을 칭찬하자 매비는 자신이 하는 것은 초목의 희롱뿐이고 천하를 잘 다스리는 큰 뜻은 황제밖에 없다고 하였다. <唐玄宗梅妃傳>에서는 草木之戲를 초목의 희롱으로 번역하다. 戲는 '놀이'의 뜻인데 여기서 '희롱'으로 잘못 번역하였다. 또한 萬乘自有憲法을 <매비전>에서는 '만승이 스ᄉᆞ로 벌'을 두었다고 번역하였다. 憲法은 법의 뜻이지만 여기서 '벌'로 번역하였다. 이것은 전사하는 과정에서 법을 벌로 잘못 필사한 것일 수도 있으나 애초에 法을 같은 음을 지닌 '罰'로 생각해서 잘못 번역했을 수도 있다.

한편 작품에서 나타난 문화적 오역도 눈을 여겨볼 만하다. 조선시대는

---

32) 김동욱, 『오역의 문화』, 소명출판, 2014, 133쪽.
33) <매비전>, 3~4쪽.
34) <唐玄宗梅妃傳>, 464쪽.

한자문화권의 자장에 속해 있어 중국 소설을 번역할 때 언어적 측면에서 상대적으로 쉽게 번역할 수 있었다. 그렇지만 다른 땅에 있는 두 나라가 아무리 같은 한자를 쓰더라도 문화적인 차이를 극복하기 쉽지 않다. 따라서 문화적인 차이로 인해 발생한 오역은 작품에서 자주 보인다.

<매비전>에서 지명을 설명할 때도 지리적 배경 지식이 부족하여 고유지명을 축자역으로 과도하게 번역한 경우가 있다.

> 마츰 녕 밧긔 ᄉᆞ재 도라왓거ᄂᆞᆯ[35]

> 會嶺表使歸[36]

여기서 嶺表는 영남지역을 지칭하는 지명인데 <매비전>에서는 字面의 뜻대로 '녕 밧긔'로 직역하였다. 역자가 찬문에 있는 大馬 같은 지명을 정확하게 제시하였으나 嶺表이라는 지명은 모르고 있었던 듯하다.

이러한 지리적 배경 지식의 부족으로 인한 오역 외에 고유명사에 대한 과도해석으로 인한 오역도 있다.

> 이는 ᄆᆡ졍이라 ᄇᆡᆨ옥적을 불며 놀난 기럭이 춤을 추니 일좨 빗나더니 차로 ᄡᅡ화 이졔 ᄯᅩ 날을 이기여다[37]

> 此梅精也 吹白玉笛 作驚鴻舞 一座光輝 鬪茶今又勝我矣[38]

이 부분은 당명황이 매비의 다양한 재능을 칭찬하는 내용이다. 매비는

35) <매비전>, 10쪽.
36) <唐玄宗梅妃傳>, 467쪽.
37) <매비전>, 3쪽.
38) <唐玄宗梅妃傳>, 464쪽.

백옥적을 불 줄 알고 경홍무를 출 줄 알며 鬪茶의 재능도 당명황을 이길 수 있다. 驚鴻舞는 중국 당나라 때 춤의 일종으로 기러기가 하늘에서 자유롭게 날아다니는 모습을 보여주는 고유명사다. 이에 경홍무를 추는 여인은 아주 유연하고 아름다운 여자를 가리키기도 한다. <구운몽>에서 팔선녀 중 한명의 환생 후 이름이 狄驚鴻인 것도 아마 이를 따른 것이다. 그렇지만 <매비전>에서 역자가 '놀란 기럭이 춤을 추니'라고 글자대로 번역하였다. 이러한 번역은 틀린 것이 아니지만 원전의 미학 특징을 상실하게 하였다. 물론 字面의 내용만 볼 때 역자가 경홍무를 모른다고 단정할 수 없어 오역의 범주에 놓기에 무리한 면이 없지 않다. 그렇지만 원작의 미학 특징까지 고려할 때 오역에 범주에 넣는 것은 더 타당하다고 생각한다.39)

鬪茶의 경우도 마찬가지다. 鬪茶는 중국 차문화의 일종으로 상층 사대부나 좋은 집안에서 차의 색과 차의 거품으로 승패를 가리는 놀이이고 범중엄이 <鬪茶歌>라는 시를 지을 만큼이 상층 사대부에게 인기 있는 매우 우아한 차 놀이이다. <매비전>에서는 차로 싸운다고 한 글자 한 글자를 직역하여 역자가 鬪茶라는 차 놀이를 모른다고 판단할 수 없으나 투차가 지닌 문화적 의미가 충실히 표현되지 못한 점은 분명하다.

4. 〈당고종무후전〉의 번역 양상

<무후전>은 여성 임금 무측천의 일대기를 다룬 작품이다. 그는 당태

39) 필자가 중국고전소설의 번역의 양상을 살피면서 현대 번역 이론과 고전 번역 이론의 차이성을 느끼면서 오역의 개념을 다시 정리할 필요가 있다고 생각한다. 이 부분에 대하여 후속 연구를 기약하겠다.

종의 妃嬪으로 당고종의 황후가 되었다가 온갖 노력 하에 끝내 임금의 자리에 오르는 파란만장한 일생을 보냈다. 무측천의 일생을 소개한 중국 전기소설 <무후전략>[40]은 조선에 유입되어 <당고종무후전>으로 번역되었다. 이에 두 작품의 서사전개를 비교하여 <당고종무후전>의 번역양상을 살펴보겠다.

〈표 3〉

	서사 단락	〈무후전략〉	〈당고종무후전〉
①	㉠ 무측천은 응국공 무사확과 상니씨 사이에 태어난 둘째 딸임. ㉡ 당태종의 황후가 죽은 후 무측천이 입궁하여 귀인이 됨. ㉢ 무측천이 위독한 당태종을 시병한 태자와 사통함. ㉣ 당태종이 죽은 후 비구니가 되었다가 왕황후의 부름에 다시 입궁함.	√	√
②	㉠ 무측천이 손수 딸을 죽여놓고 왕황후에게 뒤집어씌움. ㉡ 당고종이 황후를 폐할 뜻을 두며 무측천을 신비로 책봉함. ㉢ 무측천이 왕황후가 저주하는 일을 행한다고 모함함. ㉣ 이에 왕황후와 소숙비는 폐위되며 무측천은 황후가 됨.	√	√
③	㉠ 무측천은 황제가 왕황후와 소숙비를 가둔 장소를 찾아간 것을 알고 왕황후와 소숙비의 수족을 잘라 독안에 넣고 왕씨를 망개로, 소씨를 효개로 성씨를 바꿔버림. ㉠ 황제가 무측천의 패악함을 꺼려 그를 폐위하려고 했는데 무측천의 질책에 포기함.	√	√
④	㉠ 황제가 무측천의 조카 위국부인과 사통함. ㉡ 무측천이 위국부인을 질투하여 독약을 먹여 죽이면서 이 죄행을 이복형제에게 뒤집어씌움. ㉢ 무측천이 하란민지와 사통하려고 했는데 하란민지에게 거절당하자 하란민지를 귀양 보냄.	√	√

40) <무후전략>은 『古本小說集成』(상해고적출판사, 1994년)에 영인된 <염이편>에 있는 <무후전략>을 텍스트로 삼겠다.

⑤	㉠ 소숙비의 딸은 나이 40이 넘도록 시집을 가지 못함. ㉡ 태자 이홍이 황제에게 이 일을 이야기하자 무측천이 태자를죽임. ㉢ 고종이 죽은 후 중종이 즉위하고 무측천은 황태후가 됨. ㉣ 무측천이 옛날처럼 정권을 장악하다가 아예 중종을 폐위시켜 자신이 예종으로 즉위함.	√	√
⑥	㉠ 낙빈왕 등이 반군을 일으키자 무측천이 낙빈왕의 文才를 칭찬하면서도 이고일을 장군으로 임명하여 반군을 평정하게 함.	√	√ (격서의 내용 생략)
⑦	㉠ 건원전을 없애고 명당을 지을 때 스님 설회의로 감독하게 하는데 설회의는 실은 무측천이 총애하는 남성임. ㉡ 무측천이 성모신황이라는 존호를 지어 曌라는 이름을 지음.	√	√
⑧	㉠ 무측천이 주흥 등 酷吏를 이용하여 굴복하지 않은 대신들을 임의로 죽임.	√	×
⑨	㉠ 무측천이 국호를 周로 바꾸고 국성을 무씨로 바꿈. ㉡ 무측천이 이미 나이가 많았는데 새로운 이가 두 개 갑자기 나왔기 때문에 長壽로 연호를 바꿔 金輪聖神皇帝로 칭함.	√	√
⑩	㉠ 설회의가 마음대로 대신을 죽이고 생활이 사치스러움.	√	√ (구체적인 묘사 생략)
⑪	㉠ 주거가 설회의가 모반을 도모한다고 표를 올렸는데, 무측천이 손수 처치한다면서 그를 비호함.	√	√
⑫	㉠ 설회의가 무측천이 심남교를 총애한 것에 화가 나서 명당에 불을 지름.	√	√
⑬	㉡ 무측천이 河內老尼의 예언을 믿었는데 명당에 불이 일어난 것을 왜 미리 알지 못했느냐고 河內老尼를 질책하고 죽임.	√	×

⑭	㉢ 설회의가 명당에 불을 지른 후 심란하여 함부로 말했는 이유로 태평공주의 미움을 받아 죽음을 당함.	√	√
⑮	㉠ 거대한 탑을 지어 돈을 대량으로 낭비함.	√	×
⑯	㉠ 설회의가 죽은 후 무측천은 태평공주의 추천으로 장역지, 장창종 형제를 총행하며 각각 오랑, 육랑이라고 부름.	√	√
⑰	㉡ 공학감 등 기관을 설정하여 장역지 형제로 중요한 직무를 맡김. ㉢ 무측천이 미소년을 많이 뽑았는데, 주경즉이 무측천에게 그만하라고 소를 올림. 무측천이 이를 허락하며 상을 줌. ㉣ 송지문은 <明河篇>을 지어 무측천의 총애를 얻어보려고 했으나 무측천은 文才가 뛰어나지만 입냄새가 심하다고 그를 거절함. ㉤ 장역지 장창종 형제의 생활이 사치할 뿐만 아니라 어머니를 위해서 거대한 수레를 장만하고 이형수를 협박하여 자기의 어머니와 사통하게 함. ㉥ 장창종의 동생 장창의는 관직을 매매하는 일을 행함.	√	×
⑱	㉠ 무측천은 적인걸의 諫言을 듣고 노릉왕을 다시 불러 태자로 삼음. ㉡ 적인걸은 장역지와 바둑을 내기했는데 이겨 장역지의 옷을 하인에게 주고 떠나감.	√	√
⑲	㉠ 적인걸이 죽은 후 장역지 형제의 기세가 더욱 강해 복종하지 않은 무연기 등을 모함해서 죽임. ㉡ 잔치에서 양재사가 장역지가 연화보다 더 예쁘다고 아부함.	√	×
⑳	㉠ 송경은 장역지 형제를 미워한 지 오래되었는데 잔치에서 장역지에게 오랑이라고 하지 않고 '卿'이라고 하며 장역지 당파의 무리들을 비웃음. ㉡ 장창종은 국법을 위반하지만 무측천의 보호로 벌을 피함.	√	√
㉑	㉠ 무측천이 병에 걸려 누워 있는데 오직 장역지 형제만 출입함.	√	√

	㉡ 양원사가 장역지 형제가 모반을 계획하고 있다고 주하지만, 무측천은 믿지 않음. ㉢ 무측천의 병이 심해지자 조정 대사가 모두 장역지 형제의 손에 넘어감. ㉣ 장간지와 최현 등이 황태자를 모셔 병사를 거느려 장역지 형제를 죽이며 무측천으로 황태자에게 왕위를 전하게 함. ㉤ 무측천은 태자에게 전위하여 상양궁으로 옮겨가고, 그해 11월에 죽음		
㉒	㉠ 상왕, 장간지 등 태자를 모시는 무리들은 모두 고관봉작을 받음. ㉡ 장창의의 집이 매우 거대했는데 사람들이 이 부귀함을 언제까지 유지할 수 있느냐고 낙서하자, 장창의가 하루면 된다고 벽에 답함. ㉢ 장역지 형제는 맛있는 음식을 좋아하며 잔인한 방법으로 맛있는 음식을 만듦. ㉣ 장역지 형제가 죽은 후 낙양 사람들이 장씨 형제를 조각으로 잘라보니 살이 곰의 지방처럼 두터움. ㉤ 장창의는 백성에 의해 다리가 부러지고 심장과 간을 파내게 됨.	√	×
㉓	㉠ 황소의 난이 일어났는데 도적들이 무측천의 무덤을 파냄.	√	√
㉔	㉡ 도적들이 무씨의 시신을 강간하여 그의 시신을 훼손함.	√	×

<표 3>에서 볼 수 있듯이 <당고종무후전>은 전체적으로 <무후전략>의 서사전개대로 번역되었으나 일부분의 내용이 생략되었다. ⑥, ⑩번은 <무후전략>의 내용을 따르되 아주 간략하게 소개하였으며 ⑧, ⑬, ⑮, ⑰, ⑲, ㉒, ㉔번은 생략되었다. 따라서 두 작품이 일치하는 부분의 내용과 생략된 부분을 나눠 살피고 그 특징을 살펴보겠다.

우선 두 작품이 일치하는 부분에서 <당고종무후전>은 대략 직역하는

방식으로 <무후전략>을 따르되, 간혹 의역이나 오역하는 경우도 보인다.

1) 직역

<당고종무후뎐>은 <매비전>처럼 기본적으로 원전의 글자를 하나하나 번역하는 직역 위주의 번역 양상을 보이고 있다.

> 무ᄉᆞ확(…생략…)안ᄒᆡ 니시ᄅᆞᆯ 취ᄒᆞ야 아ᄃᆞᆯ 원경과 원샹을 나핫더니 니시 죽으ᄆᆡ ᄯᅩ 양시ᄅᆞᆯ 취ᄒᆞ야 세 ᄯᆞᆯ을 나흐니 ᄆᆞᆺᄯᆞᆯ은 하란월셕에게 셔방을 마자 아ᄃᆞᆯ 민디ᄅᆞᆯ 나흔 후 과거ᄒᆞ고 둘재 ᄯᆞᆯ은 곳 휘라

> (…생략…) 士彠始娶相里氏 生子元慶 元爽 卒 又娶楊氏 生三女 元女妻賀蘭越石 生子敏之而寡 后 其仲女也

이 부분은 작품의 시작 부분으로 무측천의 가계를 소개하고 있다. 무측천의 아버지 무사확은 相里氏를 취해서 아들 원경, 원상을 낳았다. 무사확의 첫째 부인이 죽은 후에 다시 둘째 부인 양시를 들려 딸을 셋을 낳았다. 큰 딸은 하란월석을 남편으로 맞아 아들 하란민지를 낳고 과부가 되었다. 둘째 딸은 곧 무후이다. 이 부분은 거의 한 글자 한 글자씩을 직역하는 방식을 취하였다. 다만 '元女妻賀蘭越石'은 맏딸이 하란월석의 아내가 되었다는 것을 'ᄆᆞᆺᄯᆞᆯ은 하란월셕에게 셔방을 마자'로 의역하고, '后其仲女也'는 후가 그의 둘째 딸임의 어순을 바꿔 '둘재 ᄯᆞᆯ은 곳 휘라'라고 하였다. 또한 <무후전략>에서 무사확의 아내 相里氏는 한글본 <당고종무후전>에서 '니시'로 써 있는 부분이 약간 다르다. 이 부분은 전사하는 과정에서 나타난 오류일 수도 있으며, 한국에 復姓이 많지 않기 때문에

복성에 익숙하지 않은 역자나 필사자가 일부러 이씨로 바꿔놓았을 가능성도 있다.

> 휘 방ᄉᆞ 곽힝진을 불너 궁즁의 드려 고이ᄒᆞᆫ 져주롤 만히 ᄒᆞ거놀 환쟈 왕복승이 발각ᄒᆞ야 낸대 졔 노ᄒᆞ야 셔대시낭 샹관의롤 블너 그 연고롤 니룬대 샹관의 엿ᄌᆞ오ᄃᆡ 무휘 뎐ᄒᆞ의 전ᄃᆡᄒᆞ니 가히 ᄡᅧ 죵묘롤 밧드지 못ᄒᆞ리이다 뎨 즉시 무후 폐홀 죠셔롤 ᄡᅳ이더니 좌위 후의게 고ᄒᆞᆫ대 휘 뎨의게 와 발명ᄒᆞ니 졔 붓그려 그치고 ᄃᆡ졉ᄒᆞ기롤 처엄ᄀᆞ치 ᄒᆞ나 휘 오히려 쾌히 아니 넉이거놀 뎨 ᄀᆞ오ᄃᆡ 이ᄂᆞᆫ 샹관의 날을 가ᄅᆞ쳐 그ᄃᆡ롤 폐ᄒᆞ라 ᄒᆞ미오 딤의 ᄯᅳᆺ은 아니라 ᄒᆞᆫ대 휘 허경죵으로 하야금 샹관의롤 죄로 얼거 죽이니[41]
>
> 后召方士郭行眞入禁中爲蠱祝 宦人王伏勝發之 帝怒 召西台侍郎上官儀語其故 儀指言后專海內望 不可以承宗廟 與帝意合 乃趣使草詔廢之 左右馳告 后遽從帝自訴 帝羞縮 待之如初 猶意其恚 且曰 是上官儀教我 后諷許敬宗搆儀 殺之[42]

무측천은 방사 곽행진을 불러 궁궐에서 사악한 저주를 많이 했는데 이를 환관인 왕복승에게 발각되었다. 황제가 대노하여 상관의에게 이야기하자 상관의는 무후가 종묘를 받을 수 없다고 대답하였다. 이에 황제가 무측천을 폐위시키려고 했는데 무측천의 질책에 포기하고 처음처럼 대하였으며 이 일의 모든 책임을 상관의에게 돌렸다. 무측천은 이에 원한을 품어 허경종을 명하여 상관의를 모함해 죽였다. 여기서 보인 것처럼, 생략된 한 구절, 의역 한 군데, 오역 한 군데 외에는 작가가 충실한 번역태도로 원문을 직역하였다. "與帝意合"이라는 구절이 번역되지 않지만, 문맥

41) <당고종무후전>, 6~7쪽.
42) <무후전략>, 373쪽.

의 이해에 전혀 문제가 되지 않다. 猶意其恚의는 황제가 무후의 분노함을 느꼈다는 뜻인데 여기서 무후가 쾌히 여기지 않는 것으로 오역하였다. 또한 上官儀教我를 '이ᄂᆞᆫ 상관의 날을 가ᄅᆞ쳐 그ᄃᆡ롤 폐ᄒᆞ라 ᄒᆞ미오 딤의 뜻은 아니라'로 풀어서 번역하였다. 전자의 경우는 한국의 상황에 맞게 번역하면서 독자의 이해를 도왔으며, 후자는 풀어서 번역함으로써 황제가 해명하고 싶은 간절한 마음과 무측천을 무서워하는 심리상태를 더 자세하게 묘사하였다.

이상의 내용은 <당고종무후전>의 앞 부분에 해당한다. 이처럼 대부분의 내용은 직역하는 방식을 취하되 부분적으로 의역이 이루어졌다. 이어서 중간 부분을 살펴보겠다.

> 졔 붕ᄒᆞ매 즁죵황졔 즉위ᄒᆞ미 현휘 황태휘라 일ᄏᆞᆺ고 유됴ᄒᆞ야 국가대 쇼ᄉᆞ롤 태휘 결단ᄒᆞ게 ᄒᆞ다 사셩원년의 ᄐᆡ휘 뎨롤 폐ᄒᆞ야 녀능왕을 삼고 스ᄉᆞ로 됴회에 님ᄒᆞ야 예죵으로ᄡᅥ 황뎨 위에 즉ᄒᆞ게 ᄒᆞ니[43]

> 帝崩 中宗卽位 天后稱皇太后 遺詔 軍國大務听參訣 嗣聖元年 太后廢帝爲廬陵王 自臨朝 以睿宗卽帝位[44]

고종이 붕한 후에 중종이 즉위하자 무측천은 황태후가 되었다. 고종이 남긴 조서에서 국가대사에 대한 결단은 모두 무측천에게 맡기라고 하였다. 사성 원년에 무측천이 중종을 폐하고 여능왕으로 삼았으며 자신이 예종으로 즉위하여 스스로 황제가 되었다. 여기서 번역자는 역시 직역하는 식으로 번역을 행하였다. 다만 '天后'를 '현후'로 적고 있는데 이는 역

43) <당고종무후전>, 11쪽.
44) <무후전략>, 375~376쪽.

시 전사하는 과정에서 생긴 오기인 듯하다. 또한 '軍國大務'를 '국가대소사'로 의역하여 무측천이 국정을 전면적으로 장악하는 모습을 부여하였다.

이어 이 작품의 결말 부분을 살펴보겠다.

이듬ᄒᆡ 정월의 태휘 병이 더욱 심ᄒᆞ나 홀노 댱역디 형뎨 궁즁의 이셔 일을 ᄡᅳᄂᆞᆫ디라 ᄌᆡ상 댱각디와 최현위와 요원디 듕대우승 경휘와 ᄉᆞ경쇼경 항언범과 샹왕부ᄉᆞᄆᆞ 원셔긔로 더부러 셔ᄅᆞ ᄭᅬᄒᆞ야 우림대쟝군 니다조와 좌우림댱군 양원담과 우우림댱군 니림과 위〃장군 셜ᄉᆞ힝과 부마됴위 왕용고로 ᄒᆞ여금 군ᄉᆞ 오ᄇᆡᆨ을 거ᄂᆞ려 동궁의 닐러 황태ᄌᆞᄅᆞᆯ 마자가디고 현무문의 니ᄅᆞ러 문으로 ᄢᅢ치고 드러가니 태휘 영션궁의 잇ᄂᆞᆫ디라 댱간디의 무리 챵죵 역지ᄅᆞᆯ 죽이고 태후의 림소의 니ᄅᆞ러 좌우로 들나 시위ᄒᆞ니 태휘 놀나 무러 왈 작난ᄒᆞᄂᆞᆫ 재 누뇨 ᄃᆡ왈 역지 챵죵이 모반ᄒᆞᄆᆡ 신등이 태ᄌᆞ의 녕을 밧드러 죽일ᄉᆡ 누셜ᄒᆡ미 이실가 저허 감히 엿ᄌᆞᆸ디 못ᄒᆞ얏나다 태휘 태자ᄅᆞᆯ 보고 ᄀᆞᆯ오ᄃᆡ 네 왓ᄂᆞᆫ다 소ᄌᆞᄅᆞᆯ 임의 죽여시니 가히 궁으로 드러갈디어다 항언범이 ᄀᆞᆯ오ᄃᆡ 태ᄌᆡ 엇디 시러금 드라가시리잇고 션황뎨 태ᄌᆡ로ᄡᅥ 폐ᄒᆞ긔 의탁ᄒᆞ시고 이졔 태ᄌᆡ의 나히 임의 장셩ᄒᆞ얏ᄂᆞᆫ 고로 텬의인심이 니시ᄅᆞᆯ ᄉᆡᆼ각고 됴정대신이 태죵과 션뎨의 덕을 닛디 아니ᄒᆞ야시니 원컨대 폐하ᄂᆞᆫ 위ᄅᆞᆯ 태ᄌᆞ긔 젼ᄒᆞ샤 ᄡᅥ 하ᄂᆞᆯ과 사람의 ᄇᆞ라믈 슌케 ᄒᆞ쇼셔 태휘 이에 묵연ᄒᆞ더라 이날 원셔기 상왕을 조차 군ᄉᆞᄅᆞᆯ 거ᄂᆞ려 댱챵지등을 다 죽인 후 태휘 황태ᄌᆞ의게 위ᄅᆞᆯ 젼ᄒᆞ고 올마 샹양궁의 거ᄒᆞ얏더니 이ᄒᆡ 십일월의 태휘 붕ᄒᆞ다[45]

明年正月 赦天下 開元 太后疾益甚 惟二張居中用事 宰相張柬之 崔玄 姚遠之與中台右丞敬輝 司刑少卿桓彦范 相王府司馬袁恕己合謀 使羽林大將軍李多祚 左右羽林將軍楊元琰 李湛 左衛衛將軍薛思行 駙馬徒尉王同皎 率飛騎五百人至東宮迎皇太子至玄武門 斬關而入 太后在迎仙宮 柬之等誅昌宗易之于廡下 進至太后所長生殿 環繞侍衛 太后驚起問曰 亂者誰也 對曰 易之 昌宗謀反 臣等已奉太子命

45) <당고종무후전>, 20~22쪽.

誅之 恐有漏泄 故不敢以聞 太后見太子 曰 乃汝耶 小子旣誅 可還東宮 彦范曰 太子安得更歸 昔天皇以愛子托陛下 今年齒以長 久居東宮 意人心 久思李氏 群臣 不忘太宗 天皇之德 故奉太子誅賊臣 愿陛下傳位太子 以順天人之望 太后乃默然 是日 袁恕已從相王統南牙兵以備非常 悉收張昌期等誅之 太后傳位皇太子 徙居上陽宮 是歲十一月 太后崩[46]

이 부분은 무측천의 최후이다. 태후의 병이 심해지자 장역지 형제가 조정일을 장악하게 되었다. 재상 장간지, 최현, 용원지, 경위, 환언범, 원서가 서로서로 꾀하고 이다조, 양원염, 이담, 설사행, 왕동교로 하여금 군사 오백 명을 거느려 동궁에 이르러 황태자를 모셔 현무문의 문을 깨고 안으로 들어갔다. 장간지 등은 장창종, 장역지를 죽여 태후의 침소에 이르러 무측천으로 하여금 태자에게 황위를 전하게 하였다. 무측천은 태자에게 전위한 후 상양궁으로 옮겨갔으며 그해 십일월에 붕하였다. 이 부분에서도 역시 직역하는 방식을 택했음 알 수 있다. 여기서 특별히 주목할 만한 부분은 인명의 오기와 몇 가지 의역한 부분이다. 우선, 인명의 오기에 있어서 張柬之를 장각지로, 司刑少卿桓彦范은 사경소경 항언범으로, 楊元琰은 양원담으로, 李湛은 이림으로 서로 다른 양상이 보인다. 이는 번역의 잘못이 아니고 전사하는 과정에서 생긴 현상인 듯하다.

또한 몇 군데 의역한 부분이 있는데 시작부분에서 '明年正月 赦天下 開元 太后疾益甚'을 '이듬히 정월의 태휘 병이 더욱 심ᄒᆞ나'로 번역하였다. 천하를 사면시킨 부분을 생략되고 開元은 새해의 시작이라는 의미로 정월과 비슷한 의미를 지니고 있어 축역되었다. 그 외에 '柬之等誅昌宗 易之于廡下'를 '댱간디의 무리 챵죵 역지롤 죽이고'로 번역하여 廡下를 생략하

46) <무후전략>, 391~393쪽.

였으며 '南牙兵'을 '군사'로 의역한 부분도 있다.

이처럼 <당고종무후전>은 충실한 번역태도를 지닌 역자가 직역하는 방식으로 <무후전략>을 번역하였다. 그렇지만 앞에서도 보았듯이 역자가 간혹 의역을 부가한 경우도 있다. 이에 의역하는 경우도 구체적으로 살펴보겠다.

2) 의역

<당고종무후전>의 직역 양상은 앞 절에서 구체적으로 살펴봤다. 그렇지만 직역과 함께 의역도 곳곳에 보인다. 직역과 의역은 번역 과정에서 가장 많이 사용하는 번역방식이기 때문에 <당고종무후전>에서 의역을 사용한 것은 이상하지 않다. 그렇지만, 의역을 하는 이유와 의미는 작품마다 다르다. 따라서 여기에서는 <당고종무후전>의 의역 양상을 자세히 살펴보겠다.

번역 과정에서 가장 많이 보인 의역은 독자 이해를 위해서 풀어서 쓰거나 선명하게 제시한 경우이다.

> 일노부터 텬하 졍식 다 후의게 도라가고 텬ᄌᆞ는 그만이 안ᄌᆞ실 ᄯᆞ름일식[47)]

> 自是 政歸房帷 天子拱手矣[48)]

<무후전략>에서 이 일로부터 정사가 모두 규방으로 돌아가고 천자는

47) <당고종무후전>, 7쪽.
48) <무후전략>, 373쪽.

팔짱을 끼고 있었다고 서술하였다. 그렇지만 <당고종무후전>에서 정사가 모두 무측천에게 돌아가고 천자가 가만히 앉아 있을 뿐이라고 하여 아주 직접적으로 무측천이 정권을 장악하는 실태를 설명하였다. 이렇게 함으로써 독자들로 하여 한 눈에 그 상황을 알 수 있게 하였다.

이 외에도 앞에 제시한 바가 있는데 장면 묘사, 감정 묘사 등 묘사용 문장에도 의역한 경우가 보인다. 앞에서 살펴본 당고종이 무측천에게 해명하는 장면에서는 원문을 조금씩 부가하여 무측천에 대한 두려움을 잘 나타냈다. 이러한 변형은 다음 인용문에서도 찾아 볼 수 있다.

> 쇼의 ᄒᆞᆫ ᄯᆞᆯ을 나ᄒᆞ니 황휘 믄득 와 그 아ᄒᆡᄅᆞᆯ 어루다가 가거ᄂᆞᆯ 쇼의 그 아ᄒᆡᄅᆞᆯ 니블 안ᄒᆡ 눌너 죽이고 뎨의 들어오기ᄅᆞᆯ 기ᄃᆞ려 거ᄌᆞᆺ 짓거ᄒᆞᄂᆞᆫ 톄ᄒᆞ다가 니블을 여러 보고 놀나 긔졀ᄒᆞ거ᄂᆞᆯ 제 좌우ᄃᆞ려 무로ᄃᆡ 좌위 고ᄒᆞ야 왈 앗가 황휘 와 계시더니이다 ᄒᆞ니 쇼의 가ᄉᆞᆷ을 두ᄃᆞ리고 우ᄂᆞᆫ디라 뎨 노ᄒᆞ야 ᄀᆞᆯ오ᄃᆡ 듕궁이 되야 내 ᄯᆞᆯ을 죽여시니 무ᄉᆞᆷ 도리뇨 하고[49]

> 后生女 王皇后就視撫弄去 俄爾 后潛斃兒衾下 伺帝至 陽爲歡言 發衾視兒 死矣 帝驚問 左右 告日 中宮適來 后卽悲咽而不言 帝不能察 怒日 中宮殺吾女[50]

무측천이 딸을 낳은 직후 왕황후가 찾아와 아이를 어루만지다가 떠났다. 왕황후가 간 후 무측천은 아이를 이불 속에 눌러 죽이고 황제가 오기를 기다렸다. 그리고 황제와 기쁘게 이야기를 하는 척하면서 이불을 열었는데 아이가 이미 죽어 있었다. 황제가 놀라 좌우에게 물어보자 주변 사람들이 방금 중궁 왕황후가 왔다갔다고 답하였다. 황제가 노하여 중궁이 어찌 황제의 딸을 죽이느냐 질책하였다. 이 부분의 전체 내용 역시 직

---

49) <당고종무후전>, 3쪽.

50) <무후전략>, 370~371쪽.

역하는 방식을 택했지만, 몇 가지 짚어볼 만한 대목이 있다. <무후전략>에서 무측천이 이불을 열어보니 아이가 이미 죽어 있다(死矣)고 묘사되었지만, <당고종무후전>에서는 무측천이 이불을 열어보고 놀라 기절하였다고 묘사하였다. <당고종무후전>에서는 '죽은 것'을 직접 이야기하지 않지만 무측천의 반응을 통해 아이가 '죽은 것'을 제시하면서, 동시에 무측천의 연기와 깊은 심계를 잘 보여준다고 할 수 있기에 원문보다 더 생동감이 있다. 또한 무측천이 우는 모습에 대한 묘사도 약간 차이가 있다. <무후전략>에서 무측천은 슬퍼서 목이 메어 아무 말 안 하고 있으나 <당고종무후전>에서는 "가슴을 두드리고 우는지라"라고 하여 크게 오열하는 모습을 보여주었다. 곧 <무후전략>에서는 무측천이 울음을 삼키는 모습을 보여주었으나 <당고종무후전>에서는 당고종을 더 자극하기 위해 감정표현을 과하게 하는 것으로 변화시켰다.

이처럼 장면 묘사, 혹은 감정 묘사에 대한 의역을 통해 역자가 표현하고자 한 감정을 더 풍부하게 할 수 있으며, 장면을 더 생동감 있게 묘사할 수 있다. 이 외에 다른 의역의 경우도 있다.

> 회의 본셩이 ᄑᆞᆼ개요 일홈은 쇼뵈니 박짜 사ᄅᆞᆷ이라 <u>ᄌᆡ죄 극히 죠고 셩품이 독한지라</u> 거즛 미친 쳬ᄒᆞ야 아래ᄅᆞᆯ 드러내고 낙양 져자거리의 ᄃᆞ니〃 쳔금공쥐 듯고 더브러 통간ᄒᆞᆫ 후 태후긔 엿ᄌᆞ오ᄃᆡ 쇼보ᄅᆞᆯ 불너 입시ᄒᆞ얌즉 ᄒᆞ더이다[51]

> 懷義本姓馮氏 名小寶 鄠人也 <u>陽道偉岸 性淫毒</u> 佯狂洛陽市 露其穢 千金公主聞而通之 上言 小寶可入侍[52]

---

51) <당고종무후전>, 12쪽.
52) <무후전략>, 377쪽.

薛懷義는 무측천의 男寵이며 본명은 풍소보이다. <무후전략>에서는 '陽道偉岸 性淫毒'이라고 하면서 그의 생식기가 크고 성격은 음탕하고 독한 것으로 묘사하고 있지만, <당고종무후전>에서는 '재주 극히 좋고 성품이 독한지라'라고 변용하였다. 중국소설에서 이러한 성적 장면을 노골적으로 묘사한 작품이 적지 않지만, 성리학의 깊은 영향을 받은 한국고전소설에서 이러한 장면을 구체적으로 묘사한 소설은 그리 많지 않다. 물론 19세기에 들어와 세태소설에서 간혹 보이기는 하지만 창작시기가 비교적 이른 전기소설에서는 이러한 모습을 거의 찾아볼 수 없다. 따라서 중국소설에 나타난 이러한 노골적인 애정 장면을 번역할 때 생략하거나 변형시키는 방식을 취하였다.

> 회의 죽은 후의 댱챵죵이 나히 졈고 얼골 곱기 계집 ᄀᆞᄐᆞ니 태평공쥐 태휘긔 쳔거ᄒᆞ야 통힝홀식 챵죵이 엿ᄌᆞ오ᄃᆡ 신의 형 역지 아름답고 음뉼으로 잘 아라 신이여셔 나오니이다[53]

> 懷義死 而張昌宗 張易之得幸 昌宗年小 妖麗嬌好如美婦人 太平公主使以淫藥傳之 薦人侍禁中 昌宗爲太后言 兄易之美姿容 善音律 且器用過臣[54]

설회의가 죽은 후에 장창종 형제가 무측천의 총애를 입었다. 태평공주가 장창종에게 미약을 전하고 무측천에게 추천하였다. 그렇지만 <당고종무후전>에서 태평공주는 미약을 주는 내용을 생략되었다. 또한 장창종이 무측천에게 자신의 형 장역지를 추천했을 때 <무후전략>에서 '美姿容 善音律 且器用過臣'라고 하여 장역지는 자태가 아름답고 음악에 뛰어

53) <당고종무후전>, 16쪽.
54) <무후전략>, 383쪽.

나며 또한 정력이 자신보다 낫다고 말하였는데, <당고종무후전>에서는 아름다운 자태와 음악에 뛰어나 자신보다 낫다고 변용하였다. 곧 아름다움과 음악이 자기보다 뛰어나다는 식으로만 읽히게 된다. 앞에 풍소보를 소개할 때 성적 묘사를 생략한 것처럼 장역종, 장역지 형제에 관한 노골적인 성적 묘사도 역시 생략되거나 변용되었다. 이러한 양상은 중국소설을 번역하는 과정에서 자주 보인 현상이다.[55]

이러한 양상 외에 매우 독특한 의역 양상이 있다. 즉, 호칭에 있어서 독자의 이해력을 고려하여 조선 시대의 상황에 맞게 고치는 경우이다.

> 종황졔의 문덕황휘 봉ᄒᆞ매 후롤 불너 귀인을 삼으니[56]

> 文德皇后長孫氏崩 有言后美者 召爲才人[57]

위 인용문에서 '才人'을 귀인으로 바꾼 것은 조선시대의 호칭에 걸맞게 고친 것으로 보인다. 재인은 당나라 正五品의 妃嬪을 말하는 것인데 조선에는 재인이라는 官階가 없다. 이에 역자가 재인을 조선 사람에게 친숙한 '귀인'으로 바꾼 것이다. 이처럼 독자의 이해를 돕기 위해 조선의 실제 상황에 걸맞은 '자국화 전략'을 통해 의역하였다.

결론적으로 <당고종무후전>의 역자는 독자의 입장을 고려하면서도, 자신이 표현하고자 하는 내용을 생동감 있게 나타내는 동시에 조선 사회와 문화에 걸맞은 작품을 번역하려고 힘쓰고 있음을 알 수 있다.

---

55) <隋史遺文>를 번역할 때도 이러한 현상이 보인다는 것을 김영의 논문에서 제시한 바가 있다. (김영, 앞의 책, 222쪽.)

56) <당고종무후전>, 1쪽.

57) <무후전략>, 369쪽.

3) 오역

<당고종무후전>이 충실한 번역 태도를 지니고 있다는 것은 앞서 이미 살펴봤다. 역자의 한문 실력을 다시 거론할 필요가 없거니와, 번역하는 과정에서 역자가 필요에 따라 재창작과 가까운 번역태도까지 보이고 있다. 그렇지만 원어를 역어로 번역하는 과정에서 오역을 완전히 피할 수는 없었다.

> 휘 즉시 됴뵤ᄅᆞᆯ 불너 ᄯᅩᄒᆞᆫ 간통ᄒᆞ고 크게 깃거 그 자최ᄅᆞᆯ 금ᄒᆞ고져 ᄒᆞ야 이에 ᄒᆞ야금 머리ᄅᆞᆯ 삿가 듕이 되게 ᄒᆞ고 ᄇᆡᆨᄆᆞᄉᆞ왕을 봉ᄒᆞᆫ 후 됴셔ᄒᆞ야 태평공쥬의 사회 셜소통으로 하야금 아비쳐로 셤기게 ᄒᆞ고[58]

> 后召與私 悅之 欲掩迹得通籍出入 使祝髮爲浮屠 拜白馬寺主 詔與太平公主婿薛紹通昭穆 紹父事之[59]

무측천은 설회의와 사통한 후 그의 자취를 감추려고 설회의로 하여금 머리를 깎아 백마사의 사주가 되게 하였다. 또한 설회의를 태평공주의 남편 薛紹의 족보에 끼워주고, 설소가 아버지를 모시는 것처럼 설회의를 모시게 하였다. 여기서 주목해야 할 점은 이 부분에서 나타난 오역이다. 우선, '白馬司主'를 백마사왕으로 번역한 것이다. 백마사주는 백마사의 사주라는 의미인데 <당고종무후전>에서는 백마사왕으로 '왕작'을 설회의에게 부여하였다. '백마사왕'이라는 왕작에 관한 역사 기록도 없으며, 실제로 설회의가 왕으로 책봉되지도 않았다. 따라서 이것은 역자가 '主'자를 '王'자로 오인해서 나타난 결과인 것 같다. 두 번째 주목할 부분은 '與

58) <당고종무후전>, 12~13쪽.
59) <무후전략>, 377쪽.

太平公主婿薛紹通昭穆'라는 부분이다. 昭穆은 "종묘나 사당에 조상의 신주를 모시는 차례"라는 의미이며, 태평공주의 남편은 설소이기 때문에, '與太平公主婿薛紹通昭穆'는 태평공주의 남편 설소의 설씨 족보에 들어간다는 해석이 적당하다. 그렇지만 <당고종무후전>에서 '與太平公主婿薛紹通昭穆'를 잘못 끊어 읽어서 태평공주의 남편 설소를 설소통으로 번역하였으며, 남편을 뜻하는 婿를 사위로 잘못 번역하였다.

> 뎨 노ᄒᆞ야 ᄀᆞᆯ오ᄃᆡ 듕둥이 되야 내 ᄯᆞᆯ을 죽여시니 무슴 도리뇨 하고 인ᄒᆞ야 슉비 쇼시 폐ᄒᆞᆯ ᄯᅳᆺ을 두니 황후ᄂᆞᆫ ᄯᅩᄒᆞᆫ 발명ᄒᆞᆯ 길히 업서ᄒᆞ더라[60]

> 怒曰 中宮殺吾女 往與蕭淑相讒 今又爾也 由是 后得入其訾 王皇后無以自解[61]

무측천은 왕황후가 자신의 딸을 죽였다고 모함했는데 황제가 옛날 왕황후와 소숙비의 다툼을 떠올려 무측천을 믿어주었다. 이로써 무측천이 왕황후를 비방하는 것은 성공하고 왕황후는 변명할 길이 없었다. 그렇지만 <당고종무후전>에서 '往與蕭淑相讒 今又爾也'라는 구절이 생략되면서도 이 사건과 관련 없는 소숙비를 폐할 뜻을 두었다고 서술하였다. 역자가 이렇게 오역한 이유는 정확히 모르겠으나 이러한 오역은 작품의 줄거리를 혼동하게 만들고 있다.

> 이ᄣᅢ의 프른 ᄌᆞᆺ오ᄉᆞᆯ 바치ᄂᆞᆫ 재 이시니 그 갓오시 곱고 빗나기 이샹ᄒᆞ거ᄂᆞᆯ 태휘 당창죵으로 주어 닙히고 인ᄒᆞ야 더브러 샹뉵 치더니 ᄂᆡᄉᆞ 뎍인걸이 드러와 일을 알외거ᄂᆞᆯ 태휘 명ᄒᆞ야 안ᄌᆞ라 ᄒᆞ고 ᄒᆞ야곰 챵죵으로

60) <당고종무후전>, 3쪽.
61) <무후전략>, 371쪽.

더부러 샹뉵 치일ᄉᆡ 태휘 ᄀᆞᆯ오ᄃᆡ 경등 두 ᄉᆞᄅᆞᆷ이 무어ᄉᆞᆯ 낙이ᄒᆞ랴 ᄒᆞ노뇨 뎍인걸이 ᄃᆡᄒᆞ야 ᄀᆞᆯ오ᄃᆡ 챵죵의 입은 바 갓오ᄉᆞᆯ 낙이ᄒᆞ랴 ᄒᆞ나이다 태휘 ᄀᆞᆯ오ᄃᆡ 경은 무어ᄉᆞᆯ 내랴 ᄒᆞᄂᆞ뇨 인걸이 닙은 바 븕은 관ᄃᆡᄅᆞᆯ ᄀᆞᄅᆞ쳐 왈 이ᄅᆞᆯ 내랴 ᄒᆞᄂᆞ이다 태휘 쇼왈 이 갓오시 갑시 쳔금이 넘을디라 경의 오ᄉᆞ로 더브러 샹젹디 못ᄒᆞ도다 인걸이 다시 절ᄒᆞ며 ᄀᆞᆯ오ᄃᆡ 신의 오ᄉᆞᆫ 이에 대신의 됴회ᄒᆞ며 일엿ᄌᆞᆸᄂᆞᆫ 오시옵고 챵죵의 오ᄉᆞᆫ 이에 고이고 아당ᄒᆞᄂᆞᆫ 오신 고로 신의 옷과 낙이ᄒᆞ기 신의게 됴로혀 앙〃ᄒᆞ여이다 태휘 이에 허ᄒᆞᆫ대 인걸이 챵죵과 샹뉵을 티더니 챵죵이 년ᄒᆞ야 지ᄂᆞᆫ디라 인걸이 챵죵 갓오ᄉᆞᆯ 아사 가디고 태후긔 샤은ᄒᆞ고 나와 사ᄅᆞᆷ을 쥬어 몬져 집으로 보내니라[62]

時南海有進集翠裘者 珍麗異常 張宗昌侍側 太后賜之 遂命披裘供奉雙陸 仁傑時入奏事 太后賜坐 因命仁傑與昌宗雙陸 太后曰 卿二人睹何物 仁傑對曰 爭先三籌睹昌宗所衣毛裘 太后謂曰 卿以何物對 仁傑指所衣紫袍曰 臣以此敵 太后笑曰 此裘价逾千金 卿衣非敵矣 仁傑起曰 臣此袍乃大臣朝見奏對之衣 昌宗所衣乃劈幸寵遇之服 對臣之袍臣猶怏怏 太后業已處分 乃許之 昌宗心赦神沮 氣勢素莫 累局連北 仁杰對御褫其袍 拜恩而出 至光范門 遂付家人衣之 促馬去[63]

이 부분은 적인걸이 무측천의 男寵 장창종과 쌍륙을 치는 내용이다. 이 부분은 대체 직역하는 방식으로 번역을 이루었는데 마지막 구절에서 오역이 나타났다. 적인걸은 장창종을 이기고 갖옷을 가지고 나온 후에 '家人' 곧 노복을 의미하는 자기 집의 종에게 주어 입게 하고는 말을 타고 떠났다. 이러한 표현을 통해 적인걸이 가지고 있는 장창종에 대한 경멸감을 명확하게 드러냈다. 그렇지만 <당고종무후전>에서는 잘못 끊어서 '付家'를 '집으로 보내리라'로 번역하고 '人'을 '사람'으로 번역하여, 적인걸

62) <당고종무후전>, 18쪽.
63) <무후전략>, 387~388쪽.

의 장창종에 대한 강한 멸시를 제대로 표현하지 못하였다.

이처럼 중국의 문화, 혹은 중국어에 대한 이해의 부족으로 인한 오역은 종종 작품에서 발견된다. 이러한 오역은 번역 작품에서 자주 나타나는 현상이며 독자로 하여금 작품의 내용을 잘못 이해하게 할 수 있지만, 이들 오역에 대한 분석과 제시를 통해 현대 번역작업을 진행할 때 피해야 할 대상으로 재정리할 필요가 있다.

4) 사건의 변형과 생략

앞에서 번역에 있어서 직역, 의역, 그리고 오역의 양상을 살펴봤으나, 이 작품이 <매비전>보다 특징적이라고 할 수 있는 것은 생략된 사건이 상대적으로 많다는 점이다. 이에 삭제된 사건을 다시 한 번 정리하고 그 이유를 찾아보겠다.

〈표 4〉

서사 단락		〈무후전략〉	〈당고종무후전〉
⑥	㉠ 낙빈왕 등이 반군을 일으키자 무측천이 낙빈왕의 文才를 칭찬하면서도 이고일을 장군으로 임명하여 반군을 평정하게 함.	√	√ (격서의 내용 생략)
⑧	㉠ 무측천이 주홍 등 酷吏를 이용하여 굴복하지 않은 대신들을 임의로 죽임	√	×
⑩	㉠ 설회의가 마음대로 대신을 죽이고 생활이 사치스러움.	√	√ (구체적인 묘사 생략)
⑬	㉡ 무측천이 河內老尼의 예언을 믿었는데 명당에 불이 일어난 것을 왜 미리 알지 못했느냐고 河內老尼를 질책하고 죽임.	√	×

⑮	㉠ 거대한 탑을 지어 돈을 대량으로 낭비함.	√	×
⑰	㉡ 공학감 등 기관을 설정하여 장역지 형제로 중요한 직무를 맡김. ㉢ 무측천이 미소년을 많이 뽑았는데, 주경즉이 무측천에게 그만하라고 소를 올림. 무측천이 이를 허락하며 상을 줌. ㉣ 송지문은 <明河篇>을 지어 무측천의 총애를 얻어보려고 했으나 측천은 文才가 과인하지만 입냄새가 심하다고 그를 거절함. ㉤ 장역지, 장창종 형제의 생활이 사치할 뿐만 아니라 어머니를 위해서 거대한 수레를 장만하고 이형수를 협박하여 자기의 어머니와 사통하게 함. ㉥ 장창종의 동생 장창의는 관직을 매매하는 일을 행함.	√	×
⑲	㉠ 적인걸이 죽은 후 장역지 형제의 기세가 더욱 강해 복종하지 않은 무연기 등을 모함해서 죽임. ㉡ 잔치에서 양재사가 장역지가 연화보다 더 예쁘다고 아부함.	√	×
㉒	㉠ 상왕, 장간지 등 태자를 모시는 무리들은 모두 고관봉작을 받음. ㉡ 장창의의 집이 매우 거대했는데 사람들이 이 부귀함을 언제까지 유지할 수 있느냐고 낙서하자, 장창의가 하루면 된다고 벽에 답함 ㉢ 장역지 형제는 맛있는 음식을 좋아하며 잔인한 방법으로 맛있는 음식을 만듦. ㉣ 장역지 형제가 죽은 후 낙양 사람들이 장씨 형제를 조각으로 잘라보니 살이 곰의 지방처럼 두터움. ㉤ 장창의는 백성에 의해 다리가 부러지고 심간을 파내게 됨.	√	×
㉔	㉡ 도적들이 무씨의 시신을 강간하여 그의 시신을 훼손함.	√	×

위의 표에서 정리한 것처럼, 작품에 생략된 사건은 대략 몇 가지로 나눌 수 있다.

첫째, ⑥과 ⑩은 구체적인 묘사에 대한 생략이다. 이런 상황은 번역에서 자주 발생하는 현상이라 할 수 있다.

둘째, ⑬과 ⑮는 무측천이 국가의 돈을 남용하여 탑을 짓는 것과 불교를 선양하는 내용을 다루었는데, 이는 무측천의 악행 중의 하나이지만 불교와 관련이 있다. 이에 대한 생략은 조선시대 抑佛의 사회 분위기와 관련이 있을 수가 있다고 조심스럽게 추측된다. ⑧은 무측천이 酷吏를 이용하여 굴복하지 않는 신하를 마음대로 죽이는 폭행을 다룬 내용인데 생략함으로써 무측천의 포악한 모습을 덜 부각시켰다.

셋째, ⑰ ⑲ ㉒에서 주로 장역지 형제의 사치스러운 생활과 죽음, 그리고 무측천의 총애를 이용해 악행을 저지르는 부분이 생략되었다. 사실상 이 부분은 무측천과 직접적인 관련이 없다. 또한 장역지 형제가 저지른 죄악의 원천이 무측천에게 있는데 이 부분을 삭제함으로써 무측천에게 돌아가는 죄악이 적어지게 되었다. 이처럼 역자의 무측천에 대한 번역 태도는 아주 비판적이고 부정적인 태도를 일관하고 있지 않다고 할 수 있다.

셋째, ㉔에 해당되는 내용이다. 도적들이 무측천의 시신을 강간하여 그의 시신을 강간하고 훼손한 내용을 생략한 것은 유교사회의 정통사상과 어긋난다. 임진왜란 때 외적의 침략으로 묘지와 시신이 파괴되는 이야기가 종종 있으나 屍姦하는 현상 속에 윤리의 괴리가 나타나고 있어 문학작품에서 거의 보이지 않았다. 중국의 <搜神記>, 일부분의 전기소설 혹은 <型世恒言>같은 화본소설에서 '屍姦'이라는 화소가 나타나 일종의 특별한 주제가 되었으나 한국의 소설에서는 잘 보이지 않는다. 따라서 역자가 이 부분을 의도적으로 삭제한 것으로 보인다.

5. 결론

본 절에서 <당고종무후전>, <매비전>과 <염이편>의 관련성을 확인한 후 <매비전>과 <당고종무후전>의 번역양상을 각각 살펴보았다.

<매비전>, <한성데조비연합덕전>, <당고종무후전>을 한데 묶을 수 있었던 이유는 문언문 전기소설집 <염이편>을 저본으로 번역했기 때문이라 판단된다. <염이편>의 수많은 작품 중에 이 세 작품을 선택하여 번역한 이유는 정확히 알 수 없으나 주인공인 세 여자가 황실 여자인 총비, 황후, 여황제를 대표할 수 있기 때문이라 조심스레 추정된다.

<매비전>은 직역을 위주로 번역하고 있으며 의역도 같이 보이고 있다. 간혹 언어적 오역과 문화적 오역이 있으나 원문에 대해 매우 충실한 번역태도를 지니고 있다고 할 수 있다.

<당고종무후전>은 직역을 주된 번역 방식을 사용했으며 의역과 오역도 같이 보인다. 상대적으로 원문에 충실한 번역태도를 지니고 있으나 <매비전>에 비하면 생략되는 부분이 많다. 따라서 역자가 <당고종무후전>을 번역하면서 약간의 재창작을 가하였다고 할 수 있다.

제2장

〈今古奇觀〉과 〈소소매전〉

1. 서론

<蘇小妹三難新郞>은 <醒世恒言> 卷11과 <今古奇觀> 卷17에 수록되어 있는 작품으로, 蘇東坡의 여동생인 蘇小妹의 혼인담과 才談을 담고 있다. 소소매는 직접 秦觀을 신랑으로 선택하여 혼례를 치르고는 세 가지 문제를 내놓아 진관이 풀어야만 신방에 들어갈 수 있게 하였다. 결혼 후에 소소매가 省親하고자 경성에 왔는데 소동파도 이해 못한 佛印禪師의 시편을 이해하고 진관이 佛印禪師體를 모방한 시를 풀어낸 후, 진관과 시를 화답하였다.

현존하는 <소소매삼난신랑>의 이본은 두 가지가 있다. 하나는 W.E. Skillend의 <고대소설>에서 제시한 <소소매전>이다. 10페이지의 필사본으로 '진창대군탕평록'과 합철되어 있다.[64] 을묘(1915년)라는 기록이 있으나 필사시기인지 창작시기인지 정확히 알 수 없다. 나머지 하나는 <소

64) W.E.Skillend, 『고대소설』, 문연각, 1985, 116쪽.

소매삼난신랑>이라는 이름으로 신구서림에서 박건회에 의하여 1918년에 간행된 활자본 <諺漢文 古今奇觀>에 수록되어 있으며, <權翁智慧整家法>, <三孝廉讓産立高名>, <李謫仙醉草嚇蠻書>, <裵晉公義還遠配>, <羊角哀捨命全交>, <吳保安棄家贖友>, <兪伯牙碎琴謝知音>, <莊子休鼓盆成大道>, <劉元普雙生貴子>와 함께 번역되어 있다. 이 중에 <權翁智慧整家法> 외의 다른 작품은 모두 <今古奇觀>의 작품이다.

본 절에서 다루고자 한 <소소매전>[65]은 신구서림 <諺漢文 古今奇觀>에 번역되어 수록되어 있다. 이에 다음 항에서 우선 <고금기관>의 전래 과정을 밝힌 후 두 작품의 번역 양상 및 특징을 살펴보도록 하겠다.

2. 〈今古奇觀〉의 전래와 수용

<금고기관>은 명대 抱翁老人이 三言(馮夢龍의 <喩世名言>, <警世通言>과 <醒世恒言>)에서 29편, 二拍(凌濛初의 <初刻拍案驚奇>와 <二刻拍案驚奇>)에서 11편을 골라 편집하여 만든 단편 화본소설이다. 그렇지만 淸 順治 康熙 연간에 三言二拍이 금서로 지정되는 바람에 <금고기관>이 오히려 三言二拍보다 더 널리 알려졌다. 중국을 포함한 아시아뿐만 아니라 유럽까지 전파되었다.[66] 언제부터 한국에 전파되었는지 정확히 알 수 없으나 관련

65) 물론 신구서림본 <언한문고금기관>에서 <소소매삼난신랑>이라는 제목을 사용하였으나 원작과 구별시키기 위해 W.E.Skillend의 <고대소설>에서 제시한 <소소매전>이라는 작품명을 사용하겠다. <고대소설>의 <소소매전>은 필사본이지만, <금고기관>을 번역했기 때문에 한글 활자본 <소소매삼난신랑>와 같이 <금고기관>에 수록된 <蘇小妹三難新郎>의 이본으로 봐도 무방하다.

66) 1839년 프랑스의 바베(역자명)는 그가 번역한 小說과 故事 중에 <今古奇觀>의 몇 편을 수록하였다. 그리고 영국과 독일에도 <금고기관>의 일부 작품을 번역한 책이 있다. (胡士瑩, 『話本小說概論』, 中華書局, 1980)

문헌 기록을 통해 한번 추측해볼 수 있다.

우선 尹德熙(1685~1776)의 <小說經覽者>에 <금고기관>에 관한 기록이 보인다.[67] <小說經覽者>는 현존하는 중국 고대소설과 관련된 기록을 가장 많이 싣고 있으며 조선시대에 유입된 중국 소설의 종류를 확보하는 데에 획기적인 역할을 담당한 자료이다. 윤덕희는 총 128종의 중국 소설을 기록하였으며, 1762년에 기록하였다고 추정된다.

> 話本小說: 歡喜寃家(…중략…)今古奇觀 五色石 西湖佳話[68]

다음으로 조선 말기 完山 李氏가 작성한 것으로 알려진 <中國小說繪模本>이 있다. 앞에 이미 제시하였듯이 <中國小說繪模本>은 대략 1762년에 창작되었으며 역시 중국소설의 유입 상황을 파악하는 데에 아주 소중한 자료라고 할 수 있다.

> 夫 四書 六經及 綱目 通鑑(…중략…)曰 今古奇觀 曰列仙傳[69]

그 외에 장혼의 <而已广集>의 14권 平生志에서 淸寶 100부를 소개하면서 <금고기관>을 언급한 바가 있다.

> 周易 尙書 詩經 論語 孟子 中庸 大學 禮記 周禮 (…중략…) 十三國志 太平廣記 情史 今古奇觀 三才圖會[70]

---

67) 박재연, 「윤덕희의 <小說經覽者>」, 『문헌과 해석』 19, 태학사, 2002.
68) 위 논문 재인용.
69) 박재연 편, 앞의 책, 152쪽.
70) 장혼, 『而已广集』, 한국고전번역원 DB 참조.

장혼(1759~1828)은 조선후기의 문인이자 편집자이다. 그는 수많은 책을 편집・출판하면서도 문집 <而已广集>을 남겼다. 그는 <而已广集> 제14권 잡서에서 淸寶 百部를 소개할 때 周易 등 사대부가 읽어야 하는 經書들과 같이 <금고기관>을 제시하였다. 이런 내용을 통해서 장혼은 <금고기관>에 대해서 대게 긍정적인 인식을 지니고 있었음을 알 수 있다.

이러한 기록을 통해 볼 때 <금고기관>은 늦어도 1762년에 이미 한국에 전파되었다. 현재 한국에 <금고기관>은 中國木板本 20종, 中國石印本 20종, 필사본 2종, 기타 판본 9종이 있다. 그 외에 한글 번역본도 있는데 <今古奇觀>이란 명칭으로 번역된 것은 高麗大學校本, 誠庵文庫本, 韓國學中央研究院 藏書閣本, 김동욱본, 박재연본과 新舊書林版 <諺漢文 古今奇觀>을 들 수 있으며, <금고기관>의 회목을 번역해 <박수문전>, <전수재전>, <취중기선이택배>, <행락도>, <명월정>, <주매신전>, <백년한> 등의 다른 이름으로 번역된 것이 있다.[71]

3. 〈소소매전〉의 번역 양상

한글본 <소소매전>은 <금고기관> 권7 <蘇小妹三難新郎>을 번역한 작품이다. 두 작품의 서사전개는 다음과 같다.

---

71) 정영호・민관동, 「중국 백화통속소설의 국내 유입과 수용-<三言>・<二拍>, <一型> 및 <今古奇觀>을 중심으로」, 『中國人文科學』 54, 2013, 223쪽.

〈표 5〉

	서사단락	蘇小妹三難新郎	소소매전
①	入話 ㉠ 옛부터 才女들 중에 무식한 사람과 결혼해 원한을 품고 사는 사람이 많은데 대표적인 사람이 李易安과 朱淑眞임. ㉡ 그렇지만 똑똑한 사람을 만나 행복하게 사는 사람도 있음.	√	×
②	㉠ 사천 미주 땅에 蘇洵이라는 명환이 있어 두 아들을 낳았는데 각각 이름이 소식과 소철임. ㉡그 후에 딸도 한 명 낳았는데 이름이 소매이고 재주와 지혜가 뛰어남.	√	√
③	㉠ 소매가 10살 때에 소순이 繡球花를 보고 짓다만 시를 완성함.	√	×
④	㉠ 소매가 16살로 장성했을 때 소순이 才子를 택서하려고 함. ㉡ 王安石이 소매를 며느리 삼고 싶어 아들 王雱의 문장을 소순에게 주고 논평하라고 함. ㉢ 소순이 왕방의 문장이 마음에 들어 소매에게 보여주자, 소매가 권면에 총명하지만 장수하지 못할 것이라는 평을 씀. ㉣ 소매의 예측대로 왕방이 장원급제를 하지만 19살에 죽음. ㉤ 소순이 소매가 평가한 글을 보고 대경하여 왕안석이 불쾌해 할까봐 새 종이에 원문과 칭찬의 글을 적어 붙임. ㉥ 王安石이 사람을 보내 혼인 의사를 밝히자, 소순이 蘇小妹의 용모가 추하다고 거절함.	√	√
⑤	㉠ 王安石은 蘇小妹가 영리하지만 용모가 보통임을 듣고 더 이상 혼인을 논하지 않음. ㉡ 사실 소매의 용모가 예쁨. 추하다는 것은 소매와 소동파가 장난으로 각각의 용모를 희롱하는 시를 지어 생긴 오해임.	√	√

⑥	㉠ 이 일을 계기로 소매에게 청혼하는 사람이 많음. ㉡ 소순이 구혼한 사람의 문장을 소매에게 보여주자 소매가 진관의 문장만 높이 평가함. ㉢ 소순이 이를 보고 진관의 집에 사람을 보내 혼인의 의사를 밝힘.	√	√
⑦	㉠ 진관은 소매의 용모가 추하다는 소문을 들었기 때문에 직접 확인하려고 함. ㉡ 진관이 소매가 악묘에 가서 진향하는 틈을 타 도사의 모양으로 위장해 소매와 대화를 나눔.	√	√
⑧	㉠ 소매의 재치와 용모에 반한 진관은 빨리 혼사를 치르기를 원함. ㉡ 소매가 진관이 급제해야 혼사를 치를 수 있다고 요구함.	√	√
⑨	㉠ 진관이 장원급제한 날에 소매와 혼례를 치름. ㉡ 혼인 날 저녁 진관이 신방으로 들어가려는데 시녀가 나와 소매가 낸 세 가지 문제를 풀어야만 첫날밤을 보낼 수 있다고 함. ㉢ 진관이 자신만만해 첫 번째 두 번째 문제를 순순히 풀었지만 세 번째 문제에서 난관이 닥침. ㉣ 마침 소동파의 도움으로 마지막 문제를 풀어 신방에 들어갈 수 있게 됨.	√	√
⑩	㉠ 소동파의 벗 佛印禪師가 소동파에게 시를 보냈는데 소동파가 그 의미를 이해하지 못함. ㉡ 소매가 단번에 그것을 파악하여 설명해줌.	√	×
⑪	㉠ 소동파가 전후사를 진관에게 편지를 보내 알렸는데 진관도 처음에 이해 못하다가 소매의 풀이를 보고 이해함. ㉡ 진관은 이를 감탄하여 短歌 한 수와 疊字詩 한편을 지어 소동파와 소매에게 보냄. ㉢ 소매가 한번 보고 바로 이해하여 그 의미를 풀어냄. ㉣ 소매와 소동파가 각각 疊字詩 한 편을 지어 진관에게 보냄. ㉤ 이처럼 소매와 진관이 화합하는 시가 많음.	√	×

⑫	㉠ 진관은 후일에 한림학사가 되어 소동파와 同官함.	√	√
⑬	㉠ 선인태후가 소매의 시재를 듣고 소매에게 시를 들이라 명함. ㉡ 매번 시를 얻은 후 궁중에서 외우게 하며 결국 경도까지 전파됨.	√	√
⑭	㉠ 소매가 진관보다 일찍 죽었으나 진관은 죽을 때까지 재취하지 않음.	√	√
⑮	㉡ 종편시가 있음.	√	√

위 표에서 볼 수 있듯이 <소소매전>은 <소소매삼난신랑>의 2/3의 분량만 발췌하여 번역하였다. <소소매전>에서 소소매가 직접 신랑을 선택하는 내용과 진관과의 첫날밤 이야기만 다루었으며, <蘇小妹三難新郎>에서 주제를 제시한 입화, 소소매가 아버지가 짓다만 시를 완성시킨 내용, 소동파도 이해하지 못한 佛印禪師의 시편을 납득한 후 소동파 그리고 진관과 같이 시를 화합하는 내용 등이 모두 생략되었다.

1) 초역

중국 소설을 번역할 때, 완역하는 경우도 있지만, 작품의 일부분만 번역하는 경우도 있다. 그것을 부분번역, 혹 초역이라고 한다. 초역은 원전 작품에서 필요한 부분을 발췌하여 번역하는 것을 말하는데[72] 조선시대 중국소설을 번역할 때 자주 보이는 번역 현상이다.[73] 초역은 역자의 선

72) 민관동, 『조선시대 중국고전소설의 출판본과 번역본 연구』, 학고방, 2013, 275쪽.
73) 예를 들어, <三國演義>의 일부분만 번역한 <赤壁大戰>, <大膽姜維實記>, <華容道實記>

택에 따라 일부분의 내용만 발췌하였기 때문에 완역보다 역자의 번역태도를 더 잘 반영하였다고 할 수 있다.

<蘇小妹三難新郎>은 주로 소소매의 詩才와 남편 진관의 이야기만 집중하였다. 그렇지만 생략된 내용을 보면, 아버지가 짓다만 시를 완성한 이야기와, 소동파도 해석하지 못한 佛印禪師의 疊字詩를 납득한 이야기가 모두 소소매의 글재주를 과시하는 내용들이다. 그렇다면 결국 이 작품의 핵심은 소소매의 詩才를 보여주는 데에 있지 않고 소소매와 진관의 결연 이야기에 두고 있다고 할 수 있다. 과연 이렇게 초역한 이유는 무엇일까?

선행연구에서 결말 부분의 佛印禪師의 이야기가 생략된 것은 비교적 어려운 백화문을 역자가 의도적으로 생략한 것이라고 지적한 바가 있다.[74] 물론 선행연구에서 주장한 것처럼 이해할 수도 있으나 이러한 논리대로라면 앞에 있는 입화 부분과 아버지의 시를 완성한 내용까지 생략할 필요가 없을 듯하다.

필자는 그 이유를 다음과 같이 두 가지 측면에서 분석하려고 한다. 첫째, 조선사람에게 있어서 '소소매가 신랑을 세 가지 문제로 시험'하는 이야기는 매우 친숙하면서도 재미있는 화소이다. 조선후기 한글소설 <문장풍뉴삼대록>에서도 이 이야기가 나타난 바가 있다.

> 쇼ᄆᆡ 당년의 진공의 ᄌᆡ조ᄅᆞᆯ 시험ᄒᆞ여 향방 드리지 아니터니 만일 진공의 ᄌᆡ죄 용우ᄒᆞ던들 거의 ᄂᆡ치일 번ᄒᆞ엿더니 ᄂᆡ 진공의 학힝을 ᄉᆞ랑ᄒᆞᄂᆞᆫ 고로 찬쥬하여 겨요 화ᄅᆞᆯ 면ᄒᆞ니라 이제 신부의 ᄌᆡ화ᄂᆞᆫ 시험치 아냐 알니니 황공의 문장이 일ᄃᆡ의 무혼지라 ᄒᆞ믈며 ᄌᆞ식 알기ᄂᆞᆫ 기부만 갓ᄒᆞ

등의 작품들이 있다.

74) 손병국, 「한국고전소설에 미친 명대화본소설의 영향-특히 <三言>과 <二拍>을 중심으로>-」, 동국대학교 박사논문, 1989, 105쪽.

니 업다 ᄒᆞ니 황공의 말을 드럿ᄂᆞ니 신부의 용화 ᄌᆡ질이 젼ᄒᆞᆫ가 ᄒᆞ노라 나ᄂᆞᆫ 동상 글을 결워 오아로 ᄒᆞ여곰 진군의 슈괴ᄒᆞ여 ᄒᆞ던 일을 본밧지 아니케 ᄒᆞ리라 셜파의 즁좌 ᄃᆡ쇼ᄒᆞ고[75]

<문장풍뉴삼대록>에서 소동파가 소소매가 첫날밤에 신랑 진관을 시험하여 향방에 들어가지 못하게 한 내용을 이야기하자, 좌중에 있던 사람이 모두 크게 웃었다. 이처럼 조선시대 사람들은 대개 소소매가 신혼 첫날에 진관을 시험하는 이야기를 알고 있었다고 할 수 있다. 또 한편으로 작품 내 등장인물의 반응을 통하여 이 화소가 사람들의 웃음거리가 되기도 하였다. 즉 신랑을 괴롭히는 이야기가 상당히 기이한 일인 것이다.

<문장풍뉴삼대록>에서 관한 선행연구에서 지적했듯 이 화소는 <금고기관>을 수용한 것이다.[76] 다시 말하면, <문장풍뉴삼대록>의 작가는 '소소매가 신랑을 시험하는 이야기' 외에도 소소매의 글재주를 보여준 다른 이야기(아버지의 시, 佛印禪師의 이야기)를 알고 있다. 그렇지만 그를 수용하지 않은 것은 소소매가 소동파보다 더 문식이 있음을 보여주는 것보다, 당시 인기가 많았던 소소매가 첫날밤에 신랑을 시험하는 이야기를 부각시키고자 했기 때문으로 생각된다.

<소소매전>도 같은 맥락에서 이해할 수 있다. 소소매에 관한 다른 이야기보다 소소매가 첫날밤에 신랑을 시험하는 이야기는 조선 사람에게 친숙한 이야기면서도 보다 재미있는 이야기이다. 따라서 이 부분만 번역하면 작품의 흥미성을 확보할 수 있다.

둘째로, <소소매전>의 초역은 그 시대의 상황과 번역자인 박건회의

75) <문장풍뉴삼대록>, 19~20쪽.
76) 차충환, 앞의 논문, 420~422쪽.

번역태도와 관련을 지어 살펴봐야 한다. 1915년은 고소설 출판에 대한 의욕이 가장 활발했던 시기이다. 이 시기 고소설의 출간열을 더욱 확대시킨 것은 당시 강하게 대두된 복고적 성향이다. 이러한 복고적 성향은 한자 문화의 부흥과 고소설의 출간 열기 등으로 지적된다. 1918년 간행된 <언한문 古今奇觀>도 이러한 복고적 출판 분위기라는 외부적 요인이 어느 정도 작용했을 것으로 생각된다.[77]

<諺漢文 古今奇觀>의 저작 겸 발행자는 朴健會로 되어 있다. 박건회는 호를 快齋라 했으며, 1910년대에 주로 활동했던 저작자이다. 朝鮮書館을 차리고 이곳을 중심으로 활자본 고소설을 펴냈다. 또 조선서관뿐만 아니라 신구서림, 유일서관, 회동서관 등에서도 저작자로 활약했다. 특히 중국소설에 대한 번역이나 번안작이 많은 사람으로 뽑을 수 있다.[78] 그의 작품을 살펴보면 대개 짧은 이야기를 통해 교훈을 전달하고 강조하려는 소설적 성향을 가지고 있다.[79]

<諺漢文 古今奇觀>의 제명이 원작인 <금고기관>과 다른 것은 이전(古)에 있었던 일들을 현재(今)에 알린다는 의도에서 출발한다고 할 수 있다.[80] 이 작품에 수록된 작품은 총 9편인데 대부분이 '의리'와 '정절'에 관한 것으로 유교 윤리의 교훈적 측면을 드러내고 있다.[81] <權翁智慧整家法>은 한국 文獻說話集에 있는 이야기를 번역했다는 점에서 특히 주목할 만하다. 이 작품은 <記聞叢話>, <溪書野談>, <青丘野談>, <東野彙輯>

77) 김영화, 「한국·일본의 명대 백화단편소설 번역·번안 양상-三言·二拍과 <今古奇觀>을 중심으로-」, 고려대학교 석사논문, 2011, 43쪽.
78) 권순긍, 『활자본 고소설의 편폭과 지향』, 보고사, 2000, 46~49쪽.
79) 이주영, 「근대 전환기 고소설의 대응 양상과 그 의미-박건회 편집 및 개작 소설을 중심으로」, 『국문학연구』 17, 2008, 138쪽.
80) 손병국, 앞의 논문, 93쪽.
81) 김영화, 앞의 논문, 43쪽.

등 야담집에 있는 이야기인데 경상도 안동을 배경으로 하고 있으며 권황이 가법을 엄중히 다스린 내용을 다루었다. <금고기관> 원전에 없던 이 내용을 삽입한 것은 이 작품의 교훈적 성격을 강조하려는 의도로 보인다.[82] 나머지 작품은 모두 <今古奇觀>의 작품인데, <三孝廉讓産立高名>은 형제간의 우애, <李謫仙醉草嚇蠻書>는 충의, <裵晉公義還遠配>는 因果報應, <羊角哀捨命全交>는 우정, <吳保安棄家贖友>는 우정, <兪伯牙碎琴謝知音>은 우정, <莊子休鼓盆成大道>는 得道, <劉元普雙生貴子>는 因果報應을 다룸으로써 모두 교훈적인 내용을 담았다.

이들 작품 중 부부의 이야기를 다룬 것은 <莊子休鼓盆成大道>(이하 <장자>로 약칭)와 <蘇小妹三難新郎>뿐이다. <장자>에서는 장자가 도를 깨달은 내용을 다루면서도 장자 부인의 부도덕한 행동을 비판하고 있다. 작품에서 장자의 아내 전씨는 정절을 지키지 못한 다른 여자를 비판하면서도 장자가 죽고 혼례도 끝나기 전에 왕손과 재혼하고자 한다. 신혼 밤에 왕손이 두통으로 앓았는데 전씨가 산사람이나 죽은 지 49일이 지나지 않은 사람의 뇌수를 얻으면 낫는다는 이야기를 듣고 장자의 뇌수를 취하러 장자의 관을 깨러 간다. 장자가 이때 관에서 다시 살아나 전씨의 음탕한 행위를 시로 비웃자, 전씨가 부끄러움을 참지 못하여 자결하였다. 장자가 이에 동이를 두드리며 노래를 지어 부른 후 도를 깨달았다. 이처럼 이 작품은 장자가 남녀 간의 정을 깨닫고 도를 얻은 것을 다루면서도, 전씨가 정절을 지키지 못한 행동을 비판하고 있다.

<소소매전>도 이와 같은 맥락에서 이해할 수 있다. 박건회는 <소소매전>에서 소소매의 재식이 아버지 및 오빠보다 돋보이는 내용을 생략

82) 이주영, 앞의 논문, 138쪽.

하고 소소매의 결연 이야기에만 핵심을 두었다. 그러한 까닭은 독자에게 여자로써 재식이 있는 것 자체보다 재식을 이용해 '知人知鑑'으로 남편을 잘 선택하고 부부가 화합해야 함을 전달하고자 하는 데에 있다고 할 수 있다.

2) 직역 및 축역

<蘇小妹三難新郎>을 초역한 <소소매전>는 주로 어떻게 번역되었을까. 먼저 이 작품의 서두 부분을 보겠다. 이 작품은 開篇詩와 入話가 모두 생략된 채 시작하였다.

화셜 사쳔 미쥬 ᄯᅡ에 ᄒᆞᆫ낫 박학명유가 잇스되 셩은 소요 명은 순이요 ᄌᆞᄂᆞᆫ 명윤이오 별호는 로쳔이니 두 아들을 두엇스되 맛슨 일홈이 식이며 ᄌᆞᄂᆞᆫ ᄌᆞ쳠이오 별호는 동파이오 둘ᄌᆡᄂᆞᆫ 일홈이 쳘이며 ᄌᆞᄂᆞᆫ ᄌᆞ유오 별호ᄂᆞᆫ 힐빈이니 모다 예를 널니 알고 이졔를 통ᄒᆞ야 경륜이 본ᄃᆡ 넉넉ᄒᆞᆫ지라 동과급제로 일홈이 조졍에 즁ᄒᆞ야 홈ᄭᅴ 한림학사의 벼슬을 ᄇᆡᄒᆞ얏고 ᄯᅩ 일녀를 두엇스ᄃᆡ 일홈은 소ᄆᆡ니 총명이 졀등ᄒᆞ고 자셩이 과인홈ᄋᆡ 노쳔 십분 사랑하야 글을 닑고 널니 ᄇᆡ호게 ᄒᆞ고 녀공은 일삼지 아니케 ᄒᆞᆫ지라[83]

話說 四川 眉州 古人謂之蜀都 又曰 嘉州 又曰 眉山 山有蟆頤 峨眉 水有岷江 環湖 山川之秀 鍾於人物 生出個博學名儒來 姓蘇 名洵 字明允 別號老泉 當時稱爲老蘇 老蘇生下兩個孩兒 大蘇 小蘇 大蘇 名軾 字子瞻 別號東坡 小蘇 名轍 字子由 別號潁濱 二子都有文經武緯之才 博古今之學 同科及第 名重朝廷 俱拜翰林學士之職 天下稱他兄弟謂之二蘇 稱他父子謂之三蘇 這也不在話下 更有一樁奇處 那山川之秀 偏萃於一門 兩個兒子未爲希罕 又生個女兒 名曰小妹 其聰明

---

83) <소소매전>, 85쪽.

> 絶世無雙 眞個聞一知二問十答百因他父兄都是個大才子朝談夕講無非子史經書目見耳聞不少詩詞歌賦 因他父兄都是個大才子 朝談夕講 無非子史經書 目見耳聞不少詩詞歌賦 自古道 近朱者赤 近墨者黑 況且 小妹資性過人 (…중략…) 自此愈加珍愛 恣其讀書博學 不復以女工督之[84]

이는 본문의 시작이며 소소매의 가계에 대한 소개이다. 여기서 보인 것처럼, 이 부분에서 직역과 축약이 같이 이루어졌는데 축약한 부분이 더 많다. 우선 <금고기관>에서 眉州에 대한 구체적인 묘사가 <소소매전>에서는 생략되었다. 또한 소순, 소식, 소철을 소개할 때 이름과 자 그리고 별호만 소개하여 老蘇, 大蘇, 小蘇, 三蘇, 二蘇라는 호칭이 생략되었다. 소소매에 대한 소개도 기본적인 사항만 남겼으며 그녀가 글공부를 어떻게 했는지 등 구체적인 내용은 모두 생략되었다.

번역된 내용에서 話說, 博學名儒, 同科及第, 資性過人 등은 한자음 그대로 적어두고 博古今之學은 '예를 널니 알고 이제를 통ᄒᆞ야'로, 名重朝廷은 '일홈이 조정에 즁ᄒᆞ야'로, 俱拜翰林學士之職는 'ᄒᆞᆷᄭᅴ 한림학사의 벼술을 비ᄒᆞ얏'으로, 聰明絶世無雙은 '총명이 졀등하고'로, 愈加珍愛는 '십분 사랑하고'로, 恣其讀書博學은 '글을 닑고 널니 비호게 ᄒᆞ고'로, 不復以女工督之는 '녀공은 일삼지 아니케 하고'로, 이렇게 거의 축자역을 사용하여 번역하였다.

소소매가 장성하여 구혼하러 오는 사람이 많자, 소순이 받아온 글을 소소매에게 주면서 직접 뽑으라고 하였다. 소소매가 진관의 글을 보고 시를 네 구절로 평가하였다.

> 로천이 보고 이의 녀ᄋᆞ가 이 사람을 갈희여 심졍ᄒᆞᆷ인 쥴 알고 분부ᄒᆞ

---

84) <蘇小妹三難新郎>, 688쪽(여기에서는 『고전소설집성』(上海古籍出版社, 1994년)에 영인된 淸初刻本으로 텍스트를 삼겠다).

야 진관이라 ᄒᆞᄂᆞᆫ 슈ᄌᆡ가 오거든 쳥ᄒᆞ야 보게 ᄒᆞ라 ᄒᆞ니 진관의 ᄌᆞᄂᆞᆫ 소유니 양쥬부 고우 사람이라 ᄇᆡ에ᄂᆞᆫ 만언을 ᄇᆡ부르게 너허 잇고 눈에ᄂᆞᆫ ᄒᆞᆫ 셰상을 뷔인 거스로 보더니 이졔 비록 옥을 파라 갑슬 구ᄒᆞᄂᆞᆫ 것 갓치 ᄒᆞᄂᆞ 믄득 자긔의 명예를 손상할가 두려ᄒᆞ야 여러 사람을 ᄧᅡ라 소식을 탐ᄒᆞ지 아니ᄒᆞ지라[85]

這批語明說秦觀的文才 在大蘇小蘇之間 除却二蘇 沒人及得 老泉看了 已知女兒選中了此人 分付門上 但是秦觀秀才來時 快請相見 餘的都與我辭去 誰知衆人呈卷的都在討信 只有秦觀不到 却是爲何 那秦觀秀才字少游 他是揚州府 高郵人腹飽萬言 眼空一世 生平敬服的只有蘇家兄弟 以下的都不在意 今慕蘇小妹之才雖然衒玉求售 又怕損了自己名譽 不肯隨行 逐隊尋消問息[86]

소순이 소소매가 쓴 평가 시를 본 후에 딸이 이미 진관을 남편으로 선정한 것을 알고 하인에게 진관이 오면 안으로 들여보내라고 분부하지만, 진관은 끝내 오지 않았다. 진관의 자는 소유이고 양주 고우현 사람이다. 배에는 만언이 가득 차 있고 눈으로 한 세상을 빈 것처럼 본다. 물론 자신을 자랑해 팔기를 원했지만 자신의 명예가 손상될까봐 소식을 탐하지 않았다. 이 부분에서도 축약과 직역이 같이 이루어졌다. 서두부와 같이 구체적으로 묘사하는 부분이 생략되고 사건의 틀만 제시하였다. 이러한 특징은 전편의 서사에서 보인다.

<소소매전>의 다른 번역 특징 혹은 <언한문 고금기관>의 번역 특징이라고 할 수 있는 것은 원본에서 소소매가 다른 사람과 화답한 시 부분을 거의 다 번역했다는 점이다. 이들 시는 한자를 먼저 제시하고 음독을 가한 후 번역문을 달았다.

85) <소소매전>, 89쪽.
86) <蘇小妹三難新郎>, 696쪽.

〈표 6〉

〈금고기관〉	〈소소매전〉
口角幾回無覓處 忽聞毛裏有聲傳 未出庭前三五步 額頭先到畫堂前 去年一點相思淚 至今流不到顋邊 幾回拭眼深難到 留却汪汪兩道泉	口角幾回無覓處 구각긔회무멱쳐러니　입울이를 몃 번이ᄂᆞ ᄎᆞ질 곳이 업더니 忽聞毛裏有聲傳 홀문모리유셩젼이라　홀연 들으ᄆᆡ 털속으로셔 소릭 잇셔 젼하도다 未出庭前三五步 미츌졍젼삼오보ᄒᆞ야　뜰 압희 세 다셧 거름을 나가지 아니ᄒᆞ야셔 額頭先到畫堂前 ᄋᆡᆨ두션도화당젼이라　이마머리ᄂᆞᆫ 먼져 화당 압희 나갓도다 去年一點相思淚 거년일졈상ᄉᆞ루가　간 ᄒᆡ에 ᄒᆞᆫ졈 셔로 ᄉᆡᆼ각ᄒᆞᄂᆞᆫ 눈물이 只今流不到顋邊 지금류불도시변이라　지금ᄭᆞ지 흘너셔도 ᄲᆡᆷ가에 이르지 못ᄒᆞ더라 幾回拭眼深難到 기회식안심란도ᄒᆞ니　몃 번 눈을 씨랴 ᄒᆞ되 깁허 이르기 여려우니 流却汪汪兩道泉 류각왕왕양도쳔이라　왕왕ᄒᆞᆫ 두 눈쥴기 ᄉᆡ암이 흐르ᄂᆞᆫ 것시로다
今日聰明秀才 他 年 風 流 學 士 可惜二蘇同時 不然橫行一世	今日聰明秀才 금일총명슈ᄌᆡ오　오날ᄂᆞᆯ 총명ᄒᆞᆫ ᄌᆡ쟈오 他年風流學士 타년풍류학ᄉᆞ라　다른 ᄒᆡ에 풍류시로 학사도다 可惜二蘇同時 가셕이소동시　가히 앗갑다 두 쇼씨와 ᄒᆞᆫᄢᅴ에 ᄒᆞᆫ지라 不然橫行一世 불연회힝일셰라　그렁치 아니면 ᄒᆞᆫ 세상에 횡힝ᄒᆞ리로다
小姐有福有壽 願發慈悲 道人何德何能 敢求布施	小姐有福有壽 쇼져유복유슈ᄒᆞ시니　쇼져ᄂᆞᆫ 복도 잇고 슈도 잇스시니 願發慈悲 원발자비ᄒᆞ소셔　원컨ᄃᆡ ᄌᆞ비지심을 발ᄒᆞ소셔 道人何德何能 도인하덕하능으로　도인이 무ᄉᆞᆫ 덕이며 무ᄉᆞᆫ 능으로 敢求布施 감구포시오　감히 펴셔 베풀기를 구ᄒᆞᄂᆞ뇨

원문	독음	번역
願小姐身如藥樹	願小姐身如藥樹 원쇼져신여약슈ᄒᆞ야	원컨ᄃᆡ 쇼져ᄂᆞᆫ 몸이 약나무ᄀᆞᆺᄒᆞ야
百病不生	百病不生 백병불ᄉᆡᆼᄒᆞ쇼셔	일ᄇᆡᆨ 가지 병이 낫지 마쇼셔
隨道人口吐蓮花	隨道人口吐蓮花 수도인구토연화라도	도인이 입으로 련꼿을 토ᄒᆞᆯ지라도
半文無捨	半文無捨 반문무ᄉᆞ로다	분푼도 쥴 거시 업도다
小娘子一天歡喜	小娘子一天歡喜 쇼낭ᄌᆞ일텬환희시니	소낭ᄌᆡ ᄒᆞᆫ ᄒᆞ날에 질거ᄒᆞ시고 깃버ᄒᆞ시니
如何撒手空山	如何撒手空山 여ᄒᆞ산슈공산고	엇지ᄒᆞ야 손을 헷쳐 뷔인 산과 갓치 ᄒᆞᄂᆞᆫ고
風道人恁他貪癡	風道人恁他貪癡 풍도인임타탐치라	바람마진 도인 져러탓 탐ᄒᆞ고 어리석도다
那得隨身金穴	那得隨身金穴 나득수신금혈가	엇지 몸믈 ᄯᆞ루ᄂᆞᆫ 금구엉이 잇스랴
銅鐵投洪冶	銅鐵投洪冶 동철투홍야ᄒᆞ고	구리와 무쇠를 큰 풀무에 더졋고
螻蟻上粉墻	螻蟻上粉牆 누의상분장이라	ᄏᆡ암이ᄂᆞᆫ 분칠한 담에 오르도다
陰陽無二理	陰陽無二理 음양무이리ᄒᆞ니	음양이 두 가지 리치가 업스니
天地我中央	天地我中央 텬디아중앙이라	하날과 ᄯᅡᆼ에 ᄂᆡ가 즁앙이라
化工何意把春催	化工何意把春催 화공하의파츈최오	화공이 무삼 뜻으로 봄을 잡아 지촉ᄒᆞᄂᆞᆫ고
緣到名園花自開	緣到名園花自開 연도명원화ᄌᆞᄀᆡ라	인연이 일홈ᄂᆞᆫ 동산에 이르러 ᄭᅩᆺ시 스ᄉᆞ로 피도다
道是東風原有主	道自東風原有主 도자동풍원유쥬ᄒᆞ야	이르되 동풍으로 원ᄅᆡ 쥬인이 잇셔
人人不敢上花臺	人人不敢上花臺 인〃불감상화대라	사람마다 감히 ᄭᅩᆺᄃᆡ에 올로지 못ᄒᆞᆯ너라

强爺勝祖有施爲	强爺勝祖有施爲 강야승죠유시위ᄒᆞ니	아바버님 강ᄒᆞ고 한아비보다 나ᄒᆞᄆᆡ 베풀어 ᄒᆞ암이 잇스니
鑿壁偸光夜讀書	着壁偸光夜讀書 착벽투광야독셔라	벽을 ᄯᅮᆯ으고 빗슬 도적ᄒᆞ야 밤에 글을 읽도다
縫線路中常憶母	縫線路中常憶母 봉선로즁상억모오 각ᄒᆞ고	길 가온ᄃᆡ셔 ᄭᅩᄆᆡ고 호앗스ᄆᆡ 항상 어미를 싱
老翁終日倚門閭	老爺終日倚門閭 노야종일의문려라	늙은 아비ᄂᆞᆫ 종일토록 문을 의지ᄒᆞ얏더라
閉門推出窗前月	閉門推出窗前月 폐문되츌창젼월이라	문을 닷아 창 압ᄒᆡ 달을 미러ᄂᆡ도다
投石冲開水底天	投石冲開水底天 추셕츙ᄀᆡ슈져텬이라	돌을 던져 물밋헤 ᄒᆞ날을 질너 ᄭᅢ치도다
文章自古說三蘇	文章自古說三蘇 문장자고셜삼소ᄒᆞᄃᆡ	문장을 예로 부쳐 세 소씨를 말ᄒᆞᄃᆡ
小妹聰明勝丈夫	小妹聰明勝丈夫 쇼ᄆᆡ총명승장부	소ᄆᆡ의 춍명은 장부보다 낫도다
三難新郎眞異事	三難新郎爭異事 삼란신랑징이샤 이다	세 번 신랑을 힐난ᄒᆞ니 닷호아 긔이ᄒᆞᆫ 일
一門秀氣世間無	一門秀氣世間無 일문슈긔셰간무로다	일문에 ᄲᅵᄂᆞᆫ 긔운이 세간에 다시 업도다

<소소매전>에서 소소매가 화답하거나 지은 시, 그리고 마지막의 終篇詩가 번역되었다. 그리고 몇 군데의 오역 외에 거의 직역을 방식으로 취하였다. 留를 流, 至今을 只今으로 오기한 것이 있으며, 백화문을 이해 못해 오역하는 경우도 있다. 예를 들어, '風道人'은 바람 風자를 썼지만, 실은 미치광이 瘋자의 뜻이다. 중국 백화문소설에서 이러한 同音字를 혼동하는 경우가 자주 보인다. '强爺勝祖'는 아버지보다 강하고 할아버지보다

승하다는 의미인데 여기서 '아바버님 강하다'로 오역하였다. 이러한 언어적 오역 외에 額頭를 이마를 가리킨 것인데 잘못 이해해 '이마머리'로 번역한 문화적 오역이 발생하기도 한다.

3) 의역

<소소매전>에서 직역 및 축역 외에 의역한 부분이 많다. 이러한 의역은 대개 독자의 이해를 고려하는 데에서 출발한다.

> 뒤에 식과 철이 련ᄒᆞ야 과거에 오르믈 보고[87]

> 後來 見他 大蘇 小蘇 連登制科[88]

이처럼 원문대로 '大蘇 小蘇'를 쓰면 누구를 가리키는지 헷갈릴 수 있어 의역해서 소식과 소철의 이름을 직접 제시하여 오해를 일으킬 수 있는 가능성을 피하였다.

> 저의 소져ᄂᆞᆫ 심사ᄒᆞᆫ 소경 시관의 견주지 못ᄒᆞ실지라 그 제목이 극란ᄒᆞ와이다 첫째 문제에 쓴 시 ᄒᆞᆫ 슈ᄂᆞᆫ 신랑이 ᄯᅩ 시 ᄒᆞᆫ 슈를 지여 제목뜻과 합ᄒᆞ여야 될 거시오며 둘직 문제ᄂᆞᆫ 네 귀글이니 예젼 사ᄅᆞᆷ의 일홈 넷을 두고 지은 거시온즉 ᄒᆞᆫ아도 오자 업시 알아야 될 거시며 셋직 문졔ᄂᆞᆫ 용이ᄒᆞ오니 칠언으로 ᄃᆡ를 치워 노으면 될 거시니다[89]

> 俺小姐不比尋常考試官 之乎者也 應個故事而已 他的題目好難哩 第一個是絶

---

87) <소소매전>, 86쪽.
88) <蘇小妹三難新郞>, 692쪽.
89) <소소매전>, 93쪽.

句一首 要新郎也作一首合了出題之意方爲中式 第二個 四句詩藏著四個古人 猜得一個不差 方爲中式 到第三題就容易了 只要作個七字對兒[90]

여기서 考試官을 少卿 試官으로 의역한 것은 조선시대에 고시관이라는 관급을 쓰지 않고 주로 시관으로 쓰기 때문이다. 이처럼 조선의 관례대로 의역한 경우가 '侍兒'를 시녀로 의역한 것, 却說, 話分兩頭 등 단어를 모두 '차설'로 바꾼 데에서 보이고 있다. 또한 위의 인용문에서 好難을 극란으로 의역하여 소소매의 출제 난도를 극대화시켰으며 작품의 긴장도를 높였다. 그 외에 독자의 이해를 돕기 위해서 四句詩藏著四個古人은 4구절시에 네 명의 옛사람이 숨겨 있었다는 것을 더 쉽게 풀어서 옛 사람의 이름을 두었다고 해석하였다.

다음 인용문에도 이러한 경향이 보인다.

처음 볼 ᄣᅢ에ᄂᆞᆫ 심히 용이ᄒᆞᆫ 듯ᄒᆞ더니 자셰히 ᄉᆡᆼ각ᄒᆞᆫ 즉 ᄃᆡ ᄎᆡ우기가 쾌히 어려온지라[91]

初看時 覺道容易 仔細想來 這對出得儘巧[92]

원전에서 儘巧가 공교롭다는 의미로 되어 있지만, 번역할 때 '어렵다'로 의역하였다. 이를 통해 어려운 문제를 풀기 위해 재삼 고민한 진관의 모습을 직설하게 표현하였다.

문방사보와 잔 네 개를 노앗스되 ᄒᆞᆫ나흔 옥잔이오 ᄒᆞᆫ아은 은잔이오 ᄒᆞᆫ

---

90) <蘇小妹三難新郎>, 704쪽.
91) <소소매전>, 95쪽.
92) <蘇小妹三難新郎>, 704쪽.

아흔 사긔잔이며 ᄯᅩ 세 낫 봉지를 노앗스며[93)]

桌上排列紙墨筆硯 三個封兒 三個盞兒 一個是玉盞 一個是銀盞 一個是瓦盞[94)]

여기서 紙墨筆硯을 문방사보로 의역했다. 紙墨筆硯을 그대로 직역하면 자구가 많아지는 반면에 문방사보라 하여 문장이 깔끔하게 정리되면서도 뜻과 부합한다. 이는 문장의 유창성과 예술성을 고려한 결과라 할 수 있다. 또한 '三個盞兒'를 '잔 네 개'로 적은 부분이 있는데 아마 오기일 것이다.

이처럼, <소소매전>에 보인 의역은 독자를 위해 풀어쓰는 경우도 있으나 조선의 언어와 문화적 습관에 맞게 변형시킨 '자국화 전략'을 활용한 경우도 있다.

4) 오역

<소소매전>의 역자 박건회는 앞에서 살펴봤듯이 중국 소설을 많이 번역한 사람이지만, 간혹 오역이 나오기도 하였다.

로쳔 ᄯᅩ한 형공이 지상됨으로 두 아돌 진취ᄒᆞᄂᆞᆫ 길에 히로옴이 잇슬가 두려ᄒᆞ야 ᄯᅩᄒᆞᆫ 곡진히 사괴던 터이다[95)]

老泉亦因荊公拜相 恐妨二子進取之路 也不免曲意相交[96)]

원문에서 曲意相交라고 하여 '뜻을 왜곡하여 사귄다'는 의미인데, <소

---

93) <소소매전>, 92쪽.
94) <蘇小妹三難新郎>, 701쪽.
95) <소소매전>, 86쪽.
96) <蘇小妹三難新郎>, 691쪽.

소매전>에서 곡진히 즉, 정성스럽게 사귀었다고 번역하여 '곡'의 뜻을 잘못 이해하였다. 이렇게 함으로 로천이 할 수 없이 왕안석과 사귀었다는 의미가 약화되었다.

> 늙은 자 이 듯고 괴로히 녁이되 그 도인이 방자시럽다 ᄒᆞ야 힐문코자 ᄒᆞ더니[97]

> 老院子 却聽得了 怪這道人放肆[98]

院子는 仆役을 말하는 것임으로 老院子를 늙은 노비로 번역하는 것이 마땅하지만, 늙은 자로 번역한 것은 원자의 뜻을 정확히 파악하지 못한 것 같다. 또한 怪這道人放肆의 怪자는 책망한다는 의미로, '이 도인의 방자한 행동을 책망했다'는 뜻이 된다. 그렇지만 역자가 怪자를 잘못 이해해서 '괴롭게 여기다'로 먼저 해석한 후, 뒤에 다시 '힐문하다'로 중복 해석하는 오역을 하였다.

> 로천이 응낙ᄒᆞ거늘 쇼유 택일ᄒᆞ야 납치ᄒᆞ고 힝례ᄒᆞᆯ시[99]

> 老泉應允 少不得下財納幣[100]

로천이 진소유의 청혼을 받아주고 조금 후에 납채하기를 면할 수 없었다는 원전에서 少不得의 '少'자를 <소소매전>에서는 秦少遊의 '少'자로 잘못 생각한 것 같다.

---

97) <소소매전>, 91쪽.
98) <蘇小妹三難新郎>, 699쪽.
99) <소소매전>, 92쪽.
100) <蘇小妹三難新郎>, 700쪽.

4. 결론

<소소매전>은 <금고기관>의 <蘇小妹三難新郎>을 초역한 것으로 소소매 부부의 결연 이야기만 집중하였다. 그 이유는 두 가지로 짚어볼 수 있다. 하나는 소소매가 신혼 첫날에 남편을 시험하는 이야기가 조선에서 인기가 많았으므로 기이한 이야기로써 독자들의 시선을 끌기 쉬워서이다. 또 하나는 <금고기관>의 교훈성을 돋보이게 해 소소매의 글재주보다 부부가 화합하는 이야기에 집중하게 하기 위해서이다. 초역된 내용을 살펴보면, 전편의 직역과 의역을 같이 하면서 간략화하는 축역 경향이 선명하게 보이고 있다. 또한 오역하는 경우도 보이는데 대개 문화적 오역보다 백화문 단어를 정확하게 이해하지 못한 언어적 측면에 기인한 것이다.

제3장

〈封神演義〉와 〈소달기전〉

1. 서론

<소달기전>은 상나라를 멸망시킨 소달기의 이야기를 다룬 작품이다. 작품에서 女媧娘娘은 紂王이 쓴 자신을 희롱한 시를 보고 대로하여 여우를 불러 상나라를 멸망시키라고 명령하였다. 이때 마침 주왕이 천하 미녀를 구하던 중인데 소획의 딸인 소달기의 미모를 듣고 궁 안으로 불러 드렸다. 소획이 강력히 반대하였지만 결국은 주왕이 보내온 군사를 대적하지 못했다. 할 수 없이 달기가 상경하게 되었는데 도중에 여우에게 죽임을 당한 후 몸까지 뺏겼다. 여우가 化身한 달기는 炮烙之刑이나 蠆盆 같은 잔혹한 형벌을 만들어 충신을 죽이고, 酒池肉林을 설치해 주왕을 주색에 빠지게 하는 온갖 악행을 행하였다. 그러나 결국 상나라의 멸망과 동시에 강자아에게 죽임을 당하였다.

이 작품은 <封神演義> 중에서 달기와 관련된 부분만 발췌해서 첨삭을 가하면서 번역된 작품임이 이미 선행연구에서 거듭 지적되었다.[101] 그러

나 <봉신연의>는 한국으로 전파해오면서 한글로 번역되어 유통하였다. 따라서 본 절에서 <소달기전>은 어떤 작품을 원전으로 삼았는지를 밝히고 그의 번역 양상 및 특징을 살펴보겠다.

이 작품의 이본은 총 3가지 있는데 하동호가 소장한 한글필사본, 1917년에 광동서국에 의해 발행된 구활자본, 1921년에 경성서적업조합에서 간행한 구활자본(일실)이 그것이다. 1921년에 경성서적업조합에서 간행한 구활자본은 일실되고 한글필사본은 개인 수장본으로 확인할 수 없어 1917년 광동서국에 의해 발행된 구활자본 <소달기전>을 연구 텍스트로 삼겠다.

2. 〈封神演義〉의 전래와 수용

<封神演義>는 17세기에 이미 한국으로 전파되었고, <서주연의> 혹은 <봉신전>이라는 제명으로 번역되었다.[102] 그에 관한 최초의 기록은 <謙齋集>의 <諺書西周演義跋>[103]에 있다. 겸재 趙泰億(1675~1728)은 그

---

101) 김정은, 「明淸歷史演義小說在韓國的傳播硏究」, 동북사범대학교 박사논문, 2011.
그 외에 손홍의 논문(「강태공 소재 소설의 번안 양상과 그의 의미」, 서강대학교 석사논문, 2008.)에서 <소달기전>을 번안 작품으로 보고 있는데, 번역과 번안의 경계를 정확히 제시하지 못해 번안에 대한 개념 정리가 부족해 보인다.

102) 이홍란, 「낙선재본 <서주연의> 연구」, 숭실대학교 석사논문, 2008.

103) 我慈闈旣諺寫西周演義十數編 而其書闕一筴 秩未克完 慈闈常嫌之久 而得一全本於好古家 續書補亡 完了其秩 未幾有閭巷女 從慈闈乞窺其書 慈闈卽擧其秩而許之 俄而女又踵門而謝曰 借書謹還 但於途道上逸一筴 求之不得 死罪死罪 慈闈姑容之 問其所逸 卽向者續書而補亡者也 秩之完了者 今復不完 慈闈意甚惜之 越二年冬 余絜婦僑居南山下 婦適病且無聊 求書于同舍族婦所 族婦迺副以一卷子 婦視之 卽前所逸慈闈手書者也 要余視之 余視果然 於是婦乃就其族婦 細訊其卷子所逌來 其族婦云 吾得之於吾族人某 吾族人買之於其里人某 其里人於途道上拾得之云 婦乃以前者見逸狀 具告之 且請還之 其族婦 亦異而還之 向之不完之秩 又將自此而再完矣 不亦奇歟 曩使此卷逸於道途 久而人不拾取 則其必馬畜蹸之 泥土衊之 一字片書 不可復覓矣 假使幸而免此患 爲人之所拾取 其拾取者 若蒙不知愛書 則不惟不珍護而翫賞之 又從而滅裂之殘毁之 以

발문에 어머니가 소설을 좋아하여 일찍이 <서주연의> 수십 편을 얻어 베꼈는데 그 중 한 책이 闕本으로 되어 있어 다 채워 베끼지 못하였음을 싫어하다가 다행히 사람을 시켜 好古家에서 전본을 얻어 궐본을 채우고 기뻐하였다는 내용을 썼다.[104]

그 후 <서주연의>에 관한 문헌 기록은 수차례 나타났다. 완산 이씨가 1762년에 쓴 <中國小說繪模本>에서 <서주연의>를 기록한 바가 있다. 그 후 洪熙福이 번역한 <第一奇言>(1835~1848)의 서문에는 조선조 후기에 유행한 중국소설 목록 가운데도 <서주연의>를 서술한 바가 있다. 민간의 기록뿐만 아니라 <승정원일기>에서도 1734년 4월 4일의 기사와 1767년 8월 1일의 두 차례 기사에 <서주연의>를 언급하였다.

> 上曰 子牙爲名 何冊有之乎 鄭羽良曰 三國誌 有之矣 徐命均曰 亦有於西周衍義矣[105]

> 上曰 褒姒事 則小說所傳是乎 啓禧曰 周史所傳 臣不敢不信 而西周演義云云之說, 皆不足信也[106]

첫 번째 기사에서 영조가 강자아의 출처를 물어보니 徐命均은 <서주연의>에서 나왔다고 답하였다. 물론 여기에는 西周衍義라고 써 있지만 西

備屋壁間糊塗之用 則其視馬畜蹸而泥土蠛 亦奚間哉 且幸而又免此患 得爲好事者之所藏去 其藏去者 若在天之涯地之角 而彼我不相及者 則此卷雖或無恙 吾之見失均也 豈不惜哉 今者逸於道途而馬畜不蹸 泥土不蠛 爲人所拾取 而不歸於蒙不知愛書之人 卒爲好事者之所藏去 而又不爲天涯地角彼我不相及者所占 爲吾婦族婦之族人所獲 轉展輪環 卒歸於我 此豈天不使我慈闈手筆 終至於散逸埋沒之地耶 三年之所失 一朝而得之 謂非有數存於其間耶 奇歟奇歟 不可以無識 謹錄其失得顚末如右云爾(한국고전번역원DB 참조.)

104) 대곡삼번, 『조선후기 소설독자연구』, 고대민족문화출판소출판부, 1985, 60~64쪽.

105) <승정원일기> 영조 10년 4월 4일 기유 29/33 기사, 한국고전번역원DB 참조.

106) <승정원일기> 영조 43년 8월 1일 임술 13/13 기사, 한국고전번역원DB 참조.

周演義를 말하는 듯하다. 두 번째 기사에서 褒姒에 관한 이야기가 <서주연의>에 나오지만 믿을 수 없다고 하였다. 영조가 중국소설을 애독한 것은 이미 주지의 사실이지만, 그의 신하들까지 <서주연의>를 읽었다는 것이 두 기사를 통해 확인되었다.

<서주연의> 외에 <封神演義>에 관한 기록도 있다. 김형규(1861~1835)의 일기 <青又日錄>에서 봉신연의를 봤다고 기록하였다.

> 看封神演義 此冊 乃皇明景陵鍾伯敬惺所著 而淸長洲楮人藉[107]學稼批評也[108]

이처럼 <봉신연의>는 늦어도 17세기에 이미 조선에 전파되었다. 그리고 <서주연의>로 번역되면서 남성 독자는 물론이고 여성을 포함한 다양한 독자층을 확보하였다. 그에 따라 한글번역본 <서주연의>를 애독하는 사람이 있는가 하면, <봉신연의>의 원본을 통독한 독자도 존재하고 있음을 알 수 있다.

3. 〈소달기전〉의 번역 양상

100회의 대장편소설 <봉신연의>의 일부부만 발췌해 번역된 <소달기전>은 86페이지에 불과하다. 이러한 과정에서 대량의 생략이 이루어질 수밖에 없다. <소달기전>에 해당하는 <봉신연의>의 회목을 정리해보면 다음과 같다.

---

107) 여기서 褚人穫을 楮人藉로 잘못 쓴 것 같다.
108) 김형규, <青又日錄> 四月 일기, 한국고전번역원DB 참조.

〈표 7〉

소달기전	봉신연의
1쪽~5쪽 주왕이 여와에게 향을 바치다가 희롱하는 시를 쓰니 여와 낭낭이 진노함.	**第一回 紂王女媧宮進香**
5쪽~14쪽 주왕이 소획에게 딸을 바치라 하니 소획이 거절하고 叛詩를 씀.	第二回 冀州侯蘇護反商
15쪽~23쪽 희창이 소획을 설득해서 달기를 바치라고 함.	第三回 姬昌解圍進妲己
23쪽~28쪽 은주역에서 여와낭낭이 보낸 구미호가 달기를 죽이고 대신 입궁함.	第四回 恩州驛狐狸死妲己
28쪽~32쪽 운중자가 궁중에 요기가 보여 칼을 바쳤지만 달기가 무서워하므로 주왕이 그 칼을 불에 태움.	第五回 云中子進劍除妖
32쪽~41쪽 주왕이 달기의 의견으로 포락지형을 만들어 맥백을 죽임.	第六回 紂王无道造炮烙
42쪽~50쪽 달기와 비중이 함께 강황후를 모함하여 죽임.	第七回 費仲計廢姜皇后
50쪽~56쪽 방필과 방상이 태자 은교를 구하려고 조가에서 도망감.	第八回 方弼方相反朝歌
56쪽~63쪽 태자의 일을 안 상용이 간하다가 주왕이 듣지 않자 상용이 大殿에서 자결.	第九回 商容九間殿死節
63쪽~67쪽 서백이 조가로 향함. (뇌진을 구한 이야기는 없음.)	**第十回 姬伯燕山收雷震**
67쪽~71쪽 서백이 羑里에 감금됨.	第十一回 羑里城囚西伯侯
없음	**第十二回 陳塘關哪吒出世** **第十三回 太乙眞人收石磯**

	第十四回 哪吒現蓮花化身 **第十五回 昆侖山子牙下山** **第十六回 子牙火燒琵琶精**
71쪽~74쪽 주왕이 뱀구덩이를 만듦.	第十七回 紂王无道造蠆盆
74쪽~75쪽 달기의 명으로 숭후호가 녹대를 만듦. (강태공에 대한 이야기는 없음.)	**第十八回 子牙諫主隱磻溪**
75쪽~80쪽 백읍고가 아버지 서백을 위해 조가에 왔다가 죽임을 당함.	第十九回 伯邑考進貢贖罪
80쪽~82쪽 산의생이 비중에게 뇌물을 주어 서백이 풀려나게 함.	第二十回 散宜生私通費尤
없음.	**第二十一回 文王夸官逃五關** **第二十二回 西伯侯文王吐子** **第二十三回 文王夜夢飛熊兆** **第二十四回 渭水文王聘子牙** **第二十五回 蘇妲己請妖赴宴**
82쪽~83쪽 달기가 마음이 아프다는 핑계로 비간의 심장을 먹어야 나을 수 있다고 해서 비간을 죽임.	第二十六回 妲己設計害比干
83쪽~84쪽 태사 문중이 돌아와서 나라를 위한 계책 열 개를 아룀.	第二十七回 太師回兵陳十策
없음.	**第二十八回~第九十六回** 강자아 무왕과 같이 상나라를 정벌하는 과정
84쪽~85쪽 강자아가 달기를 죽임.	第九十七回 摘星樓紂王自焚
86쪽 간단한 論功行賞을 하고 마무리됨.	第九十八回~第一百回 신선들이 封神되고 臣下들이 奉候封王 됨

살펴본 바와 같이 전체 86페이지인 <소달기전>의 내용과 일치하는

<봉신연의>의 부분은 제1회~11회, 제17회~제20회, 제26회, 27회, 97회~100회까지이다. 그리고 <소달기전>은 <봉신연의>에서 발췌한 내용들은 주로 소달기와 직접적으로 관련이 있는 내용들이다. 그렇지만 <봉신연의>중에 소달기에 관한 모든 내용들이 다 발췌된 것은 아니다. 15회, 16회, 18회, 25회에서 달기와 강자아의 대결,[109] 89회에서 달기가 임신한 부인의 배를 파헤치고 아들인지 딸인지를 확인하는 악행 등 대표적인 내용들이 생략되었다. 그리고 오히려 처음에 주왕이 병사를 보내 소획을 치게 할 때 나오는 전쟁 장면에 20페이지의 분량을 할애하였다. 물론 이 전쟁의 시작은 소호가 소달기를 지키려고 한 데서 비롯되지만, 소달기가 주인공으로 전개한 서사는 아니었다. 따라서 <소달기전>의 역자가 상업적 이익과 흥미성을 고려해, 당시 독자들이 애독하는 영웅소설에 나타난 군담을 일부러 삽입한 듯하다.

1) <소달기전>의 번역 원전

<소달기전>이 <봉신연의>를 초역한 것은 이미 거듭 이야기되었다. 다른 번역소설과 달리 <봉신연의>는 일찍 <서주연의>로 번역되어 조선 사람에게 큰 인기를 얻었다. 그렇다면, '<소달기전>은 <봉신연의>를 직접 번역한 것인가' 아니면 '<서주연의>를 발췌한 것인가'라는 질문을 가장 먼저 던지게 된다. 이에 세 작품의 관계를 한번 검토해보겠다.[110]

---

109) <봉신연의>에서 강자아가 소달기와 긴밀한 관계를 지닌 인물인데 <소달기전>에서는 강자아가 소달기와 엮이는 부분이 거의 생략되었다. 그 구체적인 이유는 알 수 없으나 역자가 일부러 강자아의 역할을 축소하고 武王伐紂의 역사사건과 구별시킨 듯하다.

<봉신연의>는 전형적인 연의소설로써 개편시부터 시작하고 있다. 그렇지만 한국에서 중국 연의소설을 번역하는 과정에서 개편시를 생략하는 것이 관례이다.[111] 따라서 여기서 개편시를 빼고 작품의 서두부터 살펴보겠다.

가) 成湯乃黃帝之后也 姓子氏 初 帝嚳次妃簡狄祈于高 有玄鳥之祥 遂生契 (…중략…) 在位十三年而崩 壽百歲 享國六百四十年 傳至商受而止 成湯 (…중략…) 太丁 帝乙 紂王 紂王乃帝乙之三子也 帝乙生三子 長曰微子啓 次曰微子衍 三曰壽王 因帝乙游于御園 領衆文武玩賞牡丹 因飛云閣塌了一梁 壽王托梁換柱 力大无比[112]

---

110) 텍스트는, <新刻鐘伯敬先生批評封神演義>, 한국학중앙연구원 장서각 소장본 <서주연의>, 1919년 광동서국에서 간행된 <소달기전>으로 삼겠다.
박재연(「조선시대 중국통속소설 번역본의 연구」, 한국외국어대학교, 박사논문, 1993.)과 이홍란(「낙선재본 <서주연의> 연구」, 숭실대학교 석사논문, 2008.)의 선행연구를 참조하여 이본과 선택기준을 다음과 같이 정리하였다.
❶ <봉신연의>
<봉신연의>는 한국과 중국에서 모두 인기 있는 작품인 만큼 이본이 수십 종이 있다. 중국의 <봉신연의>는 대개 3계열로 나눌 수 있다.
[1] 明舒載暘刊本(李云翔序): <新刻鐘伯敬先生批評封神演義> 20권 100회, 天啓年間
현재 일본내각문고에 소장되어 있으며 『중국고본소설집성』에 영인되어 있다.
[2] 周之標序本: <全像封神傳> 10권 100회
현재 일본 無窮會織田文庫에 소장되어 있다.
[3] 褚人獲序本: <封神演義> 20권 100회
현재 중국국가도서관에 소장되어 있다.
이 세 가지 계열은 자구상의 차이가 있을 뿐 내용상은 차이가 없다.
현재 한국에는 <봉신연의> 목판본이 7종 있다. 褚人獲序本도 있고 <新刻鐘伯敬先生批評封神演義>도 있다. 따라서 이 글은 가장 이른 시기에 나온 <新刻鐘伯敬先生批評封神演義>를 텍스트로 삼겠다.
❷ <서주연의>
<서주연의>의 이본은 5종이 있다. 그 중 개인 소장본 3종 이외에 2종의 이본을 소개하면 다음과 같다.
[1] <서주연의> 한국학중앙연구원 장서각 소장, 25권 25책.
[2] <셔주연의라> 박순호 필사본고소설자료총서, 낙질.
<서주연의>는 완질인 장서각본으로 텍스트를 삼겠다.

111) 박재연, 위의 논문, 246쪽.

나) 상왕 뎨을은 태정의 아들이오 셩탕의 일십 칠ᄃᆡ 숀이라 장ᄌᆞᄂᆞᆫ 미ᄌᆞ계오 ᄎᆞᄌᆞᄂᆞᆫ 미즁연이오 삼ᄌᆞᄂᆞᆫ 슈왕 쉬니 이 쉬라 숀으로 능히 모든 즘싱을 졔어ᄒᆞ고 거즛말 ᄭᅮ미기ᄅᆞᆯ 잘ᄒᆞ더라[113]

다) 화셜 상나라 인군 졔을은 ᄐᆡ정의 아들이오 셩탕 십칠세손이라 졔을니 삼ᄌᆞ을 두엇스니 장ᄌᆞᄂᆞᆫ 미ᄌᆞ계요 차ᄌᆞ는 미즁연이오 삼ᄌᆞᄂᆞᆫ 쥬왕슈니 쥬왕이 손으로 능히 ᄆᆡᆼ호를 잡고 지혜와 담약이 과인ᄒᆞᆫ 지라[114]

위 내용에서 볼 수 있듯이 <봉신연의>에서는 상나라의 시조 신화부터 상나라 멸망까지 간단하게 소개한 후 상나라의 역대 제왕을 열거하였다. 그렇지만 <서주연의>과 <소달기전>에서는 이 부분을 모두 생략했으며, 대신 '제을은 태정의 아들이오'로 시작하였다. 또한 <서주연의>와 <소달기전>에서는 주왕의 힘이 세다고 묘사할 때 짐승을 잡을 수 있다는 표현을 썼는데, <봉신연의>에서는 풍운각이 무너질 때 그가 기둥을 받쳤다는 것을 통해서 서술하였다.

다음으로 주목해야 할 부분은 이 세 작품에서 나타난 제을의 두 번째 아들의 이름이다. <봉신연의>에서는 '微子衍'으로 되어 있는데 <서주연의>와 <소달기전>에서는 모두 미중연(微仲衍)으로 되어 있다.

가-1) 因首相商容 上大夫梅伯 趙啓等上本立東宮 乃立季子壽王爲太子[115]

나-1) 이적의 뎨을이 태ᄌᆞᄅᆞᆯ 뎡치 못하였더니 승샹 상용과 ᄐᆡ우 ᄆᆡᄇᆡᆨ

112) <봉신연의>, 1쪽.(이화문회사에 출판된 <셔쥬연의>(2003년) 교주본의 부록으로 영인된 明舒載暘刊本 <新刻鐘伯敬先生批評封神演義>를 참조하였다.)
113) <서주연의>, 권1, 1쪽.
114) <소달기전>, 1쪽.
115) <봉신연의>, 1쪽.

> 과 됴계 등이 주ᄒᆞᄃᆡ 태ᄌᆞᄂᆞᆫ 텬ᄒᆞ의 근본이오 만민의 쥬어ᄂᆞᆯ 이졔 폐해 ᄐᆡᄌᆞᄅᆞᆯ 뎡치 아니ᄒᆞ샤 후ᄉᆞᄅᆞᆯ 도라보지 아니ᄒᆞ시니 원컨ᄃᆡ 폐ᄒᆞᄂᆞᆫ ᄐᆡ자ᄅᆞᆯ 슈히 뎡ᄒᆞ샤 텬ᄒᆞ의 근본을 ᄉᆞᆷ으쇼셔 뎨을 왈 ᄉᆞᆷᄌᆞ 즁의 뉘 가히 국ᄉᆞ를 니엄즉하요 샹용 등이 쥬ᄒᆞᄃᆡ 신등이 엇지 셰 공ᄌᆞ의 현부ᄅᆞᆯ 알니잇고 뎨을 왈 제삼ᄌᆞ 쉬 총명ᄒᆞ고 ᄌᆡ죄 과인ᄒᆞ니 족히 대ᄉᆞᄅᆞᆯ 니으리라 ᄒᆞ고 ᄐᆡᆨ일ᄒᆞ여 슈왕을 봉ᄒᆞ여 태ᄌᆞᄅᆞᆯ 삼다.[116]

> 다-1) 졔을이 ᄐᆡ자을 정치 못ᄒᆞ야 심ᄒᆞ더니 슈상 상용과 좌승상 비간과 우승상 ᄇᆡᆨ용이 쥬왈 ᄐᆡ자는 국가의 근본이니 일즉이 ᄐᆡᄌᆞ을 뎡ᄒᆞ소셔 제을 왈 삼ᄌᆞ즁 눌로써 정ᄒᆞᆯ고 상용이 쥬왈 신등이 엇지 ᄐᆡᄌᆞ의 현부를 알이잇고 졔을 왈 삼ᄌᆞ즁 쉬 가장 총명ᄒᆞ고 ᄌᆡ긔 과인ᄒᆞ니 맛당히 국ᄉᆞ을 젼ᄒᆞ리라 ᄒᆞ고 곳 슈로써 ᄐᆡᄌᆞ를 봉ᄒᆞ니라[117]

위 내용은 제을이 대신과 상의하여 태자를 정하는 부분이다. <봉신연의>에서는 대신들이 태자를 정하다는 상소를 올리자 황제가 수를 태자로 삼았다. 이처럼 한마디로 아주 간단하게 설명하고 넘어갔는데, <서주연의>와 <소달기전>에서는 군신간의 대화를 상세하게 설명하였으며 내용 또한 서로 일치하였다.

그 외에 <서주연의>와 <소달기전>에서는 소달기의 아버지가 소획이라고 써 있는 반면에, <봉신연의>에서는 蘇護으로 되어 있다. 이러한 내용을 통해 볼 때 <소달기전>은 <서주연의>와 더 가까운 형태로 보인다.

그렇다면 <소달기전>은 <서주연의>를 그대로 발췌한 것일까? 다음 인용문에서 그 답을 찾을 수 있다.

---

116) <서주연의>, 권1, 1쪽.

117) <소달기전>, 1쪽.

가-2) 烏雲疊鬢 杏臉桃腮 淺淡春山 嬌柔柳腰 眞似海棠醉日 梨花帶雨 不亞 九天仙女下瑤池 月里姮娥離玉闕 妲己啓朱唇似一點櫻桃 舌尖上吐的是 美孜孜一團和氣 轉秋波如双彎鳳目 眼角里送的是嬌滴滴萬种風情[118)]

나-2) 어엿분 ᄐᆡ도와 쳥아한 소래[119)]

다-2) 烏雲疊鬢 杏臉桃腮 淺淡春山 嬌柔柳腰 眞似海棠醉日 梨花帶雨 不亞 九天仙女下瑤池 月里姮娥離玉闕 妲己啓朱唇似一點櫻桃 舌尖上吐的是 美孜〃一團和氣 轉秋波如双彎鳳目 眼角里送的是嬌滴〃萬种風情[120)]

이 부분은 달기의 용모와 목소리를 묘사하는 장면인데, <서주연의>는 아주 간략하게 '어엿분 태도와 쳥아한 소래'로 끝나지만, <봉신연의>와 <소달기전>은 모두 구체적으로 묘사한 것뿐만 아니라 글자마다 똑같다. 또 주목할 만한 부분은 <소달기전>에서 다-2)처럼 한자로만 썼으며 뒤에 음독을 가한 부분도 없고, 한글번역도 아예 없다는 것이다. 이와 같은 형태를 취한 부분은 이 외에도 다섯 군데가 더 있다. 상나라가 망할 것이라는 운중자의 예언, 소호의 叛詩, 나머지는 伯邑考가 거문고를 치면서 부르는 곡조 3편이다. 이렇게 한자로 쓴 이유는 정확히 모르겠으나 번역하면 오히려 그 뜻을 정확히 표현하기 힘들어서이거나 지면을 절약하려고 한 것인 듯싶다.

또 <봉신연의>와 <소달기전>은 같고 <서주연의>만 다른 부분은 작품에서 적지 않게 나타나고 있다.

---

118) <봉신연의>, 97쪽.
119) <서주연의>, 권1, 69쪽.
120) <소달기전>, 27쪽.

가-3)
鳳鸞寶帳景非常 盡是泥金巧楊粧 曲曲遠山飛翠色 翩翩舞袖映霞裳
梨花帶雨爭嬌艶 芍藥籠煙聘媚粧 但得妖嬈能擧動 取回長樂侍君王[121]

나-3)
봉란보장경비상 진시니금교양장 곡곡원산비취식 편편무슈영하상
리화ᄃᆡ우징교염 작약어용연비비 단득요요능거동 취회장악시군왕[122]

다-3)
鳳鸞寶帳景非常　　봉란보장에 경비상ᄒᆞ니
盡是泥金巧楊粧　　진시이금교양장을
曲曲遠山飛翠色　　곡〃원산비취식이오
翩翩舞袖映霞裳　　편〃무수에영하상을
梨花帶雨爭嬌艶　　이화ᄃᆡ우징교염이오
芍藥籠煙聘媚粧　　작약농연빙미장이라
但得妖嬈能擧動　　단득요〃능거동이면
取回長樂侍君王　　취회장낙시군왕이라[123]

위의 한시에서 보인 것처럼 頸聯 중의 여섯 번째 구절인 '芍藥籠煙聘媚粧'은 <소달기전>과 <봉신연의>에서는 같은 글자로 구성되어 있지만, <서주연의>에서는 '작약어용연비비'로 변별된 양상을 보이고 있다. 한자가 있는 부분에만 이러한 특징을 보인 것이 아니다. 서사 내용에서도 이러한 특징을 찾아낼 수 있다. 숭후호의 대장 매무가 소호의 아들인 소전충과 싸울 때 다음과 같이 말하였다.

---

121) <봉신연의>, 11쪽.
122) <서주연의>, 권1, 4~5쪽.
123) <소달기전>, 3쪽.

가-4) 你父子反叛 得罪天子 尚不倒戈服罪 而强欲抗天兵 是自取滅族之禍矣 全忠拍馬搖戟 劈胸來刺[124]

나-4) 창을 두로고 크게 웨여 왈 쇼젹은 말을 나려 슈이 항하여 쥭기를 면ᄒᆞ라 븍진 중의셔 한 장쉬 쒸여 ᄂᆞ다라 웨ᄃᆡ 젹은 도젹이 엇지 무례ᄒᆞ뇨 ᄒᆞ고 도치를 들어 ᄆᆡ무를 취ᄒᆞ니[125]

다-4) 너의 부직 반역ᄒᆞ엿시니 그 죄 젹지 아니ᄒᆞ거늘 항복ᄒᆞᆯ 쥴 모르고 도로혀 쳔병을 항거ᄒᆞ여 멸망의 화을 취ᄒᆞᄂᆞ뇨 소젼츙이 답지 아니코 창을 들어 ᄆᆡ무의 가슴을 지르니[126]

위 인용문에서 보인 것처럼, <소달기전>과 <봉신연의>에서는 梅武가 소전충 부자에게 반역 죄인이라 욕하면서 항복하지 않고 항거하니 멸망의 화를 자초하는 것이라고 말하였다. 그렇지만 이 내용은 <서주연의>에 아예 나타나지 않고 있다.

이처럼 <소달기전>의 역자가 <서주연의>와 <봉신연의>를 같이 참고해서 <소달기전>을 번역했다는 것을 알 수 있다. 그렇지만 그 과정에서 <서주연의>와 <봉신연의>에 없는 내용들을 추가하거나 변용시킨 부분도 있다. 이에 대해서는 이어서 살펴보도록 하겠다.

2) 직역 및 의역

앞서 <소달기전>이 <봉신연의>와 <서주연의>를 같이 참조해서 초

124) <봉신연의>, 42~43쪽.
125) <서주연의>, 권1, 31쪽.
126) <소달기전>, 13쪽.

역했다는 내용을 이미 살펴봤다. 그렇다면 그 구체적인 번역 양상은 어떻게 나타나고 있을까?

우선, <서주연의>를 참조한 내용을 살펴보겠다.

> 가-5) 女媧乃上古之正神 朝歌之福主 老臣請駕拈香 祈求福德 使萬民樂業 雨順風調 兵火寧息 今陛下作詩 褻瀆聖明 毫無虔敬之誠 是獲罪于神聖 非天子巡幸祈請之禮 愿主公以水洗之 恐天下百姓觀見 傳言聖上無有德政耳[127]

> 나-5) 여와시ᄂᆞᆫ 상고젹 신령이라 신이 쳥ᄒᆞ여 복을 빌어 만인으로 더브러 한가지로 ᄐᆡ평을 누리고져 ᄒᆞ거ᄂᆞᆯ 이졔 폐히 시롤 지어 신령을 희롱ᄒᆞ고 조곰도 공경ᄒᆞᆫ 뜻이 없ᄉᆞ니 원컨ᄃᆡ 쥬상은 이 글을 쎨니 업시ᄒᆞ야 ᄇᆡᆨ셩으로 ᄒᆞ여곰 우음되게 마르쇼셔[128]

> 다-5) 녀화씨ᄂᆞᆫ 상고신령이라 폐히 ᄇᆡᆨ셩을 위ᄒᆞ야 복을 빌거ᄂᆞᆯ 글을 지어 신령을 희롱ᄒᆞ야 공경ᄒᆞᄂᆞᆫ 네되 업스니 원컨ᄃᆡ 글을 업시ᄒᆞ사 ᄇᆡᆨ셩의 우움을 취치 마소셔[129]

이 부분은 주왕이 여와낭낭을 희롱하는 시를 지은 후 재상 상용이 주왕에게 간하는 내용이다. 여와씨가 상고의 신령이라고 한 것은 세 작품이 공통적으로 지닌 내용이지만, '글을 없애고 백성의 웃음을 취하지 말라'고 한 내용은 <서주연의>와 <소달기전>에만 있는 내용이다.

여기서 <소달기전>은 <서주연의>를 참조하였으나 그대로 베끼지 않고 약간의 변화를 가하였다. '공경ᄒᆞᆫ 뜻'을 '공경하ᄂᆞᆫ 네도'로, '백성으로

---

127) <봉신연의>, 12쪽.
128) <서주연의>, 권1, 5쪽.
129) <소달기전>, 3쪽.

하여곰 우음되게 마르소서'에서 '백성의 우음을 취치 마소셔'로 일치한 뜻을 유지하면서 약간의 변화를 첨가하였다.

나-6) 슈션궁으로 도라오니 달긔 바야흐로 난간을 의지ᄒᆞ여 잉무롤 희롱ᄒᆞ니 구텬 텬네 요지의 나려오며 월궁 홍ᄋᆡ 옥절의 나여온 듯ᄒᆞ더라 쥬 압히 나아가 왈 그ᄃᆡ 임의 궁즁의 드러왓시니 날을 무숨 도리로 셤길다 달긔 피셕 ᄃᆡ왈 쳡의 원ᄒᆞᄂᆞᆫ 바ᄂᆞᆫ 다만 폐하로 ᄒᆞ여곰 근심 업ᄉᆞ시게 ᄒᆞ리이다 쥬 또 문왈 네 엇지 ᄂᆡ 즐거오믈 잘 도을다 달긔 답왈 쳡이 비혼 ᄌᆡ죄 업ᄉᆞ오며 아ᄂᆞᆫ 네되 업ᄉᆞ오나 폐하의 좌우의 이셔 조정의 일이 잇거든 그 경ᄉᆞ의 일난 폐하의게 쥬ᄒᆞ고 그 결치 못ᄒᆞᄂᆞᆫ 졍ᄉᆞᄂᆞᆫ ᄃᆡ신으로 하여곰 논ᄒᆞ여 쳐치케 ᄒᆞ면 폐히 근심이 업ᄉᆞ리이다[130]

다-6) 이 날 쥬 슈션궁에 드려가니 달긔 홀노 난간을 의지ᄒᆞ여 잉무를 희롱ᄒᆞ거널 쥬 문왈 ᄋᆡ경이 입궁ᄒᆞ엿스니 무삼 도로 짐을 셤길가 달긔 피셕 대왈 쳡이 원ᄒᆞᄂᆞᆫ 바ᄂᆞᆫ 다만 폐하로 하여금 근심이 업게 ᄒᆞ리니다 쥬왈 엇지 근심이 업게 ᄒᆞ리오 달긔 왈 쳡이 비혼 ᄌᆡ죄 업ᄉᆞ오나 폐하 좌우에 모ᄃᆡ셔 정ᄉᆡ 잇거든 대신으로 의논ᄒᆞ야 쳐단ᄒᆞ면 폐하ᄂᆞᆫ 금궁에 즐기심물 누리시고 근심이 업스리다[131]

이 부분은 <봉신연의>에는 아예 없는 대화이다. 주왕이 소달기에게 자신을 어떻게 섬길 것인지 묻자, 소달기가 주왕으로 하여금 근심이 없게 하겠다고 대답하였다. 또한 정사를 조정 대신에게 맡기고 궁중에서 즐겁게 놀기만 하면 근심이 없어진다고 제안하였다. <서주연의>에서는

130) <서주연의>, 권1, 71쪽.
131) <소달기전>, 27~28쪽.

달기를 '그대'로 칭하지만, <소달기전>에서는 '익경'으로 불렀다. 또한 <소달기전>에서 '금중에 쥴기심믈 누리시고'라는 내용을 추가해 달기의 간사한 면과 교활한 면을 극대화시켰다.

이처럼, <소달기전>은 <서주연의>를 참조할 때 그대로 옮겨 쓰지 않고 뜻을 유지하되 단어의 선택에 약간의 변용을 가하고, 장면을 부연하거나 혹은 약간의 생략도 같이 이루었다.

이어서 <봉신연의>를 참조할 때의 번역 양상을 살펴보겠다.

가-7) 黑虎暗喜曰 吾此來一則爲長兄失利 二則爲蘇護解圍 以全吾友誼交情 今左右備坐騎 卽翻身來至軍前 見全忠馬上耀武揚威 黑虎曰 全忠賢侄 你可回去請你父親出來 我自有說話 全忠乃年幼之人 不諳事體 又聽父親說 黑虎梟勇焉 肯善回 乃大言曰 崇黑虎我與你勢成敵國 我父親又與你論甚交情 速倒戈退軍 饒你性命 不然悔之晩矣[132]

나-7) 혹회 젼츙의 소ᄅᆡᄅᆞᆯ 듯고 가만이 깃거 왈 쇼장이 반ᄃᆞ시 ᄂᆡ 도치 아ᄅᆡ 쥭으리로다 우리 형장의 ᄑᆡᄒᆞᆫ 보슈ᄅᆞᆯ ᄒᆞ리로다 ᄒᆞ고 군ᄉᆞᄅᆞᆯ 거ᄂᆞ려 군문의 나와 웨여 왈 네 엇더ᄒᆞᆫ 도적놈이완ᄃᆡ 감히 날과 ᄊᆞ호고져 ᄒᆞᄂᆞ뇨 너ᄂᆞᆫ ᄂᆡ 젹슈 아니라 ᄲᆞᆯ니 도라가고 용병ᄒᆞᆫ 장슈 나오거든 ᄂᆡ 싸화 승부ᄅᆞᆯ 결ᄒᆞ리라 젼츙이 쇼왈 ᄂᆡ 부친 명을 바다 너를 잡으라 왓ᄂᆞ니 ᄲᆞᆯ니 말긔 나려 항복ᄒᆞ라[133]

다-7) 흑호 가만니 깃거 왈 니변 오미 쳣ᄌᆡᄂᆞᆫ 형장을 돕고 둘ᄌᆡᄂᆞᆫ 소획을 위하야 곤ᄒᆞᆫ 거슬 풀러 벗의 교정을 온젼이 ᄒᆞ리라 ᄒᆞ고 진젼에 나오니 소젼츙이 요무향위ᄒᆞ거늘 흑호 ᄃᆡ호왈 현질은 도라가고 너의 부친을 쳥ᄒᆞ여 날과 말ᄒᆞ게 ᄒᆞ라 ᄒᆞ니 쇼젼츙니 분

132) <봉신연의>, 75쪽.
133) <서주연의>, 권1, 43쪽.

이 여겨 엇지 도라가리오 하물며 부친이 기리물 분히 여겨 소릐 질러왈 우리 님의 젹국지간니 되어스니 무삼 상양홀 일 닛슬리오 만일 일즉이 항복ᄒᆞ면 셩명을 보젼ᄒᆞ런니와 불련즉 후회ᄒᆞ나 밋지 못ᄒᆞ리라[134]

이 부분은 숭흑호가 소달기의 부친 소전충과 싸울 때의 장면이다. <서주연의>에서는 숭흑호가 소전충과 아예 모르는 사이였다가 적대하는 관계로 설정하였지만, <봉신연의>와 <소달기전>에서는 동일하게 숭혹호가 소전충의 아버지와 친한 친구인 것으로 설정하였으며, 전투를 벌이는 것보다 대화를 통해 문제 해결을 시도하는 것으로 만들었다.

또 그 번역에 있어서, 대개 직역을 하되 의역과 축약을 같이 이루었다. '형장이 패한 것(長兄失利)'을 '형장을 돕다'로, '무슨 친분을 이야기하겠느냐(論甚交情)'를 '무슨 상냥할 일 있겠느냐'로 의역하였다. 그리고 '全忠乃年幼之人 不諳事體 又聽父親說 黑虎梟勇焉 肯善回'라는 부분은 생략하였다.

가-8) 公若執迷 三害目下至矣 冀州失守宗社無存 一害也 骨肉有族滅之禍 二害也 軍民遭兵燹之災三害也[135]

다-8) 만약 결단치 못ᄒᆞ면 목하에 셰 가지 히가 이르리니 긔쥬를 일코 종ᄉᆞ를 보젼치 못ᄒᆞ리니 한 가지 히오 골육이 멸족의 화잇스니리니 두 가지 히오 군민이 병폐의 지앙을 당ᄒᆞ리니 셰 가지 히라[136]

산의생이 소호에게 소달기를 주왕에게 바치라고 제안할 때 세 가지 利

134) <소달기전>, 16~17쪽.
135) <봉신연의>, 79쪽.
136) <소달기전>, 22쪽.

와 세 가지 害를 이야기하였다. 세 가지 利의 경우는 세 작품에서 모두 다루었으나 세 가지 害에 대해서는 <봉신연의>와 <소달기전>에서만 다루었다.

그리고 번역에 있어 직역을 하되, 어순의 변화와 약간의 의역이 이루어졌다. 고집이 세고 집착한다는 '執迷'를 '결단치 못함'으로 의역하였다. 또한 어순의 바꿈을 이루었는데 '세 가지 해가 목하에 이른다(三害目下至)'를 '목하에 셰 가지 히가 이르리니'로 변화시켰다. 이는 중국과 한국의 언어 습관의 차이로 일어난 현상이다.

이처럼 <소달기전>은 <봉신연의>를 번역할 때, 주로 직역을 하되, 의역과 축약, 그리고 어순의 바꿈 등을 가하였다. <서주연의>를 참조할 때 역시 그대로 베끼지 않고 단어의 선택, 혹은 장면의 부연이나 생략 등 약간의 변화를 가하였다.

3) 변용

<소달기전>은 <봉신연의>와 <서주연의>를 같이 참조하였으나 두 작품과 내용이 다른 부분도 없지 않다. 이러한 변용을 통해 역자가 원작에 대한 태도를 가늠할 수 있다.

가-9) 殷受無道昏君 不想修身立德以保天下 今反不畏上天 吟詩褻我 甚是可惡 我想成湯伐桀而王 天下享國六百餘年 氣數已盡 若不與他個報應 不見我的靈感[137]

나-9) 쥬 성탕의 공을 니어 만승지쥬 되어시디 도를 닷고 일을 힝치

137) <봉신연의>, 14쪽.

아냐 ᄉᆞ오나온 힝실을 ᄒᆞ여 미ᄎᆞ 리 업게 ᄒᆞ여 우리의 노ᄅᆞᆯ 지어 ᄂᆡ니 황텬과 후퇸들 엇지 ᄉᆞ오나온 님군을 두어 만인의 화ᄅᆞᆯ 지으리오 은되 반ᄃᆞ시 망ᄒᆞ리니 우리 그 ᄉᆞ이ᄅᆞᆯ 타 이 보슈ᄅᆞᆯ ᄒᆞ리라[138]

다-9) 무도한 혼혼이 셩탕의 기업을 이여 만승텬ᄌᆞ 되엿거ᄂᆞᆯ 덕을 닥고 인의을 힝ᄒᆞ야 텬하 다스리기는 싱각지 아니ᄒᆞ고 사나온 말로 나를 희롱ᄒᆞ니 악ᄒᆞ미 심ᄒᆞ도다 ᄂᆡ 싱각컨ᄃᆡ 셩탕이 텬하을 누린 지 뉵빅 년이라 긔슈 임의 진ᄒᆞ엿스니 황텬후토의 ᄉᆞ〃홈으로 혼군을 업ᄉᆡ고 창싱을 구제ᄒᆞ리라[139]

이 부분은 여와낭낭이 주왕이 쓴 시를 보고 대로하는 장면이다. 앞의 내용은 세 작품 모두 언어상의 차이만 있을 뿐, 내용상 거의 비슷하다. 그렇지만 마지막 부분에서 <봉신연의>와 <서주연의>는 여와낭낭이 주왕을 없애려고 한 것이 '보응' 혹은 '보수'에 있지만, <소달기전>은 '창싱을 구제하'려고 한 데에 있다. 이러한 차이는 매우 작지만, 그 의미가 확연하게 다르다. <봉신연의>와 <서주연의>에서의 여와낭낭은 신령이지만 복수에 집착하는 '악'의 특질을 가지고 있는 반면에 <소달기전>의 여와낭낭은 천하 백성을 구제하려는 정의와 대의를 생각하는 여신으로 변화되었다. 이에 <소달기전>에서 상나라의 멸망은 여와낭낭의 장난, 혹은 화풀이가 아니라 무도한 혼군을 내치고 천하 백성이 구제되는 선한 일의 결과물이 되었다.

같은 맥락에서 <소달기전> 중의 소달기의 최후는 <서주연의>와 <봉신연의>의 결말과 다르다.

---

138) <서주연의>, 권1, 6쪽.
139) <소달기전>, 3~4쪽.

가-10) 話說女媧娘娘跨青鸞而來 阻住三個妖怪之路 三妖不敢前進 按落妖光俯伏在地 口稱 娘娘聖駕降臨 小畜有失回避 望娘娘恕罪 小畜今被楊戩等追趕甚迫 求娘娘救命 女媧娘娘聽罷 分付碧雲童兒 將縛妖索把這三個業障鎖了交與楊戩 解往周營 與子牙發落 童兒領命 將三妖縛定 三妖泣而告曰 啓娘娘得知 昔日是娘娘用招妖旛招小妖去朝歌 潛入宮禁 迷惑紂王 使他不行正道 斷送他的天下 小畜奉命 百事逢迎 去其左右 令彼將天下斷送 今已垂亡 正欲覆娘娘鈞旨 不期被楊戩等追襲 路遇娘娘聖駕 尚望娘娘救護 娘娘反將小畜縛去見姜子牙發落 不是娘娘出乎反乎了 望娘娘上裁 女媧娘娘曰 吾使你斷送殷受天下 原是合上天氣數 豈意你無端造業 殘賊生靈 屠毒忠烈 慘惡異常 大拂上天好生之仁 今日你罪惡貫盈 理宜正法 三妖俯伏不敢聲言[140]

나-10) 세 요괴 노ᄒᆡ ᄆᆡ이여 사ᄅᆞᆷ의 얼골이 되어 울며 고왈 젼일 낭낭이 우리ᄅᆞᆯ 노ᄂᆡ여 쥬로 ᄒᆞ여곰 텬ᄒᆞᄅᆞᆯ 일케 ᄒᆞ라 ᄒᆞ시니 우리 낭낭의 명을 밧ᄌᆞ와 궁즁의 드러 쥬로 ᄒᆞ여곰 텬ᄒᆞ 인심을 일혀 맛춤ᄂᆡ 종ᄉᆞᄅᆞᆯ 남에게 ᄋᆞ이게 ᄒᆞ엿거ᄂᆞᆯ 낭낭이 엇지 도로혀 우리ᄅᆞᆯ 잡아 양젼을 쥬려 ᄒᆞ시ᄂᆞ니잇고 녀왜 왈 ᄂᆡ 너ᄅᆞᆯ 보ᄂᆡ여 은슈로 ᄒᆞ여곰 텬ᄒᆞᄅᆞᆯ 일케 ᄒᆞ라 ᄒᆞ니 이ᄂᆞᆫ 텬슈의 응ᄒᆞᆫ 일이어ᄂᆞᆯ 네 무고히 싱녕을 잔학ᄒᆞ며 츙낭을 살히ᄒᆞ고 무도ᄒᆞᆫ 형벌을 지으며 상텬을 공경치 아니ᄒᆞ니 네 죄악이 관영ᄒᆞᆫ지라 니러므로 너ᄅᆞᆯ 잡아 양젼을 쥬고져 ᄒᆞ노라 삼외 ᄯᆞ히 그을며 아모 말도 못ᄒᆞ노라[141]

다-10) 자ᄋᆡ 신법을 힝ᄒᆞ여 몸을 감츄고 동정을 살피드니 ᄒᆞᆫ 요괴 비슈를 가지고 장즁에 드르오거ᄂᆞᆯ 강원슈 소ᄅᆡ 질러 명ᄒᆞ야 요귀을 잡아 장젼에서 버히니 ᄒᆞᆫ 구미호라 일군니 ᄃᆡ경ᄒᆞ더라 쥐 이 소식을 듯고 분하고 붓그러워 봉어관을 명ᄒᆞ야 셥을 녹ᄃᆡ에 싸고 불질너 타 죽으니라[142]

---

140) <봉신연의>, 2664~2665쪽.
141) <서주연의>, 권24, 67쪽.

<봉신연의>와 <서주연의>에서는 여와낭낭이 나타나 소달기(구미호)를 잡은 후 강자아에게 넘겼다. 여와낭낭과 소달기의 대화에서 볼 수 있듯이, 여와낭낭은 상나라의 멸망에 관한 모든 책임을 소달기에게로 돌렸다. 또한 상나라의 멸망은 천수에 응한 것이라고 하면서 자신의 '복수 행위'를 완전히 부인하였다. 따라서 여와낭낭이 소달기를 잡은 것은 정직한 여신으로의 회귀보다 자신이 저지른 복수 행동을 은폐하려는 의도에서 출발한 행동이라 할 수 있다.[143] 이처럼 여와낭낭은 두 작품에서 긍정적인 신격이 떨어져 부정적인 모습을 지닌 세속화된 신으로 묘사된다.

반면 <소달기전>에서의 여와낭낭은 처음부터 천하 대의를 위하는 여신의 모습으로 나타났다. 그리고 소달기를 보낸 것은 천명에 순응한 것이므로 소달기를 손수 처치할 필요가 없어진다. 따라서 강자아가 소달기를 직접 잡아 죽였다. 여와낭낭이 작품에서 다시 나타나지 않았지만 그의 긍정적인 여신의 모습은 <서주연의> 및 <봉신연의>와 변별된다.

여기서 또 한 가지 짚어봐야 할 부분이 있다. 그것은, 주왕이 달기가 구미호인 것을 알고 분하고 부끄러워하는 부분이다. <봉신연의>나 <서주연의>에서 주왕은 끝내 달기가 구미호인 것을 몰랐으며 달기가 죽은 것을 알고 마음이 비통하여 오히려 시를 지어 추모하였다.[144] 그렇지만 <소달기전>에서 주왕은 요물에게 홀려 나라를 망하게 한 것에 부끄러움과 분노를 느꼈다. 이런 서술은 주왕의 여색에 대한 반성적인 태도로 읽힌다. 물론 <봉신연의>와 <서주연의>에서도 주왕이 불타 자살하기 전에 충신의 간언을 듣지 않고 간신에게 홀린 것을 후회하였지만,[145] 그

142) <소달기전>, 85쪽.

143) 萬方, 「封神演義女性形象研究」, 陝西理工大學校 碩士論文, 2015, 25쪽.

144) 紂王看罷 不覺心酸 淚餘雨下 乃作詩一首以吊之.(<봉신연의>, 2667쪽.)

145) 悔不听群臣只言 誤被讒奸所惑(<봉신연의>, 2679쪽).

의 반성의 대상은 讒奸에 있다. 따라서 <봉신연의>에 비하여 <소달기전>은 그 주제를 여색에 대한 경계로 강화시켰다고 할 수 있다.

4. 결론

<소달기전>은 다른 번역 소설과 달리, <封神演義>와 그의 한글 번역본 <西周演義>를 같이 참조해서 번역된 작품이다. <봉신연의>를 번역할 때, 직역을 위주로 하되 의역, 축약, 생략 등의 양상을 같이 보이며, <서주연의>를 참조할 때도 그대로 옮기지 않고 단어의 선택, 묘사의 부연 혹은 축약 등 약간의 변화를 가하였다.

또한 번역하는 과정에서 변용도 같이 이루어졌다. 인물 형상에 있어서, 소달기가 온갖 음행을 저지른 모습은 원전과 다르지 않다. 하지만 <소달기전>은 소달기가 죽는 방식을 원전과 달리하고 있다. 이로 인해 죽음의 의미도 변화하게 되는데, 이 부분에서 역자의 의도를 살필 수 있었다. 또한 <봉신연의>와 <서주연의>의 결말은 소달기가 여우임을 끝까지 몰랐던 紂王이 그녀의 죽음을 슬퍼하는 것으로 되어 있다. 그런데 <소달기전>의 역자는 그 부분을 주왕이 소달기가 여우인 것을 알고서 매우 부끄러워한 것으로 전환시키고 있다. 또한 <봉신연의>의 세속화된 여와낭낭의 모습이 신성한 여신으로 변화되어 소극적인 개작의 모습이 보인다. 이러한 변용을 통해 작가는 미색을 대한 경계를 강화하고 있다고 판단할 수 있다.

제2부

개작형 소설과 중국여성인물

제1장

〈한성제조비연합덕전〉

1. 서론

<한성제조비연합덕전>은 조비연과 그 동생 조합덕이 한성제의 은총을 믿고 온갖 악행을 저지른 후 비참하게 죽는 이야기를 다룬 작품이다. 그 특징을 고찰하기 전에 먼저 조비연과 관련된 중국 소설들을 검토해보고자 한다.

조비연과 조합덕에 관한 이야기는 최초로 <漢書・外戚傳> 권67 하에 등장했다. 그 후에 <西京雜記>와 <拾遺記>에도 두 사람에 관한 간단한 이야기가 있지만 <趙飛燕外傳>과 <趙飛燕別傳>에 이르러서야 소설의 형식을 갖추었다. 또한 <외전>와 <별전>은 대개 <서경잡기>와 <습유기>의 소재를 바탕으로 삼아 새로운 이야기를 추가하여 창작하였다. 그 후에 일부분의 명・청 통속 소설에서도 조비연에 과한 이야기가 나타났지만 그의 내용은 역시 <한서・외척전>이나 <외전>과 <별전>의 이야기에서 벗어나지 못하였다.[146]

그렇다면 한글본 <한성제조비연합덕전>은 <조비연외전>, <조비연별전>, 그리고 <한서・외척전>의 내용과 어떤 관련성을 지니고 있을까. 네 작품의 줄거리를 제시하면 다음 표와 같다.

	〈한성제조비연합덕전〉	〈趙飛燕外傳〉	〈趙飛燕合德別傳〉147)	〈孝成趙皇后傳〉148)
①	㉠ 풍만금이 고소군주와 사통하여 두 딸을 낳았는데 큰 딸은 의주(비연)며 둘째는 합덕임.	✓		
②	㉠ 두 딸이 버려진 지 삼일이 지나도 죽지 않아 다시 거두게 되며 조씨의 성을 이음.			✓
③	㉠ 의주는 어려서 팽조의 방술을 배워 몸이 가벼워 나는 듯하여 사람들이 그를 비연이라 칭함. ㉡ 비연과 합덕은 모두 절세미인이지만 만금이 죽은 후 유리하여 장안에 이르러 阿陽公主의 시녀가 됨.	✓		
④	㉠ 비연이 射鳥子라는 사람과 사통함. ㉡ 그때 마침 한성제가 하양공주의 집에 놀러갔는데 비연을 보고 궁중에 불러 소의를 봉함.	✓		
⑤	㉠ 번희라는 시녀가 황제에게 합덕을 추천하였는데 합덕은 비연의 허락이 없이 입궁하지 않겠다고 거절함. ㉡ 번희가 비연을 설득하여 합덕을 궁으로 불러들임. ㉢ 한성제가 합덕을 첩여로 봉하며 합덕의 溫柔鄕에 죽어도 좋다고 함.	✓		

146) 陽清, 「趙飛燕故事及小說變奏」, 『民俗研究』 111, 2013.

⑥	㉠ 허황후가 폐위된 후 황제가 비연을 황후로 세우고자 했는데 황태후가 말림. ㉡ 비연이 태후의 조카 淳于長을 시켜 태후를 설득하여 황후로 봉해짐. ㉢ 비연이 황후가 된 후에 총애가 점점 쇠해지는 반면에 합덕의 총애가 극해지며 소의로 봉해짐.			√
⑦	㉠ 비연이 원조관에서 자식이 많은 시랑 등과 사통하였는데 합덕은 알고도 비연을 감쌈.	√		
⑧	㉠ 황제가 합덕에게 비연이 낮보다 밤에 더 예쁘다고 하자 합덕은 계략을 짜서 不夜珠를 비연에게 줌. ㉡ 황제가 불야주를 쓴 비연을 보고 더욱 비연을 멀리함.	√		
⑨	㉠ 황제가 비연과 같이 태액지에서 음악놀이 하고 있을 때 바람이 불어서 날아갈 뻔했는데 황제가 馮無方을 명하여 비연을 구하라고 함. ㉡ 비연이 살아나서 황제가 손수 구하지 않음을 한함.	√ (변형 있음)		
⑩	㉠ 燕赤鳳이라는 사람이 비연과 사통하다가 합덕과도 사통하게 됨. ㉡ 비연이 이를 알고 매우 화나 합덕을 질책했는데 합덕이 옛일을 이야기하면서 용서를 구함.	√		
⑪	㉠ 비연이 병에 걸렸는데 황제가 손수 먹여주는 밥이 아니면 먹지 않음.	√		
⑫	㉠ 하루는 황제가 비연의 궁에 갔는데 마침 비연이 어떤 사람과 간통하고 있음.		√	

	㉢ 황제가 그때부터 비연을 의심하게 되며 비연을 해할 마음이 생겨났는데 합덕의 말림으로 비연과 사통한 陳崇의 아들만 죽이고 그만둠.			
⑬	㉠ 하루는 황제가 합덕의 궁에 갔는데 합덕이 마침 목욕하고 있음. ㉡ 황제가 한번 창틈으로 슬그머니 보니 마음이 설레서 합덕의 목욕 장면을 몰래 보는 습관을 들임.	√		
⑭	㉠ 황제가 시녀에게 만약 황후 두 명을 둘 수 있다면 합덕으로도 황후를 삼겠다고 함.		√	
⑮	㉠ 비연이 생일에 황제를 자기 궁에 머물게 한 후 임신한 척함. ㉡ 비연이 王盛을 명하여 궁 밖에서 아이를 구해오라고 했는데 성공하지 못함. ㉢ 비연이 임신한 지 십이개월이 지나도 아이를 낳지 못해 황제가 의심하게 되었는데 어떤 사람이 황후가 십삭 만에 태어난 요임금을 잉태한 것이 아니냐고 비꼼. ㉥ 비연은 결국 아이를 낳지 못해 유산했다고 거짓말을 함. ㉦ 황제가 아이가 유산된 것을 안 후에 오직 탄식할 뿐이지만 합덕은 그 실정을 알아차려 비연에게 경고함.		√	
⑯	㉠ 이때 궁녀 주씨가 아들을 낳았는데 합덕은 이를 알고 매우 화나 蔡規를 시켜 그 아이를 기둥에 던져 죽임. ㉡ 그 후에 합덕은 임신한 궁인들을 모두 죽임.		√	

⑰	㉠ 비연과 합덕의 질투 및 잔혹함으로 한성제가 끝내 아들을 갖지 못함. ㉡ 정도왕의 조모 부태후가 비연을 매수하여 정도왕을 태자로 삼게 함.			√
⑱	㉠ 황제가 본래 병이 없는데 합덕을 총행할 수 있도록 단약을 먹음. ㉡ 어느 날 황제가 단약 7환을 먹고 합덕을 총행하다가 침대에서 갑자기 죽음. ㉢ 합덕은 태후의 문책에 울다가 가슴을 두드려 피를 토하며 죽음.	√		
⑲	㉠ 비연이 꿈에서 황제를 만났는데, 황제가 합덕은 황실의 자식을 죽인 이유로 북해의 큰 고래가 되었다고 함. ㉡ 비연이 꿈에서 깨어나 시녀를 보내어 황제의 소식을 알아보라고 하니 황제가 붕한 소식을 듣게 됨.		√	
⑳	㉠ 성제가 죽은 후 애제가 즉위하여 비연을 조태후로 삼음. ㉡ 애제가 죽은 후 왕망의 간교로 비연이 북궁으로 쫓겨났다가 마지막에 庶人으로 폐하게 됨. ㉢ 비연이 이 날에 자살하였는데 황후가 된 지 십육 년임.			√

표에서 보인 것처럼, 한글본 <한성제조비연합덕전>은 단일 작품을 번

147) <조비연별전>은 <염이편>에서 <조비연합덕별전>이라고 칭한다. 이 글은 『고본소설집성』(상해고적출판서, 1994)에서 영인된 염이편에 수록된 <조비연합덕별전>을 연구 텍스트 삼음.

148) <한서・외척전>에 있는 조비연에 관한 내용은 <염이편>에서 <효성조황후전>이라고 칭한다. 이 글은 『고본소설집성』(상해고적출판서, 1994)에서 영인된 염이편에 수록된 <효성조황후전>을 연구 텍스트 삼음.

역한 것이 아니라 <조비연외전>, <조비연합덕별전>, 그리고 <효성조황후전>을 번역하여 합친 작품이다.[149] 그 서사단락을 보면, ①, ③, ④, ⑤, ⑦, ⑧, ⑨, ⑩, ⑪, ⑬, ⑱은 <조비연외전>, ⑫, ⑭, ⑮, ⑯, ⑲는 <조비연합덕별전>, ②, ⑥, ⑰, ⑳은 <효성조황후전>의 내용을 따른 것이었다. 이러한 서사적인 특징은 <한성제조비연합덕전>으로 하여금 기타 번역 작품과 차별화되어 새로운 작품으로 거듭나게 하였다. 또한 단순히 세 작품의 내용에 대한 나열이 아니라 유기적인 구성에 따라 순서를 배치하고 있으며, 작품의 인물형상화도 변화시키고 있다. 그러므로 본 절에서는 <한성제조비연합덕전>의 개작 양상과 인물 형상화의 변용을 순차적으로 살펴보겠다.

2. 〈조비연외전〉·〈조비연합덕별전〉·〈효성조황후전〉의 유기적 결합

앞에 제시한 것처럼 <한성제조비연합덕전>은 <조비연외전>, <조비연별전>, 그리고 <효성조황후전>의 내용의 유기적인 융합으로 이루어진 작품이다. 물론 이 작품에 서문이나 필사기가 없어 작가의 개작 의도가 정확히 밝혀지지 않았지만, 여타 세 작품의 비교를 통해 그 개작 방식을 탐색해보겠다.

<한성제조비연합덕전>이 여타 세 작품에 비하여 가장 특징적인 것은

149) <한성제조비연합덕전>에 관한 연구는 裵玗桯(「雅丹文庫 所藏 한글筆寫本 <한셩뎨됴비연합덕젼>의 飜譯樣相 고찰」, 『한국중국소설학회』, 2014)의 논문 한편뿐이다. 그러나 이 논문에서 <한성제조비연합덕전>을 <조비연외전>의 번역본으로 간주하고 있어 그 특징을 여실히 보여주지 못하였다.

'인물+전'으로 제명한 한국의 소설 구조 방식과 일치한다는 점이다. 이들 작품은 대략 주인공의 일대기, 즉 출생부터 사망까지를 다룬다. 한 인물을 주인공으로 입전하는 것은 그 사람을 평범한 사람과 달리 인식하고 있다는 의미다. 또한 가문을 중요시한 조선사회에서 이 사람들은 개개인으로 존재하지 않고 가문의 구성원으로 존재한다. 따라서 이들 소설은 가문 소개부터 시작하며, 그 뒤를 이어 평범하지 않은 출생부터 파란만장한 삶을 겪은 후 일생을 마치는 패턴을 지니고 있다. <조비연외전>·<조비연합덕별전>, 그리고 <효성조황후전>은 각각 조비연에 관한 이야기를 다루었지만, 이처럼 일대기의 구조를 지니고 있지 않다.

풍만금이라 하는 사ᄅᆞᆷ이 가업은 힘ᄡᅳ디 아니ᄒᆞ고 풍악 익히기로 일삼아 ᄆᆞᄅᆞ 곡되 업ᄉᆞ며 풍악 소ᄅᆡ 심히 쳐량ᄒᆞᆫ 고로 듯는 재 ᄆᆞᄋᆞᆷ을 아니 동ᄒᆞᆫ 리 업더라[150]

趙后飛燕父馮萬金 祖大力 工理樂器 事江都王協律舍人 萬金不肯傳家業 編習樂聲 亡章曲 任爲繁手哀聲 自號凡靡之樂 聞者心動焉[151]

趙后腰骨尤纖細 善禹步行 若人手執花枝 顫顫然 他人莫可學也[152]

孝成趙皇后 本長安宮人 初生時 父母不細[153]

인용문에서 볼 수 있듯이 <조비연외전>은 조비연의 가계 소개부터, <조비연합덕별전>에서는 조비연의 몸가짐, 그리고 <효성조황후전>은

150) <한성제조비연합덕전>, 1쪽.
151) <조비연외전>, 264~265쪽.
152) <조비연합덕별전>, 277쪽.
153) <효성조황후전>, 253쪽.

그의 부모를 모른다는 내용부터 시작하였다. 부모가 없는 것은 가문이 없다는 의미로 조선의 사회문화와 어긋난다. 따라서 <한성제조비연합덕전>은 <조비연외전>의 시작대로 서사를 전개하였다.

가문 소개를 완성한 후 주인공의 비범함을 보여주는 내용이 이어져야 한다. 따라서 <조비연외전>과 <조비연합덕별전>에는 없지만 <효성조황후전>의 내용을 다음과 같이 추가하였다.

> ᄇᆞ련 지 삼일이로ᄃᆡ 죽지 아니ᄒᆞᄂᆞᆫ 고로 거두어 기ᄅᆞ니[154)]

> 三日不死 乃收養之[155)]

이처럼 조비연 자매는 버려져서 삼일이나 되었는데도 죽지 않았다. 따라서 조비연의 아버지인 풍만금이 다시 이 두 자매를 데려와서 키웠다. 이러한 전기적인 요소는 한국고전소설, 특히 영웅소설에서 흔히 나타나며 주인공의 비범함을 제시하는 역할을 담당하고 있다. 주인공의 이런 고난에 대한 극복은 그가 비범한 사람이 될 수 있는 일종의 통과의례이다. <최고운전>에서 최치원이 아버지의 오해를 받고 버림을 당하지만 죽지 않고 살아남은 것과 일맥상통한다.

<조비연외전>과 <조비연합덕별전>에는 이 주인공의 마지막 행적 혹은 죽음에 관한 내용이 없으며 오직 <효성조황후전>에서 조비연의 최후를 서술하였다.

> 태ᄌᆡ 셔니 곳 ᄋᆡ데라 됴황후ᄅᆞᆯ 놉혀 황태후ᄅᆞᆯ 삼앗더니 이ᄣᅢ 낭경휵이

154) <한성제조비연합덕전>, 1쪽.
155) <효성조황후전>, 253쪽.

상도ᄒᆞ여 됴후ᄅᆞᆯ 폐차ᄒᆞ니 ᄋᆡ데의 태ᄌᆞ되미 됴태후의 힘이오 ᄯᅩ 부태휘 됴태후ᄅᆞᆯ 은인으로 아ᄂᆞᆫ 고로 그 말을 듯디 아니ᄒᆞ니 셩데의 왕태휘 ᄋᆡ데ᄅᆞᆯ 원망ᄒᆞ더니 ᄋᆡ데 붕ᄒᆞᆫ 후의 왕망이 태후긔 엿ᄌᆞ온대 왕태후 유ᄉᆞ의게 됴셔ᄒᆞ야 ᄀᆞᆯ오ᄃᆡ 됴태휘 쇼의로 더부러 음악의 뫼셔 후궁의 전통ᄒᆞᆯ시 적난의 법을 잡아 후ᄉᆞᄅᆞᆯ 잔멸ᄒᆞ야 ᄡᅥ 종묘ᄅᆞᆯ 위태케 ᄒᆞ야 하ᄂᆞᆯ을 거ᄉᆞ리고 조죵을 범ᄒᆞ샤시니 효셩황후ᄅᆞᆯ 삼아 북궁의 올마 잇게 ᄒᆞ얏거니 ᄯᅩ 수삭이 못ᄒᆞ야 다시 됴셔ᄅᆞᆯ ᄂᆞ리와 ᄀᆞᆯ오샤ᄃᆡ 황후 됴시 스ᄉᆞ로 죄악이 심듕ᄒᆞᆷ 알고 됴회ᄒᆞ미 드므러 오래 며ᄂᆞ리ᄅᆞᆯ 일헛ᄂᆞ니 종사의 원망ᄒᆞᄂᆞᆫ ᄇᆡ오 ᄒᆡᄀᆡ의 원쉬어ᄂᆞᆯ 오히려 쇼군의 위의 두미 황텬의 ᄆᆞ음이 아니라 물윗 적일을 ᄎᆞᆷ디 못ᄒᆞ면 큰 죄ᄅᆞᆯ 러ᄌᆞ러인다 ᄒᆞ니 은정의 마디 못 의로 ᄡᅥ 결단ᄒᆞ리니 황후 됴시ᄅᆞᆯ 폐ᄒᆞ야 셔인을 삼아 ᄉᆞᆯ 집으로 나아가게 ᄒᆞ라 ᄒᆞ니 이날 스스로 죽으니 황후 되얀 디 십뉵년이러라[156]

哀帝旣立 尊趙皇后爲皇太后 (…省略…)時議郎耿育上疏言 (…省略…)故廢後宮就館之漸(…省略…)哀帝爲太子 亦頗得趙太后力 遂不竟其事 傅太后恩趙太后 趙太后亦歸心 故成帝母及王氏皆怨之 哀帝崩 王莽白太后 詔有司曰 前皇太后與昭儀俱侍帷幄 姊弟專寵錮寢 執賊亂之謀 殘滅繼嗣以危宗廟 誖天犯祖師 無爲天下母之義 貶皇太后爲孝成皇后 徙居北宮 後月餘 復下詔曰 皇后自知罪惡深大 朝請希闊 失婦道 無共養之禮 而有狼虎之毒 宗室所怨 海內之讎也 而尙在小君之位 誠非皇天之心夫 小不忍亂大謀 恩之所不能已者義之所割也 今廢皇后爲庶人 就其園 是日自殺 凡立十六年而誅[157]

한성제가 죽고 漢哀帝가 즉위한 후에 조비연을 황태후로 삼았다. 이때 낭경육은 조비연을 폐하라고 상소하였지만 애제가 태자가 됐을 때 조비연의 도움을 받았기 때문에 허락하지 않았다. 이 때문에 漢哀帝는 한성제의 모친 그리고 왕씨의 원망을 초래하였다. 이에 애제가 죽은 후 왕망이

156) <한성제조비연합덕전>, 22~23쪽.
157) <효성조황후전>, 263~264쪽.

태후에게 간하여 조비연을 폐하여 북궁으로 내쫓았다. 그 후 몇 달이 안 되어 다시 조서를 내려 조비연을 서인으로 폐하였는데 비연은 그날에 자살하였다. 그때 황후가 된 지 십육년이였다. 이처럼 <한성제조비연합덕전>은 <효성조황후전>의 내용을 추가하면서 조비연의 죽음을 제시하여 일대기 구조를 완성하였다.

그렇지만 여기서 주목해야 할 부분은 애제가 조비연의 자식도 아닌데 왜 조비연을 태후로 삼았으며, 애제가 태자가 될 수 있었던 것이 조비연의 도움을 받았기 때문이라고 한 것은 또한 무엇을 가리키는 것인가? 이러한 의문이 생기지 않도록 개작자는 서사전개의 중간 부분에 사건의 전말을 삽입하였다.

> 황후의 형뎨 권통ᄒᆞᆫ얀 디 십여 년이 되되 죵시 ᄌᆞ식이 업ᄉᆞ니 졍도왕 조모 부태휘 그만이 황후의 형뎨의게 회뢰ᄒᆞ야 뎡도왕을 세워 태ᄌᆞᄅᆞᆯ 삼으니라158)

> 姉弟專寵十餘年 卒皆無子 末年 定陶王來朝 王祖母傅太后私賂遺趙皇后 昭儀定陶王竟爲太子159)

조비연과 조합덕은 황제의 총애를 독점한 지 십여 년이 넘었는데 자식을 낳지 못하였다. 이에 한성제의 친아들이 없기 때문에 계후갈등이 생길 수밖에 없었다. 이때 정도왕의 조모 부태후가 조비연과 합덕에게 많은 뇌물을 주어 정도왕을 태자로 삼게 하였다. 따라서 한성제가 죽고 정도왕이 왕이 된 후에 조비연을 은인처럼 잘 대하였다. 개작자는 여기서

158) <한성제조비연합덕전>, 20쪽.
159) <효성조황후전>, 254쪽.

<효성조황후전>의 내용을 추가함으로 앞부분과 뒷부분이 호응할 수 있게 만들었다.

그러나 결말과의 호응을 위하여 이 부분을 추가함으로써, 한성제에게 왜 후계자가 없었는지에 대한 새로운 의문이 생긴다. 이 의문을 풀기 위해 개작자는 다시 <조비연합덕별전>의 내용을 추가하여 성제가 후계자가 없었던 이유를 자세하게 밝혔다.

> 이때의 궁녀 최씨 아돌을 나핫ᄂᆞᆫ디라 쇼의 ᄀᆞᆯ오ᄃᆡ 그 아ᄒᆡ 어ᄃᆡ로조ᄎᆞ 낫ᄂᆞ뇨 ᄒᆞ고 이에 몸을 ᄡᅡᄒᆡ 부득이ᄌᆞ며 대통ᄒᆞ거ᄂᆞᆯ 졔 친히 쇼의ᄅᆞᆯ 븟든대 쇼의 니러 안ᄌᆞ며 궁니 채규ᄅᆞᆯ 불너 ᄀᆞᆯ오ᄃᆡ 날을 위ᄒᆞ야 급히 그 아ᄒᆡᄅᆞᆯ 가져오라 규 아ᄒᆡᄅᆞᆯ 가져왓거ᄂᆞᆯ 쇼의 ᄀᆞᆯ오ᄃᆡ 그 아ᄒᆡᄅᆞᆯ 내 압희셔 죽이라 귀 감히 못 죽인대 쇼의 노ᄒᆞ야 ᄭᅮ지저 왈 내 너ᄅᆞᆯ 듕녹으로ᄡᅥ 길노 어ᄃᆡ ᄡᅳ리오 만일 죽이디 아니ᄒᆞ면 내 너부터 죽이리라 귀 두려 그 아ᄒᆡᄅᆞᆯ 기동즉ᄑᆡ의 브듸쳐 죽이고 다시 궁녀들의 ᄌᆞ식 빈 거ᄉᆞᆯ 다 죽이니라160)

> 時後宮掌茶宮女朱氏生子 宦官李守光奏帝 帝方與昭儀共食 昭儀怒言于帝曰 前者帝言自中宮來 今朱氏生子 從何而得也 乃以身投地 大慟 帝自持昭儀起坐 昭儀呼宮吏祭規曰 急爲吾取此子來 規取子上 昭儀謂規曰 爲吾殺之 規疑慮 昭儀怒罵曰 吾重祿養汝 將安用也 不然幷戮汝 規以子擊殿础死 投之後宮 後宮人凡孕子者 皆殺之161)

그때 궁녀 주씨가 아들을 낳았는데 조합덕이 대로하였다. 이에 채규를 시켜 주씨의 아들을 기둥에 던져 죽였다. 그 후에 임신한 후궁 여자들을 빠짐없이 모두 죽였다. 이처럼 조합덕이 다른 사람이 황제의 자식을 낳

160) <한성제조비연합덕전>, 19~20쪽.
161) <조비연합덕별전>, 284쪽.

지 못하게 하였다. 그렇지만 조비연과 조합덕도 결국 아이를 가질 수 없어서 성제의 후계자가 없었다. 남의 종사를 끊은 것은 대역죄이기 때문에 조합덕은 큰 징벌을 받는다. 황제가 죽은 후 조합덕도 피를 토하고 죽었지만 환생하지 못하여 북해의 큰 고래가 된 것이 그것이다.

> 휘 동궁의 이셔 오래 황졔긔 뵈디 못ᄒᆞ얏더니 ᄒᆞᆫ날 밤의 휘 자다가 놀나 울기ᄅᆞᆯ 심히 오래ᄒᆞ거ᄂᆞᆯ 좌위 불너 ᄭᆡ운대 이에 ᄀᆞᆯ오ᄃᆡ 엇거 ᄭᅮᆷ에 뎨 구름 속으로셔부터 오샤 날을 안ᄌᆞ라 ᄒᆞ시고 좌우ᄅᆞᆯ 불너 ᄎᆞᄅᆞᆯ 나오라 ᄒᆞ신대 엿ᄌᆞ와 ᄀᆞᆯ오ᄃᆡ 휘 젼일의 폐하 뫼시믈 근신이 못ᄒᆞ야시니 차ᄅᆞᆯ 먹이미 하당티 아니ᄒᆞ여이다 ᄒᆞ거ᄂᆞᆯ 내 졔다려 뭇ᄌᆞ오ᄃᆡ 쇼의 어ᄃᆡ 잇ᄂᆞ니잇가 ᄒᆞᆫ즉 제 ᄀᆞᆯ오샤ᄃᆡ 내 아ᄃᆞᆯ을 ᄌᆞ조 죽인 죄로ᄡᅥ 벌ᄒᆞ야 큰 고래ᄒᆞ 삼아 북ᄒᆡ의 두어 쳔년 고힝을 밧게 ᄒᆞ얏다 ᄒᆞ시며 인ᄒᆞ야 통곡ᄒᆞ얏노라 ᄒᆞ고 즉시 시녀ᄅᆞᆯ 보내여 보니 제 임의 봉ᄒᆞ엿더라[162]

> 后居東宮 久益失御 一夕后寢 驚啼甚久 待左右呼聞 方覺 乃言日 適吾寢中見帝 帝自雲中賜吾坐 帝命進茶 左右奏帝云 向日侍帝不謹 不合啜此茶 吾意旣不足 吾又問帝 昭儀安在帝曰 以數殺吾子 今罰爲巨黿 居北海之陰水穴間 受千歲水寒之苦 乃大慟[163]

황제가 죽은 후에 조비연의 꿈에 나타나 조합덕은 옛날 자신의 자식을 많이 죽인 죄로 북해의 큰 고래가 돼서 앞으로 수천 년 동안 차가운 물에서 고통을 당할 것이라고 이야기하였다. 이 부분은 조합덕의 죽음을 이야기하여 조합덕의 일대기 구조를 완성하면서도, 한편으로는 조합덕이 지은 죄로 인해 큰 벌을 받았다는 권선징악의 사상을 반영하였다.

이처럼 개작자는 한국고전소설의 전통을 따르기 위해서 세 작품을 유

---

162) <한성제조비연합덕전>, 21~22쪽.
163) <조비연합덕별전>, 285쪽.

기적으로 융합시켰다. 한 작품만으로 조비연의 일대기 구조를 완성하지 못하자, 개작자가 일부러 다른 작품의 내용을 끌어들여 치밀한 구성을 만듦으로써 한국고전소설의 구조에 맞는 작품을 개작한 것이다.

3. 악의 극대화와 여성 욕망의 금기

<한성제조비연합덕전>은 탄생하는 과정에서 세 작품을 사용하였다. 그렇지만 이 세 작품과의 친근 관계가 조금 다르다.

우선, <한성제조비연합덕전> 내용 중에 반 이상의 내용은 <조비연외전>의 내용을 따랐다.

둘째, 개작자의 <조비연외전>, <조비연합덕별전>, 그리고 <효성조황후전>에 대한 '다시 쓰기' 태도가 다르다. <조비연외전>의 경우 대부분 내용을 그대로 사용하지만, <조비연합덕전>과 <효성조황후전>의 내용 중에서는 필요에 따라 일부분만 수용하였다. 또한 <조비연외전>과 겹치는 부분이 있는 경우에 대략 <조비연외전>을 따랐다.

이렇게 봤을 때, 개작자가 <조비연외전>을 주축으로 삼아 개작하였다고 할 수 있다. 그렇지만 새로운 내용의 추가로 <조비연외전>에 있는 주인공의 형상화가 달라졌다.

<한성제조비연합덕전>이라는 제목에서 볼 수 있듯이 이 작품은 조비연와 조합덕 두 사람의 주인공을 설정하였다. <조비연외전>에서도 조합덕을 다룬 부분이 없지 않지만 그의 역할은 주인공인 조비연 이미지의 형성에 보좌하는 정도였다. 이처럼 주인공을 한 명에서 두 명으로 전환한 것은 인물 관계를 더 복잡하게 하며, 서사 전개를 더 풍부하게 만들었

다. 주인공을 두 명으로 확대했을 뿐만 아니라, 각 주인공의 형상화도 추가된 내용에 따라 차이가 나타났다. 우선 조비연의 형상을 살펴보겠다.

<조비연외전>에서 조비연은 황후가 되었지만, 황제의 총애를 점점 잃어가고 있었다. 심지어 황제가 조비연을 무서워하기까지 하였다. 이는 조비연의 성격이 강하고 무모하기 때문이다. 하지만 <한성제조비연합덕전>에서의 조비연은 굉장히 간사하고 교활한 사람으로 변신하였다. 우선 조비연은 자신이 황후가 되는 과정에 직접 참여하였다.

> 허황휘 폐ᄒᆞᄆᆡ 상이 비연을 셰우고져 ᄒᆞᆫᄃᆡ 황ᄐᆡ휘 그 소출이 희미ᄒᆞᄆᆞᆯ 혐의ᄒᆞ야 심히 어려워ᄒᆞ거ᄂᆞᆯ 이예 ᄐᆡ후의 족하 시듕 순우댱으로 ᄒᆞ야금 ᄌᆞ로 ᄐᆡ후긔 ᄉᆞᆯ와 ᄐᆡ후의 허락을 어든 후 비연을 셰워 황후롤 봉ᄒᆞ고 순우장은 ᄉᆞ이의 말 젼ᄒᆞᆫ 공으로 졍능후롤 봉ᄒᆞ고 아비 됴림을 양성후롤 봉ᄒᆞ다[164]

> 許后之廢也 上欲立趙婕妤 皇太后嫌其所出微甚 難之 太后姊子淳于長爲侍中數往來傳語 得太后指 上立封趙婕妤 父臨爲成陽侯後 月餘 乃立婕妤爲皇后 追以長前白罷昌陵功封爲定陵侯[165]

이처럼 조비연은 황후를 책봉하는 일에 직접 관여하며, 계교를 써서 이 일을 성사시켰다. 이 사건을 통해 조비연의 교활함과 조정에 간섭하는 여인의 모습을 볼 수 있다. 앞에서도 지적했듯이 조비연은 태자를 책봉하는 일까지도 좌지우지하였다. 결국 조비연은 충동적이고 무모한 여자에서, 조정 일까지 관여하는 간사하고 교활한 여자로 변신하였다.

이러한 성격은 조비연이 거짓으로 임신한 척하는 일에서도 다시 확인

164) <한성제조비연합덕전>, 6쪽.
165) <효성조황후전>, 253쪽.

할 수 있다. 조비연은 자식이 많은 사람만 선택해서 사통할 정도로 아이를 가지고 싶어 했지만, 결국 임신하지 못했다. 이에 조비연은 임신한 척한 후 궁 밖에서 아이를 데려오기로 하였다.

> 후의 ᄉᆡᆼ일의 쇼의 후롤 위ᄒᆞ야 ᄒᆞ례ᄒᆞᆯ시 뎨도 ᄯᅩᄒᆞᆫ ᄒᆞᆫ가디로 가 노ᄅᆞ실ᄉᆡ 술이 반취ᄒᆞ매 휘 뎨의 ᄆᆞᄋᆞᆷ을 감동케 ᄒᆞ야 이에 울거ᄂᆞᆯ 뎨 ᄀᆞᆯ오샤ᄃᆡ 다ᄅᆞᆫ 사ᄅᆞᆷ은 술을 ᄃᆡᄒᆞ야 즐기거ᄂᆞᆯ 그ᄃᆡ 홀노 슬허ᄒᆞ니 무어시 족지 못ᄒᆞ뇨 휘 ᄀᆞᆯ오ᄃᆡ 쳡이 의궁의 이실 ᄣᅢ의 폐ᄒᆡ 공쥬의 집의 와 계시다가 쳡을 보시믈 오래ᄒᆞ시기로 공쥐 뎨의 ᄯᅳᆺ을 알고 쳡을 보내여 폐하롤 뫼실ᄉᆡ 쳡의 누루ᄒᆞᆫ 물이 어복의 무더시매 급히 섈고져 ᄒᆞᆫ즉 뎨 ᄀᆞᆯ오샤ᄃᆡ 머물어 두어 훗날 ᄉᆡᆼ각ᄒᆞ믈 삼게 ᄒᆞ라 ᄒᆞ시고 후궁의 드러온 후 폐하 니자국이 쳡이 목에 오히려 잇나니 오ᄂᆞᆯ ᄉᆡᆼ각ᄒᆞ매 감읍ᄒᆞ믈 치 ᄃᆞᆺ디 못ᄒᆞᄂᆞ이다 뎨 인ᄒᆞ야 츄연감창ᄒᆞ야 녜일을 ᄉᆡᆼ각ᄒᆞ시고 다시 후 ᄉᆞ랑ᄒᆞ실 ᄯᅳᆺ을 두시고 도라보며 ᄒᆞᆫ탄ᄒᆞ신대 쇼의 뎨의 머믈고져 ᄒᆞ시ᄂᆞᆫ ᄯᅳᆺ을 알고 믄져 하딕고 가니 뎨 죵일토록 계시다가 져믈매 ᄇᆡ야흐로 후의 궁을 ᄯᅥ나시라[166]

> 后生日 昭儀爲駕 帝亦同往 酒泮酣 后欲感動帝意 乃泣數行 帝曰 他人對酒而樂 子獨悲 豈不足也 后曰 妾昔在後宮時 帝幸其弟 妾立在後 帝時視妾不移目 甚久 待妾竟承更衣之幸 下體常汚御服 欲爲浣去 帝曰 留以爲憶 不數日 備后宮 時帝嚙痕猶在妾頸 今日思之 不覺涕泣 帝勃然懷舊 有愛后意 顧視嗟嘆 昭儀知帝欲留 乃先去 帝逼暮方離后宮[167]

조비연은 황후가 된 후에 여러 방법을 사용하지만 임신할 수 없었다. 이에 주도면밀한 계획을 만들었다. 우선, 생일을 이용하여 황제를 감동시키고자 눈물을 흘리면서 옛날 황제가 자신을 사랑한 이야기를 하였다.

166) <한성제조비연합덕전>, 14~15쪽.
167) <조비연합덕별전>, 280~281쪽.

황제가 옛날 생각을 하며 저녁때까지 조비연의 궁궐에 머물렀다. 그리고 세 달 후에 조비연은 황제에게 자신이 임신을 했다고 표를 올렸다.

> 삼삭 만의 거즛 잉ᄐᆡᄒᆞ믈 칭계ᄒᆞ고 표ᄅᆞᆯ 올녀 ᄀᆞᆯ오ᄃᆡ 신쳡이 오래 ᄋᆡᆨ뎡의 ᄆᆡ션 디 여러 월이러니 수삭 이ᄅᆡ로ᄂᆞᆫ 월지이 호ᄅᆞ디 아니ᄒᆞ고 음식이 감미ᄒᆞ오니 셩궁이 몸의 잇고 텬일이 품의 든 줄을 감히 알디라 경ᄉᆡᆨ 이에셔 더ᄒᆞ미 업ᄂᆞᆫ디라 깃브믈 이긔지 못ᄒᆞ야 졸로ᄡᅥ 알외ᄂᆞ이다 뎨 졸ᄅᆞ 보시고 깃브믈 이긔지 못ᄒᆞ샤 이에 ᄃᆡ답ᄒᆞ야 ᄀᆞᆯ오샤ᄃᆡ 니로ᄂᆞᆫ 말을 드ᄅᆞ니 희경ᄒᆞ미 교집ᄒᆞ도다 잉ᄐᆡᄒᆞᆫ 몸이 실티 못ᄒᆞᆯ 거시니 못당이 근심ᄒᆞ야 보호ᄒᆞ고 음식을 삼가며 팀숙ᄅᆞᆯ ᄉᆞᆯ필디어라 ᄒᆞ고 두 궁의 문안ᄒᆞ미 ᄭᅳᆺ치이디 아니ᄒᆞ더라[168]

> 后因帝幸 心爲奸利 器上生受經三月 乃詐託有孕 上箋奏云 臣妾久備掖庭 先承幸御 遣嗣大號 積有歲時 近因始生之日 復加善祝之私 時屈乘輿 俯賜東掖 久侍宴私 再承幸御 臣妾數月來 內宮盈實 月脉不流 飲食美甘 不異常日 知聖躬在體 辨天日之入懷 虹初貫日 總是珍符 龍已據胸 玆爲佳瑞 更奇蕃有育神嗣 抱日趨庭 瞻望聖明 踴躍臨賀 謹此以聞 帝時在西宮 得奏 喜動顏色 答云 因閱來奏 喜慶交集 夫妻之私 義均一體 社稷之重 嗣續其先 姙體方初 保綏宜厚 藥有性者勿擧 食无毒者可親 有懇來上 無煩箋奏 口授宮使可矣 兩宮候問 宮使交至[169]

조비연은 황제에게 표를 올려 임신을 했다고 거짓말을 했다. 그렇지만 한성제는 거짓말인 줄 모르고 매우 기뻐하며 보물들을 많이 하사하였다. 그렇지만 조비연이 황제가 오면 자신의 간계를 들킬까봐 걱정돼 왕성과 같이 새로운 계획을 만들었다.

---

168) <한성제조비연합덕전>, 15~16쪽.
169) <조비연합덕별전>, 281~282쪽.

휘 뎐지 오시면 그 간ᄉᆞᄒᆞ믈 아ᄅᆞ실가 저허 궁ᄉᆞ 왕셩으로 더브러 의논ᄒᆞᄃᆡ 셩이 ᄀᆞᆯ오ᄃᆡ 잉ᄐᆡᄒᆞ ᄂᆞᆫ ᄉᆞ람을 갓가이 못ᄒᆞ고 사ᄅᆞᆷ을 갓가이 ᄒᆞᆫ작 촉상ᄒᆞ기 쉽고 촉상ᄒᆞᆫ 작 잉ᄐᆡᄒᆞᆫ ᄃᆡ 해롭다 ᄒᆞ고 뎐ᄌᆞ긔 엿ᄌᆞ올만 ᄀᆞᆺ디 못ᄒᆞ이다 ᄒᆞ니 휘 이에 왕셩을 보내여 뎨긔 엿ᄌᆞ오니 뎨 그리 드ᄅᆞ시고 다시 후의 궁의 가디 아니ᄒᆞ시며 다만 궁관을 보내여 문안ᄒᆞᆯ ᄯᆞᄅᆞᆷ 이러니170)

后慮帝幸 見其詐 乃與宮使王盛謀自爲之計 盛謂后曰 莫若辭以有妊者不可近入 近入則有所觸焉 觸則孕或敗 后乃遣王盛奏帝 帝不復見后 弟譴問安否171)

조비연은 황제에게 임신한 사람이 다른 사람과 가까이 지내면 觸傷을 일으킬 수 있다고 하면서 황제를 오지 못하게 하여 잠깐 동안 거짓 임신이 들키는 것을 막았다. 그렇지만 출산하는 날이 다가오자 거짓 임신한 조비연은 아이를 낳을 수 없었다. 이에 왕성과 다시 새로운 간계를 짰다.

탄월의 미최ᄂᆞᆫ 뎨 ᄒᆡ산ᄒᆞᆯ 위의ᄅᆞᆯ ᄀᆞ초아 후의게 보낸대 휘 밋 왕셩과 여러 궁인ᄃᆞ려 닐로 ᄀᆞᆯ오ᄃᆡ 내 당구ᄒᆞᆯ 계교ᄅᆞᆯ 엇고져 ᄒᆞ야 잉ᄐᆡᄒᆞ믈 의탁ᄒᆞ나 기실은 거ᄌᆞᆺ일이라 이제 긔약이 미텨시니 그ᄃᆡᄂᆞᆫ 날을 위ᄒᆞ야 ᄭᅬᄒᆞ라 일이 일우면 녜 공이 젹디 아니ᄒᆞ리라 셩이 ᄀᆞᆯ오ᄃᆡ 신이 후ᄅᆞᆯ 위ᄒᆞ야 민간의 곳 나흔 아ᄒᆡᄅᆞᆯ 어더다가 후의 아ᄃᆞᆯ을 삼으리니 다만 이 일을 누셜티 마ᄅᆞ쇼셔 ᄒᆞ고 인ᄒᆞ야 도셩 밧긔 가 아ᄃᆞᆯ 나한 디 수일 된 집이 잇거ᄂᆞᆯ ᄇᆡᆨ금으로ᄡᅥ 밧고아 줌치의 너허가디고 드러오니 그 아ᄒᆡ ᄇᆞᆯ셔 죽은디라 휘 놀나 ᄀᆞᆯ오ᄃᆡ 아ᄒᆡ 죽어시니 무어ᄉᆡ ᄡᅳ리오 셩이 ᄀᆞᆯ오ᄃᆡ 신이 그 죽은 연구ᄅᆞᆯ 아ᄂᆞ니 아ᄒᆡ 담은 고로시 긔운은 통티 못ᄒᆞᄂᆞᆫ 고로 죽어시니 신이 다시 ᄋᆞᄒᆡᄅᆞᆯ 어더 드려올 제ᄂᆞᆫ 그ᄅᆞᆺ 우ᄒᆡ 구멍을 ᄯᅮ려ᄡᅥ 긔운을 통케 ᄒᆞᆫ 즉 아ᄒᆡ 죽디 아니ᄒᆞ리이다 ᄒᆞ고 다시 나가 ᄯᅩ 아ᄒᆡᄅᆞᆯ 어더

170) <한성제조비연합덕전>, 16쪽.
171) <조비연합덕별전>, 281~282쪽.

가디고 궁문으로 들어가랴 ᄒᆞᆫ ᄌᆞᆨ 아ᄒᆡ 놀나 울거ᄂᆞᆯ 감히 드러가디 못ᄒᆞ고 우롬이 그치매 ᄯᅩ 드러가랴 ᄒᆞᆫ ᄌᆞᆨ 아ᄒᆡ ᄯᅩ 놀나 우ᄂᆞᆫ디라 종시 궁즁의 들어가디 못ᄒᆞ고 후의게 가 그 말을 ᄌᆞ셔히 알왼대 휘 울며 ᄀᆞᆯ오ᄃᆡ 그리면 엇디ᄒᆞ리오 ᄒᆞ니 이ᄣᆡ 임의 십이삭이 지낫ᄂᆞᆫ디라 뎨 ᄌᆞ못 의혹ᄒᆞ신ᄃᆡ 혹이 뎨ᄭᅴ 엿ᄌᆞ와 ᄀᆞᆯ오ᄃᆡ 녯 적 졔요ᄂᆞᆫ 십ᄉᆞ삭 만의 나 계시니 후의 잉ᄐᆡᄒᆞ믈 셩인인가 ᄒᆞ나이다 ᄒᆞ더라 휘 ᄆᆞᄎᆞᆷ내 배풀 계귀 업서 이에 사ᄅᆞᆷ을 보내여 뎨ᄭᅴ 주달ᄒᆞᄃᆡ 신쳡이 분 【불】 힝ᄒᆞ야 셩ᄉᆞᄅᆞᆯ 보젼티 못ᄒᆞ얏ᄂᆞ이다 뎨 다만 탄식ᄒᆞᆯ ᄯᆞᄅᆞᆷ이라[172]

而甫及誕月 帝具浴子之儀 后謂王盛及宮中人曰 汝自黃衣郎出入禁掖 吾引汝父子復富 吾欲爲自利長久計 託孕乃吾之私意 實非言也 已及期 子能爲我謀焉 若事成 子萬世有後利 盛曰 臣爲后取民間纔生子 携入宮爲后子 但事密不可泄 亦無害 后曰可 盛於都城外有若生子孫者 纔數日者 以百金售之 以物囊之 入宮見后 旣發器 則子死 后驚曰 子死 安用也 盛曰 臣今知矣 載子之器不洩 此子所以死也 臣今再求載子之器 穴其上 使氣可出 入則子不死 盛得子趨宮門欲入 則子驚啼尤甚 盛不敢入 少選 復携之趨門 子復如是 盛終不敢携入宮 盛來見后 具言 子驚啼事 后泣曰 爲之奈何 時已踰十二月矣 帝頗疑訝 或奏帝云 堯之母十四月而生堯 后所妊當是聖人 后終無計 乃遣人奏帝云 臣妾昨夢龍臥 不幸聖嗣不育 帝但歎惋而已[173]

출산할 때가 되자 조비연은 왕성에게 방법을 물었는데 왕성은 궁 밖에서 막 태어난 아이를 구해 궁으로 데려와 황후의 자식으로 삼으면 된다고 하였다. 조비연이 이를 찬성하지만, 왕성이 처음에 데려온 아이가 장바구니에 숨 막혀 죽었고, 두 번째 아이는 궁문에서 울기를 그치지 않아 궁 안으로 들어갈 수 없었다. 황제가 조비연이 임신한 지 십이개월이 되는데도 아이가 태어나지 않는 것을 의심하게 되었다. 이에 조비연이 황

172) <한성제조비연합덕전>, 16~18쪽.
173) <조비연합덕별전>, 282~283쪽.

제에게 유산되었다고 다시 거짓말을 하였다. 결국 조비연의 거짓 임신의 종장은 황제의 탄식으로 끝났다. 그리고 이 사건을 통해 조비연의 교활함과 간사함을 철저히 표현되었다 할 수 있다.

이어서 조합덕의 모습을 살펴보겠다. 조합덕은 <조비연외전>에서 보조적 역할만 했으며 무모한 조비연을 이용하는 교활한 모습으로 등장하였다. 그렇지만 <한성제조비연합덕전>에서 조합덕은 조비연 못지않게 많은 분량을 차지하며 원래의 모습에다가 질투심이 많고 잔혹한 면모가 추가되었다. 앞에서도 간략히 언급했지만, 조합덕은 한성제의 은총을 독점하려고 한성제의 아들을 기둥에 부딪쳐 죽게 하고 임신한 비빈을 모두 죽인 인물로, 황제의 총애를 얻으려고 수단과 방법을 가리지 않은 전형적인 악녀라고 할 수 있다.

그렇지만 이런 악녀의 모습과 모순되게도 조비연에 대한 태도는 매우 우애 넘치고 우호적이다.[174] 뿐만 아니라, <조비연외전>에서의 이미지와도 상충되는 부분이 있다. <조비연외전>에서 겉으로는 조비연을 아주 공손한 태도로 모시고 배후에서는 조비연을 모함하는 행동을 수차례 행하였지만 <한성제조비연합덕전>에서 조합덕은 조비연의 악행을 여러 번 감싸고 도와줌으로써 비연에 대한 자매의 정을 잘 표현하였다.

우선 조비연이 다른 사람과 사통하는 것을 황제에게 들켰을 때의 상황을 살펴보겠다.

ᄒᆞᆫ날은 데 삼ᄉᆞ 시녀ᄅᆞᆯ ᄃᆞ리고 후의 궁의 가실시 휘 ᄇᆞ야흐로 사ᄅᆞᆷ을

174) 물론 조합덕이 불야주를 써서 조비연과 황제 사이를 멀어지게 한 서사에서 조합덕이 언니까지 질투하는 투녀의 모습이 보이기는 하지만, 이는 조비연와 둘 사이의 쟁총이다. 그러나 외부로부터 협박을 받을 때 조합덕은 곧바로 조비연을 감싸는 자세로 변하였다.

더부러 간통ᄒᆞ더니 좌위 급히 고ᄒᆞᆫ대 휘 경황ᄒᆞ야 급망히 나와 뎨를 마ᄌᆞ니 후의 관발이 산난ᄒᆞ고 언에 실도ᄒᆞᆫ디라 뎨 의심ᄒᆞ시며 안잔 디 오라디 아니ᄒᆞ야 드ᄅᆞ니 벽ᄉᆞ이의 사ᄅᆞᆷ의 기ᄎᆞᆷ 소릐 들니거ᄂᆞᆯ 뎨 이에 가시니 일노부터 후를 해ᄒᆞᆯ ᄯᅳᆺ이 이시나 쇼의로 하여 ᄎᆞᆷ고 발치 못ᄒᆞ더니 일〃은 뎨 소의로 더부러 술 마시다가 홀연이 노ᄒᆞ야 ᄉᆞᄆᆡ를 것고 눈을 부릅ᄯᅳ고 소의를 보신ᄃᆡ 쇼의 황망이 니러나 북디ᄒᆞ야 ᄀᆞᆯ오ᄃᆡ 쳡이 본ᄃᆡ 고단ᄒᆞ고 한미ᄒᆞᆫ 몸으로 일됴의 후궁의 들어와삽더니 불의 ᄶᅧ 홀노 힝어ᄒᆞ시믈 밧ᄌᆞᆸ고 편벽도이 셩은을 입ᄉᆞ와 듕인의 우희 거ᄒᆞ해 춍을 밋ᄉᆞᆸ고 ᄂᆞᄆᆡ 훼방을 도라보디 아니ᄒᆞ옵고 긔탄ᄒᆞᆯ 쥴 아디 못ᄒᆞ와 위 노ᄒᆞ시믈 촉범ᄒᆞ야ᄉᆞ오니 원컨대 섀니 죽기를 허ᄒᆞ샤 셩샹의 회포 관위케 ᄒᆞ쇼셔 ᄒᆞ고 인ᄒᆞ야 눈물이 비오 ᄀᆞᆺᄒᆞ니 뎨 친히 쇼의를 붓드러 ᄀᆞᆯ오ᄃᆡ 네 이러 안ᄌᆞ라 내 너ᄃᆞ려 니ᄅᆞ리라 ᄒᆞ시고 인ᄒᆞ야 ᄯᅩ ᄀᆞᆯ오ᄃᆡ 너ᄂᆞᆫ 진실노 죄 업ᄂᆞ니 딤 이에 형을 죽여 내 ᄆᆞᄋᆞᆷ을 풀고져 ᄒᆞ노라 ᄒᆞ시거ᄂᆞᆯ 쇼의 그 연고를 뭇ᄌᆞ온대 뎨 벽간의 사ᄅᆞᆷ 기ᄎᆞᆷᄒᆞ던 일노ᄡᅧ 니ᄅᆞ시ᄃᆡ 쇼의 ᄀᆞᆯ오ᄃᆡ 신의 후를 힘이 후궁의 드러왓ᄂᆞ니 휘 죽으면 쳡이 엇디 홀노 살니 잇가 ᄒᆞ믈며 연고 업시 ᄒᆞᆫ 후를 죽이 시면 평히 폐하의 ᄆᆞᄋᆞᆷ을 여어볼 거시니 원컨대 쳡으로ᄡᅧ 가마의 술므쇼셔 ᄒᆞ고 인ᄒᆞ야 통곡하며 몸으로ᄡᅧ ᄡᅡ히 부드치니 뎨 크게 놀나 쇼의를 붓드로 ᄀᆞᄅᆞ샤ᄃᆡ 내 네 연고로ᄡᅧ 후를 해티 못ᄒᆞ고 다만 너더려 니로미러니 엇디 이러구ᄂᆞᆫ과 쇼의 그제야 좌의 안ᄌᆞ며 벽간의 잇던 사ᄅᆞᆷ을 무ᄒᆞᆫᄃᆡ 뎨 ᄀᆞ만이 그 ᄌᆞ최를 듯보니 이에 슉위 진슝의 아ᄃᆞᆯ이라 뎨 사ᄅᆞᆷ으로 하야금 그 집의 가 진슝의 아ᄃᆞᆯ을 죽이고 진슝을 파딕ᄒᆞ라 ᄒᆞ시거ᄂᆞᆯ 쇼의 후를 가보고 뎨의 젼후 말을 다 니로고 ᄯᅩ ᄀᆞᆯ오ᄃᆡ 형이 녯적의 간곤ᄒᆞ던 일을 ᄉᆡᆼ각디 못ᄒᆞ시ᄂᆞ잇고 오ᄂᆞᆯ날 다ᄒᆡᆼ이 부귀ᄒᆞ미 비ᄒᆞᆯ ᄃᆡ 업거ᄂᆞᆯ 이졔 스ᄉᆞ로 화를 취ᄒᆞ려 ᄒᆞ니 만일 다시 허물이 이셔 뎨 노ᄒᆞ시면 몸을 보젼티 못ᄒᆞ고 텬ᄒᆞ 우음이 될 거시니 엇디ᄒᆞ리오 ᄒᆞ고 우니 휘 ᄯᅩᄒᆞᆫ 우더라[175]

帝一日 惟從三四人往后宮 后方與人亂 不知左右急報 后驚遽出迎帝 后冠髮散

175) <한성제조비연합덕전>, 10~13쪽.

亂 言語失度 帝固亦疑焉 帝座未久 復聞壁中有人嗽聲 帝乃去 由是帝有害后意 以昭儀隱忍未發 一日帝與昭儀方飮 忽攘袖瞋目 直視昭儀 怒氣拂然 不可犯 昭儀遽起 避席伏地 謝曰 臣妾族孤寒 無强近之援 一旦得備後庭臨使之列 不意獨承幸遇 濃被聖私 立於衆人之上 恃寵邀愛 衆毁來集 加以不識忌諱 冒觸威怒 臣妾願賜速死以寬聖抱 因涕泪交下 帝自引昭儀曰 汝復坐 吾語汝曰 汝無罪 汝之姊 吾欲梟其首 斷其手足 置於溷中 乃快吾意 昭儀問何緣而得罪 帝言壁衣中事 昭儀曰 臣妾緣后得備後宮 后死則妾安能獨生 况陛下無故而殺一后 天下有以窺陛下 願得身實鼎鑊 體膏斧鉞 因大慟以身投地 帝驚 遂起持昭儀 曰 吾以汝之故 固不害后 第言之耳 汝何自恨若是 久之 昭儀方就坐 問壁衣中人 帝陰窮其迹 乃宿尉陳崇之子也 帝使人就其家殺之 而廢陳崇 昭儀往見后 言帝所言 且曰 姊曾憶家貧寒飢無聊 姊使我共鄰家女爲草履人市 貨履市米 一日得米 忽遇風雨 無火可炊 飢寒甚不能成寐 使我擁姊背 同泣 此事姊且不憶也 今日幸富貴 無它人比我 而自毁 脫或再有過 帝復怒 事不可救 身首異地 爲天下笑 今日妾能極救也 存歿無定 或亦妾死 姊尙誰攀乎 乃泣下不已 后亦泣焉[176]

하루는 황제가 조비연의 궁에 갔는데 조비연이 마침 다른 사람과 사통하고 있었다. 황제가 왔다는 소식을 듣고 조비연이 황급히 달아나왔는데 머리도 산발이었고 행동도 법도를 잃었다. 허둥지둥 달려나온 조비연을 본 황제가 매우 의아했는데 마침 벽 사이에서 기침 소리가 들렸다. 이에 황제가 조비연이 다른 사람과 사통한 것을 알아차리고 그를 해칠 마음이 생겼다. 또 하루는 황제가 조합덕과 같이 술 마시고 있는데 갑자기 노기가 등등하여 눈을 부릅뜨고 조합덕을 바라보았다. 조합덕이 놀라 무릎을 꿇고 사죄하였더니 황제가 조합덕을 일으켜 자신이 화난 이유는 조비연이 다른 사람과 사통하고 있었기 때문이라고 하였다. 황제가 조비연을 죽이려고 했으나 조합덕은 조비연을 살리려 황제에게 간청했다. 이에 황

176) <조비연합덕별전>, 278~279쪽.

제가 조비연을 용서하여 오직 조비연과 사통한 남자만 죄 주었다. 그 후에 조합덕은 조비연에게 전후사를 이야기하면서, 옛날의 빈곤함을 생각해도 오늘날의 부귀를 스스로 훼손하면 안 된다고 타일렀다. 또한 황제의 노여움을 초래하지 말라고 당부하였다. 이러한 조합덕의 태도는 조비연이 거짓 임신 사건을 꾸밀 때에도 엿볼 수 있다.

> 쇼의 그 간ᄉᆞᄒᆞ믈 알고 ᄉᆞ람을 보내여 후의게 샤례ᄒᆞ야 ᄀᆞᆯ오ᄃᆡ 셩ᄉᆞᄅᆞᆯ 기로디 못ᄒᆞ믄 엇디 월이 ᄎᆞ디 못ᄒᆞᆫ 바리요 삼쳑동ᄌᆞ도 오히려 속이디 못ᄒᆞ려든 ᄒᆞ믈며 인쥐랴 일이 드러나ᄂᆞᆫ 날이면 쳡이 형의 죽을 곳을 아디 못ᄒᆞ야 ᄒᆞᄂᆞ이다 ᄒᆞ더라[177]

> 昭儀知其詐 乃遣人謝後日 聖嗣不育 豈日月未滿也 三尺童子尙不可 況於人主乎 一日手足俱見 妾不知姊之死所也[178]

조합덕은 조비연의 기만함을 알고서도 황제에게 말하지 않았다. 오히려 사람을 보내어 거짓 임신하고 유산으로 가장한 것은 매우 위험한 일이며 사실대로 드러나면 죽을 수도 있다고 조비연을 경계하였다. 이처럼 조합덕은 조비연의 처신의 잘못을 지적하면서도 황제에게 고하지 않았다.

조합덕이 조비연의 악행을 은닉하고 황제 앞에서 조비연을 구원한 것을 통해 조합덕이 자매의 정을 소중히 여기는 인물임을 알 수 있다. 조합덕과 조비연의 갈등이 생길 때, <조비연외전>에서의 조합덕은 굳센 태도가 나타났지만, <한성제조비연합덕전>에서의 조합덕은 양보하는 태도로 변하였다.

177) <한성제조비연합덕전>, 18~19쪽.
178) <조비연합덕별전>, 283~284쪽.

후에 간통ᄒᆞᆫ 바 궁노 연젹봉이 겸ᄒᆞ야 ᄯᅩ 쇼의ᄅᆞᆯ 간통ᄒᆞᆯ식 휘 마ᄎᆞᆷ 쇼의 궁의 오더니 뎍봉이 그리로셔 나오거ᄂᆞᆯ 휘 쇼의ᄃᆞ려 닐너 ᄀᆞᆯ오ᄃᆡ 뎍봉이 누을 위ᄒᆞ야 왓더뇨 쇼의 ᄀᆞᆯ오ᄃᆡ 뎍봉이 형을 위ᄒᆞ야 왓디 엇디 다ᄅᆞᆫ 사ᄅᆞᆷ을 위하야 와시리오 휘 노ᄒᆞ야 잔으로ᄡᅥ 쇼의ᄅᆞᆯ 티니 쇼의 묵연이 보고 말을 못ᄒᆞ니 번희 쇼의ᄅᆞᆯ 븟드러 ᄂᆞ려 피로ᄒᆞ며 샤죄ᄒᆞ거ᄂᆞᆯ 쇼의 저쇼하며 ᄯᅩ 우러 ᄀᆞᆯ오ᄃᆡ 형이 엇디 옛날의 ᄒᆞᆫ 품의 ᄌᆞᆯ ᄯᅢ의 날을 칩고 밤이 거러 잠은 인우디 못ᄒᆞᆯ식 뎨로 하야금 형의 등을 안아달나 하던 일을 ᄉᆡᆼ각디 못ᄒᆞᄂᆞ뇨 이뎨 형뎨 과ᄃᆡᄒᆞ기 놉이의셔 낫거ᄂᆞᆯ 엇지 ᄎᆞ마 스ᄉᆞ로 서ᄅᆞ 다토리오 휘 ᄯᅩᄒᆞᆫ 울며 쇼의의 손을 잡고 ᄶᅩᄌᆞᆫ 바 ᄌᆞ욱구봉ᄎᆞᄅᆞᆯ ᄲᅡ혀 쇼의〃 머리의 ᄶᅩᄌᆞ며 인ᄒᆞ야 화의ᄒᆞ니라 뎨 이인(일)을 약간 드ᄅᆞ시고 후의게ᄂᆞᆫ 두려워 감히 뭇디 못ᄒᆞ고 쇼의ᄃᆞ려 무ᄅᆞ신대 쇼의 ᄀᆞᆯ오ᄃᆡ 휘 날을 투긔ᄒᆞ미라 한나라히 화덕인 고로 폐하로ᄡᅥ 젹뇽봉이라 ᄒᆞ얏나이다 졔 밋고 크게 깃거ᄒᆞ더라[179)]

后所通官奴燕赤鳳者 雄捷能超觀閣 兼通昭儀 赤鳳始出少嬪館 后適來幸 時十月五日 宮中故事 上靈安廟 是日吹塤擊鼓 歌連臂踏地 歌赤鳳來曲 后爲昭儀曰 赤鳳爲誰來 昭儀曰 赤鳳自爲姊來 寧爲他人乎 后怒 以杯抵昭儀 后曰鼠子能齧人乎 昭儀曰 穿其衣 見其私足矣 安在齧人乎 昭儀素卑事后 不虞見答之暴 熟視不復言 樊嫕脫簪叩頭出血 扶昭儀爲拜后 昭儀拜乃泣曰 姊寧忘共被夜 長苦寒不成寢 使合德擁姊背邪 今日兼得貴 皆勝人 且無外搏 我姊弟其忍內相搏乎 后亦泣 持昭儀手 抽紫玉九雛釵爲昭儀簪髻 乃罷 帝微聞其事 畏后不敢問 以問昭儀 昭儀曰 后妬我耳 以漢家火德 故以帝爲赤龍鳳 帝信之大悅[180)]

연적봉이라는 사람이 조비연과 사통하면서도 조합덕과 사통하였다. 연적봉이 조합덕의 궁전에서 나올 때 마침 조비연이 조합덕의 궁에 왔다. 조비연은 매우 화가 나서 조합덕에게 잔을 던졌는데 <조비연외전>에서

179) <한성제조비연합덕전>, 8~9쪽.
180) <조비연외전>, 273~274쪽.

조합덕은 굳센 태도로 조비연을 대하다가 번희의 권유로 조비연에게 사과하였지만, <한성제조비연합덕전>에서 조합덕은 묵연히 있다가 조비연에게 옛날이야기를 하면서 사과하였다. 이것이 가능하게 된 것은 비연과 합덕이 언쟁하는 부분인 밑줄 친 구절이 생략되었기 때문이다. 이 부분을 생략함으로써 조합덕은 조비연과의 갈등에서 다투기보다 사과하고 순종하는 태도를 보이는 것으로 묘사되었다.

이처럼 <조비연외전>에 비하여 <한성제조비연합덕전>에서의 조합덕은 복합적 성격을 지닌 사람이라 할 수 있다. 황제의 총애를 독점하려고 조비연와 황제의 사이를 멀리하게 하면서도 조비연이 외부적 위협을 받으면 곧바로 조비연을 감싸는 자세로 전환되기 때문이다.

<한성제조비연합덕전>에서 나타나는 조비연과 조합덕은 악녀의 종합체라고 할 수 있다. 그렇다면 작가가 왜 이렇게 개작했을까.

악녀의 발생은 그들이 추구하는 욕망이 지배적인 유교 이데올로기와 상충되는 데부터 기인하였으며, 징벌 혹은 悔過하는 과정을 거쳐 선악의 규범론에 입각했던 인간관을 반영하고 있다. 따라서 조비연과 조합덕의 악행은 그들의 사랑, 성, 권력과 후사에 대한 욕망부터 비롯된 것이며 투기 금지, 정절을 강요하고 가부장제를 중심으로 한 유교적 이데올로기를 위반하였다. 이에 따라 조비연은 서인으로 축출당해 비참한 죽음으로 삶을 마감하고 조합덕은 심지어 죽은 후 북해의 고래가 되어 징벌을 받게 되었다. 따라서 작가가 이렇게 개작함으로써 여성의 다양한 욕망을 보여주었으며, 또한 그들에 대한 징벌을 통해 권선징악과 부덕의식에 대한 강조를 부각시켰다고 할 수 있다.

4. 결론

<한성제조비연합덕전>은 <조비연외전>·<조비연합덕별전>·<효성조황후전>을 결합시킨 복합적 텍스트성을 지닌 작품이다. 이는 한국고전소설의 전형적인 특징인 일대기 구조를 갖추기 위한 것으로 보인다. 작가는 이들 세 작품에서 조비연의 출생과 행적, 그리고 죽음의 부분을 추출하여 새롭게 구성하였다. 이러한 개작을 통해 조비연와 조합덕을 투녀, 탕녀, 정권을 좌지우지하는 악녀의 종합체로 규정하였다. 이 작품은 조비연의 생애를 그리면서, 여성들의 사랑, 성, 종통과 권력에 대한 다양한 욕망과 유교적 이데올로기 사이의 갈등을 보여주었다. 아울러 조비연과 조합덕에 대한 징벌을 통해 권선징악과 여성 부덕의 주제의식을 강화하였다. 그 외에 이 작품의 개작 방식은 조선후기의 소설은 <박문수전>와 같은 맥을 잇고 있다. <朴文秀傳>은 서로 연관성이 없는 세 개의 단편 이야기로 구성된 소설이다. 그 첫 번째 이야기는 영조시대에 발생한 암행어사 박문수의 실제 이야기이며, 두 번째와 세 번째 이야기는 <今古奇觀>의 <兩縣令競義婚孤女>와 <裴晉公義還原配>을 번안한 것이다. 이처럼 두 작품이 공통적인 개작 방식은 지니고 있으며, 한국고전소설의 서사기법의 새로운 면을 보여주고 있다.

제2장

〈염정 양귀비〉

1. 서론

구활자본 <염정 양귀비>(이하 <양귀비>)는 양귀비와 당명황의 애정 이야기를 중심으로 다룬 작품이다. 이 작품은 <수당연의> 제79회부터 91회까지의 내용 중의 양귀비와 관련된 내용만 발췌하여 형성되었다.

이 작품의 작가는 錦江漁父 玄翎仙이며 모두 세 차례의 간행이 이루어졌다. 1922년에 광문사에서 간행된 후에,[181] 1924년에 박문서관에서 96페이지로 다시 발행되었으며, 1926년 경성서적업조합에 의하여 101페이지의 분량으로 재차 발행되었다. 이렇게 세 차례의 발행이 이루어진 것으로 보아 이 작품은 당시에 인기가 있었던 듯하다. 박문서관본과 경성서적업조합본의 내용은 같고, 광문사본의 실체는 확인하지 못했으므로 구체적인 내용을 알 수 없으나 그의 저자가 玄翎仙인 것을 통해 아마 박

---

181) 광문사에서 발행한 <염정 양귀비>의 실체는 발견내해지 못했으며, <동아일보> 1922년 11월 20일의 기사에서 그의 제목을 등재한 광고만 확인되었다.

문서관본, 그리고 경성서적업조합본의 내용과 같을 것으로 추정된다. 이에 이 글은 경성서적업조합본으로 연구텍스트를 삼겠다.

이 작품에 관한 선행연구는 김정은이 <수당연의>계열 구활자본 소설을 연구할 때 잠깐 언급했던 것이 유일하다. 이 논문에서는 <양귀비>를 대화와 묘사를 추가한 <수당연의>의 번역본으로 간주하였다.[182]

물론 <양귀비>는 <수당연의> 해당 부분의 줄거리를 유지하고 <수당연의>를 번역한 흔적이 보이지만, 작중에 나타난 대량의 추가, 확대, 변용은 이미 단순한 번역의 범위를 넘었다고 할 수 있다. 또한 저자 玄鍸仙의 서문에서 뚜렷한 목적을 가지고 이 작품을 지었다고 서술하고 있다.

> 책을 지어서 셰상에 펴놋는 것이 셰샹에 잇는 책을 불살너 업새난 것보담 그 죄가 더〃 크다 하는 말을 어느 글에서 보왓노라 아닌게 아니라 그게 올흔 말이여 글은 잘 지은 것도 ᄉᆞ실이 보잘 것 없는 것도 잇고 ᄉᆞ실은 훌륭한 것을 글을 못 되게 지은 것이 만타 그러니까 글도 쓰기가 어렵고 ᄉᆞ실도 엇기가 어려워 두 가지가 다 어렵다 그러니 그 두 가지 온젼한 책이 이 셰상에 몃 죵류가 될는지?! (중략) 그러치마는 사실도 보잘 것 없고 글도 아니된 이 책을 뉘게 주잔 말가?! 아니다 남을 위하야 난 내가 아닌바에야 다만 나의 셩미만 쫏차단이며 마초랴고 애쓸 것이 잇나?! 이 책은 나의 심〃푸리로 스사로 지은 것이며 ᄯᅩ는 보는 이들도 그의 셩미야 엇더하거나 말거나 뒤동산에 ᄭᅩᆺ치 우는 ᄯᅢ든지 쳠아 씃헤 장마ᄲᅵ가 흐르는 ᄯᅢ든지 ᄯᅳᆯ압헤 오동닙히 우는 ᄯᅢ든지 집웅위에 눈이 더히는 ᄯᅢ든지를 당하야 말업는 등잣ㅅ불 밋혜서 둥싯〃〃할 ᄯᅢ이면 ᄯᅡ뜻한 양귀비 품속에 한번 들어보는 것을 누구나 슬혀 아니할 것이다.[183]

玄鍸仙이 쓴 서문에는 다음과 같은 메시지를 읽을 수 있다.

---

182) 김정은, 「<수당연의>계열 구활자본 연구」, 『어문론집』 55, 중앙어문학회, 2013.
183) <양귀비>, 서문.

우선, 좋은 책은 훌륭한 사실과 좋은 글쓰기를 모두 구비해야 한다고 주장한다. 즉, 좋은 소설에 있어 사실도 중요하지만 좋은 글쓰기도 같이 이루어져야 한다는 것이다. 그렇지만 자신이 지은 <양귀비>가 보잘것없고 글쓰기도 비루해 좋은 책이라고 칭할 수 없다고 반성하고 있다. 이러한 반성은 자신이 이미 일정한 글쓰기 방법을 통해 소설을 썼음을 역설적으로 이야기해준다. 다시 말하면, <양귀비>는 일정한 사실(<수당연의>에 당명황과 양귀비의 이야기)을 바탕으로 하고 있으면서도 玄翎仙의 글쓰기를 통해 새로 쓴 작품이라 할 수 있다.

둘째, 玄翎仙은 심심풀이로 이 책을 지었다. 이에 <양귀비>가 지닌 교훈적 의미보다 흥미의 역할이 더 강하다고 할 수 있다.

셋째, 玄翎仙은 적적하고 잠을 이루지 못하면 따뜻한 양귀비의 품속에 안겨보는 것을 싫어할 사람이 없을 것이라고 생각한다. 따라서 이 작품의 독자층은 여성보다 남성독자를 겨냥하고 있었으리라 판단된다.

따라서 <양귀비>는 玄翎仙이 심심풀이로 자신의 글쓰기 방식을 활용하여 <수당연의>를 개작한 것으로 규정한다. 이어서 이 작품의 개작 방식과 양귀비의 변용 양상을 살펴보겠다.

2. 〈隋唐演義〉의 수용과 재구성

<양귀비>는 양귀비 입궁의 이야기부터 그의 죽음까지 다루었다. <수당연의>와의 변별점을 살피기 위해서 <염정 양귀비>의 서사전개를 먼저 정리하겠다.

	〈양귀비〉	〈수당연의〉
①	㉠ 양귀비의 궁전은 봄빛이 무르녹지만 매비의 소양궁은 깜깜함.	
②	㉠ 매비가 아무리 당명황을 기다려도 오지 않아 시녀 언홍에게 그 시종을 물음. ㉡ 매비는 고력사의 천거로 입궁하여 천만 총애를 받은 사람임. ㉢ 언홍이 다음날에 고력사를 데리고 매비에게 와 황제가 오지 않는 이유는 새로 입궁한 양귀비 때문이라 아룀.	
④	㉠ 당명황에게 총애를 받은 매비가 寧王과의 사이에 불미스러운 일이 있어 녕왕의 미인계 함정에 빠짐. ㉡ 녕왕이 당명황에게 壽王의 아내인 양씨의 미모를 알려주면서 궁으로 불러들이면 좋겠다고 간함. ㉢ 당명황이 자신의 며느리로 양귀비를 삼으면서 극도로 총애하고 그의 부모형제까지 높은 관직을 하사함.	第七十九回 江采蘋恃愛追歡 楊玉環承恩奪寵
⑤	㉠ 매비가 마음이 급급해 당명황을 보려고 남궁에 가다가 화원에서 당명황을 만남. ㉡ 당명황에게 양귀비와 자리를 같이 하자고 청하자 당명황이 허함. ㉢ 매비가 양귀비와 서로 시를 지어 희롱하고 원한을 품게 되다가 결국 양귀비의 참소로 상양동궁으로 쫓겨남.	
⑥	㉠ 하루는 당명황이 갑자기 매비가 생각나 고력사로 하여금 매비를 데리고 취화서각으로 모시라고 함. ㉡ 당명황이 매비와 즐거운 하룻밤을 보냈는데 양귀비가 이 소식을 듣고 취화석각에서 발악하고 감. ㉣ 황제가 대노하지만 며칠이 안 되어 다시 양귀비를 총애함.	
⑦	㉠ 한편 군율을 위반한 죄를 지은 호족 사람 안록산이 당명황의 비위를 맞춰 사형을 면하고 당명황의 심복이 됨, ㉡ 하루는 안록산이 당명황에게 백앵무를 바쳤는데 우연히 양귀비를 만나게 되어 양귀비의 양자가 됨. ㉢ 안록산이 양귀비를 한번 보고 양귀비에게 사로잡힘. ㉣ 안록산과 양귀비가 모자의 명목으로 몰래 사통함.	第八十回 安祿山入宮見妃子 高力士治街覓狀元 (생략)
⑧	㉠ 개원년 봄에 開科하자 秦國楨 형제가 이태백을 압도하여 장원이 되었는데, 성품이 강직하여 양국충과 안록산 일파를 참소하다가 면직됨.	

<table>
<tr><td></td><td>㉡ 그 후부터 조정의 일은 양국충과 안록산 그리고 李林甫가 잡게 되고 당명황은 매일 聲色에 탐닉함.</td><td rowspan="4">第八十一回
縱嬖寵洗兒賜錢
惑君王對使翦髮</td></tr>
<tr><td>⑨</td><td>㉠ 안록산의 생일 때 양귀비가 친히 안록산의 옷을 벗겨주고 洗兒禮를 치렀는데 장면이 극히 황탄함.</td></tr>
<tr><td>⑩</td><td>㉠ 매비가 당명황이 안 온 것을 한탄해 사람을 구해 長門賦를 지으려고 했으나 양귀비의 권세가 두려워 응한 사람이 없음
㉡ 매비가 스스로 樓東賦를 지어 당명황에게 보내니 당명황이 옛 정을 문득 생각하지만, 양귀비가 욕을 하며 매비에게 죽는 형벌을 내리라고 함.
㉢ 당명황이 거절하자 양귀비가 화나 당명황과 며칠 동안 이야기를 하지 않음.</td></tr>
<tr><td>⑪</td><td>㉠ 한번 잔치를 하고 있을 때 양귀비가 녕왕이 쓰던 玉笛을 써서 곡조를 부르는데, 당명황이 다른 남자가 쓰던 것을 왜 썼냐고 묻자 양귀비가 매비와 녕왕 사이에 벌어진 옛일을 가지고 發惡함.
㉡ 당명황이 양귀비의 불공함을 보고 화나 고력사를 시켜 양귀비를 본가로 내쫓음.
㉢ 양귀비가 집에 가니 양국충 일가가 매우 당황해하고 걱정함.
㉣ 당명황이 양귀비를 내쫓기는 하였지만 마음속으로 그리워하고 있던 차에 양국충이 외신을 지시해 상소를 올려 양귀비를 궁으로 불러들여야 한다고 함.
㉤ 양귀비가 자신의 머리털 한 줌을 주면서 사죄함.
㉥ 당명황이 다시 양귀비를 궁으로 데려와 옛날같이 사랑함.</td></tr>
<tr><td>⑫</td><td>㉠ 그때 마침 발해국에서 글을 올렸는데 그 문자가 괴이망측하여 조정에서 풀어낼 수 있는 사람이 없음.
㉡ 賀知章이 李太白을 추천하였는데 이태백이 과거장에서 고력사한테 당한 불공평한 일을 생각하여, 양국충이 먹을 갈고 고력사가 신을 벗어줘야 비답할 수 있다고 함.
㉢ 당명황이 이를 허락함.</td><td rowspan="2">第八十二回
李謫仙應詔答番書
高力士進讒議雅調</td></tr>
<tr><td>⑬</td><td>㉠ 하루는 당명황이 양귀비와 침향정에서 牧丹꽃을 구경하면서 李龜年을 명하여 곡조를 부르라고 했는데 다 옛날 곡조라 재미를 느끼지 못함.
㉡ 이태백에게 새로운 곡조를 지으라고 명을 내렸으나 이태백이 술집에서 술에 취해 정신을 잃음.</td></tr>
</table>

	㉢ 李龜年이 취한 이태백을 데리고 궁 안으로 갔는데 당명황이 醒酒湯을 내려줌. ㉣ 이태백이 깨어난 후에 명을 받아 一筆揮之하여 그 유명한 淸平詞를 지음.	
⑭	㉠ 이때부터 당명황과 양귀비가 이태백을 더욱 敬愛함. ㉡ 양국충과 고력사가 이태백이 권세를 잡은 후 복수할까봐 걱정하여 양귀비에게 이태백이 지은 청평사는 실은 양귀비를 희롱하는 시라고 참소함. ㉢ 양귀비가 당명황에게 이태백의 무례함을 이야기하자 당명황도 이태백을 멀리하기로 결정함. ㉣ 눈치를 챈 이태백이 소장을 올리고 떠남.	
⑮	㉠ 양국충이 괵국부인 세 자매와 친형제가 아니기 때문에 서로 사통함. ㉡ 色魔로 유명한 안록산도 성품이 음탕한 괵국부인과 사통함. ㉢ 양국충이 이를 질투하여 양귀비에게 안록산을 가까이 하면 이상한 소문이 당명황에게 들릴 수 있다고 함.	第八十三回 施靑目學士識英雄 (없음) 信赤心番人作藩鎭
⑯	㉠ 안록산이 배가 너무 커서 무릎 아래까지 처졌는데 당명황이 이를 보고 배 속에 무엇이 들었냐고 물음. ㉡ 안록산이 배 속에 오직 당명황에 대한 붉은 마음이 있다고 함.	
⑰	㉠ 양귀비가 목욕을 하고 있을 때 당명황의 부름을 받아 단장하지 못한 채 당명황의 앞에 가니 화장한 것보다 더 예쁘다고 칭찬받음. ㉡ 양귀비가 당명황 앞에서 다시 단장하는데 팔을 들어 올릴 때 가슴이 밖으로 드러남. 당명황이 시를 지어 희롱하는데 안록산도 같이 시를 화합함.	
⑱	㉠ 양국충과 이임보가 안록산의 득세함을 질투해 안록산을 변진으로 내치려고, 황제에게 안록산 같은 충신은 변방을 지켜야 한다고 상소함. ㉡ 황제가 이를 허하자 안록산이 양귀비, 괵국부인과 섭섭해하며 이별함.	
⑲	㉠ 안록산이 변진에 간 후에 군사를 조련하고 넓은 要害之地를 관할하게 되고 漢人을 제쳐놓고 蕃人을 중용함. ㉡ 이임보가 죽은 후 국정대권을 잡은 양국충이 안록산을 제거하려고 당명황에게 안록산이 叛狀이 있다고 고했는데 당명황이 안록산을 시험하고자 안록산을 부르는 조칙을 내림.	第八十五回 羅公遠預寄蜀當歸

	㉢ 양귀비가 이를 안 후에 급히 안록산에게 편지를 보내 경사에 반드시 와야 황제의 의심을 풀 수 있다고 당부함. ㉣ 안록산이 양귀비가 지시한 대로 경사에 와 황제의 의심을 푼 후에 양국충의 해함을 피하려고 급히 변진으로 돌아감.	(없음) 安祿山請用番將士
⑳	㉠ 양국충이 다시 운남에서 반란이 일으킨 사건을 핑계로 안록산을 경사로 부르라고 간하지만 당명황이 양귀비의 의견을 듣고 반대함. 그 후 다시 안록산을 고변하는 신하가 없음.	
㉑	㉠ 당명황이 이때부터 더욱 聲色에 빠져 매일 梨園弟子, 그리고 양귀비 자매와 한가지로 질탕하게 즐김.	八十六回 長生殿半夜私盟 勤政樓通宵觀宴
㉒	㉠ 당명황이 양귀비를 극도로 총애하고 있으며 칠월칠석에 장생전에서 견우와 직녀 두 별을 감상하면서 生生世世 부부의 약속을 함. ㉡ 추구월에 合歡橘이라는 실과가 열매를 맺었는데 당명황이 이를 祥瑞로 생각하고 화공으로 하여금 그림을 그리게 하면서 양귀비와 나눠 먹음. ㉢ 당명황이 양귀비와 같이 궁에서 風流陣을 벌여 재미있게 놂.	
㉓	㉠ 당명황이 고력사의 등에다 쌍륙상을 놓고 양귀비와 쌍륙을 치고 있는데 홀연 안록산이 바친 백앵무가 슬픈 소리 두어 마디만 하고 죽음. ㉡ 양귀비가 후원에 무덤을 만들어주고 앵무총이라 함. ㉢ 양귀비가 백앵무와 백앵무를 바친 안록산을 그려 매일 울기만 함. 당명황이 양귀비가 우는 모습이 너무 예쁘다고 생각해 양귀비의 얼굴에 분만 바르고 양쪽 뺨에 눈물이 흐르는 흔적을 그렸는데 淚粧이 한참 성풍이 됨.	第八十七回 雪衣娘誦經得度 赤心兒欺主作威
㉔	㉠ 안록산이 당명황이 죽을 때까지 참다가 대사를 도모하려 고했는데 양국충이 해칠까봐 바로 대사를 행하려고 함. ㉡ 안록산이 좋은 말을 바치는 이유로 군사와 번장을 경사로 보내려 했는데, 조정이 허락하지 않자 간사한 재상 양국충을 없앤다는 명목으로 반기를 일으킴.	
㉕	㉠ 당명황이 안록산의 배신에 대로하여 안록산의 아들과 며느리 영의군주를 죽임. ㉡ 당명황이 태자에게 禪位하려고 했는데 양국충이 태자와 사이가 좋지 않기에 극력 반대함. ㉢ 당명황이 양국충과 양귀비 자매의 권함으로 선위를 포기하고 오히려 매일 양귀비와 잔치를 벌이고 놂.	第八十八回 安祿山范陽反 封常清東京募兵

㉖	㉠ 당명황이 양귀비와 밤에 악귀의 꿈을 꾸어 吳道子를 시켜 鐘馗의 그림을 그려 후궁 신당에 붙임. ㉡ 안록산의 난이 일어난 후 당명황이 양국충 계책의 무효함을 보고 진국정 형제를 다시 복직시키고 곽자의를 채용함.	第八十九回 唐明皇夢中見鬼 雷萬春都下尋兄
㉗	㉠ 平原지방에서 名筆 안진경 형제가 의병을 모집하여 안록산에 항거함. ㉡ 동관을 굳게 직힌 哥舒翰이 양국충의 거짓 조칙으로 동관을 떠나니 동관이 안록산의 손에 드러냄.	第九十回 矢忠貞顔眞卿起義 遭妬忌哥舒翰喪師
㉘	㉠ 장안이 위태해지자 양국충과 양귀비 자매의 제의로 당명황이 서촉으로 行幸함. ㉡ 당명황이 출발하기 전에 매비까지 데려가려고 하지만 양귀비가 못하게 함. ㉢ 양국충이 빼어온 재물을 없애려고 했는데 당명황이 불태우지 말고 백성에게 남기라고 하고 양국충이 없애려고 한 다리도 남겨 백성이 사용하게 하라고 하여 당명황이 원래 인자임을 나타냄.	第九十一回 延秋門君臣奔竄 馬嵬驛兄妹伏誅
㉙	㉠ 당명황 일행이 마외역에 이를 때 우연히 哥舒翰의 부하 王思禮를 만났는데 당명황이 왕사례를 하서절도사로 임명함. ㉡ 왕사례가 부임하기 전에 진원례에게 양국충을 죽이라고 간함. ㉢ 진원례가 맞다고 생각하여 태자와 의논하여 양국충을 亂刀로 쳐 죽임.	
㉚	㉠ 당명황이 양국충이 죽었다는 소식을 듣고 대경하지만 할 수 없어 오히려 군사를 위로하고 흩어지라고 함. ㉡ 군사들이 듣지 않고 양귀비까지 죽여야 한다고 강하게 항의함. ㉢ 당황명이 매우 슬프지만 할 수 없이 양귀비에게 자살을 명함.	
㉛	㉠ 양귀비가 고력사에게 당명황을 잘 모시라고 부탁하면서 자신이 죽은 후 당명황에게 옥채를 보중할 것을 전해달라고 함. ㉡ 양귀비가 또한 당명황에게 받았던 금채와 전합을 신물로 같이 순장해달라고 함.	
㉜	㉠ 양귀비가 불당 밖에 있는 배나무에서 목을 매어 자살함.	

위 표에서 볼 수 있듯이 <양귀비>는 <수당연의>[184] 제79회~91회

중에 제84회의 전체 내용, 그리고 다른 장회에서 양귀비와 관련이 없는 내용을 제외한 나머지 내용의 줄거리를 따르고 있다.

그렇지만 사건을 중심으로 전체 내용을 볼 때 <양귀비>는 <수당연의>보다 추가이나 변용된 부분이 상당히 많다. 따라서 추가하거나 변용된 부분에 대해 자세하게 살펴볼 필요가 있다.

<양귀비>는 <수당연의>의 제79회의 중간 부분에 해당된 내용부터 서사전개를 진행하였다. 그렇지만 <양귀비>의 도입부는 <수당연의>에 없는 환경묘사부터 시작하였다.

> 해당화가 조는 듯 마는 듯 양태진(楊太眞)의 궁즁에는 봄빗치 새로 무르녹엇다 어느때는 매화쏫치 눈날니늣 헛터저서 궁뎡사면을 옥으로 단장하더니 그 쏫치 그만 사러지고 매화가지에는 무셩한 닙사귀가 퍼저서 동텬으로 써는 달빗헤 밀니여 쇼양궁(昭陽宮) 쌍창밧게 우중충하게 가리운다 궁셩 위에 경고(更鼓)는 세 번 네 번을 치고 거의 다섯 번을 치게 된 깁흔 밤이다
>
> 「언홍(嫣紅)아 황샹께옵셔 오날밤에도 거동을 아니 하시는고나 어제 밤에도 동연히 이 맘써 되도록.....』
>
> 희미한 초ㅅ불 밋헤 얼골은 해말속하야 슈뎡알갓치 틔이고 신테는 극히 셤약한 일위비빈(一位妃嬪)이 시비 언홍을 다리고 이틀밤채 밤을 새우니 이는 당명황(唐明皇)의 애비(愛妃) 강채빈(江彩蘋)이다.
>
> 풍류텬ᄌᆞ(風流天子) 당 명황시대에는 명산물이 미인이든 것이엿다 당죠의 륙궁분대(六宮粉黛)를 삼천이라 하면 당 명황에게 춍애(寵愛)를 밧는 계집이 삼천이겟지 그 쥬위에는 삼만명 이샹의 계집들이 후궁에서 와글~하다. 그러니 인에서 인 고르기와 갓허 그즁에 누가 좀 낫다 누가 좀 못하다 할 수는 보통 범안으로는 평판을 하기가 어렵다 도져히 만명이샹에

184) 박재연의 논문에 의하면, <수당연의>는 적어도 18세기 초엽까지 한국에 유입되었으며 그 후에 번역되어 필사본으로 유포되었다. (박재연, 「<수당연의> 번역본의 연구」, 『우암논총』 3, 1987.)

월등 쒸여난 인물이 아니면 당명황 눈압헤 칭찬을 밧어볼 수 업다.

채션ᄉ(採選師) 고력ᄉ(高力士)가 당명황의 비위를 맞추어 홍화현진쥬쵼(興化縣珍珠村)에서 강채빈을 썝아오니 강채빈의 인물이 일시는 당명황의 텬하를 기우리더니 만고국색(國色) 양태진이가 썝혀 들어온 후로는 쏫갓고 달갓든 삼천분대의 얼골 빗슨 돌연간에 흙빗츠로 변하야 바리고 인물이 뎨일이라고 써드러대든 강채빈이도 지금은 오히려 쇼박을 마저서 부즈럽신 달 아래 군왕(君王)을 기대리는 것이다.

인졍 만흔 언홍이가 저의 쥬민마〃의 고심하는 것을 보고는 저도 가엽슨 마암에 엇절 줄을 모르더니 저의 쥬인마〃가 뭇는 말에

「글세 이게 원일인지 저나 마〃님은 ᄌ셰이 알수 업는 일인즉 래일 고내감을 불너 ᄌ셰한 말을 물어보십시오」[185]

梅妃問親隨的宮女嫣紅道 你可曉得皇上兩日爲何不到我宮中 嫣紅道 妖婢那裏得知 除非叫高力士來便知分曉[186]

인용문에서 볼 수 있듯이 밑줄 친 매비와 언홍의 대화만 <수당연의>의 내용을 따르고 있으며, 다른 내용은 모두 현령선이 추가한 것이다. <양귀비>의 도입부는 환경묘사부터 시작하였다. 양태진의 궁에는 봄빛이 무르녹는데 매비의 소양궁에는 매화꽃이 떨어진 매화가지의 무성한 입사귀가 우중충하게 가려져 있다. 이처럼 도입부에서 봄빛이 가득한 양태진의 궁전과 깜깜한 매비의 궁전의 분위기를 선명한 대비로 보여주면서 서사전개의 흐름을 예시하였다. 즉, <양귀비>의 도입부부터 이미 양귀비의 得勢와 매비의 失勢를 암시하고 있다. 이러한 특징은 고전소설의 전통과 다르다. 고전소설의 도입부는 보통 '화설' 같은 상투어부터 시작

185) <양귀비>, 1~3쪽. 문장부호, 한자병기는 원문대로 표시하였으며 띄어쓰기는 현대 맞춤법에 맞지 않은 부분이 많기 때문에 필자의 의해 다시 정리하였다.

186) <수당연의>는 중국기본고적고에 수록된 清四雪草堂刊本을 참조.

해 주인공의 가계를 소개하고 시공간에 대한 묘사도 악연한 '하루', '옛날에' 등 막연한 시공부사로 표현한다. 그러나 근대성을 지닌 소설에서는 보다 구체적인 상황 제시로 대치되어 있다.[187] 특히, 공간묘사는 인물이 살고 사건이 연출될 수 있는 영역과 분위기를 형성한다는 점에서 <양귀비>의 특징과 부합한다.

공간 환경을 묘사하고 구체적인 시간을 제시한 후에야 드디어 인물을 등장시켰다. 그렇지만 인물을 등장시킬 때도 고전소설처럼 가계부터 시작한 것이 아니라 인물의 말부터 독자에게 들려준다. 청각적 내용을 통해 독자의 관심을 끈 후 시각적의 내용인 인물의 외모를 독자 앞에 드러낸다. 이때서야 인물의 이름인 강채빈을 소개하였다.

이어 시간의 역행을 사용해 지금의 상황에 이른 과정을 구체적으로 설명하였다. 그때 마침 당명황 때였다. 당명황이 미인을 매우 좋아했는데 六宮중에 미인이 삼천을 넘어 정말 뛰어난 모습이 아니면 당명황의 눈에 띌 수 없을 정도였다. 고력사가 당명황의 비위를 맞추려고 홍화현 진쥬촌의 미인 강채빈을 뽑아서 당명황에게 바쳤다. 매비가 입궁하자마자 삼천 미인의 으뜸이 되었지만 양귀비가 궁에 들어온 후부터 소박을 받는 대상이 되었다. 이때 다시 도입부의 서술 시각으로 돌아가 언홍의 대답을 제시하였다. 이처럼 이 작품에서 시간의 순행과 역행은 교차적으로 진행되어 있다. 이러한 특징은 신・구소설을 구별하는 가장 두드러진 특징으로 여러 학자들에 의하여 중장되고 있는데 <양귀비>에서 거듭 확인된 이러한 현상은 작가가 근대적 글쓰기 방식을 사용해 이 작품을 지었음을 증명해준다.[188]

---

187) 김상태・박덕은, 『문체의 이론과 한국 현대소설』, 한실, 1990, 146쪽.
188) 앞의 책, 149쪽.

매비의 시비 언홍에 대한 묘사에는 외형보다 언홍의 인품을 중심에 두고 인정이 많으며, 매비를 걱정하는 모습을 소개하였다. 이러한 묘사는 원전에 있는 언홍보다 더 입체적이고 인간적인 시비의 모습이 부각되었다.

도입부에서 추가된 <수당연의>에 없는 내용은 주로 공간환경의 묘사, 구제적인 시간과 시대배경의 제시, 인물 성격의 묘사 등에 집중하였다. 그러나 작중 이러한 시공간의 묘사뿐만 아니라 인물의 심리묘사도 대량 추가하였다. 다음 인용문은 안록산이 양귀비를 처음 본 후의 심리묘사이다.

> 안록산이 당명황의 명을 밧어 진연을 거행하다가 문득 양귀비에게 술잔을 올니게 된 긔회에 겻눈으로 양귀비를 한번 보고는 무슨 짜닭으로 그러하든지 정신이 앗질햇다.
>
> 젼일에는 억세이기로 유명하야 시셕이 비오듯 하는 백만군중에 머리를 독기 삼아 쓰고 팔뚝을 홍두개갓치 내둘으든 안록산의 ᄉᆞ지백톄가 졸디에 녹는 듯 사라지는 듯 날연무긔하야 젼신에는 아모 힘이 업는데 어느편에서 줄업는 낙시 갈고리가 ᄭᅳᆯ어당긔는 듯 몸이 ᄭᅳᆯ녀가는 곳이 잇스나 다만 이목이번다함으로 자긔의 몸이 임의롭지 못함을 원망한다. 그러나 그의 혼은 발서 옥이 향긔롭고 ᄭᅩᆺ치 ᄯᅡᆺᄯᅳᆺ한 양귀비의 품속으로 들어갓다.[189]

안록산이 양귀비를 곁눈질한 후에 사지백체가 녹는 듯이 힘이 없고, 몸이 그대로 있지만 혼이 이미 양귀비의 품속으로 들어갔다. 이처럼 작가는 안록산의 신체적 반응을 통해 그의 미묘한 심리 상황을 독자 앞에 그려주고 있다.

> 그러나 당명황은 매비를 그다지 사랑하거나 ᄯᅩ는 매비를 그다지 아ᄭᅧ여서 그리는 ᄯᅳᆺ이 아니라 매비의 지은 루동부 일편이 다만 ᄌᆞ긔의 그리

---

189) <양귀비>, 24~25쪽.

> 우는 회포를 말할 뿐이오 조금도 원망하는 뜻이 나타나지 아님으로 매비에게 아모 간셥을 아니하얏다.[190)]

이 부분은 양귀비가 당명황이 매비에게 樓棟賦를 받았다는 소식을 듣고 당명황에게 매비를 죽이라고 할 때, 당명황이 거절하는 심리에 대한 설명이다. 매비를 사랑하고 아끼는 것이 아니라 樓棟賦는 자신을 원망하는 뜻이 전혀 없고 온갖 그리워하는 내용이었다고 생각한 당명황의 심리는 추가된 이 내용을 통해서 독자에게 잘 전달되었다. 이처럼 작가는 작중 인물의 심리 상태에 대한 묘사에 치중하였다.

여기까지 새로 추가한 내용을 살펴봤는데 주로 시공간에 대한 묘사나 인물의 성격, 심리에 대한 묘사에 집중하였다. 이러한 내용의 추가는 <양귀비>를 전통적인 고전소설의 일대기 구조를 탈피하여 근대적 글쓰기의 방식에 따른 작품으로 만든다. 그렇지만 추가된 내용뿐만 아니라, <수당연의>에 있던 내용을 변용시킨 부분에서도 이러한 문체적인 특징이 나타나고 있다.

> 취화서각 한편 방에서 쥐죽은 듯이 몰녀 잇든 내시들이 별안간 저히끼리 수군~한다.
> 「이애! 양비시다」
> 「그럼 탈낫고나」
> 『너 들어가 알외워라』
> 『슬타』
> 『슬여」
> "나가거라"……"나가거라"
> 하며 서로 미대더니 그 즁에 만〃한 소황문 하나히 급히 당명황의 침소

---

190) <양귀비>, 35~36쪽.

> 로 달녀가니 이는 치마쑛테 아침이슬을 채며 후줄군하게 닥치는 양귀비의 일행이 춰화셔각에서 슈직하든 내시들 눈에 띄인연고이다.[191]

이 부분은 양귀비가 당명황와 매비가 몰래 만난 사실을 안 후에 찾아간 장면이다. 양귀비가 취화서각 앞에 도착했을 때, <수당연의>에서는 '驚得那些常侍飛報'라는 한 마디의 말로 묘사되었다. 그러나 <양귀비>에서는 서술문을 대화문으로 확대하고 내시들이 양귀비가 두려워 황제에게 고하고 싶지 않다고 서로 다투는 장면을 생동감있게 보여주었다. 이러한 부분은 작품에 적지 않게 나타나고 있다. 한편으로 사건에 있어서 장면을 확대시켰으며, 또 한편으로 문체적인 측면에서 서술문을 대화문으로 전환시켰다.

결국 <양귀비>는 현령선이 근대적 글쓰기의 방식을 통해 <수당연의>를 개작한 작품이다. 그는 시공간 묘사의 추가, 인물의 말과 외모, 성격과 심리활동의 제시, 서사 시간의 순행과 역행, 서술문에서 대화문으로 전환 등의 방식을 사용하여 <수당연의>를 재해석하고 개작하였다. 그 외에 종결어미 '~이다/다', 대화와 지문의 구분, 문장구조의 분절, 구두점의 첨가, 여백의 사용 등은 모두 근대적 글쓰기의 방식을 채용한 것이라는 저도 근대적 글쓰기임을 재증명해준다.

3. 인물형상의 복합성

<양귀비>는 근대적 글쓰기 방식으로 <수당연의>를 개작하였음을 앞서 이미 살펴보았다. 그렇다면 이러한 개작과정에서 양귀비라는 인물 형

---

191) <양귀비>, 18쪽.

상화가 어떻게 달라졌을까?

<수당연의>에서 양귀비는 당명황의 수많은 여자 중의 한명으로서 당명황을 賢君에서 昏君으로 만드는 역할을 담당하였다. 따라서 <수당연의>에서 양귀비는 현군을 현혹하는 죄수이고 비판의 대상이 되었다. 즉, 양귀비는 나라를 재앙으로 빠뜨리는 전형적인 여인의 이미지가 부각되어 여자를 경계하는 주제의식을 표현하기 위해 존재하는 인물이다.

<양귀비>에서도 양귀비가 당명황의 며느리에서 당명황의 애첩이 되었고, 양국충・안록산과 사통한 인물이라는 점이 <수당연의>와 일치한다. 다만 그 모습을 묘사하는 과정에서 원전보다 묘사 정도가 확대되었고, '악녀'의 모습이 더 입체적으로 부각되었다.

> 양귀비 얼골은 별안간에 벽도화 빗츠로 변하야 바린다. 그러지 아너도 양귀비가 매비를 상양궁동으로 ᄶᅩ처보낸 후로 혹시 매비의 춍행이 회복이 되면 어느 ᄯᅢ에 무슨 일이 잇슬가 몰나서 마암을 놋치 못하더니 불과 긔일에 이러한 일이 잇슴을 듯고 악이 밧싹나서 톄면을 불고하고 취화셔각으로 ᄶᅩ처간다. (…중략…) 본래 살이 윤택하야 거름보도 잘 못 것는 양귀비가 배착~하며 취화셔각으로 올너오더니 침소의 닷친 문을 한번 힘잇게 열어젓친다. 가을 물결갓치 영채 잇는 양귀비 눈에는 불이 쑥〃 든는다. (…중략…) 양귀비는 등시포착으로 당명황의 장을 단〃히 잡으매 가슴에 불이 붓고 악이 머리 ᄶᅳᆺ까지 올나서 만승의 죤귀한테 통고도 볼 여디가 업시 포쥬 독두쵼에서 잘아날 ᄯᅢ에 선머슴군과 너다듸리하는 버릇을 들어내여놋는다 (…중략…) 양귀비가 총알갓치 듸려대며
> 『문밧게 비단신은 웬 것이며 벼개 밋헤 금빈혀는 웬 것이냐』
> 고 소래를 놉혀 ᄯᅥ드니 당명황은 졈〃 부ᄭᅳ러워라고 무력한 말로 몃마듸 발명을 하더니. 양귀비가 룡침 밋헤 노힌 금빈혀를 집어 자리 위에다 한번 멧친다. 당명황이 양귀비의 무례함을 보고 눈을 부름ᄯᅳ고 호령 한마듸를 하니ᄭᅡ 양귀비는 휭 나가바린다.[192]

楊妃聽了 忙自步到閣前 (…중략…) 楊妃走到裏面 見禮畢 問道 陛下爲何起得遲 玄宗道 還是妃子來得早 楊妃道 賤妾聞梅精在此 特此相望 玄宗道 他在東樓 楊妃道 今日宣來同至溫泉一樂 玄宗只是看着左右 也不去回答他 楊妃怒道 肴核狼籍 御榻下有婦人珠烏 枕邊有金釵翠鈿 夜來何人侍陛下寢 歡睡至日出 還不視朝 是何體統 陛下可出見羣 臣妾在此閣以俟駕回 玄宗愧甚拽衾向屛 復睡道 今日有疾 不能視朝 楊妃怒甚將金釵翠鈿擲於地 竟歸私第

이 부분은 양귀비가 발악하는 장면이다. 그러나 <양귀비>에서의 양귀비는 <수당연의>에서의 양귀비의 모습보다 더 현실적이고 생동감이 있다. <수당연의>에서는 양귀비가 당명황이 매비와 함께 밤을 보낸 사실을 안 후에 '급히 취화서각으로 간다(忙自步到閣前)'라고만 묘사되어 있다. <양귀비>에서는 얼굴이 변하여 체면을 불구하고 취화서각으로 쫓아간다고 하여 질투심이 강하고 화난 여자의 모습으로 변용되었다.

취화서각 앞에 도착한 후에도 <수당연의>의 양귀비는 황제에게 예를 올린 후에 물었다. 즉, 기분이 나빴지만 예를 지킬 생각을 한 것이다. 그러나 <양귀비>에서 뚱뚱해서 걸음도 잘 못 걸으면서 양귀비가 힘 있게 문을 열어젖히고 눈에서 불이 난 듯하다. 이처럼 화나서 무례한 양귀비의 행동은 우스꽝스러우면서도 성질이 나쁜 것을 독자에게 잘 전달해준다.

또 <수당연의>의 양귀비는 황제에게 매비가 어디 있느냐를 따지는 것을 통해 자신의 노여움을 표현하였지만, <양귀비>의 양귀비는 등시포착(登時捕捉)으로 당명황의 옷을 잡고 시골에 있을 때 체통을 버리고 선머슴들과 싸우던 버릇을 그대로 보여주는 것으로 서술된다.

황제에게 따진 후 <수당연의>의 양귀비는 노여움을 참지 못해 금비녀를 땅에다 던지고 떠났다. 이 부분은 당명황과의 싸움 장면에서 양귀

192) <양귀비>, 15~20쪽.

비가 행한 가장 무례한 행동이라고 할 수 있으나, '竟'자를 써서 양귀비의 행동에 대해 아주 예외적인 행동이며, 믿을 수 없다는 작가의 의식을 표현하였다. 그렇지만 <양귀비>에서 양귀비는 금비녀를 황제의 침대 위에 던진 후 나가버렸다. 결국 양귀비의 황제를 전혀 두려워하지 않고 무례한 모습이 극에 이른 것이다.

이처럼 <수당연의>의 양귀비가 황제의 총애를 믿고 발악하는 상층 여성의 모습이라면, <양귀비>에서의 양귀비는 악한 모습이 구체화되어 확대되었으며 보다 무례하고 질투심이 많으며, 체통을 전혀 고려하지 않는 서민의 모습과 더 가깝다고 할 수 있다.

<수당연의>에서 양귀비가 당명황의 총애를 믿고 기세가 등등한 모습 외에 가장 큰 특징은 안록산 그리고 양국충과 사통하는 음탕한 모습이다. <양귀비>에서도 이러한 모습이 보이나 <수당연의>보다 더 노골적이며 정욕이 가득하다.

> 안록산이 후궁으로 들어가니 양귀비는 마참 진연을 마초고 돌어온 길이라 얼골에 술긔운이 어리여 풍류슈셩(風流水性)을 더욱 진졍키 어렵더니 홀연 안록산이가 들어와 양모의례로써 뵈이는 것을 보더니 공연히 졍신의이상이 생기는 것 갓허서 부끄러온 마암도 업시 남이 흉보는 것도 불계하고 단박에 안록산을 얼사안고
> 『아하! 네가 내 아들 ○○○○○○ ○○○』
> 이러케 한참을 놀더니 다시 내관들을 모다 불너듸린다. 내관들도 양귀비와 안록산이 와사이에 하는일을 항상 보는터임으로 이날 이러케 하는 것도 례ᄉ로 안다.
> 양귀비가 내관을 부르더니 비단을 ᄯ내여 별안간에 어린아해 덥허주는 이불을 만들며 ᄯ 비단실을 색〃이로 느린 어린아해타는 채여(彩輿)을 ᄭ민다. 양귀비가 창졸에 이러한 어린아해 작란가음을 만드는 것은 당나라

풍속에 어린아해가 나은 지 삼일 되는아침이면 비로소 그 아해를 씨쳐주는 셰아례(洗兒禮)한 것이 잇슴으로 안록산이가 이날은 생일이 되는 삼일만이라 해서 안록산에게 셰아례를 행하야 자긔가 처음 나은 아들과 갓치 놀니랴 함이다.

작란가음의 쥰비가 다 됨애 양귀비가 친히 안록산의 의복을 밝아벗기고 비단이불에다 안록산이를 어린아해와 갓치싸서 채여 위에실고 내관들을 식여서 채여를 끌고 후궁너른마당으로 골목〃〃 도라단인다.[193]

祿山奉命 遂至楊妃宮中 楊妃此時方侍宴而回 正在微酣半醉之間 見祿山來拜謝恩 口中聲聲自稱孩兒 楊貴妃因戲語道 人家養了孩兒 三朝例當洗兒 今日恰是你生日的三朝了 我今日當從洗兒之例 於是乘着酒興 叫內監宮女們都來 把祿山脫去衣服 用錦緞渾身包裹作襁褓的一般 登時結起一綵輿 把祿山坐於輿中 宮人簇擁着繞宮游行

위 인용문은 양귀비가 안록산을 위해 洗兒禮를 치르는 내용이다. <수당연의>에서는 단순히 洗兒禮의 장면만 묘사했을 뿐이다. 이에 반해 <양귀비>에서는 양귀비가 부끄러운 마음이 일점도 없이 안록산을 품에 안았는데 내관들은 자주 보는 장면이라 전혀 이상하게 생각하지 않았다는 내용을 추가시켜 양귀비의 음탕함을 확대하였다. 또한 세아례를 치러줬는데 손수 안록산의 옷을 벗겼다는 내용을 추가시켜 안록산과 양귀비의 관계를 노골적으로 표현하였다.

이처럼 <수당연의>의 악녀 이미지가 <양귀비>에 와서 더욱 부각되고 구체화되었다. 질투심이 많은 妬女, 체통을 모르는 서민, 극도로 음탕한 蕩女의 모습이 융합되어 극단적인 악녀의 모습이 형성되었다.

그렇지만 재미있는 부분은 <양귀비>의 결말에 와서 양귀비의 모습이

---

193) <양귀비>, 30~32쪽.

확 달라져 버린 것이다.

이때에 양귀비는 당명황의 거동을 보매 말 아니 하고 우는 가온대 긔맥이 이믜 통하얏다. 양귀비가 당명황의 뜻을 알고 목이 메여 울다가 다시 온화한 얼골에 랭정한 태도를 지여가지고 당명황 압헤 쑤러 안저 태연한 말로

『신쳡이 황상폐하의 하해 갓흔 은혜를 닙엇는지라 황은을 갑자하면 몸을 죽여도 다 갑지 못할터인데 지금 ᄉ세가 위급하니 폐하는 ᄉ정을 쓴코 신쳡에게 죽는 것을 주워 군ᄉ의 마암을 위로하고 무ᄉ히 셔쵹에 행〃ᄒᆞᄉ 룡톄를 보즁하시면 신쳡의 죽은 것이 곳 산 것이 올시다』

한다. 당명황은 죵시 아모말이 업시 울기만 하니 양귀비가 다시 알외되

『신쳡이 이 셰상에서 죄악이 심즁하온지라 이 셰샹을 써나는 날을 당하얏슨즉 브터님께 발원이나 한마듸 하랴 하오니 폐하는 속히 허락하소서』

(…중략…)

양귀비가 브텨 압헤 이르러 례배를 파하고 땅에 업듸려 비는 말이다.

『당현종황뎨 텬보십오년륙월에 당녀남십팔셰 양옥환은 이 셰상을 마자막 써나는 오늘 부텨님 압헤 나왓습니다 양옥환은 이 셰상에서 죄악이 심즁하오니 브터님은 ᄌ비를 베프ᄉ 양옥환의 래셰를 건저주소서 다음으로 현종황뎨의 셩슈만셰를 위하야 한자루 향을 밧드노이다.』

(…중략…)

특별이 고력ᄉ에게 부탁하는 말이다.

『황샹폐하께옵서 츈츄가 놉흐시니 나 죽은 뒤에는 황샹의 구인으론 오즉 고래감 한 사람이 잇슬 쁜이라 조심하야 밧들기는 바라오며 나 죽은 뒤에 나의대신으로 그대가 황샹께 이 말을 알외와 주되 황샹은 이 사람이아니라도 춍애를 밧을 녀ᄌ가 잇사오니 옥톄를 만번보즁하시고 나를 생각하기에 수고치마옵소서』

하는 말을 부탁한다. 고력ᄉ가 귀를 기우려 듯기를 다하니 옥환이 다시 최후의 한마듸 부탁을 더하되

『여보, 고력ᄉ! 저 금채 한 쌍과 저 뎐합 한 개는 내가 황샹폐하를 처

음 모시든 밤에 신물로 주신것이니 내가 죽은 후이라도 그 신물은 잇지 못할 물건인즉 나 죽은 뒤에 부대 나의 시톄와 한가지 슌장(殉葬)을 하야 쥬소서』

玄宗攜着貴妃 出至驛道北牆口 大哭道 妃子我和你從此永別矣 楊妃亦涕泣嗚咽道 願陛下保重 妾負罪良多死 無所恨 乞容禮佛而死 玄宗哭道 願仗佛力 使妃子善地受生 回顧高力士 汝可引至佛堂善處之 說罷大哭而入 楊妃上佛堂禮佛畢 高力士奉上羅巾 促令自縊於佛堂前一果樹下

위 인용문은 양귀비의 종말이다. <수당연의>보다 <양귀비>는 새로운 대화를 추가하여 양귀비의 모습을 변용시켰다.

<수당연의>에서 당명황이 양귀비에게 먼저 영영 떠날 것을 말한 후 양귀비가 자신이 죽어야 할 것을 알게 되었다. 그 후에 울면서 불당에서 죽겠다고 하였다. 그러나 <양귀비>에서는 양귀비가 냉정한 태도로 태연하게 당명황을 대하여 자신의 죽음으로 황제가 베풀어 준 은혜를 갚고 군사의 마음을 위로하고자 스스로 죽음을 청하였다. 또한 불당에서 부처님께 두 가지 일을 발원하였는데 하나는 다음 생이 있기를 바라고 또 하나는 당명황의 성수만세를 빌었다. 그리고 고력사에게 당명황의 옥체를 당부하면서 자신을 그리워하지 말라고 전해달라고 하였다. 마지막에 자신이 죽어도 당명황에게 첫날밤에 받은 신물인 금비녀를 잊지 못할 것이므로 殉葬해달라 하였다. 이처럼 양귀비가 당명황의 처지를 생각해 스스로 죽기를 청하였고, 죽기 전에 부처에게 당명황의 만수무강을 발원하며, 고력사에게 당명황의 옥체를 부탁하고, 두 사람의 신물을 같이 묻어달라고 한 행동들을 통해서 당명황에 대한 사랑이 거듭 강조되었다. 즉, 양귀비는 음탕하고 질투심이 강한 여자이면서도 당명황을 위해 희생을 할 수

있고 당명황을 진심으로 사랑하는 여자이기도 하다. 이렇게 함으로써 양귀비는 단순한 '악'의 모습에서 벗어나 선과 악, 음탕과 순정, 비빈과 촌부의 모습을 동시에 지닌 입체적인 인물이 되었다.

이상 양귀비 형상의 변화는 세 가지 측면에서 분석할 수 있다.

우선, 고전소설의 인물표현은 보편성과 전형성을 지니고 있어 선인형과 악인형으로 이분하는 특질을 가지고 있다.[194] 그렇지만 근대소설의 인물 형상은 전형성을 지니면서도 한 개인으로서의 인간적인 면모도 같이 구비되어 있어 인물의 성격을 이분화하지 않는다. 따라서 근대적 글쓰기를 사용한 현령선은 양귀비의 모습을 선과 악이 공존하게 변화시켰다. 이러한 특징은 양귀비뿐만 아니라 당명황과 고력사의 인물 형상에서도 발견할 수 있다. 당명황은 色魔라고 칭하는 내용을 추가하면서도, 한편으로 양귀비에 대해 生生世世를 명세한 지고지순한 사랑도 같이 묘사되었다. 고력사는 <수당연의>에서 간사하고 악한 내시의 이미지만 지녔으나 <양귀비>에서 이러한 모습을 유지하면서도 충실하고 동정심이 않은 인간상까지 그렸다. 이처럼 <양귀비>의 인물들은 단편적인 인물이 아닌 선악이 복합적으로 드러나는 인물들이다.

둘째, 서문에서 지적한 듯이 이 작품은 남성 독자층 겨냥하고 있으며 교훈성보다 남자의 적적한 마음을 위로하는 데에 그 목적을 두고 있다. 따라서 양귀비의 죽음이 굳이 악한 행동에 대한 처벌로 처리할 필요가 없어진다. 오히려 양귀비가 남성을 위해 희생하는 모습이 남성의 마음을 위로할 수 있으며 음탕과 순정을 같이 지닌 양귀비가 남성이 지닌 여성에 대한 욕망과 부합할 수 있다. 또한 <양귀비>가 구활자본의 작품 형

194) 정주동, 『고대소설론』, 형설출판사, 1994, 196~197쪽.

태임을 고려할 때 이 작품의 독자층은 서민층이라고 가정할 수 있다. 따라서 양귀비는 사민층이 바라보기만 할 수 있는 높은 자리에 처한 여성의 모습보다, 세속성을 띄는 서민의 이미지가 공존함으로써 독자의 마음에 닿을 수 있었다. 이러한 독자층에 대한 고려는 작품의 어휘 사용에서도 찾아볼 수 있다. 서민층이 자주 사용하는 '아이구', 등 구어체 단어의 흔적이 작품에서 자주 보이고 있기 때문이다. 따라서 <양귀비>에서 양귀비는 근대적 지향가치의 산물이기도 하지만, 서민층의 독자 취향을 맞추려고 한 결과이기도 하다.

셋째, 중국이든 한국이든 양 나라의 문학사에서 양귀비의 모습이 항상 이분적인 특징을 지니고 있다. 중국의 <수당연의>같은 연의에서 양귀비를 당명황을 현혹한 禍水, 즉 나라를 망친 여인이라고 비판하였지만, 白居易의 <長恨歌>나 洪昇의 <長生殿>에서 당명황과 양귀비의 사랑이야기를 칭송하면서 양귀비를 당명황을 위하여 희생한 至高至純한 여자로 묘사하여 그를 위해 변론해주었다. 한국에서도 마찬가지로, <여와전> 같은 작품에서 양귀비를 안록산과 사통하고 나라의 禍亂을 일으킨 악녀로 비판하여 작가의 부정적인 인식을 표출하였지만, <황릉몽환기>에서는 양귀비의 모습이 당명황을 위해 희생한 긍정적인 여인으로 부각되었다. 따라서 현령선 역시 양귀비의 형상화 과정에서 <수당연의>의 시선을 받아들이면서도 <장생전>이나 <황릉몽환기>의 문학적 맥락을 같이 수용하였으리라 판단된다.[195]

195) 특히, <양귀비>에서 양귀비가 고력사에게 당명황의 옥체를 당부하는 내용, 신물로 받은 빈혀를 같이 묻어달라고 한 부분은 <장생전>과 매우 유사한 면을 지니고 있다.

4. 결론

<양귀비>는 <수당연의>를 바탕으로 개작한 작품이다. 이 작품은 한국고전소설과의 전통과는 사뭇 다른 글쓰기 형태를 보여준다. 필자는 이를 근대적 글쓰기 방식으로 이해하였다. 작중 '~이다/다'로 종결어미를 사용하고, 대화와 지문을 구분하며, 문장구조를 분절하는 동시에 구두점을 첨가하였다. 그러나 이보다 더 주목할 부분은 사건의 추가보다 시공간의 묘사, 인물의 외모보다 성격과 심리활동의 추가를 중심으로 두고 있다. 또한 <수당연의>에 있는 내용들을 서사시간의 순행과 역행을 교차하면서 진행시켰으며 서술문에서 대화문으로 전환시켜 장면을 확대하는 특징도 같이 보이고 있다. <수당연의>를 이렇게 개작한 <양귀비>에서 양귀비는 원전보다 더 극대화된 악녀로 형상화된다. 반면 당 명황을 위해 스스로를 희생하였다는 사실도 드러내고 있다. 이렇게 함으로써 양귀비는 약녀로서의 이미지와 자신의 남자를 위해 목숨을 버리는 긍정적인 이미지가 복합되게 된다. 이는 서문에 드러난 작가의식의 반영이기도 한다.

제 3 부

창작형 소설과 중국여성인물

제1장

〈난초재세기연록〉

1. 서론

<난초재세기연록>(이하 <난초>)은 원한을 품고 자살한 蘭芝와 초중경이 도사 진도남의 도움으로 송나라 공주와 재상의 아들로 환생한 후 재회하여 행복한 일생을 누리는 작품이다.

초중경과 난지는 중국 작품 <공작동남비>의 주인공이기도 한다. <공작동남비>는 작가미상의 장편 악부 서사시이며 비극의 대표작이다. 총 353구, 1765자 내외인 <공작동남비>는 梁徐陵(597~583)이 편찬한 <옥대신영>에 <古詩爲焦仲卿妻作>이라는 제목으로 처음 수록되었다. 후대의 시집에서 이 시의 첫 구를 따서 불렀기 때문에 그 제목이 <공작동남비>로 불리기도 한다. 이 시의 창작시대는 대략 東漢시대에서 魏晉시대 사이로 추정된다.196) 금슬이 좋은 劉蘭芝와 焦仲卿이 시어머니의 구박으로 헤어졌다가 서로에 대한 사랑을 지키기 위해 죽음을 선택하는 비극적

---

196) 章培恒, 「關于<古詩爲焦仲卿妻作>的形成過程與寫作年代」, 『復旦學報』2005年第1期, 2005.

인 이야기를 담은 <공작동남비>는 중국뿐만 아니라 조선까지 전파되어 넓은 범위에서 읽혔다. <조선왕조실록>부터 여러 문인의 문집까지 <공작동남비>에 관한 기록이 대량으로 보이고 있는 것은 이를 다시금 확인시켜준다.

그렇다면 <난초>는 <공작동남비>와 구체적으로 어떤 관련을 지니고 있으며, 또한 환생을 통한 해피엔딩으로의 전환은 무엇을 의미하고 있을까. 이에 본 장에서 <난초>와 <공작동남비>의 관계를 먼저 규정하고 이를 바탕으로 난지 형상화의 변모 양상과 작품에 나타난 작가의식을 검토해보겠다.[197]

2. 〈孔雀東南飛〉와의 관계

<난초>와 <공작동남비>의 관계는 두 작품에 등장하는 인물들을 통해 이미 확보되었다. 따라서 두 작품이 관련 있다는 것은 재삼 확인할 필

---

197) <난초재세기연록>의 이본은 모두 3종 있는데 평양문학예술종합출판사에서 1994년 출간된 북한본 3권 1책 <란초재세기연록>과 한국학중앙연구원 장서각에 소장된 2권 1책 <난초재세록>, 李崇寧이 소장한 1책 <난초재세록>이 그것이다. 북한본은 지정엽에 의하여 번역되어 <해외 우리 언문학연구총서>103권에 영인되었다가 2007년에 다시 <천년을 돌아온 사랑>이라는 제목으로 출판되었다. 번역문 뒤에 주해가 달린 교주본도 있으나 원문이 영인되지 않았다. 李崇寧 소장본의 경우 기록에는 남아 있지만 정확히 어디있는지는 확인할 수 없었다. 장서각본과 북한본은 내용 전개상 거의 다름이 없다. 다만, 북한본보다 장서각은 종편에 5줄만 덧붙였다. 그러나 북한본에서 '진도람일견송림감해원'과 '양부마복록기'라는 소제목이 붙어 있는 반면에 장서각본은 오직 '양부마복록기'만 있으며, 또한 묘사상 북한본이 더 자세하다. (서신혜, 「<난초재세기연록> 연구」, 『온지논총』8, 2002를 참조하였다.) 따라서 이 글은 북한본(『천년을 돌아온 사랑』, 보리, 2007에 출판된 교주본)으로 연구텍스트를 삼겠다. <난초>는 '언문책목녹'에 기록이 있는 것을 보아 늦어도 1872년에 창작되었다고 할 수 있다.

가장 이른 시기에 <공작동남비>의 전체 내용을 수록한 문집은 南朝末期의 <玉臺新詠>이다. 이에 이 글은 <옥대신영>에 있는 <공작동남비>를 연구텍스트로 삼겠다.

요가 없다. 그렇지만 <난초>는 東晋[198]을 배경으로 하는 <공작동남비>의 인물들을 송나라 배경으로 환생시키는 윤회 설정을 통해 환생 이전과 환생 이후의 내용을 의식적으로 구별시키고 있다. 따라서 서신혜는 "<난초>에서 <공작동남비>의 주인공을 다시 세상에 태어나게 해줌으로 긴밀한 관계가 있으나 환생 이후의 내용은 <공작동남비>와 무관하게 모두 새롭게 창조하였다"고 평가한 바가 있다.[199] 물론 선행연구에서 지적한 것처럼 이해할 수도 있으나 이러한 지적은 두 작품의 형식적인 특징만 과도히 집중하여 그 내적인 의미를 소홀히 한 면이 없지 않다. 그 이유로, 우선 <난초>와 <공작동남비>는 내적으로 유기적인 구성을 지니고 있다. 둘째, 다른 시대의 다른 인물로 환생시켰다는 것'은 解寃의 의미로 <공작동남비>에서 생긴 억울함을 풀어준 것이며, 이러한 원한에 대한 반발이다.

따라서 두 작품의 인물과 갈등 등에 대한 대비와 검토를 시행하여 두 작품의 관계를 궁극적으로 규명하겠다. 이에 먼저 두 작품의 서사전개를 함께 살펴보겠다.

권수	소제목	〈난초재세기연록〉		〈공작동남비〉
권지일	진도남 일견송림 감해원	①	㉠ 진도남 선생이 화산에서 도를 닦을 때 하늘에 닿은 송백 과 오동을 심은 곳에 수운이 가득함을 보고 찾아가니, 원앙새 우는 것에서 초중경과 난지의 묘를 발견함.	화산, 송백과 오동, 원앙새, 초중경과 난지의 묘지

198) <공작동남비>의 서문에서 난지와 초중경의 생존시기는 漢末로 되어 있으나, <난초>에서는 난지와 초중경은 스스로 동진 사람이라 하였다. 그의 이유는 뒤에 밝히겠다.
199) 서신혜, 앞의 논문, 173쪽.

			㉡ 그들의 한을 풀어주고자 단오일에 두 사람의 원혼을 데리고 천정에 가 석가세존에 뵙고 세존이 두 사람의 사유를 듣기로 함.	
		②	㉠ 남자는 東晉 때 府吏 초중경이고 어머니의 명으로 난가의 여자를 취함. ㉡ 삼년 만에 초중경의 어머니가 죄 없는 난지를 핍박하여 내침. ㉢ 난지가 친정집에 돌아가 10여 일이 안 되어 부모 형제에 게서 재가(태수의 아들로)를 강요받음. ㉣ 난지는 절개를 지키려고 멱라강에 투신하여 자살함. ㉤ 초중경은 난지를 지키지 못함을 슬퍼해 죽으려고 했으나 어머니에 대한 효도 때문에 죽지 못함. ㉥ 어머니에게 계속 부자 집 여자 진씨를 취하기를 강요받고 할 수 없이 초중경도 어머니께 사례하고 자살함.	<공작동남비>의 스토리와 일치
		③	㉠ 세존이 이를 듣고 난지를 송나라 황제의 딸로 환생시키며 중경을 송나라 재상 양문희의 아들로 환생시킨. ㉡ 또한 진가 여자와 난지를 원했던 태수의 아들이 여러 해 지나도 사심이 풀리지 않아 다시 인세에 태어나 깨달음을 얻게 함.	
	양부마복기	④	㉠ 송나라 용도각 태학사 양문희는 늦도록 자식이 없자 유화동 백운사에 진향하여 기자치성을 하자, 몽중에 한 옥동이 나타나 양문에 의탁하겠다고 함. ㉡ 부인 설씨도 같은 꿈을 꿨는데 이달부터 잉태하여 생남함.	중경의 스토리 재현
		⑤	㉠ 공부시랑 양정희는 양 학사의 종제이며 양 학사가 늦도록 자식이 없는 것을 보고 자신의 셋 번째 아들 인도를 양 학사의 계후삼기를 바람.	

			㉡ 양 학사가 양 시랑의 마음을 모른 채, 아들 인호를 얻은 후에도 조카를 친아들처럼 대함.	
		⑥	㉠ 송진종의 정궁 유황후가 꿈에서 한 어린 여자를 보았는데 그 여자가 바로 난지임. ㉡ 난지가 자신의 사연을 황후께 아뢰어 황후에게 의탁하겠다고 함. ㉢ 이날부터 황후가 잉태하여 생녀함.	난지의 스토리 재현
		⑦	㉠ 인호가 장성하여 용모과 재덕을 겸비하고 양 학사의 장중지보가 됨. ㉡ 하루는 재상 문언박이 양 학사의 집에 놀러왔는데 인호의 풍모를 보고 경탄하여 인호로 新柳詞를 짓게 함.	
		⑧	㉠ 양공부부가 공자의 장성함을 보고 택부함을 걱정하여 유화동에 가서 祈福하려고 함. ㉡ 인호와 인도는 같이 가기로 했으나 양 시랑이 편치 않으므로 인도가 가지 못함. ㉢ 인호가 백운사에서 진향을 마치고 풍경을 구경하고자 산꼭대기에 올라갔는데 한 도인선생을 만나 전생사를 듣고 '공작시'라고 쓴 종이를 얻음. ㉣ 인호가 집에 돌아가 부모와 인도에게 전후사를 전함.	공작시
		⑨	㉠ 공주가 궁 안에 있는 서원에서 책을 보다가 공작시라는 시편을 발견했는데 한번 읽어본 후 잊을 수 없음. ㉡ 날이 저물어 공주가 졸다가 꿈에서 선동을 만나 전생사를 듣고 공작시 세 글자를 쓴 종이를 얻음. ㉢ 공주가 부모에게 고하니 황제와 황후가 공작시를 아는 사람으로 부마간택하기로 함.	공작시
		⑩	㉠ 한편, 급사 중승 경진이 인호를 택서하려고 하자 양 시랑이 자신의 아들을 택하지 않음을 질투함.	공작시

			㉡ 마침 양 시랑의 부인 오씨가 오귀비에게 공작시의 이야기를 듣고 인도와 이야기하던 중에 인도가 인호의 유화동 이야기 생각함. 그리고 인호와 경씨의 혼사를 추진하고 자신이 부마가 되려는 간교한 계획을 짬.	
권지이		⑪	㉠ 양 시랑이 경진을 대신하여 양 학사에게 구혼을 청하니 양 학사가 난지의 이야기를 하면서 거절함. ㉡ 양 시랑의 회답을 들은 경씨 집안은 경소저를 난지인 척 꾸미고 양 학사가 이에 속아 허혼함	공작시
		⑫	㉠ 인도는 인호가 모친 시병하는 틈을 타 '공작시' 종이를 훔쳐 궁비에게 바침. ㉡ 조회에서 이 이야기를 들은 양 학사가 경악함. ㉢ 황제가 인도를 조회에 불렀는데 인도의 풍모를 보고 실망해 다시 재주를 시험해보려고 함. ㉣ 인도가 다시 간교를 꾸며 인호가 지은 시로 황제의 시험에 응시하려고 함.	공작시
		⑬	㉠ 조회를 파한 후 집에 돌아온 양 학사는 경씨 집안과 퇴혼함 ㉡ 양 학사가 울분을 이기지 못하여 병이 생겨 조회에 나가지 않음	
		⑭	㉠ 양 시랑이 경 중승의 퇴혼 당한 노기를 이용해 조정에 설과하게 함.	
		⑮	㉠ 추밀사 유은은 양 시랑의 집에 갔는데 마침 거기서 문언박과 범중엄을 만남. ㉡ 세 사람이 인도의 재주를 시험해보려고 시를 지으라고 하자 인도가 인호에게 베껴온 '신류사'로 대신함. ㉢ 세 사람이 시를 보고 모두 칭찬했는데 문언박만 미묘한 웃음을 지음. ㉣ 세 사람이 양 시랑 집에서 나온 후 다시 양 학사의 집에 감.	

			ⓜ 유 추밀이 인도가 지은 글을 양 학사에게 전하니 양 학사가 이 글을 보고 탄식하여 전후사를 이야기함. ⓑ 유 추밀 등이 모두 격분하고 차탄하다가 날이 저물어 각각 집으로 돌아감. ⓢ 유 추밀이 꿈에서 학발노인을 만나 인도의 간교를 간파하 라는 예시를 받음. ⓞ 유 추밀이 노비 소풍을 명하여 경 중승을 미행하게 하고 경중승와 양 시랑의 간교를 알아차림.	
		⑯	㉠ 황제가 이상한 꿈을 꿔 친히 과장에 임해 경 중승과 양 시랑의 간교를 행하지 못하게 함. ㉡ 인호가 장원에 급제하고 한림학사로 봉해짐.	
권지삼		⑰	㉠ 황제가 옛 꿈을 생각하여 인호를 부마로 정함.	
		⑱	㉠ 문 어사 등이 표를 올려 인도가 '공작시'를 도적질한 것을 황제에게 고함. ㉡ 황제가 양 시랑과 경 중승을 투옥하여 공주와 부마가 결혼한 후 죄를 정하기로 함.	공작시
		⑲	㉠ 황제가 공주궁을 짓고 길일을 선택하기를 명함. ㉡ 길일이 다가와 공주와 부마가 성혼함. ㉢ 양 부마가 공주와 성혼한 후 연정후에 봉해지고 태학사가 됨.	
		⑳	㉠ 경소와 인호가 아버지를 걱정하며 전에 했던 죄행이 증거가 없다고 생각해 등문고를 울려 무죄를 청함. ㉡ 황제가 문 어사 등을 명하여 다시 조사하라고 하자 문 어사 등이 양 시랑 부자와 경 중승 부자의 죄를 밝힘.	
		㉑	㉠ 황제가 양시랑 등을 죽이려고 하자 부마의 상소로 고향으로 돌려보냄.	

			㉡ 양 시랑 부자가 집에 돌아가 양 학사 부자에게 칭사하고 개과천선함.	
		㉒	㉠ 부마가 공주의 침전에서 '공작시'를 보고 두 사람이 전생의 이야기를 한탄함.	공작시
		㉓	㉠ 양 시랑 부자가 죽을 죄를 면하였으나 성혼의 길이 어두워짐. ㉡ 양 학사가 경 중승의 규수를 추천하자 양 시랑이 기뻐하여 경 중승에게 통혼함. ㉢ 양 시랑 일가는 성례한 후 고향으로 돌아감.	
		㉔	㉠ 부마와 공주가 진도남의 도움에 감사하여 선유산에 사묘를 세우며 백운사를 증수하고 관음사를 새로 지음.	공작시
		㉕	㉠ 부마가 진도남의 화상을 그려 사묘에 모시려고 했으나 묘를 지키는 사람을 구하지 못함. ㉡ 꿈에서 선동이 나와 관음사와 사묘를 지키는 사람이 곧 나타날 것이라고 예언함.	
		㉖	㉠ 양 학사가 사묘를 의현묘라 이름을 지음. ㉡ 관음 탱화를 남승들이 있는 곳에 공양함이 마땅치 않아 관음사로 옮김. ㉢ 여승들이 나타나 관음사를 지키겠다하며 도인 하명도 나타나 의현묘를 지키겠다고 함.	
		㉗	㉠ 세월이 흘러 공주가 오자일녀를 낳고 양 부마와 행복하게 지냄.	
		㉘	㉠ 득도자라는 도인이 공주와 부마의 시종을 기록하여 전을 만들어 후세에 전함.	

위 표에서 볼 수 있듯이 <난초>는 <공작동남비>와 긴밀한 관계가 지니고 있다. <난초제세기연록>은 소제목으로 작품의 전후를 나누었다. 前部의 제목은 '진도남일견송림감해원'이며 ①~③에 해당된다. 後部의 제

목은 '양부마복록기'이고 ④~㉘에 해당된다. 페이지수로 따질 때 후부의 내용은 절대적이고 전부는 1/20에 불과하다.

전반부의 ②만 <공작동남비>의 줄거리 요약에 해당되지만, ①에 있는 장소나 환경 묘사 등은 <공작동남비>와 관련이 있다. 또한 ④, ⑥에서도 다시 초중경과 난지의 이야기를 보여주었고, ⑧~⑫, 그리고 ⑱, ㉒, ㉔에서도 '공작시'가 끊임없이 나타났다. 물론, <공작동남비>의 스토리는 전체 작품에 비하여 그 분량이 크지 않지만, 작품의 처음과 끝을 관통하는 중요한 역할을 수행하고 있다.

다음으로 <난초>에서 <공작동남비>와 관련이 있는 부분에 대한 구체적인 내용을 살펴보겠다.

> 천생 초중경은 동진 적 현령의 부리러니 어미 명으로 동향 난가의 여를 취하여 결발 삼 년에 어미 처를 무죄히 핍박하여 내치니 천처 돌아가매 십여 일이 못하여 현령과 태수의 구함으로 제 부모 형제 핍박하여 뜻을 앗으려 하더니 천처 절을 지키어 부귀를 귀히 아니 여겨 몸을 멱라에 장하니 천생이 어미를 두고 그 뜻을 거슬러 처자를 위하여 죽는 것이 효 아닌 줄을 모르리까마는 난지 천생을 인하여 함원 요절하니 내 스스로 죽임이 아니나 천생이 한 처자를 거느리지 못하여 태수 구혼한 후도 또한 항거치 못하여 죽을 곳에 처케 함이 이 다 천생의 연고라 또 어찌 다른 처자를 얻어 즐기리꼬 무죄한 여자로 하여금 죽을 곳에 빠지우고 스스로 즐김이 의 아니요 인이 아니라 다만 일신이 노모를 데려 종효코자 하되 어미 난지를 내침이 동린 진녀의 부요함을 흠모하여 취코자 함이라 천생이 살아 신의를 저버리고 노모의 뜻을 좇지 아니하니 어미 동가 진녀를 취치 못하여 주야 번뇌하여 침식이 편치 않아 하는지라 이에 한번 죽어 어미께 사례하고 부부 한가지로 돌아오매 굳은 인연을 버히고 긴 목숨을 그침이 다 부모와 권귀의 핍박하인 바라[200]

> 孔雀東南飛 五里一徘 徊(…中略…) 結髮同枕席 黃泉共爲友 共事三二年 始爾未爲久 女行無偏斜 何意致不厚 阿母謂府吏 何乃太區區 此婦無禮節 擧動自專諸 吾意久懷忿 汝豈得自由 東家有賢女 自名秦羅敷 可憐體無比 阿母爲汝求 便可速遣之 遣去愼莫留 府吏長跪告 伏惟啓阿母 今若遣此婦 終老不復娶 (…中略…) 我有親父兄 性行暴如雷 恐不忍我意 (…中略…) 還家十餘日 縣令遣媒來 云有第三郎 窈窕世無双 年始十八九 (…中略…) 直說太守家 有此令郎君 旣欲結大義 故遣來貴門 阿母謝媒人 女子先有誓 老姥豈敢言 阿兄得聞之 悵然心中煩 擧言謂阿妹 (…中略…) 登卽相許和 便可作婚姻 (…中略…) 新婦入靑廬 淹淹黃昏後 寂寂人定初 我命絶今日 魂去尸長留 攬裙脫絲履 擧身赴靑池 府吏聞此事 心知長別離 徘徊顧樹下 自掛東南枝[201]

위의 두 인용문을 살펴보면 몇 가지 특징을 알 수 있다.

첫째, <난초>에서 초중경과 난지의 과거를 진술한 내용은 <공작동남비>의 서사 내용을 요약했으며 그 서사 흐름에 따르고 있다. 난지는 초중경과 결혼한 후 삼 년만에 이유 없이 시어머니에게 핍박을 당하다가 결국은 쫓겨났다. 이는 <공작동남비>의 '共事三二年', '女行無偏斜 何意致不厚', '遣去愼莫留' 라는 내용을 통해 정확히 표현한 것이다. 난지는 친정집에 돌아간 지 십여 일만에 현령과 태수의 청혼을 받고 형제와 부모의 강요를 받아 재가하게 되었다. 이에 난지는 절을 지키려고 물에 투신하여 자살하였다. 이 부분은 <공작동남비>의 '還家十餘日 縣令遣媒來 云有第三郎' '直說太守家 有此令郎君 旣欲結大義', '阿兄得聞之 悵然心中煩 擧言謂阿妹', '我命絶今日 魂去尸長留 攬裙脫絲履 擧身赴靑池'라는 구절에 해당한다. 이처럼 <난초>에서 난지에 대한 서술은 간단하지만 <공작동남비>의 내용과 일치한다. 초중경의 경우도 마찬가지이다. 초중경은 모친이 난지

---

200) <난초>, 156쪽.

201) 중국기본고적고에 수록된 <옥대신영>에 있는 <공작동남비>를 참조(이하 동).

를 내치고 싶은 의지를 막을 수 없었지만 다른 처자를 취할 마음도 없다. 이에 난지가 죽은 후 난지를 따라 자살하였다. 이는 <공작동남비>에서 '今若遣此婦 終老不復娶', '府吏聞此事 心知長別離 徘徊顧樹下 自掛東南枝'라고 서술한 부분에 해당된다.

또한 <난초>가 <공작동남비>에 대한 수용은 주인공의 신세에 대한 소개만으로 끝나지 않았다. 작품의 시작 부분에서 진도남이 도를 닦는 장소와 초중경과 난지가 매장된 장소가 정확히 일치하며, 진도남이 목격한 공간의 환경도 <공작동남비>대로 서술되어 있다. 이는 작품의 서사 전개의 유기성을 확보한 것이라 할 수 있다.

> 화설 진도남 선생이 한번 화산 석실 중에 들어 도를 닦을새 (…중략…) 홀연 보니 화산 기슭의 한 곳에 송백과 오동이 창창하여 수풀을 이뤄 하늘에 닿았는데 그 가운데 수운이 사색하고 비풍이 습습ᄒᆞ여 봄빛이 없거늘 선생이 괴이히 여겨 뫼에 내려 수풀을 다시 돌아보니 가운데 쌍조 있어 서로 향하여 우니 그 소리 처절하여 원하는 듯 한하는 듯하는지라 (…중략…) 이에 송백 사이로 나아가니 수풀 사이 거친 곳에 오동이 서로 얽혔으니 남글 휘오고 풀을 헤쳐 들어가니 그 가운데 옛 무덤이 있고 묘전 잣남게 원앙이 앉아 우니 이 정히 수풀 밖에서 듣던 소리라 (…중략…) 선생이 그 새 앉은 곳을 보니 큰 돌이 있거늘 손으로 풀을 헤쓸고 보니 그 묘전에 세웠던 것인 줄 알리러라 전면에 크게 썼으되 '초중경과 난지의 뫼라'[202]

> 兩家求合葬 合葬華山傍 東西植松柏 左右種梧桐 枝枝相復蓋 葉葉相交通 中有雙飛鳥 自名爲鴛鴦 仰頭相向鳴

<공작동남비>에서 초중경과 난지는 죽은 후에 화산 옆에 합장되었다.

202) <난초>, 153쪽.

묘지 주변에는 송백과 오동나무가 심어져 있으며 수풀이 겹겹이 얽혀져 있으며 원앙새 두 마리가 날아다니고 있었다. <난초>에서는 이러한 내용을 받아들여 진도남이 도를 닦은 장소를 화산으로 설정했으며, 진도남의 눈에 보인 愁雲이 가득한 장소를 '송백과 오동이 창창하여', '묘전 잣남게 원앙이 앉아 우니', '초중경과 난지의 뫼라'라고 묘사하였다. 이렇게 장소를 통해서 서로 관계없는 진도남과 초중경·난지를 유기적으로 연결시켰으며, 서사전개를 거침없이 진행하게 하였다.

그 후 초중경과 난지가 진도남의 도움으로 다른 시대의 다른 사람으로 환생하였기 때문에 <공작동남비>의 내용과 거리가 멀어질 수밖에 없었다. 그렇지만 작가가 교묘하게 '공작시'를 신물로 하여 작품의 핵심 갈등인 애정성취갈등의 발각, 해결 등을 모두 '공작시'와 관련을 지었다. 이처럼 분량이 적은 '공작시'의 반복을 통해 독자로 하여금 끊임없이 <공작동남비>를 연상하게 한 것이다.

이상으로 <난초>가 <공작동남비>와 유기적으로 맞물리는 양상을 갖는다는 것을 살펴보았다. 이러한 맞물림 과정에서 <공작동남비>의 애정비극은 해피엔딩으로 바뀌었고, 서사시 <공작동남비>는 소설인 <난초>가 되었다. 다음 항에서는 이러한 서사 장르의 전환 과정과 그 의미를 살펴보겠다.

3. 환생구조의 설정과 서사의 확대

이미 살펴본 바와 같이 <난초>의 작가는 이미 <공작>을 잘 알고 있으며 <공작>의 내용을 활용하여 <난초>를 창작하였다. 그렇다면 <공

작>은 어떤 과정을 거쳐 <난초>가 되었을까?

<공작>의 이야기는 <난초>에서 환생전, 즉 '진도남일견송림감해원'라는 소제목을 붙인 내용에 해당한다. 소설의 골격을 갖추기 위해 작가가 사용한 첫 번째 장치는 진도남이라는 새로운 인물을 등장시켜 난지와 초중경의 전생을 이야기하도록 하였다. 진도남의 등장은 <난초>와 <공작>의 유기적 결합을 위해 최우선의 선택이었다. <공작>의 결말에서 난지와 초중경은 이미 자살한 상태이었다. 이처럼 원한이 맺혀 죽은 사람은 다시 태어나지 못하고 육체와 분리된 후에 혼백으로만 존재한다. 따라서 초월적인 능력을 지닌 사람이여야 난지와 초중경을 만날 수 있고 그들의 원한을 들어줄 수 있다. 이러한 상황을 고려하여 작가가 지상계에서 도를 닦아 천상계의 신선이 된 도교의 대표적인 인물인 진도남을 등장시킨 것이다.

도를 닦던 진도남은 난지와 초중경의 무덤에 풍긴 寃氣를 발견한 후에 童子를 시켜 난지와 초중경을 데려와 같이 대화를 나누었다. 난지 부부와의 담화에서 진도남이 청자로서 두 사람의 과거의 이야기를 들으면서도 화자로서 그들의 대화에 참여한다. 청자로서의 진도남은 독자의 역할을 담당하고 있으며 화자로서는 작가의 역할을 행하고 있다. 곧 듣는 과정에서 <공작>의 이야기를 <난지>로 편입시키고, 말하는 과정에서 <공작>의 비극을 해결할 가능성을 제시하였다.

난지와 초중경가 진도남에게 말하던 내용은 <공작>의 스토리를 요약하는 것이면서 약간의 변용을 가하여 스토리를 구체화시키며 현실성을 부각하였다.

우선, 주인공의 생존시기와 여주인공이 투신한 장소가 구체화되었다. <공작동남비>의 본문에서 난지와 초중경의 생존시기를 제시하지 않았다.[203] 그러나 <난초>에서 '천생 초중경은 동진 적 현령의 부리러니'라고 하여 초중경이 동진 사람임을 명백히 제시하고 있었다. 또한 난지가 투신한 곳을 구체화하여 그의 원한을 강조하였다. 난지가 투신한 곳에 대해 <난초>에는 '汨羅'로 되어 있으나 <공작동남비>에서는 '擧身赴清池'라 하여 푸른 연못으로 서술되어 있다. '汨羅'는 굴원이 억울함을 품고 투신한 곳으로 원한을 품고 물에 빠져 자살한 사람의 억울함을 최대화시킨 장소라고 할 수 있다. 따라서 작가가 난지의 억울함을 부각시키려고 의식적으로 淸池를 멱라로 구체화시켰다고 볼 수 있다. 다음으로 난지가 쫓겨난 후 초중경에게 시집가고 싶은 여자가 <공작>에서 '동가여자'라는 호칭만 있으며 구체적인 묘사가 없었는데 <공작>에서 '秦'라는 성씨를 추가하고 그의 집안은 부요한 집으로 묘사하여 구상화시켰다. 마지막으로 <공작>에서 내재되고 있으나 표면화되지 않은 '富', 물질이 얼마나 실제적인 힘을 지니고 있는지 여실히 보여주었으며 난지가 시댁에서 쫓겨난 이유는 '한미'하기 때문이라고 직설적으로 서술하였다.

이처럼 작가가 <공작동남비>의 서사내용에 대한 수용과 변용을 통해 난지와 초중경의 이야기를 더 구체적이고 현실적으로 부각시켰다.

더 나아가 작가가 '역행적 서사'(倒敍) 방식을 활용하여 진도남과 구체화된 난지의 스토리를 연결시켰다. 이러한 시간의 역행의 서사는 <운영

---

203) <공작동남비>의 서문에서 주인공들의 생존시기를 제시한 바가 있으나 <난초>의 작가가 서문이 없는 <공작동남비>를 참조했다고 생각한다. 그의 이유는 여주인공 난지의 성씨에서 찾을 수 있다. <공작동남비>의 서문에서 '廬江府小吏焦仲卿妻劉氏'로 여주인공의 성씨를 劉씨라고 서술하지만 <공작동남비>의 본문에서는 '媒人去數日 尋遣丞請還 說有蘭家女'로 제시되어 여주인공의 성씨를 蘭씨로 쓰고 있기 때문이다. 이는 <공작동남비>의 앞부분은 한말에 창작되고, 뒷부분은 위진남북조때 형성되었기 때문에 생긴 괴리이다(章培恒, 앞의 논문, 9쪽). 그러나 <난초>에서 여주인공을 '난가의 여/난지'로 묘사하여 그의 성씨를 <공작동남비>를 따르고 있다. 이렇게 내용을 통해 봤을 때 <난초>의 작가는 서문이 없는 <공작동남비>를 참조했다고 할 수 있다.

전> 같은 몽유록 양식을 연상하게 된다. 과거에 대한 회상을 통해 서사를 진행하여 환생 후의 서사를 순차적 일대기 구조와 대조된다.

작가는 진도남의 등장과 현실성을 지닌 구체화된 스토리, 역행의 서사방식을 통해 서사시 <공작>을 소설인 <난지>로 성공적으로 편입시켰다. 그렇지만 이에 끝나지 않았다. 작가가 그 연장선상에서 환생을 통해 <공작>의 비극을 극복하고 서사를 확대하였다.

환생은 한국고전소설에서 자주 보이는 모티프로 주요 '한풀이'의 수단으로 사용된다. <난초>에서도 역시 난지와 초중경의 맺힌 한을 풀어주는 수단으로 사용된다. 그렇지만 특징적인 것은 <난초>가 유·불·도 사상의 습합으로 이루어졌다는 점이다.

난지와 초중경의 한을 알아내고 해결할 가능성을 제시해준 사람이 도교 인물인 진도남인 것을 앞에 이미 살펴봤다. 그러지만 환생을 시켜준 것은 불교의 석가세존이다.

> 석가세존이 오백 나한과 제불을 거느려 오다가 선생의 뒤에 두 사람을 보시고 돌아 아란 가섭을 보아 가라사대 (…중략…) 양인이 다시 인세에 나 부부 되어 전세의 한을 풀고, 인간의 복락을 가추 누려 삼생에 다 이 같이 하게 하시면 나중에 부처의 뒤를 좇아 제자 되리라 (…중략…) 관은 대사 나아가 여쭈오되 변경 동문 안에 양문희란 사람이 적덕이 있어 자손의 보응이 있을 것이오, 불가에 공을 들인 지 오래니, 중경을 이 사람에게로 인진함이 어떠ᄒᆞ나이꼬 세존이 허하시다[204]

<난초>에서 진도남은 난지와 초중경을 데리고 도교적인 신선인 옥제에게 가지 않고 세존에게 가서 호원을 하였다. 이처럼 작가가 도교적 신

204) <난초>, 157쪽.

선와 불교적 신선을 정확히 구분하고 있다.[205] 그의 이유는 아마 불교의 윤회사상을 이용해야만 환생시킬 수 있는 데에 있다. 이에 작품에서 불교의 諸佛인 세존(부처), 아난, 가섭, 관음대사 등을 등장시키고, 난지 부부의 前生과 後生을 이야기하였다. 이와 더불어 난초와 초중경은 또한 나중에 부처의 제자를 되겠다고 하였다. 이런 내용을 통해 불교의 윤회사상과 불교의 최종 목표인 깨달음을 작품에서 직설적으로 보여주었다.

그렇지만 문제되는 부분은 두 사람 모두 자결로 전생을 마쳤다는 것이다. 도교는 물론이고 불교의 教旨에도 자살은 허용되지 않는 행동이다. 이를 합리화시키기 위해 유교의 '절, 신, 효' 사상을 이용하였다. 시댁에서 쫓겨난 난지는 절을 지키려 한 끝에 개가하지 않고 절사한 것이 되었고, 초중경은 난지에 대한 신의와 어머니의 심성을 불편하게 만든 죄책감 때문에 자살을 선택할 수밖에 없는 상황으로 묘사하였다. 이에 난지와 초중경은 대의를 위해 희생된 사람이 되었고 불교의 인과응보의 사상을 적용할 수 있게 되었다. 이러한 설정을 통해 난지와 초중경은 환생할 수 있는 정당성을 확보하였다.

유·불·도의 습합을 통해 사상 기반을 창출한 한 후에 난지와 초중경은 환생되었다. 여기서 주목해야 할 부분은 환생 전의 이야기와 환생 후의 이야기가 다른 서술기법을 지니고 있는 것이다. 환생 전은 역행의 서사(倒敍)를 통해 이루었지만, 환생 후의 이야기는 순행의 서사를 진행하여 주이공의 일대기 구조를 완성하였다.

205) 다른 소설에서 도교와 불교의 신선을 혼동하는 경우도 있으나 <난초>는 아니다. 작품의 결말에서 난지와 초중경의 후신인 공주와 양인호가 도관과 사찰을 따로 건설하여 도교적 신선과 불교적 신선을 따로 공양하는 것을 통해서 이를 확인할 수 있다.

가) 나는 성은 초씨고 명은 중경이라 시운이 부제ᄒᆞ여 청춘 원사함을 부처 긍측히 여기사 다시 인간에 나 복록을 받게 하시니 의탁할 곳을 알지 못하여 하더니 관음대사 인진하거늘 상공계 의탁하나이다[206]

나) 천첩은 동진 적 사람이요 성명은 난지라 명도 다 천하고 운액이 무궁하와 동향 초중경으로 결발 삼년에 그 모의 뜻을 잃어 무죄히 핍박하여 내침을 만나 (중략) 부처의 자비하심과 진 선생의 덕으로 낭낭께 의탁ᄒᆞ나니 중경은 양가에 의탁하였으니 원컨대 양씨와 인연을 이루어 느꺼이 돌아간 넋을 위로하소서 슬하에 종효하리다[207]

가)는 양인호(초중경)의 태몽이며 나)는 문경공주(난지)의 태몽이다. 두 사람의 태몽은 양인호와 공주의 비범성을 확인시켜주며 그들의 배필을 점지하여 작품 서사 진행의 방향까지 제시하였다. 양인호가 추구하는 삶의 가치는 복록을 누리는 것에 있으며, 문경공주의 삶의 지향점은 양씨와 인연을 이루는 데에 있다. 그렇지만 재미있는 부분은 대부분의 기봉류[208]소설과 달리 태몽에서 결연의 신물이 보이지 않은 점이다.

양인호와 문경공주는 장성하여 배필을 정해야 하는데 천정배필의 신분을 알 방도가 없다. 천정인연을 현실로 전환시킬 신물이 없기 때문이다. 그렇다면 두 사람이 신물이 획득하는 장면을 살펴보겠다.

가-1) 그대 전세 원한을 어느 사이 잊음이 되었느냐 노인이 이에 옴음 그대 진토의 아득함을 함께 깨달게 하고자 함이라 하고 동자를 명하여 옥호의 금장을 유희 종에 부어 생을 주거늘 받아 마시매

206) <난초>, 159쪽.
207) <난초>, 161쪽.
208) 기봉류소설은 양반사회의 남녀 결연담으로, 운명적이고 기이한 만남을 다루고 있는 일군의 한글소설을 말하는 것이다. 이것들은 주로 ~奇逢, ~기연, ~기우 등의 제명을 취하고 있다. (양혜란, 「기봉류소설소설연구」, 이화여자대학교 박사논문, 1989. 6쪽.)

> 장부에 잠기니 정신이 상쾌하고 몸이 가벼워 화하야 등선하는 듯하고(…중략…) 그대는 전세의 곧 중경이라(…중략…) 그대 부부 발원하여 재세에 다시 만나 영락을 누려 전세 원한을 풀고자 하매, 부처 그 원대로 하여 하시니 노인이 그대를 위하여 고하노라 그대는 돌아가 이 글을 보라 이 글 가운데 사람이 그대 전세 부부니 모로매 난지의 환신을 만나 복록을 받으라 하고 종이에 글 쓴 것을 주거늘 보니 공작시 세 자 분명한지라[209]

> 가-2) 공주 금병에 의지하여 잠깐 졸매 홀연 백의동자 앞에 와 예하고 왈 소동은 진도남 선생의 부리신 바라 선생이 이 글을 옥주계 드리라 하시더이다 하고 한 조각 종이를 난간에 놓고 왈 이 글 가운데 여자는 곧 옥주라 중경을 서로 찾으매 양가의 천연을 어긋치지 말라 하시더이다 언파에 몸을 한번 솟아 청공을 향하니 간 곳이 없는지라 공주 놀라 깨니 한 꿈이라 난간 앞에 보니 한 편 종이 있되 그 종이 비상하여 형상치 못하고 쓴 것을 보니 공작시 세 자 있되 글씨 인세 필적과 달라 가장 기이하고[210]

가-1)은 양인호가 신물을 얻는 과정이다. 양인호는 부처의 은혜를 사례하러 유화동에 갔을 때 산을 유람하다가 진도남을 만난다. 진도남은 양인호에게 전생의 이야기를 전해주고 난지의 후신과 천정연분이 있음을 알린 후 공작시 세 글자를 쓴 종이 한 편을 주면서 천정연분을 이룰 매개라고 하였다.

나-1)은 문경공주가 신물을 취득하는 과정을 보여준다. 문경공주는 꿈에서 진도남의 명을 받고 온 선동을 만난다. 선동은 공주에게 전생의 신분을 알린 다음에 공작시를 쓴 종이를 주면서 중경을 찾으라고 한다. 그

---

209) <난초>, 164쪽.
210) <난초>, 175쪽.

리고 공주는 꿈에서 깨어나 난간 앞에 있는 종이를 발견한다.

이처럼 두 사람의 신물 획득은 도인의 제시, 혹은 '꿈' 같은 천상계의 힘으로 이루어졌다. 태몽에서 점지된 천정연분이 구체적인 물건으로 나타난 것이다. 이에 두 사람의 결합은 다른 조건들을 떠나 신물의 확인과 연결되어 진행되었다. 우여곡절 끝에 두 사람은 신물을 통해 결혼하여 오자일녀를 낳고 가문의 번성과 현달을 완성하여 행복한 삶을 살았다. 이것을 통해 환생 후의 양인호의 일대기 구조가 마무리되었으며 <공작동남비>의 소설화과정도 완성되었다.

이상의 내용을 정리하면, 서사시인 <공작동남비>가 소설화될 수 있었던 것은 진도남 등 새로운 인물의 출현, 유·불·도 사상의 결합을 통한 사상적 기반, 역행적 서사(倒敍), 순차적인 일대기의 서술기법, 환생이라는 서사 장치의 유기적인 결합을 통해 이루었다고 할 수 있다.

4. 해피엔딩으로의 전환과 열녀인식의 변화

<난초>는 <공작동남비>의 비극을 해피엔딩으로 바꾸는 데에 목적을 두고 있다. 환생이라는 서사장치가 <공작동남비>의 비극성을 해소하는 계기를 마련해주었다고 할 수 있으나 비극을 일으키는 갈등이 환생을 통해 완전히 극복되진 않았다. 따라서 환생 전후의 내용 비교를 통해 갈등의 극복 양상과 그의 의미를 살펴보겠다.

> 가-2) 천생이 한 처자를 거느리지 못하여 태수 구혼한 후도 또한 항거치 못하여 죽을 곳에 처케 함이 이 다 천생의 연고라 (…중략…) 굳은 인연을 버히고 긴 목숨을 그침이 다 부모와 권귀의 핍박하

인 바라[211]

나-2) 양인이 다시 인세에 나 부부 되어 전세 한을 풀고 미천한 자식으로 세가의 핍박하인 바 되어 이십 청춘에 부부 원사하엿사오니 귀한 집 귀한 자식이 되어 인간 복록을 갖추 누려[212]

다-2) 발원이 지극하니 너희 원대로 하리라 난지는 집이 한미하여 남에게 절사ᄒᆞ니 송국 황제 딸이 되게 하고, 중경은 송조 재상의 자식이 되게 하여 인세에 부부 다시 만나 복록을 극진히 갖추 누리게 하나니[213]

위의 인용문에서는 난지와 초중경의 애정 갈등을 일으킨 요소들이 제시하였다. 구체적으로 정리하면 다음과 같다.

난지

① 시어머니와의 고부갈등: 난지의 친정집이 한미함.
② 어머니 · 친오빠와의 갈등: 태수 집으로 개가를 강요함.
③ 태수 아들과의 갈등: 권세에 의한 늑혼.

초중경

① 어머니와의 갈등: 진가 여자 취하기를 강요함.
② 진가 여자와의 갈등: 부요한 진가여자가 초중경에게 시집을 가려고 핍박.

이처럼 환생 전의 갈등 양상은 주로 난지에 집중되어 있으며, 또한 여

211) <난초>, 156쪽.
212) <난초>, 156쪽.
213) <난초>, 157쪽.

자의 신분으로 극복할 수 없는 갈등들이다. 특히, 난지의 ①, ②갈등, 초중경의 ①갈등은 부모와의 갈등으로 유교의 이데올로기가 짙은 사회에서 결코 해결할 수 없다. <禮記・內則>에서 '子婦孝者敬者 父母 舅姑之命勿逆勿怠'라고 지적한 것처럼 봉건사회에서 고부갈등과 부모와의 갈등을 해소하는 길은 없는 듯하다. 따라서 작가가 이 문제를 풀기 위해 마련한 해결책은 양가의 부모를 환생의 인물 중에서 제거하고 난지와 초중경의 새로운 부모를 설정하는 것이며, 또한 불가에 재물을 바친 積德한 부모로 선정하였다. 그렇다면 이제 난지에게 늑혼으로 한 태수 아들과의 갈등', 초중경에게 '부요한 진가여자의 사랑 성취 욕망에 의한 갈등'만 남았다. 태수의 아들과 진가 여자도 양가의 부모와 같이 환생시키지 않으면 남은 문제가 해결될 수 있다고 보이지만, 작품의 유기성과 흥미성을 모두 떨어뜨리는 역효과를 일으킬 수 있다. 따라서 세존의 말을 통해서 두 사람을 환생시켜야 할 필연적 계기를 만들었다.

> 태수 자와 진녀 처음 행사가 죄악이 관영하나 천도 사죄함이 있더니 천만세 지나도록 개회지심이 없고 방종한 욕심을 잊지 않아 다시 옛 뜻을 품을진대 반드시 다스리는 법을 인세에 밝혀 인세로써 알게 할지니[214]

태수의 아들과 진가의 여자는 전생부터 나쁜 행동만 하고 천만년을 지나도 고칠 마음이 없다. 이에 세존이 이들을 환생시켜 법도로 다스려 잘못을 깨닫도록 한다. 세존의 이러한 결심은 환생 전에 난지가 겪은 ③번 갈등과 초중경이 겪은 ②번 갈등을 환생 후에도 이어지게 하였다. 물론 난지의 신분을 공주로, 초중경의 신분을 재상의 아들로 상승시켜 권세

214) <난초>, 157쪽.

혹은 부요 때문에 당한 늑혼을 면하였으나 서로의 애정 갈등은 여전히 남아 있게 하였다. 이어서 환생 후의 갈등 양상과 극복을 살펴보겠다. 여기서 우선 주목해야 할 부분은 태수의 아들을 초중경의 還身 양인호의 친척동생 양인도로 환생시켰다는 점이다. 작가가 이렇게 안배한 이유는 양인호와 양인도 그리고 문경공주의 관계를 더 복잡하게 만들어 작품의 흥미를 부연하고, 또 한편으로는 가문의식을 반영하기 위함이라고 할 수 있다. 환생 전에는 난지와 태수의 아들 사이에 갈등이 있었으나 초중경과 태수의 아들은 직접적인 갈등이 없었다. 그렇지만 환생 후 양인도는 양인호와 공주가 결연하는 데에 장애물이면서도 양인호와 직접적인 갈등을 촉발한다. 양인호와 양인도 사이에 벌어진 첫 번째 갈등은 계후문제이다.

양공의 부귀를 흠모ᄒᆞ고 엄숙함을 기탄하여 붙좇으며 또 학사 늦도록 자식이 없고 시랑은 연ᄒᆞ여 삼자를 두니 그윽이 학사의 계후하기를 바라 더욱 정성되이 섬기니 양공은 충후관인한 사람이요 형제없고 나이 많도록 자녀없어 가중이 심이 적막한지라 사랑으로 동기와 다름이 없고 제질아를 기출같이 하니 부인이 또한 자가 소속이 없는지라 …중략…시랑의 삼자 중 장자 인오, 필자 인모는 용추한 인물이요 제이자 인도 형제 중 솟아나 휴휴한 기도와 충후한 면목에 간활함이 감추였으나 주순백치와 면색의 흰빛이 시랑으로 다름이 없으니 부모 자애함이 제자 중 으뜸이요 삼사 세에 글자를 해득하니 기동으로 지목하기로 양공 부부 데려와 사랑함을 기출같이 하여 무휼함을 지극히 하니 시랑은 스스로 영자 기동을 두어 학사의 거둠을 만나쾌라 하여 양공의 가업 기물은 다 인도에게 속하리라 하고 자득하더니 인도 연이 사 세에 설 부인이 회임하니 시랑 내외 행여 생남할까 아연하나 거짓 흔연히 기꺼하니[215]

---

215) <난초>, 160쪽.

인호의 아버지 양학사(양문희)는 인도의 아버지 양시랑(양정희)과 종제관계이지만, 친형제가 없는 관계로 가깝게 지냈다. 성정이 악한 양시랑은 늦도록 자식이 없는 양문희를 보고 자신의 둘째 아들로 하여금 양문희가 후사를 잇기를 바랐다. 그렇지만 인도가 4살이 되었을 때 설부인이 임신하였다. 이에 양학사의 가업을 탐낸 양인도 부자와 출생한 인호와의 갈등이 나타날 수밖에 없게 된다. 그렇지만 양인도는 정식으로 양자로 들인 것이 아니기 때문에 정실의 소생인 양인호에게 후계순위에서 밀릴 수밖에 없다. 이때부터 양인도는 앙심을 품기 시작한다.

양인호는 양인도의 앙심을 모른 채 친형제처럼 지내면서 '공작시'의 전후사까지 양인도에게 알려주었다. 이때 두 가지 일이 벌어졌는데 이 두 가지의 일로 천정연분을 지닌 문경공주와 양인호의 애정 성취가 지연되었다.

하나는 진가 여자였다가 환생한 경소저는 양인호를 보고 반하여 양인호에게 구혼하였다. 그렇지만 이미 信物을 얻은 양인호는 공작시의 주인공 난지의 환신을 기다리고 있었다. 양인도를 통해 '공작시' 이야기를 안 경소저는 공작시를 거짓 아는 척하면서 양인호를 속여 성혼하려고 하였다. 이에 경소저와 양인호 사이에 갈등이 생겼다.

다른 하나는 공작시를 신물로 얻은 공주가 부마 간택을 시작하였다. 양인호를 질투한 양인도가 '공작시'를 훔쳐 황제에게 바치면서 신물의 주인 행세를 하였다. 이에 양인도가 공주와 갈등이 생기면서 양인호와 두 번째 갈등도 생겼다.

양인호 부자는 양인도의 행동을 알고 매우 화나고 섭섭했지만 진실을 밝힐 방법을 찾지 못해 매일 두문불출하였다. 이때 환생 전에 없던 조력자가 나타났다. 고전소설의 조력자는 대개 두 종류로 나눌 수 있는데 지상계의 조력자와 천상계의 조력자로 <난초>에서는 두 가지의 조력자가 모두 등장한다. 지상계의 조력자는 文彦博, 范仲淹, 唐介 등 실존 인물이다. 문언박(1006년~1097년)은 북송 사람이며 법을 공정하게 집행하는 것으로 유명한 정치가이며, 범중엄(989년~1052년)도 북송 사람으로 공평하며 임금에게 직간을 잘하는 재상이다 그리고 당개[216](1010년~1069년) 역시 북송 사람으로 강직하고 직간을 잘하는 인물이다. 이 사람들은 공통적으로 권세를 두려워하지 않고 강직하게 직간하는 것으로 유명한 인물들이었다. 하지만 역사상 당개는 문언박을 탄핵한 사람인데 작품에서는 두 사람이 좋은 관계를 가지고 있는 친구로 설정하였다. 이러한 차용과 변용은 한편으로 작품의 사실성을 부각시켰으며 또 한편으로 충간, 선악의 대립을 확대시켰다고 할 수 있다.

문언박 등 조력자는 양문희의 친구로 양인도가 양인호의 글과 '공작시'를 훔쳐가 황제에게 바친 악한 짓을 알아차린 후, 양인도를 장원으로 만들려고 한 경중승과 양시랑의 간계를 막고, 양인호로 하여금 과거시험을 보게 하였다. 이들의 도움으로 비범한 능력을 지닌 양인호는 장원급제하였다.

천상계의 조력자는 황제의 꿈을 통해 드러냈다. 꿈의 예시를 따르면 장원급제한 사람이 부마가 되는 것인데 공작시를 얻은 사람이 양인도이기 때문에 서로 갈등이 난다. 이에 황제가 문언박 등을 명하여 장원급제한 양인호와 신물을 가진 양인도 둘 사이에 부마를 간택하라고 하자, 문

216) 당개는 송나라 시인 陸游(1125년−1210년)의 증조외할아버지이다. 그렇지만 육유는 <공작동남비>의 초중경과 같이 어머니의 핍박으로 아내와 唐婉과 헤어졌다. 이 작품은 송나라로 시대배경을 선택하고 당개를 선택해 인도의 간계를 타파하고 인호의 조력자로 등장시킨 것은 우연일 수도 있지만, 작가가 심도 있게 설정한 것일 수도 있다.

언박 등 일곱 명의 학사가 양인도가 양인호의 공작시를 훔쳐간 전후사정을 황제에게 알렸다. 황제가 이 소식을 듣고 대노하여 양시랑과 경증승을 투옥하고 양인호를 부마로 간택하여 공주와 성혼하게 하였다. 그 후에 양인호 부자의 용서로 양인도 부자와 경증승 일가가 모두 개과천선하며 양인도와 경소저는 혼약을 맺는다.

이상의 내용을 통해 환생 전에 해결되지 못한 갈등들이 모두 해결되어 비극은 해피엔딩으로 전환되었다. 그렇지만 이러한 갈등의 극복 과정에서 매우 독특한 면모가 보인다. 환생 전의 갈등은 주로 난지를 둘러싸고 있으며 난지가 보다 적극적인 행동을 하고 있는 반면에 환생 후의 갈등은 양인호에게 집중되어 있고 양인호의 비범한 능력으로 해결된다. 이러한 변화는 무엇을 의미하고 있을까?

난지와 초중경의 환생 후 이야기에 달린 소제목이 '양부마복록기'이듯이 환생 후는 양인호가 복록을 얻고 누리는 데에 집중되어 있다. 기자치성과 태몽으로 태어난 비범한 양인호는 고난을 극복하고 문경공주와 결혼하여 애정성취를 이루었다. 여기서 재미있는 부분은 법률대로 하면 부마로 간택된 사람이 관직을 맡을 수 없는데, 이 작품에서는 다음의 설정으로 인호가 출세할 수 있는 정당성을 부여하였다.

> 짐이 이제 인호 같은 기자를 얻어 초방의 손을 겸하니 이 황가의 경서라 부마로 구애하여 관작을 거둠이 인재를 쓰지 못할지라 간선한 부마와 달리 미이 입신 후 성례하니 마땅히 조정 벼슬을 거두지 말라 예사 등과 지사로 쓰게 하라[217)]

217) <난초>, 223쪽.

황제는 인호 같은 인재를 부마의 신분 때문에 구애받고 쓰지 못하는 것에 대해 한스럽다고 생각하고 인호가 등과한 후에 부마로 간택되었기 때문에 부마로써 관직을 맡을 수 없는 규정에서 벗어난 것이라 말한다. 이로써 인호는 애정성취를 이루는 동시에 출세하는 기회까지 얻어 복록을 누릴 수 있게 된 것이다. 이처럼 <난초>는 강한 남성의 입신양명과 가문의 영달[218]을 지향하고 있다고 할 수 있다. 이는 <공작동남비>의 여성지향적인 특징[219]과 반대되는 의식이라 할 수 있다.

이들 특징을 정리하면, <난초>는 <공작동남비>의 비극적인 주인공의 원망을 풀어주기 위해 창작된 작품이다. 그 과정에서 새로운 인물이 추가되기도 하고 있었던 인물을 제쳐놓기도 하였으며 그들의 지향의식도 반대로 변화시켰다. 이러한 특징은 조선후기 창작된 <옥환기봉>·<한조삼성기봉>과 아주 비슷한 면모를 보인다. <옥환기봉>·<한조삼성기봉>은 밀접한 관계를 맺고 있으나 두 작품 사이의 편차도 역시 만만치 않다. <한조삼성기봉>의 작가는 <옥환기봉>에서 불행한 삶을 산 곽후를 위해 설원하는 것을 주제로 하여 <옥환기봉>에 있는 인물의 성과 미색을 바꾸면서 인물의 성격을 변형시킨 동시에 새로운 인물을 등장시켰다. 이렇게 함으로써 <한조삼성기봉>의 지향의식과 주제 등 면에서 <옥환기봉>과 구별시켰다. 이러한 특징을 종합해서 임치균은 두 작품은 보통의 연작 관계를 넘어 '파생작'이라고 규정하였다.[220] 따라서 <공작

---

218) 태수의 아들을 양인호의 친척동생으로 환생시킨 것도, 양인호가 양인도 부자를 용서할 때 가족 간의 정을 내세운 것도 모두 가문의식을 지니고 있다.

219) <공작동남비>는 난지라는 여성 주인공을 서술자로 등장시켜 여성의 공간, 여성의 내면, 여성의 욕망 등의 묘사를 통하여 여성의 세계를 구현하고 여성의 불행을 표출한 작품이다.

220) 임치균, 「<한조삼성기봉>연구」, 『정신문화연구』 26집, 2003. 이 논문에서 파생작을 충족시키려면 갖추어야 할 몇 가지 조건을 제시하였다.

동남비>와 <난초>의 관계도 이에 적용되어 '파생작'이라고 판단할 수 있다. 그렇다면 <공작동남비>가 <난초>로 파생된 이유가 무엇일까?

<공작동남비>의 비극적인 사랑이 조선 사람에게 매우 친숙한 스토리이기 때문이다. 성리학에 입각한 조선사회에서 열녀의식은 끊임없이 강요되고 유포되어 수많은 <열녀전>이 지어졌는데, 난지처럼 시댁에서 쫓겨나가 개가하지 않고 결국 절사하는 모습이 조선의 열녀의 이미지와 부합된다. 특히, 한국의 열녀담인 향랑고사가 <공작동남비>와 매우 유사한 면모를 보여 조선사람들이 난지와 향랑을 일직선상에서 동일시하였다. 申維漢(1681~?)이 崔成大(1691~?)의 <山有花女歌>를 보고 '향랑의 일을 펼쳤으니 한나라의 <공작동남비>와 안팎을 견줄 만하다'[221]라고 지적한 것처럼 조선시대의 문인은 난지의 이야기와 향랑고사를 열녀의 징표로 동일시하고 있다.

그렇지만 여성의 죽음으로 그의 절과 열을 증명하는 비인간적인 열녀인식은 조금씩 문제시되고 있었다. 18세기 후반부터 丁若鏞의 <烈婦論>, 朴趾源의 <烈女咸陽朴氏傳>, 李鈺의 <烈女傳類> 등에서 순절의 '不孝不慈'를 비판하고 있다. 물론 이들 작품은 열녀 인식에 대한 비판이 아니라 죽어야만 열녀가 될 수 있는 이데올로기에 대한 부정적인 시각을 반영하였다. 이러한 열녀 인식의 변화가 생긴 시기에 향랑의 고사를 소설로 만든

1. 파생작은 모본의 내용에 부정적인 입장을 견지한다. 따라서 전혀 다른 문제의식을 갖는다.
2. 파생작은 모본에서 자유롭다. 따라서 시·공간이 반드시 같거나 연결될 필요도 없고, 세계관이 같을 필요도 없다.
3. 파생작은 모본의 인물 평가에 구애받지 않는다.
4. 파생작은 모본과 작가가 다르다.

221) 원송연, 「<삼한습유>의 서사체계와 작가의식」, 연세대학교 석사논문, 1994, 17쪽 재인용.

<삼한습유>, 순절형 열녀 설화를 소설화한 <유씨전> 등 과 같은 죽음을 통해 인정을 받은 열녀에 대한 보상적인 의미를 담은 작품이 창작되었다.

<난초>도 이들 작품과 같은 맥을 잇고 있다. <공작동남비>에서 절사한 난지는 처음에 조선사회에서 열녀의 모범으로 알려져 칭송받았지만 18세기 후반부터 한국에서 열녀인식이 변화하면서 오히려 보상을 받아야 할 대상이 되었다. 이에 작가는 다양한 서사 기법을 통해 난지의 비극을 극복하고 초중경과의 전생에 미완성한 사랑을 이루게 하였다. 물론 작품에서 난지의 신분상승과 초중경 같은 뛰어난 남성의 노력을 통해 갈등이 해결되기 때문에 여성에 대한 사회적인 억압이나 악습에 직접 대항하지 못한 점을 한계로 지적할 수 있다. 그럼에도 이러한 열녀에 대한 보상 의식은 조선의 정통적인 열녀의식보다 한 걸음 진전되었다고 할 수 있다.

5. 결론

<난초재세기연록>은 기본적으로 중국의 장편서사시인 <공작동남비>와 관련이 깊다. 하지만 환생구조를 설정하여, <공작동남비>의 비극이야기를 해피엔딩으로 바꾸며 새롭게 소설화한 작품이다. 작가는 이 과정에서, 진도남 등 새로운 인물의 출현, 유·불·도 사상의 결합을 통한 사상적 기반, 역행적 서사(倒敍), 순차적인 일대기의 서술기법, 환생이라는 서사 장치의 유기적인 결합을 통해 원전이 있는 중국에서도 시도한 적이 없는 장르의 변환을 적극적으로 시도하였다.

해피엔딩은 한국고전소설 특유의 결말 방식이다. <난초재세기연록>은 비극적 주인공 난지가 보상을 받는 결말을 택함으로써, 한국고전소설의 전통을 잇는 한편, 조선 후기 변화된 열녀인식을 투영하고 있다고 할 수 있다. 조선시대는 열녀를 강조하는 시대이다. 특히 양란 이후 사회질서의 붕괴와 같이 열녀 인식이 더욱 강화해진다. 이러한 사회분위기에서 열녀전이 다량 산출되었다. 그러나 조선후기에 이르러 열녀의 대한 인식 변화가 생기며 열녀에 대한 보상으로 <삼한습유>나 <유씨전> 등 소설이 창작되었다. <난초재세기연록>도 이와 같은 맥락에서 출현되었다. 따라서 이 작품은 중국의 인물인 난지를 이야기하고 있으나 실제로 조선 후기 열녀에 대한 인식 변화를 담고 있다.

제2장

〈정목란전〉

1. 서론

<정목란전>은 영웅적 활약을 통해 여섯 번의 고난을 극복하고 행복한 결말을 얻은 정목란의 파란만장한 일생을 다룬 여성영웅소설이다. <정목란전>은 1916년 유일서관에서 한글 활자본으로 초판을 발행한 후에 1919년에 재판을 인쇄하였으며 두 판본은 자구의 차이만 있을 뿐 서사내용이 같다. 김태준은 <조선문학사>에서 이 작품을 처음 언급하며 그의 저작자 및 발행자인 南宮濬을 작가로 보고 창작시기를 1916년으로 보았다. 그러나 그 후에 장효현은 작품 전후 인명의 불일치, 장회 구분의 오류 등 근거[222]를 제시해 활자본 외에 다른 필사본이 있는 것으로 추정

---

222) 작품 전체가 12회의 장회로 이루어져 있는데 장회가 바뀌는 부분이 아닌 작품 중간에 '어찌된지 하회를 석남하라'식의 구절이 여러 곳에 걸쳐 나오다든가, 황제의 이름이 '문황제'와 '인종황제'로 혼동되고, 남주인공의 이름이 '김경' 혹은 '김선'으로 혼동되며, 여주인공 정목란이 원나라로부터 빠져 나올 때 거치는 오관의 이름이 혼동되는 것으로 보아 활자본으로 간행되면서도 대본이 되었던 필사본이 있을 것이다. 장효현, 「애국개몽기 창작 고전소설의 한 양상」, 『정신문화연구』 41집, 1990, 149쪽.

하였다. 그 외에 세책본소설의 장부에 <정목란전>의 제명이 있는 것[223]으로 보아, 당시에 필사본이 이미 유통되었으며, 또한 시중에서 인기가 있었던 작품으로 보인다.

<정목란전>에 대한 연구는 그리 많지 않다. 장효현이 그 서사전개를 간단하게 소개한 이후의 연구 성과는 이영숙의 논문[224] 한편 뿐이다. 이 논문에서는 목란을 소재로 한 중국 淸나라 소설 <北魏奇史閨孝烈傳>, <忠孝勇列奇女傳>과 한국고전소설 <정목란전>을 비교하였는데, 목란 이야기[225]에 연원을 둔 양국의 소설에서 사회·문화적·독자층 차이로 목란의 형상이 달라졌음을 보여주었다.

이러한 연구방법은 비교 문학 측면에서 높은 가치를 지니고 있지만, <정목란전>에 대한 구체적인 분석이 부족하여 그 서사적 특징을 소홀히 한바가 있다. 따라서 <정목란전>에 내재된 지향의식도 전면적으로 검토하지 못한 아쉬움을 남겼다.[226] 이에 본 절에서는 목란 이야기를 소

223) 정명기, 「세책본소설의 유통양상-동양문고 소장 세책본소설에 나타난 세책장부를 통하여」, 『古小說 硏究』 16, 2003, 83쪽.

224) 이영숙, 「독자문화 고찰을 통한 한·중 목란 형성 담론-조선후기 <정목란전>과 청 후기 <北魏奇史閨孝烈傳>·<忠孝勇列奇女傳>을 중심으로」, 『중국문화연구』 27, 2015.

225) 목란이야기는 목란이 남장하여 연로한 아버지를 대신해 출정한 이야기를 말하는 것이다. 목란에 관한 일화가 민간문학, 기록문학 등 여러 가지의 형태로 유전되어 아주 다양한 면모가 보인다. 그렇지만 공통적으로 가진 내용은 '남장'과 '대부종군' 두 화소뿐이다. 이에 포괄적인 의미에서 '목란이야기'의 용어를 사용하여 목란이 '남장'과 '대부종군'한 이야기를 지칭하겠다.

226) 이영숙은 목란의 출생담은 탄생 자체가 죄로 간주되어 환영받지 못했던 여성들의 입장의 대변으로, 김경과의 애정담은 여성들의 애정성취의 열망으로, 목란의 전쟁담은 사회적 성취와 진출로, 그리고 애정성취갈등과 고국회귀를 위한 갈등은 관료사회와 남성권력자들의 대한 비판으로 분석하여 이를 근거로 <정목란전>에서 봉건가부장제 이데올로기의 핵심인 '효'의 상징이던 목란 현상이 전통 질서와 이념에 도전하는 혁신적 형상으로 재현되었다고 주장하였다. 이러한 분석은 '여성영웅소설'이라는 개념에 과도히 집중한 나머지 <정목란전>이 지닌 구조적 특징, 그리고 그에 내제된 지향의식을 면밀히 검토하지 않은 결과인 듯하다.

설화한 <정목란전>의 서사적 특징을 살펴보고자 한다. 또한 이러한 내용을 바탕으로 작품의 지향의식과 목란 형상의 변모까지 함께 검토해보겠다.

2. 木蘭 이야기와의 관계

<정목란전>에서 여자 주인공의 이름을 '목란'으로 설정하고, 남장하여 아버지 대신 출정한 내용을 다루었다는 점만으로 봐도 중국의 목란 이야기와 관련을 맺고 있다.

목란 이야기는 목란이 남장해서 代父從軍한 이야기를 가리키는 것인데 그에 대한 최초의 기록은 <공작동남비>와 같이 '樂府雙璧'으로 칭하는 장편서사시 <木蘭詩>이다. <목란시>는 전체 62구 334로 구성되는 장편악부 서사시이며 가장 이른 시기의 공식적인 기록은 北宋 郭茂倩의 <樂府詩集> 권25에 있는 <梁鼓角橫吹曲>에 있다. 그 해제에서는 "古今樂錄曰 木蘭不知名 浙江西道觀察使兼御史中丞 韋元甫續 附入이"라고 하면서 <목란시>의 내용을 제시한 후, 韋元甫가 지은 續作을 붙였다. 창작 시기는 대략 '北朝說'과 '隋唐說' 두 가지가 있는데 현재는 거의 북조설로 기울이고 있다.

<목란시>는 목란이 천을 짜던 베틀이 있는 방에서 탄식한다는 내용부터 시작하였다. 즉, 이때의 목란은 여공에만 집중하는 전형적인 규방여자였다. 그렇지만 徵兵令을 받은 부친이 병약하고 집안에 목란보다 나이 많은 男丁이 없어 목란이 남장해서 代父從軍을 취할 수밖에 없었다. 목란이 전쟁터에 나간 후의 내용에서는 목란의 용맹과 지략에 대한 묘사가

거의 없고 오직 전쟁의 비창함만을 보여주었다. 그리고 마지막에 목란이 돌아와 여성으로 회귀하는 것을 아주 자연스레 이루어졌다. 이러한 내용들을 통해 볼 때 목란이 남장하고 전쟁에 나간 것은 자아실현을 위한 수단이 아니라 오직 '효심' 때문이라 할 수 있다.

그렇지만 <정목란전>의 서사 양상은 <목란시>와 다른 양상을 보이고 있다. <정목란전>은 총 12회이며 목란이 代父出征 내용 외에도 아주 다양한 내용을 담고 있다.

회목	줄거리
第一回 鄭生晩年生女子 元兵侵犯選將帥	㉠ 월궁항아가 적강하는 꿈을 꾼 정전은 딸 목란을 얻음. ㉡ 월궁항아에게 득죄하여 적강한 꿈을 꾼 김현은 아들 김경을 얻음. ㉢ 양가가 정혼하고 성혼하고자 하던 차에 정전이 원나라의 침략을 막을 장수로 뽑힘.
第二回 鄭木蘭女化爲男 副總兵揮下從軍	㉠ 정목란이 남장해서 아버지 대신 출정하려고 함. ㉡ 북관에 도착하자 목란이 자사에게 破敵之計를 제안하지만 거절당함.
第三回 元王誘說鄭木蘭 木蘭伐胡王勝捷	㉠ 원병의 기습을 받아 목란이 포로로 잡힘. ㉡ 목란이 원왕의 후대를 받았지만 송나라를 배신할 수 없어, 대신에 호나라를 정벌하는 것으로 은혜를 갚겠다고 함. ㉢ 목란이 호나라를 대패하자 진국장군으로 봉해짐.
第四回 元王爲木蘭都督 鄭都督大破金華	㉠ 목란이 계교를 써서 금나라를 대파함. ㉡ 원왕이 목란을 더욱 후대함.
第五回 鄭木蘭掛書闕門 馬匹單槍行千里	㉠ 목란이 고향에 돌아가기를 수차례 청했는데 원왕이 허락하지 않음. ㉡ 목란이 별서를 써서 궐문에 걸쳐두고 밤을 타서 떠남. ㉢ 원왕이 안 후에 좇아가서 송별해줌.
第六回 木蘭五關斬三將 還第拜見親堂下	㉠ 목란이 송나라에 가기 위해 오관을 거치며 관을 지키는 장수들을 죽임. ㉡ 집에 돌아와 부모를 뵙고 여복을 갈아입음.

第七回 賈似道求婚木蘭 鄭公傳拿來上司	㉠ 정전이 김가와 혼례를 다시 의논하여 성혼하려고 함. ㉡ 어사대부 가사도가 목란의 현숙함을 듣고 청혼함. ㉢ 정전이 가사도의 청혼을 거절하자 모함을 받아 감옥에 갇힘. ㉣ 목란이 아버지를 구하려고 다시 남장하여 상경해 가사도에게 거짓 허혼함.
第八回 鄭公被謫下長城 金公子娶鄭木蘭	㉠ 정전이 사형을 면하고 장사로 유배됨. ㉡ 목란이 가사도의 감시를 피해 장사로 가 부모와 함께 지냄. ㉢ 정전이 해배된 후에 김가와 다시 의논하여 결혼하도록 함.
第九回 木蘭擊門鼓訟怨 金公子金榜掛名	㉠ 김경이 무고를 받아 투옥당함. ㉡ 동군태수는 마침 가사도의 친척이라 김경에게 엄한 형벌을 줌. ㉡ 목란이 다시 남장해서 상경하여 승문고를 울려 김경의 억울함을 호소함. ㉢ 김경이 풀려난 후에 과거시험에 장원급제함.
第十回 金仙大元帥出戰 皇后以患候仍崩	㉠ 김경이 한림학사가 되어 황제의 사랑을 받음. ㉡ 가사도가 김경을 혐오해 원나라 침략하는 계기를 타 김경을 대원수로 천거함. ㉢ 김경이 출정한 후에 가사도가 여의와 결탁하여 황후의 약에 독약을 섞여 황후를 죽게 만듦.
第十一回 傳旨禁府拿木蘭 元帥入京救木蘭	㉠ 가사도가 황후를 죽게 만든 약이 목란의 약이라고 목란을 모함하자 목란이 감옥에 갇힘. ㉡ 목란이 시비를 시켜 김경에게 편지를 보내 전후사를 전함. ㉢ 김경이 상경하여 목란을 살림.
第十二回 兩元帥得功返士 老兩位享受多孫	㉠ 목란이 상소하여 김경과 함께 출정함. ㉡ 원왕을 대파한 후 원왕의 항복을 받아 돌려보냄. ㉢ 황제가 김경에게 높은 관직을 제수하고 목란의 삼대를 추증함. ㉣ 목란은 삼자일녀를 낳고 행복하게 삶.

이처럼 <정목란전>에서 목란이 남장해서 아버지를 대신 출정한 이야기는 아주 작은 분량을 차지하고 있으며 여러 사건 중의 하나일 뿐이다. <정목란전>의 아버지 대신 출정하는 내용과 <목란시>의 내용을 비교할 때도, '남장' 화소와 '代父從軍' 화소 둘만 같을 뿐, 구체적인 양상이 아

주 다르다. <정목란전>의 목란의 姓, 목란 아버지의 신분, 목란의 성격, 목란의 전쟁터에서 보이는 활약, 목란의 귀향 등 모든 사건과 갈등이 <목란시>와 다르다. 따라서 <정목란전>은 <목란시>와 직접적인 관련이 없으며, '남장'과 '代父從軍'을 한 목란의 이야기만 차용하였다고 할 수 있다.

그렇지만 중국에서 <목란시>가 창작된 후 목란에 관한 이야기는 아주 다양한 형태로 전승되고 있다. 이들 작품과 <정목란전>의 관련성도 배제할 수 없다. 중국에서 唐宋시대의 목란을 소재로 한 작품은 주로 詩文을 통해 전승되었고 목란은 忠孝의 모범으로 표상되었다.[227] 명나라에 이르러서야 목란을 소재로 한 작품이 풍부해졌다. 詩뿐만 아니라 曲·雜劇에 이르기까지 장르별로 다양한 작품이 창작되었다. 그중 가장 주목할 만한 작품은 徐渭(1521~?)의 雜劇 <雌木蘭代父從軍>(이하 <雌木蘭>으로 약칭)이다. 목란의 대부종군이야기에 다양한 인물과 사건들을 추가하여 서사 장르의 전환을 완성하였으며, 목란의 모습까지 변모되었다. 우선, 樂府 <木蘭詩>에서는 목란의 성에 대해 구체적인 언급이 없었는데 <雌木蘭>에서는 '花'라는 성씨가 규정되었다. 출정하기 전의 모습도 <목란시>에 있는 '전형적인 여성'에서 문무겸비한 여자로 바뀌었다. 또한 아버지 대신 출정한 것은 물론 효도에서 출발하였지만 영웅호걸이 되어 자아실현을 추구하려는 강한 의지가 보이고 있으며 전쟁터에서 목란의 용맹함과 지혜가 돋보여 여성영웅의 기상이 부각되었다. 또한 입신양명한 후에 왕

---

227) 예를 들어, 韋元甫의 <木蘭詩>에서 '世有臣子心 能如木蘭節 忠孝兩不渝 千古之名焉可滅'라고 한 듯, 樂府詩 <목란시>에 나타난 효녀의 모습에다 충의의 형상까지 추가하여 '충효양전'의 여자로 그려졌으며 신하들까지 배워야 할 만큼, 충효의 교화적인 장치로 사용되었다. 張雪, 『木蘭故事的文本演變與文化內涵』, 南開大學校 博士論文, 2013, 75~90쪽.

생과의 결혼이야기를 추가해 목란의 여성적 삶의 성공까지 부여하였다. 여성의 주체의식을 긍정하고 여성의 욕망과 본능을 충족시킨 목란의 이미지는 <雌木蘭>을 통해 만들어졌다.[228]

이후 청나라대에는 목란을 소재로 한 서사 작품이 가장 활발하게 창작되었다. 목란은 褚人獲(1635년-?)의 <隋唐演義>[229]를 비롯하여 禮恭親王 永恩(1727년~1805년)의 <雙兎記>, 張紹賢(?~?)의 <北魏奇史閨孝烈傳>(1850), <忠孝勇列奇女傳>(1827) 등 많은 통속소설에서 다루어져 보다 더 입체적이고 복잡한 모습으로 나타났다

<雙兎記>·<北魏奇史閨孝烈傳>은 모두 徐渭 <雌木蘭>을 저본으로 삼았으나 다양한 등장인물과 사건을 추가해 편폭을 확대하였다. 그 줄거리를 간단하게 정리하면 다음과 같다.

雙兎記	北魏奇史閨孝烈傳
㉠ 北魏 千戶長 花弧와 賈氏의 맏딸 목란이 문무겸비함. ㉡ 정혼자 王青雲 있음.	㉠ 北魏 千戶長 花弧와 賈氏의 맏딸 목란이 문무겸비함. ㉡ 정혼한 王青雲이 있음.
㉠ 豹子皮가 반란을 일으키자 화목란이 부친을 대신해 男裝하고 출정함.	㉠ 賀虎의 호는 豹子皮이며, 반란을 일으키자 화목란이 부친을 대신해 男裝하고 출정함.
㉡ 목란은 선봉장이 되어 큰 승리 얻음.	㉡ 큰 공을 세우지만 번번이 先鋒 牛和의 간교와 비방에 좌절됨.
㉠ 豹子皮의 누이동생 豹千金이 목란에게 연모의 마음을 품음. ㉡ 화목란은 이를 이용하여 豹子皮를 생포함.	㉠ 전쟁의 와중에 적장에 인질이 된 목란은 적장의 사촌누이 盧玩花의 구혼을 받음

228) 위의 논문, 167쪽.

229) <隋唐演義>의 56회에서 62회까지에서 목란 이야기를 다루었으나 목란이 竇線娘의 보조 인물로 나타났으며 代父從軍 그리고 羅成와 애정 서사가 전개되었다.

	㉡ 목란이 여자의 신분을 밝히자 盧玩花와 같이 王青雲에게 허혼함.
㉠ 목란은 尙書郎에 제수되나 거절하고 부모를 뵙는 것만을 청함.	㉠ 王青雲은 장원급제하여 監軍으로 전장에 파견되고 목란과 해후함. ㉡ 목란이 盧玩花를 이용해 적장을 생포함.
㉠ 목란이 男裝從軍한 사연을 밝힘. ㉡ 천자는 목란의 정혼자 王青雲에게 尙書郎을 제수함.	㉠ 北魏의 황제로부터 節孝一品夫人으로 봉해지고 盧玩花는 忠義夫人으로 王青雲은 吏部尙書로 봉해짐.
㉠ 화목란의 부모가 봉작을 받음. ㉡ 목란은 王青雲과 혼인함.	㉠ 목란과 盧玩花는 王青雲과 함께 셋이 혼례를 치름.

표에서 보인 듯이 <雙兎記>와 <北魏奇史閨孝烈傳>의 줄거리는 비슷하게 진행되며 목란의 출생부터 시작하여 남장해서 출정한 후 여자로 복귀하여 결혼하는 데까지 마무리를 지었다. <雌木蘭>의 서사전개에 여자의 연모를 받은 모티프를 공통적으로 추가하였으며 왕청운을 출정하기 전의 목란의 약혼자로 변모시켰다. 그렇지만 <雙兎記>보다 <北魏奇史閨孝烈傳>의 서사 전개 양상이 훨씬 더 풍부하고 개연성이 있으며 인물 형상화가 더 다양하다. 특히 왕청운의 역할이 강화되었고 盧玩花와의 우정 그리고 왕청운에게 같이 시집가는 결말이 매우 흥미진진하다. 그럼에도 <雌木蘭>, <雙兎記>와 <北魏奇史閨孝烈傳>은 목란 이야기에 애정 서사를 추가하였다는 점에서 <정목란전>과 유사한 면모가 보이나, 서사전개는 다른 면모를 지니고 있어 직접적인 관련은 없다고 할 수 있다.

<忠孝勇列奇女傳>의 경우도 비슷하다. <忠孝勇列奇女傳>에서 당나라 때 기자치성과 태몽으로 태어난 朱木蘭은 아버지 대신 출정하여 李靖을 도와 번병을 대파한 후 무소후로 책봉되었다. 목란이 집에 돌아가 부모를 뵙고 여복을 갈아입어 두문불출하는데 황제의 부름에 진정표를 써서

여자임을 밝히며 출세를 거절하였다. 후에 武則天의 禍에 휩쓸려 자신의 정절과 열절을 증명하기 위해 자살을 하였다. 따라서 이 작품은 목란이 비범한 출생을 지닌 점에서 <정목란전>과 유사하지만 성씨도 다르고 서사전개와 주제도 다른 소설이다.

이상의 내용을 통해, 중국에서 <목란시> 창작 이후에 목란을 소재로 한 소설 작품이 많이 등장하였지만, <정목란전>과 직접적인 관련이 없는 것을 확인할 수 있었다. 그 외에 <정목란전>은 한국식의 결혼풍속,[230] 승문고제도[231]를 사용하는 것으로 보아 한국작품에 틀림이 없다.

기실 목란이야기는 이미 한국에 전파되었으며 널리 읽혔다. 조선시대에서 李瀷 등 사대부가 악부시의 목란 이야기를 인용한 구절을 통해 볼 때 목란 이야기는 조선 남성이 두루 알고 있던 이야기라고 볼 수 있다. 또한 <조선왕조실록> 영조대의 기록에 부친의 억울함을 호소하기 위하여 남복을 한 여성의 행동에 대해 영조가 목란의 제영고사를 들어 논평하는 대목이 나온다. 영조는 목란을 '남장한 여성'으로 보며, 부친에 대한 효를 상징하는 여자로 인식하고 있다. 또 목란은 영조의 후궁이자 사도세자의 친모 영빈이씨(?~1764)의 <女範> <무녀> 편에 소개되어 있으며, <규합총서> 열녀록의 '효녀'편에도 '代父征塞'라는 설명과 함께 실려 있어 여성에게도 친숙한 인물이었을 것으로 추정된다.[232]

뿐만 아니라 한국의 여성영웅소설에서도 목란의 이야기를 자주 인용

230) <정목란전>에서 김경과 목란이 결혼 이후에 목란의 집에서 삼일을 지낸 후 다시 김경의 집에 가는데 이는 한국에만 있는 독특한 결혼풍속이다.

231) 김경이 감옥에 갇혔을 때 목란은 승문고를 울려 소원하였다. 승문고라는 용어는 조서시대에만 사용했던 용어이다. 조선에서 중국대로 등문고라고 하다가 신문고로 이름을 고쳤지만, 다시 1434년에 신문고의 '신(申)'은 신하가 국왕에게 사용하는 용례로는 참람하다고 해서 '승(升)'으로 고쳐 승문고라고 하였다.

232) 최지녀, 앞의 논문, 18쪽.

하고 있다. <김희경전>에서 목란의 이야기를 인용하여 '목란을 효칙하여 의복을 환착하고 일필단기로 북해로 향하겠다'고 한 대목을 통해, 목란 이야기는 김희경의 남장 활약을 정당화하는 중요한 근거가 되었다는 것을 알 수 있다. 따라서 목란의 이야기는 조선 사람에게 매우 친숙하고 대중화된 내용이며, 이를 차용하고 소설화한 것은 조선 독자의 기대에 부합된 것이라 할 수 있다.

3. 일대기구조의 서사화

한국 고소설의 형식 내지는 구성적 측면의 가장 큰 특징은 주인공이 태어나서부터 죽을 때까지의 사건을 순서대로 서술하는 일대기구성을 지니고 있는 것이다. 특히, 영웅소설에서 이러한 특징이 잘 보이고 있다. 조동일은 이를 종합하여 '영웅의 일생'[233] 유형 구조를 정리하였다. 즉, 고귀한 혈통을 지녀 태어난 비범한 영웅은 조력자의 도움으로 닥친 고난을 해결하고 위기를 투쟁으로 극복해 승리자가 된다. 이러한 패턴은 물론 여성영성소설에도 적용되지만 여성 영웅소설소설만 지닌 특징도 있다. 전용문은 조동일의 견해를 확대・개조하여 여성 영웅소설에 맞는 '여성영웅소설 일대기'를 다시 제기하였다.[234] 최근에 와서 최지녀는 이들 선행연구를 종합해서 새로운 내용을 추가해 여성 영웅소설의 일대기를 다시 제시하였다.[235] 그들의 견해를 표로 정리하고 비교해보겠다.

233) 조동일, 「영웅의 일생, 그 문학사적 전개」, 『동아문화』 10집, 서울대 동아문화연구소, 1971.

234) 전용문, 『韓國 女性英雄小說의 硏究』, 목원대학교 출판부, 1996, 29~30쪽.

235) 최지녀, 『여성영웅소설의 서사와 이념 연구』, 서울대학교 박사논문, 2015, 35쪽.

<table>
<tr><th>여성영웅의 일대기(전용문)</th><th>여성영웅의 일대기(최지녀)</th></tr>
<tr><td>㈎ 고귀한 혈통의 무남독녀로 출생한다.
㈏ 어려서부터 재질이 뛰어나다.</td><td>㈎ 고귀한 혈통의 무남독녀로 출생한다.</td></tr>
<tr><td>㈐ 고난을 만난다.
㈑ 남장가출로 고난을 극복한다.</td><td>㈏ 부친의 적거 및 늑혼의 시련을 겪는다.
㈐ 남장 가출한다.</td></tr>
<tr><td>㈒ 수학에 의해 남성적 능력을 갖춘다.
㈓ 장원급제하여 벼슬에 오른다.</td><td>㈑ 조력자를 만나 병법과 무예를 수련한다.
㈒ 장원급제하여 벼슬에 오른다</td></tr>
<tr><td rowspan="2">㈔ 국가적 위기를 당한다.
㈕ 대원수로 출전하여 위기를 해결한다.</td><td>㈓ 국가적 위기를 해결한다.
㈔ 원수를 처결하고 가족과 재회한다.</td></tr>
<tr><td>㈕ 여성(공주)과 정혼한다.
㈖ 천자에게 본적을 상소한다.
㈗ 정혼자와 혼인한다.
㈘ 남편과 갈등을 겪는다.
㈙ 국가적 위기를 해결한다.</td></tr>
<tr><td>㈖ 여성의 본체를 드러내어 남성과 결합한다.</td><td>㈚ 부귀다자녀하고 죽음을 맞이한다.</td></tr>
</table>

표에서 볼 수 있듯이 최지녀가 제시한 '여성영웅의 일대기'는 더 구체적이다. 특히, ㈕동성정혼 모티프와 ㈘가족으로 회귀 후 현실적 제한과 환상적 욕망 사이에 생긴 여성영웅의 고난 및 극복에 대한 추가가 영웅소설과 구별되는 특징점을 부각시켰다고 할 수 있다. 이러한 측면에서 전용문의 견해보다 진일보되었지만 문제되는 것은 모든 여성영웅소설이 이들 모티프를 다 갖추기 힘들다는 점이다. 따라서 최지녀의 견해는 가장 구체화되어 있으나 보편성이 부족한 한계가 지니고 있다.

그렇지만 양자가 공통적으로 지닌 내적 패턴이 있다. 즉, 고귀한 혈통을 지닌 여성 영웅이 비범하게 태어난 후 고난을 닥쳐 남장한 채 가출하여 모든 고난을 극복하고 가족으로 귀환해 배우자와 행복한 결말을 누리는 것이다.

<정목란전>은 바로 이러한 구조적 특징을 활용하여 代父從軍한 목란 이야기를 소설화시켰다. 우선, <정목란전>은 목란이야기에서 보이지 않은 목란의 가계 소개와 그의 비범한 출생을 추가하였다.

> 가) 화셜 송문화뎨시절에 남슌 짜 오계촌에 일위 션ᄇᆡ 잇스니 셩은 정이오 명은 젼이라 위인이 정숙공검ᄒᆞ고 글 ᄇᆡ호기를 죠화ᄒᆞ며 벼술에 ᄠᅳᆺ이 업셔 ᄌᆞ최를 번요ᄒᆞᆫ 풍진에 □□야 구름 속에 드러 밧갈기와 달 아ᄅᆡ 고기 ᄂᆞᆩ기로 세월을 보ᄂᆡ니 당세에 유명ᄒᆞᆫ 션ᄇᆡ러라236)

> 나) 일작 슬하에 일졈혈육이 업셔 ᄆᆡ양 슬허ᄒᆞ더니 일〃은 ᄉᆡᆼ이 초당에 누엇더니 홀연 학의 쇼ᄅᆡ 쳥아이 들니거ᄂᆞᆯ 놀나 바라보니 일위 션관이 학을 타고 ᄑᆡ옥 소ᄅᆡ 징〃ᄒᆞ며 일편 행운으로죠ᄎᆞ 공즁으로 나려와 ᄉᆡᆼ의 압헤 니르러 왈 나는 텬상에 잇셔 인간 ᄉᆡᆼᄉᆞᄅᆞᆯ 가음알더니 상뎨 명ᄒᆞᄉᆞ 왈 월궁항ᄋᆡ 득죄ᄒᆞ얏기로 인간에 ᄂᆡ치라 ᄒᆞ시ᄆᆡ ᄂᆡ 그ᄃᆡ에 심덕홈을 감동하야 이에 지시ᄒᆞᄂᆞ니 그ᄃᆡᄂᆞᆫ 어엿비 녁여 부ᄃᆡ 잘 교육ᄒᆞ야 텬졍연분을 어긔오지 말나 ᄒᆞ고 ᄉᆞᄆᆡ로셔 일ᄃᆡ 옥녀ᄅᆞᆯ 내여 놋커ᄂᆞᆯ ᄉᆡᆼ이 쌍슈로 바다 품에 품고 션관을 향ᄒᆞ야 무수사례ᄒᆞ더니 문득 간 ᄃᆡ 없ᄂᆞᆫ지라 놀나 ᄭᆡ다르니 일댱츈몽이라 ᄉᆡᆼ이 의아ᄒᆞ야 즉시 내당에 들어가 부인에게 몽ᄉᆞᄅᆞᆯ 일으니 부인의 몽ᄉᆡ ᄯᅩᄒᆞᆫ ᄀᆞᆺᄐᆞᆫ지라237)

> 다) ᄉᆡᆼ의 부뷔 대희ᄒᆞ더니 과연 그달부터 잉ᄐᆡᄒᆞ야 십삭이 ᄎᆞᄆᆡ 일〃은 실안에 향취 진동ᄒᆞ며 일위 션네 공즁으로 나려와 부인 침실에 들거ᄂᆞᆯ 부인이 의아ᄒᆞ야 정신이 현황ᄒᆞ더니 믄득 복통이 발ᄒᆞ야

---

236) <정목란전>, 1쪽.
237) <정목란전>, 1쪽.

인사ᄅᆞᆯ 슈습지 못ᄒᆞᆯ 즘에 일ᄀᆡ 옥녀를 ᄉᆡᆼ혼지라[238]

가)는 목란의 가계를 소개한 것이다. 목란의 아버지 정전은 세속의 뜻을 버리고 구름 속에 은거하여 밭갈이하고 낚시를 다니면서 세월을 보내는 당세의 유명한 선비이다. 이러한 서술을 통해 주인공의 고귀한 혈통이 확보되었다.

여기서 특별히 주목해야 할 점은 목란의 아버지가 선비라는 설정이다. <목란시>를 비롯한 중국에 있는 다양한 목란이야기의 서사물에서 목란의 아버지는 공동적으로 武將신분을 유지하고 있다. 그렇지만 한국 작품 <정목란전>에서 선비라는 설정은 목란 아버지의 신분을 무반에서 문반으로 변화시킨 것이다. 이러한 변화는 무반을 경시하고 문반을 중요시한 조선시화의 풍속과 이러한 풍속을 반영한 고전소설의 관습에 맞게 변형한 결과라고 할 수 있다.

나)는 목란의 태몽이다. 태몽은 한국고전소설에서 흔히 보이는 모티프이며 영웅의 비범성과 영웅성을 확인시켜주는 장치이다. 늦도록 자식이 없어 슬퍼하고 있는 정전은 부인와 같은 꿈을 꿨는데 꿈에서 선녀가 나타나 월궁항아가 적강해 의탁할 것이라 하였다. 따라서 하늘에서 적강한 목란은 태몽을 통해 출산하기 전에 이미 영웅성을 획득하였다. 또한 여기서 주목해야 할 점은 태몽에서 목란의 천정연분이 예시되고 있다는 것이다. 즉, 작품에서 목란의 영웅화와 같이 천정연분의 실현이 같이 이루어질 것이라는 미래사가 예견된다.

다)는 목란이 출생하는 날에 침실에 향기가 가득하며 선녀가 나타나는

238) <정목란전>, 1~2쪽.

특별한 상황을 묘사하였다. 이러한 祥瑞로운 현상을 통해 그의 기이함과 비범성을 다시 보여주었다.

목란은 어려서부터 낮에는 여공을 힘쓰며 밤에는 검술을 익히고 손오병서, 육도삼략을 정독하였다. 이처럼 목란은 독학으로 무예와 병법을 터득하였으며 어렸을 때부터 비범한 능력을 지녔다. 그렇지만 연로한 아버지가 장수로 뽑힌 관계로 목란이 남장해서 아버지 대신 출정하기로 하였다. 그때부터 목란이 여섯 차례의 고난을 겪게 되었지만 그의 활약성과 조력자의 도움으로 모든 고난을 극복하여 진정한 영웅이 되었다. 여타 여성 영웅소설보다 <정목란전>의 고난과 극복은 매우 다양한 형식으로 전개되었다. 이를 통해 작품의 서사전개를 확대시켰으며 흥미를 확보했다. 이와 더불어 작품의 가치지향을 보여주는 역할을 담당하고 있어 뒤에 구체적으로 따로 살펴보겠다.

이러한 고난 끝에 목란이 행복한 결말을 맞이한다.

> 세월이 여류ᄒᆞ야 ᄉᆞᆷᄌᆞ일녀를 나으니 승상부뷔 대희ᄒᆞ야 장자의 명은 성긔요 ᄎᆞᄌᆞ의 명의 즁긔요 ᄉᆞᆷᄌᆞ의 명은 사긔라ᄒᆞ고 녀아의 명은 봉희니 인물히 초월ᄒᆞ니 명공지ᄉᆞᆼ이 아달 둔지 구혼ᄒᆞᄂᆞᆫ지라 제ᄌᆞ들을 각각 명문대가의 가취홀식 (…중략…) 이러므로 모든 ᄌᆞ손이 계〃ᄉᆞᆼ〃 ᄒᆞ야 ᄇᆡᆨ셰를 안락ᄒᆞ니 이 사긔 기의ᄒᆞ기로 ᄃᆡ강 기록ᄒᆞ야 후셰에 젼ᄒᆞ노라[239]

이처럼 목란은 김경과 3자1녀를 낳았으며 자식들은 모두 명문대족에게 통혼시켰다. 이렇게 대대손손 부귀영화를 누리면서 가문의 번영과 현달을 완성하고 일생을 마침으로 일대기적 구성을 완성시켰다.

---

239) <정목란전>, 63쪽.

4. 도덕적 여성영웅의 형상화

영웅소설에서 가장 중요한 부분은 고난의 양상과 극복이다. 고난 및 그의 극복은 주인공의 의지와 지향목표를 대표하며 당대 사회의 보편적인 가치문제들을 형상화하고 있기 때문이다.[240]

목란이 어렸을 때 도사의 예언을 듣게 되었는데 그 내용은 다음과 같다.

> 십여 년 젼에 경셩이 동군과 남군 ᄯᅡ히 ᄯᅥ러지ᄆᆡ 반다시 명인이 나리라 ᄒᆞ얏더니 과연 상운이 귀턱에 나리도다 ᄒᆞ고 ᄀᆞᆯ오ᄃᆡ 차ᄋᆡ 만일 남자로 낫던들 명망이 조야에 진동ᄒᆞ고 셰상 ᄉᆞᄅᆞᆷ이 추앙ᄒᆞᆯ 거슬 불행이 녀ᄌᆞ 됨으로 삼십 젼의 죽을 ᄋᆡᆨ이 여셔 번이라 이는 텬졍ᄒᆞ신 ᄇᆡ니 인력으로 못ᄒᆞᆯ 거시오 이십 후에 작록을 바드되 공경 우히 거ᄒᆞ야 위명이 텬ᄒᆞ에 진동ᄒᆞ고 위진ᄉᆞ히ᄒᆞᆫ지라 유ᄌᆞ싱녀ᄒᆞ여 칠십오셰의 졸ᄒᆞᆯ 거시니 그 귀ᄒᆞᆫ 거슬 일을 거시 업스나 부ᄃᆡ 초년을 죠심ᄒᆞ소서[241]

고전소설은 대개 운명론적 세계관을 지니고 있어 도사의 예언은 곧 하늘의 뜻이다. 따라서 이 예언은 작품의 서사전개의 방향성을 제시하고 있으며 목란 삶의 가치를 보여주고 있다. 뿐만 아니라 도사의 예언은 대립되면서도 융합되는 현실과 영웅성 사이의 갈등을 여실히 보여주고 있다.

우선, 도사가 경성이 동군에 떨어지고 상운이 정전의 집에 내렸다고 하면서 목란의 태생적으로 영웅성을 다시 확인시켜주었다. 그렇지만 목란이 남자로 태어났으면 명망이 조정을 진동하겠지만 불행히 여자가 되었으며, 죽을 액이 있어 6번의 고난의 겪어야만 영웅이 될 수 있다는 내용도 도서의 예언에서 드러냈다. 이러한 내용은 태생적인 영웅성을 지녀

240) 안기수, 『영웅소설의 수용과 변화』, 보고사, 2004, 83쪽.
241) <정목란전>, 2쪽.

도 단순히 '여자'라는 생물학적인 성 때문에 제대로 사회의 인정을 받지 못하는 사회현실을 그대로 반영하고 있다.

그러나 고난 끝에 목란이 높은 작록에 올라 개인의 영달과 유자생녀하여 가문의 번성을 같이 이룰 수 있다고 예언하여 결국 완성된 영웅으로 성장할 수 있다는 것을 제시하였다. 그렇다면 목란이 지향하는 영웅의 모습은 어떠한가? 그가 겪은 고난의 양상과 극복 방식을 통해 추출해보겠다.

이 작품에서 목란은 도사의 예언대로 총 여섯 차례의 고난을 겪었다. 정리하면 다음 표와 같다.

	고난	극복
①	김경과 정혼한 목란이 결혼하려고 하던 차에 연로한 아버지가 출정장수로 뽑힘.	목란이 남장하여 대신 출정
②	목란이 元王의 포로로 잡힘.	元나라를 침략한 호국과 금국을 막아주는 대가로 고향에 돌아가는 약속을 얻음. 그 후에 원왕이 약속을 지키지 않자 원나라의 오관을 거쳐 고향에 돌아옴.
③	어부태사 가사도가 늑혼을 요구하다가 거절당하자 목란의 아버지를 모함해 사형에 처하게 함.	가사도에게 거짓 허혼할 뜻을 전함으로 부친의 죽음을 면하고 장사로 유배감. 황제가 천하를 大赦하는 관계로 유배지에서 풀려남.
④	혼인한 날에 남편 김경은 무뢰한 아내의 무고로 투옥되는데 태수가 가사도와 친근하여 김경에게 엄한 형벌 가함.	남장해서 상경하여 등문고를 올려 신원함.
⑤	목란이 가사도의 모함을 받고 황후의 약에 독약을 석었다는 죄로 투옥.	대원수로 전쟁에 나간 김경이 돌아와서 구해줌.
⑥	나라에 위기가 닥침.	김경과 함께 전쟁에 나가 원왕을 생포함.

이처럼, 목란은 총 6번의 고난을 겪었는데 개인의 고난과 나라의 위기가 서로 교착되어 있다.

목란이 겪은 1차 고난은 원나라의 침략을 막기 위해 조정에서 목란의 아버지를 장수를 뽑았다는 상황에서 발생한다. 쇠약한 아버지가 전쟁에 나가면 살아 돌아올 가능성이 거의 없을 듯하자, 목란은 아버지에 대한 효심으로 대신 출정하기로 하였다.

> 소녜 드르니 아비 근심ᄒᆞᆫ 즉 ᄌᆞ식의 욕이 되고 아비가 위ᄐᆡᄒᆞᄆᆡ ᄌᆞ식이 죽기를 ᄃᆡ신ᄒᆞ야 가지 아니리잇고 원 대인은 관위ᄒᆞ소셔 ᄒᆞ고 종군ᄒᆞ야 가기를 원ᄒᆞ거놀[242]

아버지가 위태로우면 자식이 대신 죽는 것은 도리라고 생각한 목란은 아버지 대신 출정하는 것은 당연한 것이라고 판단했다. 그렇지만 문제되는 것은 그때 마침 약혼자 김경과 성혼하려던 차이였다. 이에 아버지에 대한 효도와 이미 六禮를 갖추어 정혼한 김경에 대한 애정 사이에 첫 번째 갈등이 나타나게 된다.

> 부모의 ᄉᆡᆼ육지은은 ᄉᆞᆷ강에 대륜이오 녀필종부는 오륜의 일절이라 쳐음에 녀ᄌᆞ 나ᄆᆡ 부모게 갑흔 ᄇᆡ 업ᄂᆞᆫ고로 어려서 부모를 좃ᄂᆞᆫ 거시 오직 ᄯᅥᆺ〃ᄒᆞᆫ 일이라 이ᄯᆡ를 당ᄒᆞ야 ᄃᆡ의를 ᄉᆡᆼ각ᄒᆞᄆᆡ 가히 일졀을 도라보지 못ᄒᆞ나이다 일편단심으로 부모를 좃고 일졀을 직힐 ᄯᆞ름이로소이다.[243]

三綱은 '君爲臣綱 父爲子綱 夫爲婦綱'을 가리키는 것인데 '父子關係'가 '夫

---

242) <정목란전>, 5쪽.
243) <정목란전>, 9쪽.

婦關係'의 우위에 처해 있다. 여자가 결혼 전에는 아버지를 따르고 결혼 후에 남편을 따르는 것이 마땅하다. 이러한 조선시대의 인륜강상은 목란이 남장해서 代父從軍하는 명분을 만들어주고 이를 정당화시켰다. 그렇지만 이에 따라 목란은 천정연분인 김경과의 결연이 지연되었다.

목란은 전쟁터에서 장군의 실수에 인하여 원나라의 포로로 잡혀 2차 고난을 겪게 된다. 원왕이 목란의 영웅상을 감복해 그를 후대하였지만 목란이 끝까지 항복하지 않았다. 이에 원왕의 은혜를 갚은 후 오관을 거쳐 고향으로 돌아갔다.[244] 귀가한 목란이 여복을 갈아입어 늦춰진 혼례를 다시 올리려고 했지만 고전소설에서 흔히 보인 '勒婚'모티프가 혼사장애로 등장함으로 3차 고난이 발생한다. 권세를 지닌 어사태부 가사도가 목란의 현숙함을 듣고 며느리를 삼으려고 했으나 정전은 이미 김경과 혼약이 있는 이유로 그를 거절하였다. 가사도가 이에 앙심을 품고 정전이 원나라에 투항하였다 모함하여 사형을 받게 만들었다. 목란은 할 수 없이 다시 남복을 개착하여 설화마를 타고 아버지를 구하러 경성에 올라갔다. 그리고 다시 여장을 하여 투숙한 후에 가사도에게 편지를 보냈다.

> 남군 ᄯᅡ 정가 녀ᄌᆞ는 두 번 졀ᄒᆞ고 가어ᄉᆞ 좌하에 올니ᄂᆞ니 쳔쳡의 아비 본셩이 암악ᄒᆞ고 긔질이 노둔ᄒᆞᄉᆞ 우흐로 국법을 휴손ᄒᆞ고 아릐로 존위를 촉범ᄒᆞ니 그 죄 맛당이 국법을 면키 어려온지라 그러나 그 죄 실로 고범ᄒᆞ몬 업ᄂᆞᆫ지라 이졔 일월의 밝으미 복분지하의 빗치지 못훌지라 당금에 텬지 신인신칭ᄒᆞ시니 상공게 지나 리 업ᄂᆞᆫ 고로 감히 알외옵ᄂᆞ니 복원 상공은 지싱대은을 드리오ᄉᆞ ᄉᆞ디의 싱도를 빌니시면 쳔ᄒᆞᆫ 몸이 슬ᄒᆞ의 뫼시기를 바라ᄂᆞ이다[245]

---

244) 이 부분은 <삼국지연의>와 매우 유사한 면모가 보이기에 다음 항에서 따라 살펴보겠다.

245) <정목란전>, 36쪽.

이 인용문은 목란이 가사도에게 보낸 편지이다. 아버지를 풀어주면 며느리가 되겠다는 내용을 담고 있다. 그렇지만 이는 목란이 진짜 가사도의 며느리가 되려고 한 것이 아니고 아버지를 구하려고 한 '속임수'일 뿐이다. 그것을 모르는 가사도는 황제에게 상소를 올려 정전의 목숨을 보존하고 유배만 보내게 하였다. 목란은 아버지의 목숨을 구한 후 밤을 타서 남장을 다시 한 후 가사도의 감시를 피하여 아버지의 유배지로 떠났다. 이로써 정전의 목숨을 건지기는 했지만 김경과의 혼인은 다시 지연되었다.

목란은 부모와 같이 謫所에서 세월을 보내는데, 국가에 경사가 있어 정전이 解配되었다. 정전이 유배지에서 돌아온 후 김학사(김경의 아버지)가 친히 와서 치하하고 성혼하는 것을 제기하였다. 이에 양가 부모는 택일하여 두 사람을 성례하도록 하였다. 정씨 집에서 혼례를 치르고 삼일이 지난 후 목란은 김경과 함께 정가로 돌아갔다. 대부분 애정성취를 목적으로 한 여성영웅소설은 여기서 종점을 찍는다. 결혼은 곧 애정을 성취하였음을 상징하기 때문이다. 설사 일부분 '여성우위형'의 여성영웅소설은 결혼 후의 내용도 같이 다뤘으나 주로 부부 갈등 혹은 고부 갈등 같은 가족 내의 갈등으로 전환된다.

그렇지만 <정목란전>은 이들 작품과 매우 다른 양상을 보이고 있다. 결혼 후의 서사전개가 계속 진행되면서도 가족 구성원간의 갈등으로 전환되지도 않았다.

정가에 돌아와 연석을 베푸는 날에 김경이 갑자기 동군태수에게 잡혀가는 4차 고난이 발생하였다. 이 사건은 전에 일어났던 어사태부 가사도 '늑혼사건'의 후속편이다. 동군태수에게 김경을 誣告한 사람이 있었는데 마침 동군태수가 가사도의 친척이어서 전후사정을 묻지 않고 김경을 감옥에 가두었다. 이에 목란이 다시 남복을 갈아입어 경성을 올라가 남편을 구하였다. 여기서 목란은 아버지를 구한 '효녀'에서 남편을 구한 '열녀'로 변화되었다.

김경은 풀려난 후에 과거에 급제하여 한림학사가 되었으며 목란과 함께 금슬 좋게 지냈다. 그렇지만 목란 부부에 대한 앙심을 품은 가사도가 그들을 처치하려고 다시 간계를 만들었다. 이에 목란의 5차 고난이 생겼다. 가사도는 원나라가 송나라를 다시 침략하는 것을 이용하여 김경을 대원수로 추천해 전장에 보내고, 한편으로 女醫를 이용해 황후의 약에 독약을 섞어 목란을 모함하였다. 하옥된 목란이 시비를 시켜 김경에게 편지를 전하자 김경은 목란을 구하려고 급히 경성에 돌아와 황제에게 상소를 올려 목란의 누명을 벗겨주고 가사도를 처벌받게 하였다. 앞에 발생한 4번의 고난과 달리 5차 고난은 김경의 도움으로 해결된다. 여성영웅소설에 나타나는 남자주인공은 대체로 여자주인공에 비해 우월하지 못하게 그려진다. 두 사람의 역량이 비슷하다고 여기지는 경우에도 남자주인공이 여자주인공을 구하는 경우가 드물다. 따라서 이러한 설정만으로 김경이 목란을 능가한 것은 아니다. 오히려 상호 보완하는 배필의 모습을 보여주는 데에 그친다.

감옥에서 벗어난 목란은 김경과 같이 출정하여 원나라의 침략을 막고 송나라를 지켰으며 천정연분을 실현하는 동시에 영웅으로의 성장이 완성되었다. 곧 애정성취 과정에서 겪은 고난과 극복을 통해 목란이 '충·효·열'의 모습을 겸비한 여성영웅으로 형상화된 것이다. 이러한 내용은 작품 내 다른 사람이 내린 목란에 대한 평을 통해서도 재확인할 수 있다.

가-1) 부인 왈 그 글시를 보니 효셩이 지극ᄒᆞᆫ지라 ᄌᆞ고로 효렬이 잇ᄂᆞᆫ직 창셩치 아닐 직 업스니 쳡의 어린 소견의ᄂᆞᆫ 반다시 셩공ᄒᆞ고 무ᄉᆞ히 도라올가 ᄒᆞᄂᆞ이다[246]

나-1) ᄎᆞ인이 츙효 츌텬ᄒᆞ고 긔위 엄숙ᄒᆞ니[247]

다-1) 그 지효와 효셩은 고금의 무쌍이라[248]

라-1) 김션(경)의 쳐 졍씨 그 지아비를 위ᄒᆞ야 숑원ᄒᆞ얏스니 그 절힝이 가상ᄒᆞᆫ지라 엇지 긔특지 아니리오 ᄒᆞ시고 특별이 이 부로 그 문젼에 표ᄒᆞ야 졍렬을 민멸치 아니케 ᄒᆞ라 ᄒᆞ시고 ᄯᅩ 소경각읍에 힝관ᄒᆞ야 졍씨를 호형ᄒᆞ라 ᄒᆞ시ᄂᆞᆫ 령이 나리미[249]

가-1)은 김경의 어머니가 목란이 남장해서 아버지를 대신하여 출정했다는 소식을 듣고 이야기한 내용이다. 김경 일가는 목란이 남장한 사실을 알고서도 그가 남장한 것에 대한 질책 없이 오직 그의 효성을 칭찬하였다.

나-1)은 목란을 포로로 잡은 원왕의 말이며, 다-1)는 목란에게 늑혼을 가한 가사도의 이야기이다. 두 사람은 모두 목란의 적대자이다. 그렇지만, 두 사람은 목란의 행동을 보고 그의 지략을 본 후 목란의 충과 효를 칭찬하고 있다.

라-1)은 목란이 상경하여 승문고를 울려 남편 김경의 억울함을 풀어준 후에 황제가 목란의 절행을 격려하기 위해 내린 성지다. 목란이 남편을

246) <정목란전>, 10쪽.
247) <정목란전>, 23쪽.
248) <정목란전>, 39쪽.
249) <정목란전>, 44쪽.

구한 절행을 백성에게 알리고 배우게 하는 것은 목란의 행위를 국가가 관장하는 제도 속에 편입시켜 교화적인 용도로 사용하고자 한 것이다. 이로써 목란은 남성이 수행할 수 없는 열절이라는 덕목까지 실현함으로써 충·효·열의 결합체가 되었다.

5. 〈三國志演義〉의 수용

<정목란전>에서 목란은 국가의 위기를 두 차례에 걸쳐 해결하였다. 나라의 위기를 해결하는 것은 거의 모든 영웅소설에서 보인 모티프지만 여기서 매우 독특한 양상을 지니고 있다. 바로 이 두 차례의 내용이 중국 역사연의소설인 <삼국지연의>에서 있는 '關雲長五關斬將'소재와 깊은 관련을 지니고 있기 때문이다.

<三國志演義>는 언제 처음으로 한국에 전래되었는지 정확히 알 수 없으나, <삼국지연의>에 대한 기록이 <조선왕조실록> 선조 2년 6월 壬辰 기사에 이미 보이고 있다. 또한 科文 중에 자주 나타나고, 심지어 부녀자나 아이들까지 모두 외울 수 있을 정도로 광범위하게 유행하였다.[250] 이에 따라 17세기에 한글로 번역·필사되어 시중에 많이 읽혔으며, 19세기 이후에는 상업 출판의 발달로 수많은 방각본과 활자본이 함께 유통되었다.

<삼국지연의>의 파장은 단순한 번역에 멈추지 않았다. <삼국지연의>의 일부분만 발췌하여 번역하거나 새로운 내용을 추가해 개작하는 <화용도실기>, 판소리 <적벽가>, <황부인전> 등의 작품 형태도 나타났으며, 한국의 애정소설, 영웅소설, 심지어 가문소설 등 다양한 소설 장

250) 이은봉, 「<삼국지연의>의 수용 양상 연구」, 인천대학교 박사논문, 2006.

르에도 다양한 형태로 드러나고 있다. 한국고전소설에서 인물 형상화에 있어서 <삼국지연의>의 인물을 차용하고, 영웅소설에서 <삼국지연의>의 영향 하에 다양한 전쟁장면을 묘사한 것은 영웅소설의 발전과 맥을 같이하여 형성되었다. 따라서 <삼국지연의>의 수용양상을 살펴볼 때 이러한 가능성을 항상 열어두어야 한다.

<정목란전>에서 목란은 연로한 아버지를 대신하여 출정하다가 대원수의 실수로 적군 장수 元王에게 생포되었다. 원왕은 목란이 전쟁터에서 보인 활약에 감복하여 후한 작록을 주어 만류하려고 했으나 목란은 끝내 거절하였다. 결국 목란이 원왕의 은혜를 갚은 후 오관을 거쳐 고향으로 돌아갔다. 이 과정은 <삼국지연의>의 關雲長五關斬將[251]의 내용과 매우 유사하다. 목란이 고향에 돌아간 후에 그의 아버지가 한 이야기에서도 그 단서를 찾을 수 있다.

> 이ᄂᆞᆫ 하ᄂᆞᆯ이 너를 어엿비 너기샤 도으심이로다 그러나 삼국시졀에 관공이 하비셩에서 ᄑᆡᄒᆞ야 형셰 위급ᄒᆞᆫ지라 세 가지 언약을 정ᄒᆞ엿스니 일왈 조죠의게 항치 아니ᄒᆞ고 한나라의 항복ᄒᆞᆷ이요 이왈 죠의게 잇슬 제ᄂᆞᆫ 이슈를 아모 사ᄅᆞᆷ도 무례치 말미오 삼왈 유황숙이 어ᄃᆡ 계신 줄만 알면 ᄎᆞ져가기로 언약ᄒᆞ시ᄆᆡ ᄌᆡ 졉ᄃᆡᄒᆞ미 후ᄒᆞ야 그 말을 조ᄎᆞ 머므르시게 ᄒᆞ고 아모리 션ᄃᆡ지하나 관공의 대의와 충심을 쳘셕ᄀᆞᆺ치 ᄒᆞ시니 엇지 그 ᄯᅳᆺ을 두루혀리오 이러므로 ᄇᆡᆨ마강 ᄒᆞᆫ 싸홈에 안량 문츄를 버혀 그 후의ᄅᆞᆯ 갑고 단긔로 이슈를 뫼시고 오관을 나오실 제 육장을 쥭엿스니 엇지 츈츄의 대의가 아니리오[252]

251) 물론 한국에서 <삼국지연의>에 있는 關羽五關斬將 모티프를 번역한 <오관참장기>도 있으나 <정목란전>보다 후대인 1916년에 출판되었기 때문에 여기에서는 <삼국지연의>와 비교해보겠다.

252) <정목란전>, 33쪽.

이처럼 작가는 <三國志演義>의 '關雲長五關斬將'에 대한 잘 알고 있다. 관우가 마침 하비성를 지키고 있었다는 것은 <삼국지연의>와 같다. 그리고 형세가 위급해서 할 수 없이 잠시 曹操에게 의탁하게 되는데 조조와 세 가지 사항을 약속한 내용도 <삼국지연의>의 "一者 吾與皇叔設誓 共扶漢室 吾今只降漢帝 不降曹操 二者 二嫂處請給皇叔俸祿養贍 一應上下人等 皆不許到門 三者 但知劉皇叔去向 不管千里萬里 便當辭去"와 일치한다. 또한 원소가 백마강에서 조조와 싸울 때 관우가 안량과 문추를 죽인 것도 역시 <삼국지연의>의 내용과 부합한다. 따라서 목란이 오관을 거쳐 고향으로 돌아간 내용은 결국 <삼국지연의>의 내용을 차용했을 가능성이 매우 높다. 이제 그 구체적인 내용을 검토해보겠다.

내용	〈정목란전〉	〈삼국지연의〉
해당 회 제목	제5회 鄭木蘭掛書關門 畢馬單槍行千里 제6회 木蘭五關斬三將 還第拜見親當下	제26회 袁本初敗兵折將 關云長掛印封金 제27회 美髯公千里走單騎 漢壽候五關斬六將
사건 시작	목란이 元王에게 잡힌 후 후한 대접을 받음.	關羽가 曹操에게 잡힌 후 후한 대접을 받음.
사건 경과1	목란이 원왕에게 은혜를 갚기 위해 금나라와 호나라의 두 명 대장을 죽이고 항복받음.	관우는 조조의 은혜를 갚기 袁紹의 대장 顔良·文丑 두 장군을 죽임.
사건 경과2	목란이 원왕의 은혜를 갚은 후 돌아가려고 했으나 원왕이 避而不見함. 목란이 할 수 없이 받은 金帛을 남겨두고 편지 한 편을 남기고 떠남.	관우가 조조의 은혜를 갚고 유비의 소식을 얻은 후 돌아가려고 했으나 조조가 避而不見함

		관우가 할 수 없이 받은 金帛과 印章을 남겨두고 서간 한 편을 남기고 떠남.
사건 경과3	원왕이 안 후에 쫓아가서 금과 옷 한 벌을 주었는데 목란이 칼끝으로 옷을 받아 입고 금은 사양함.	조조가 안 후에 쫓아가서 금과 옷 한 벌 주었는데 관우가 칼끝으로 옷을 받아 입고 금은 사양함.
사건 경과4	목란이 금정관, 동령관, 천마산, 백마관, 판사관 5關을 거쳐 고향으로 돌아감.	관우는 東嶺關, 낙양, 沂水關, 滎陽, 黃河渡口 5關을 거쳐 돌아감.
재회시	원왕이 다시 송나라를 침략하자 목란이 전쟁터에 나가 원왕을 죽일 수 있었으나 항복만 받고 교화해서 돌려보냄.	조조를 화용도에서 만났을때 조조를 죽일 수 있었으나 돌려보냄.

위 표에서 볼 수 있듯이 제목부터 사건의 경과까지 차이가 나는 부분도 있지만, 매우 비슷한 면이 보인다.

우선, <정목란전>의 제5회와 제6회에 해당되는데 그 제목은 각각 '鄭木蘭掛書關門 畢馬單槍行千里'와 '木蘭五關斬三將 還第拜見親當下'이다. 이는 <삼국지연의>[253]의 제26회 "袁本初敗兵折將 關云長掛印封金"과 제27회 "美髯公千里走單騎 漢壽候五關斬六將"의 제목과 일치하는 면모를 보이고 있다.

사건 전개의 과정도 매우 유사하다. 목란이 잡힌 후 元王의 은혜를 갚고 오관을 거쳐 고향에 돌아오는 사건전개는 물론 부분적으로 변용된 부분이 있지만, 전제적으로 볼 때 <삼국지연의>와 대칭하는 양상이 보이고 있다. 특히, 원왕이 목란이 떠나고 싶어 하는 것을 알아차린 후 목란

253) <삼국지연의>는 가장 이른 시기에 존재한 嘉靖本 <三國志通俗演義>(현 上海古籍出版社에 출판된 古本小說集成에 영인되어 있음)으로 텍스트를 삼겠다.

을 피해 다니다가 목란이 남긴 편지를 보고 部下의 말림에도 불구하고 쫓아가 옷 한 벌과 금을 주는 장면이 <삼국지연의>와 거의 똑같다. 이러한 내용을 통해 볼 때, 작가가 <삼국지연의>의 내용을 수용한 것은 분명해 보인다.

이어서 목란이 오관을 거치는 부분과 關羽가 오관을 지나는 내용을 비교해보겠다.

> 목란이 원왕을 리별ᄒᆞ고 말을 달녀 김졍관에 니르러 관 직흰 장쉬 목란이 옴을 듯고 갑옷을 갓초고 ᄂᆡ다라 길을 막고 왈 너ᄂᆞᆫ 엇던 사ᄅᆞᆷ이완ᄃᆡ 감히 이 관으로 지나료 ᄒᆞᄂᆞᆫ다 목란이 녀셩 왈 나ᄂᆞᆫ 송나라 장슈 졍목란이러니 너희 왕에게 하직고 도라오ᄆᆡ 졍을 잇지 못ᄒᆞ야 젼포를 쥬시며 일후 혹 무슴 일이 잇거든 일로써 잇지 말나 ᄒᆞ시고 공신으로 졍ᄒᆞ신지라 ᄂᆡ 이졔 지나거든 무슴 일노 이럿틋 무례ᄒᆞ뇨 그 장쉬 왈 네 말이 우리 대왕을 하직고 올진ᄃᆡ 무슴 공문이 잇슬 거시니 내여 뵈게 ᄒᆞ라 목란이 왈 ᄂᆡ 총총이 오노라 밋쳐 공문을 못ᄒᆞ얏거니와 허언을 ᄒᆞ리오 그 장쉬 ᄭᅮ지져 왈 네 이리 말ᄒᆞ나 국법의 공문이 업ᄂᆞᆫ 쟈ᄂᆞᆫ 임의로 노아 보ᄂᆡ지 아니ᄒᆞᄂᆞ니 만일 그러ᄒᆞ면 맛당히 대왕게 고ᄒᆞ야 진젹ᄒᆞᆫ 회보ᄅᆞᆯ 안후에 당당이 노아 보ᄂᆡ리라 ᄒᆞ고 가기ᄅᆞᆯ 허지 아니ᄒᆞ니 목란이 대로 ᄒᆞ야 ᄭᅮ지져 왈 내 너의 왕과 언약ᄒᆞ기ᄅᆞᆯ 두 번 공을 일우거든 보ᄂᆡ리라 ᄒᆞ시기로 ᄂᆡ 이졔 두 번 셩공ᄒᆞ고 고국으로 돌아가거ᄂᆞᆯ 엇지 즁류ᄒᆞ게 ᄒᆞᆷ을 이ᄀᆞᆺ치 ᄒᆞᄂᆞ뇨 만일 네 여ᄎᆞᄒᆞᆯ진ᄃᆡ ᄂᆡ 왕이 슈월이 될지라 이럿틋 사ᄅᆞᆷ을 업슈이 녁이ᄂᆞ뇨 그 장쉬 구지 막고 왈 수월은 ᄉᆡ로이 수목 삼년이라도 회보를 보지 못ᄒᆞ면 가지 못ᄒᆞᆯ 거시라 엇지 임의로 가려ᄒᆞᄂᆞ뇨 목란이 ᄃᆡ로ᄒᆞ야 칼을 빗기고 ᄂᆡ다라 소릐ᄅᆞᆯ 질너 왈 ᄂᆡ 너희 님군의 낫츨 보아 용셔코ᄌᆞ ᄒᆞ얏더니 이럿틋 나ᄅᆞᆯ 만모ᄒᆞ리오 ᄒᆞ고 칼을 밧으라 ᄒᆞ고 그 장수ᄅᆞᆯ 취ᄒᆞ니 그 장쉬 ᄯᅩᄒᆞᆫ 창을 들고 ᄂᆡ다라 교젼ᄒᆞᆯᄉᆡ 불슈합에 그 쟝수ᄅᆞᆯ 버혀 나리치고 길을 아ᄉᆞ 나아가니 관소장졸이 져마다 황겁ᄒᆞ야 관을 바리고 다라ᄂᆞ더라[254)]

> 前至一關 名東嶺關 把關將姓孔 名秀 是操步下將 引五百軍馬在嶺上把守 (…中略…) 秀曰 將軍何往 公曰 已辭曹公 特往河北尋兄劉玄德去 秀曰 河北袁紹正是曹丞相對頭 將軍此去 必有文凭 公曰因行期慌迫 不曾討得 秀曰 旣無文凭 待我差人禀過丞相 方可放行 公曰待去禀時 悞了我行程 秀曰 法度如此 不得不如此 關公曰 汝不容我過去 秀曰 汝要過去留下老小爲質(…中略…) 關公縱馬提刀 竟不容話 直取孔秀 秀挺鎗來迎 兩馬相交 只一合 鋼刀起處 孔秀 屍橫馬下 衆軍便走[255)]

<정목란전>에서 목란이 도착한 첫 번째 관은 '금정관'[256)]이다. 守城將이 목란에게 이름을 물어본 후에 통관하는 문서를 요구하였다. 목란이 급히 나왔기 때문에 문서가 없다고 하자 수성장이 이대로 보낼 수 없으며 왕에게 확인을 받고야 보낼 수 있다고 하였다. 목란이 크게 노하며 지나가겠다고 하지만 수성장은 법도에 따라야 한다고 말하며 목란을 막았다. 이에 목란이 칼을 뽑아 수성장과 싸웠는데 수합이 못 되어 수성장을 죽였다.

<삼국지연의>에서 관우가 지난 첫 번째 관은 '동령관'이다. 수성장 공수가 관우를 막고 문서를 달라고 하지만 관우가 급하게 나오느라 없다고 하였다. 굳이 가겠다고 하는 관우와 굳이 자신을 막겠다고 하는 공수 사이에 갈등이 일어나 칼을 뽑아 싸웠는데 공수가 관우에게 죽임을 당하였다.

두 작품의 첫 번째 관의 이름이 다르나 사건의 경과는 비슷하다. 그렇지만 <정목란전>은 혼자 관을 지나려고 했지만 관우는 두 형수를 모시고 갔기 때문에 서로 교섭하는 내용에 차별성이 보인다. 또한 목란이 수

---

254) <정목란전>, 24~25쪽.

255) <삼국지통속연의>, 863~864쪽.

256) 작품에서, 금정관 외에 '김정관'이라고 하기도 하고, '금성관'이라고도 하기 때문에 본 모습이 무엇인지 정확히 판별할 수 없다.

차례 원왕과의 정과 약속을 제기한 내용도 <삼국지연의>에 없는 부분이다. 이에 <장목란전>에서는 목란의 원왕에 대한 감정이 강조되었다고 할 수 있다.

> 목란이 슈일을 힝ᄒᆞ야 동령의 이르니 그 관직흰 장슈 금셩장이 죽엇스믈 듯고 군을 거ᄂᆞ려 나와 길을 막아 진을 치고 싸호려 ᄒᆞ거ᄂᆞᆯ 목란이 잠간 말을 멈추고 젼후 수말을 니르고 길을 비러 도라가기를 청ᄒᆞ니 그 장슈 대로ᄒᆞ야 창을 들고 ᄂᆡ다라 ᄭᅮ지져 왈 너 ᄀᆞᆺ튼 소젹이 우리 대왕을 속이고 도망ᄒᆞ야 오며 ᄯᅩ 금셩장을 죽엿으니 엇지 살녀 보ᄂᆡ리오 ᄒᆞ고 창으로 지르려 ᄒᆞ거ᄂᆞᆯ 목란이 마지못ᄒᆞ야 칼을 빗기고 ᄭᅮ지져 왈 내 금셩장을 죽이미 부득이 ᄒᆞ미라 네 ᄯᅩ 나의 일으ᄂᆞᆫ 말을 듯지 아니ᄅᆞ고 죽기ᄅᆞᆯ 자취ᄒᆞ니 내 엇지 너를 용셔ᄒᆞ리오 마자 싸화 일합이 못ᄒᆞ야 그 장슈를 버히니 군ᄉᆡ 물결 허여지듯ᄒᆞᄂᆞᆫ지라[257]

> 韓福引一千人馬 擺列關口 (…中略…)雲長於馬上欠身 施禮言曰 吾乃壽亭侯關某 聊借過路 (…中略…) 韓福曰 吾奉丞相鈞命 鎭守此地 專一盤詰往來奸細汝無文憑 卽係逃竄 關公怒曰 東嶺孔秀 已被吾殺 汝亦欲尋死耶 韓福曰 誰人與我擒之 孟坦出馬 輪雙刀直取關公 公約退車仗 拍馬來迎 孟坦戰不三合 撥回馬便走關公赶來 孟坦只指望引誘關公 不想關公馬快 一刀砍爲兩半公 勒馬回來 韓福閃在門首 盡力放了一箭 正中關公左臂 公口拔出箭 血流不止 公飛馬逕奔韓福 衝散衆軍 韓福急走不迭 公手起刀落 帶頭連肩 斬於馬下 殺散衆軍[258]

<정목란전>에서 목란이 두 번째 도착한 관은 '동령관'이다. 수성장은 목란이 금정관의 수성장을 죽였음을 듣고 진을 치고 목란과 싸우려고 하였다. 목란이 어쩔 수 없이 금정관 수성장을 죽였다고 이야기했지만 동령관 수성장은 이 말을 듣지 않았다. 이에 목란이 그 장수를 베고 동령관을 지나갔다.

---

257) <정목란전>, 25쪽.

258) <삼국지통속연의>, 865~867쪽.

<삼국지연의>에 있는 해당 서사는 <정목란전>보다 좀 더 복잡한 양상으로 전개되어 있다. 洛陽 수장 韓福은 관우의 용맹함을 알고 있어 孟坦을 시켜 매복했다가 관우를 유인한 후에 죽이려는 간계를 짰는데 실패하여 孟坦과 같이 관우에게 죽임을 당했다.

이 부분에서 <정목란전>과 <삼국지연의>의 경과는 조금 다르다고 할 수 있다. <삼국지연의>에서는 매복하는 과정을 추가했기 때문에 관우를 유인하는 맹탄과 한복 두 명의 장수가 죽게 되었다. 그렇지만 관우가 한복과 맹탄을 질책하는 말인 '東嶺孔秀 已被吾殺 汝亦欲尋死耶'는 <정목란전>과 같으므로 양자 간에 아예 관련이 없는 것 같지 않다. 다시 말하면 <정목란전>의 작가가 일부러 매복하는 과정을 생략한 듯하다.

슈일을 힝ᄒᆞ야 텬마산셩의 다다르니 ᄎᆞ시 슈셩장이 제장을 모와 의논ᄒᆞ야 왈 드르니 졍목란이 아국을 비반ᄒᆞ고 도망ᄒᆞ야 고국으로 가ᄂᆞᆫ 길에 관 직힌 장슈 둘을 쥭이고 셩으로 온다 ᄒᆞ니 그져 노화 보ᄂᆡ지 못ᄒᆞ리라 대왕이 아르시면 즁죄를 면치 못ᄒᆞ리니 엇지ᄒᆞ면 조흘고 한 장슈 츌반 쥬왈 이제 ᄎᆞ인을 능히 당치 못ᄒᆞᆯ진ᄃᆡ 찰ᄒᆞ리 장군이 호의로 져를 ᄃᆡ졉ᄒᆞ야 드러온 후 ᄉᆞ면의 시초를 만히 둘너싸고 밤들기를 기다려 잠이 몽농ᄒᆞᆯ 때를 타 불을 지르면 졔 비록 ᄂᆞᆯ기 잇셔도 버셔나지 못ᄒᆞ리이다 ᄒᆞ니 슈셩장이 ᄎᆞ언을 듯고 ᄃᆡ희ᄒᆞ야 ᄉᆞ람으로 즁노에 보ᄂᆡ여 기다리더라 (…중략…) 원ᄅᆡ 텬마산 쥬장이 제장을 모화 의론 왈 목란이 이졔 우리의 ᄭᅬ의 빠지니 엇지 깃부지 아니리오 ᄒᆞ고 일장을 ᄐᆡᆨᄒᆞ야 보ᄂᆡᆯᄉᆡ 그 장쉬 쳥령ᄒᆞ고 화구를 쥰비ᄒᆞ야 야심키를 보ᄃᆡᄒᆞ더니 이에 가만이 들어가 문틈으로 여어본 즉 일위 소년장이 촉하에 단좌ᄒᆞ얏스니 골격과 인ᄌᆞᄒᆞᆫ 긔상이 보ᄂᆞᆫ ᄌᆞ의 마음을 놀리ᄂᆞᆫ지라 ᄉᆡᆼ가ᄒᆞᄃᆡ 이 갓ᄒᆞᆫ ᄉᆞ람을 쥭이랴 ᄒᆞ니 그 심식 가쟝 불쾌ᄒᆞ도다 ᄂᆡ 마지못ᄒᆞ야 장령을 바ᄃᆞ 져 ᄉᆞᄅᆞᆷ을 쥭일 졔구를 쥰비ᄒᆞ얏스나 내 이제 ᄎᆞ인을 무죄히 쥭이면 텬앙을 엇지 면ᄒᆞ리오 ᄉᆡᆼ각이 이에 밋치ᄆᆡ 발이 움작이물 ᄭᅴ닷지 못ᄒᆞ야 방즁의 드러가니라

ᄎᆞ시 목란이 놀나 문왈 그ᄃᆡᄂᆞᆫ 하인이완ᄃᆡ 이 심야에 드러와 ᄉᆞᄅᆞᆷ을 놀ᄅᆡᄂᆞᆫᄃᆞ 기인 왈 나ᄂᆞᆫ 슈셩장 휘ᄒᆞ 경홍이러니 장군의 놉흔 일홈을 듯고 ᄒᆞᆫ번 보기ᄅᆞᆯ 원ᄒᆞ니 오ᄂᆞᆯᄂᆞᆯ 빅오니 ᄃᆞ힝이오나 이제 목젼에 ᄃᆡ화 잇셔 장군을 위ᄒᆞ야 구코ᄌᆞ 드러왔노라 ᄒᆞ고 불을 로화 죽이려하ᄂᆞᆫ 사연을 이르니 목란이 쳥파에 크게 ᄭᆡᄃᆞ라 낭탁에 여헛던 일봉 셔찰을 ᄂᆡ여주며 ᄌᆞ긔 지ᄂᆡᆫ 바 슈말을 셜파ᄒᆞ고 탈신지계ᄅᆞᆯ 무르니 경홍이 져희 친셔ᄅᆞᆯ 보고 왈 ᄎᆞ싀 급ᄒᆞ얏ᄂᆞᆫ지라 장균은 지톄 말고 밧비 말게 오르소셔 소장이 길을 인도ᄒᆞ리니ᄃᆞ ᄒᆞ거ᄂᆞᆯ 목란이 급히 말을 타고 셩문을 나더니 문득 ᄃᆡ호일셩에 화광이 츙텬ᄒᆞᄂᆞᆫ지라 목란이 경홍을 향ᄒᆞ야 무슈히 사례ᄒᆞᆫ 후 ᄃᆞ시 맛나물 당부ᄒᆞ고 말을 치쳐 고국을 향ᄒᆞ여 오더니 뒤희셔 함셩이 ᄃᆡ진ᄒᆞ며 일지군이 급히 ᄯᆞ르니 이ᄂᆞᆫ 슈셩장이라 목란이 ᄃᆡ로ᄒᆞ야 ᄭᆞ지져 왈 이 무지ᄒᆞᆫ 도적아 엇지 날을 쥭이랴 ᄒᆞ던ᄃᆞ ᄒᆞ고 말을 돌려 싸홀싀 슈합에 이느러 그 장슈ᄅᆞᆯ 버혀 ᄂᆞ리치고 여군을 짓치니 죽엄이 뫼ᄀᆞᆺ더라259)

王植卽開關喜笑相迎 雲長說尋兄之事 植曰 將軍於路驅馳 夫人車上勞困且請入城館驛中暫歇一宵來日登途未遲公見王植意甚殷勤 遂請二嫂入城驛途中皆鋪陳了當王植請公赴宴公曰尊嫂在上不敢飮酒 王植堅請公不肯出飮饌 皆送至館驛中關公見於路辛苦 請二嫂正房歇定 從者各自安歇 飽喂赤兎馬幷駕車馬數匹公 亦解甲少歇

却說 王植密喚從事胡班 聽令曰 關某背丞相而逃 又於路殺害太守幷守把關隘將校 死罪猶輕 此人武藝難敵 汝今晚可點一千軍圍定館驛 每一人一箇火把 先燒斷外門 四圍放火 不問是誰 盡皆燒死 今夜二更擧事 吾亦自引一千軍接應 胡班領了言語便去點軍 各人要火把一束 又要乾柴引燥之物 先搬於館驛門首 胡班尋思我不識關雲長怎生模樣 當往觀之 胡班遂至驛中問驛吏曰關將軍在何處 吏曰廳上看書者是也 胡班往觀見雲長 左手綽髥 凭几於燈下看書 班見了大驚曰 眞天人也語言頗高 公問何人 胡班入拜曰 滎陽太守下從事胡班 雲長曰 莫非許都城外胡華之子否 班曰華乃班之父也公 喚從者於行李中取書付班 班看畢嘆曰 險些誤害忠良

---

259) <정목란전>, 25~27쪽.

> 遂入密告日 王植心懷不仁 欲害將軍令四面 一千火把 約二更放火 胡班今去開門 請將軍急收拾車仗行李出城 雲長大驚 慌忙請二嫂上車 雲長披掛提刀上馬出館驛來 果見軍士 各執火把 聽候急來到城邊 只見城門早已放開 公催人伴火速出城 胡班送公出城 回去却纔放火關公行不到數里 背後人馬赶來 當先王植大叫 關某休走 公勒住馬 大罵匹夫我與你無讐 如何令人放火燒我 王植拍馬 挺鎗火把照耀逕刺雲長 被公撥開 鎗攔腰一刀 砍爲兩段[260]

<정목란전>에서 목란이 이른 세 번째 관은 '천마산'이다. 수성장이 목란의 영웅적 능력을 두려워하지만 그냥 보낼 수 없어 제장과 상의해서 우선 목란을 호의로 접대하여 목란의 경계지심을 풀게 한 후에 밤을 타 불을 놓아 죽이려고 하였다. 이에 목란이 천마산에 도착하자 수성장이 목란에게 풍성한 음식으로 대접하고 목란의 전후사를 들으면서 위로하였다. 그렇기에 목란은 조금도 의심하지 않고 식사 후 편히 쉬러 갔다. 수성장의 명령을 받은 경홍이 불을 지르려고 갔는데 문틈으로 목란의 비범한 기상을 보고 감히 죽이지 못하여 목란에게 수성장의 간교를 전하였다. 목란이 듣고 나서 대경실색하며, 경홍은 전에 길에서 만났던 노옹의 아들인 것을 알고 경홍에게 노옹의 편지를 건네주었다. 그 후 경홍을 따라 급히 피신하였는데 성문을 나가자마자 성중의 화광이 하늘까지 솟은 것을 봤다. 목란이 경홍과 이별하여 가려는데 수성장이 쫓아와 목란을 죽이려고 했다. 목란이 대로하여 수성장과 싸워 그를 죽였다.

<삼국지연의>의 해당 내용은 관우가 거친 네 번째 관 '滎陽'에서의 사건이다. 수성장이 목란을 미혹한 후에 밤을 타 불을 질러 목란을 죽이려고 하지만, 목란이 조력자의 도움으로 도피하고 쫓아온 수성장을 죽이는 전체적인 틀은 <삼국지연의>와 일치하다. 그렇지만 부분적으로 차이가

260) <삼국지통속연의>, 873~877쪽.

보인다.

우선, 사건 순서의 배치에 차이가 있다. <정목란전>에서 목란의 조력자인 경홍은 목란에게 수성장의 간계를 이야기한 후에 아버지의 편지를 받았는데, <삼국지연의>의 조력자는 아버지의 편지를 본 후에야 관우를 돕기로 결정하였다. 즉, <정목란전>에서 목란의 조력자는 아버지의 편지와 관련되지 않고 목란의 비범한 기상을 감복하여 자발적으로 목란을 도운 것이다. 이러한 전환을 통해 목란의 영웅성이 더욱 부각되었다고 할 수 있다.

또한 목란의 의롭고 함부로 殺生하지 않은 모습이 인용문을 통해 추가되었다.

> 션설 목란이 졍이 텬마산셩을 바라고 오더니 문득 한 장슈 나와 맛거ᄂᆞᆯ 목란이 심리의 의혹ᄒᆞ더니 그 장슈 읍ᄒᆞ고 왈 장군이 금화량국을 파ᄒᆞ신 졍장군이시니잇가 목란이 답례 왈 과연ᄒᆞ야이다 그 장슈 답왈 우리 쥬장이 장군 오심을 알고 이졔 ᄂᆞᆯ노 ᄒᆞ야금 영졉ᄒᆞ라 ᄒᆞ시ᄆᆡ 와 기다리ᄂᆞᆫ이다 목란 왈 ᄂᆡ 일작 그ᄃᆡ의 쥬장으로 일작 일면지분이 업거ᄂᆞᆯ 엇지 ᄉᆞ람을 보ᄂᆡ여 영졉ᄒᆞ기를 수고롭게 ᄒᆞᄂᆞᆫ다 그러나 나를 위ᄒᆞ야 기다렷다 ᄒᆞ니 감격ᄒᆞ도다 ᄒᆞ고 ᄯᅡ라 셩에 드러가니 셩장이 나와 관에 드린 후 좌졍ᄒᆞᄆᆡ 쥬찬을 나와 관ᄃᆡᄒᆞᆯᄉᆡ 셩장 왈 장군이 본국의 드러와 금화량국을 쳐 셩공ᄒᆞ믈 치하ᄒᆞ고 즁로에 고초ᄒᆞ믈 위로ᄒᆞ니 목란이 ᄌᆞ못 져에 은근ᄒᆞᆷ을 감격ᄒᆞ야 소경ᄉᆞ를 갓초 닐을ᄉᆡ 몬져 원왕의게 ᄒᆞ직을 고ᄒᆞ니 왕이 젼포를 버셔쥬든 말과 왕을 ᄒᆞ직ᄒᆞ고 금셩에 니르러 왕의 ᄃᆡ은을 일ᄏᆞ르며 길을 빌ᄃᆡ 그 장슈 듯지 아니ᄒᆞ고 여ᄎᆞ〃〃ᄒᆞᄆᆡ 내 부득이 죽이미오 ᄯᅩ 동령관에 이르러 이리〃〃 ᄒᆞ얏스니 원컨ᄃᆡ 장군이 ᄒᆞᆫ 조각 길을 빌리시면 그 은혜 ᄇᆡᆨ골난망이로다 그 장슈 소왈 차량인은 죽기를 ᄌᆞ취ᄒᆞ얏스니 엇지 ᄀᆡ회ᄒᆞ리오 ᄂᆡ 비록 용우ᄒᆞ나 ᄃᆡ왕게 갓초 고ᄒᆞᆯ진ᄃᆡ 엇지 소장을 죄 쥬리오 장군은 물려ᄒᆞ고 편이 헐슉ᄒᆞ소셔 명일 히ᄒᆞ시미

> 무어시 어려우잇고 언파에 좌우를 명ᄒᆞ야 방ᄉᆞ를 정쇄ᄒᆞ고 셕식을 올려 관ᄃᆡᄒᆞ고 ᄌᆞ못 은근ᄒᆞ니 목란이 조금도 의심치 아니코 후의를 ᄉᆞ례ᄒᆞ며 차야를 편히 쉬려 ᄒᆞ더라[261]

위 인용문에서 보인 것처럼, <정목란전>의 묘사가 <삼국지연의>보다 더 풍부하며 내용도 다양해졌다. 우선, 목란이 수성장과 대화를 나누는 장면을 추가되어 수성장의 간사함을 부각하였다. 또한, 목란이 다른 수성장을 죽일 마음이 없는데 할 수 없이 죽이게 된 죄책감이 끊임없이 표현되어 목란의 의로운 모습을 보여주었다.

이어서 목란이 거친 네 번째 관을 살펴보겠다.

> 슈일을 힝ᄒᆞ야 ᄒᆞᆫ 곳에 니르니 이 곳은 ᄇᆡᆨ마관이라 슈셩쟝이 졔쟝을 모와 의논 왈 이졔 목란이 도망ᄒᆞ야 오ᄆᆡ 지ᄂᆞᆫ 바의 참ᄉᆞ관쟝ᄒᆞ고 일은 ᄃᆞᄅᆞ니 셩밧게 ᄉᆞ쳐를 잡아 하쳐의 드러온 후의 건쟝ᄒᆞᆫ 도부수를 ᄉᆞ면의 ᄆᆡ복ᄒᆞ고 술을 ᄂᆞ와 ᄃᆡ졉ᄒᆞ다가 잔을 던지물 보고 군호를 삼아 일시에 ᄂᆡ다라 치되 ᄯᅢ를 일치 말ᄂᆞ 약속을 정ᄒᆞ고 친히 십리 밧게 ᄂᆞ와 ᄃᆡ후ᄋᆞ얏ᄃᆞ가 목란을 마져 ᄒᆞ쳐의 드러가 례를 맛친 후 우리 쟝군의 공을 만세불망ᄒᆞᆯ 거시어ᄂᆞᆯ ᄉᆞ관 쟝쉬 그 은혜를 모르고 쟝군의 위엄을 범ᄒᆞ얏스니 엇지 죽지 아니리오 목란이 탄왈 ᄂᆡ 부득히 ᄒᆞᆫ 일이나 ᄯᅩᄒᆞᆫ ᄉᆡᆼ각ᄒᆞ니 타일 원왕을 뵈올 낫치 업도ᄃᆞ ᄒᆞ고 ᄎᆞ탄불이ᄒᆞ니 이ᄯᅢ ᄒᆞᆫ 녀ᄌᆞ 술을 붓ᄃᆞ가 목란의 현양ᄒᆞᆫ 태도와 요조ᄒᆞᆫ 긔상이 쳥졍쇄락ᄒᆞ야 ᄎᆞᆷ아 희ᄒᆞᆯ ᄯᅳᆺ이 업ᄂᆞᆫ지라 심하에 ᄉᆡᆼ각ᄒᆞ니 ᄂᆡ 이런 군ᄌᆞ를 구치 아니ᄒᆞ고 엇던 ᄉᆞᄅᆞᆷ을 구ᄒᆞ리오 ᄒᆞ고 슐을 부어 권ᄒᆞ며 가만이 고왈 옷슬 곳치쇼셔 ᄒᆞ니 목란이 ᄭᆡᄃᆞ라 즉시 이러ᄂᆞ 뒤문을 조ᄎᆞ ᄂᆞ아가니 그 여지 밧비 ᄯᅡ라와 급히 피신ᄒᆞ믈 고ᄒᆞᄂᆞᆫ지라 목란이 심하의 놀ᄂᆞ 급히 갑쥬를 갓초고 말게 올ᄂᆞ 즁문에 ᄂᆞ셔며 그 녀ᄌᆞ를 향ᄒᆞ야 가만히 은혜를 치ᄉᆞᄒᆞ고 즁원으로 향ᄒᆞ

261) <정목란전>, 26쪽.

야 가더니 문득 뒤흐로셔 함셩이 ᄃᆡ진ᄒᆞ며 관 즉희엿든 장쉬 창을 빗기 고 ᄶᅡ르거ᄂᆞᆯ 목란이 대로ᄒᆞ야 말을 도로혀 ᄭᅮ지져 왈 이 ᄀᆡ ᄀᆞᆺ튼 오랑캐 야 ᄃᆡ의ᄅᆞᆯ 모르고 은혜를 비반ᄒᆞ야 것흐로 관ᄃᆡᄒᆞ고 음일ᄒᆞᆫ 흉계ᄅᆞᆯ 베푸 러 ᄂᆞ를 ᄒᆡᄒᆞ랴 ᄒᆞ니 ᄂᆡ 엇지 너ᄅᆞᆯ 용셔ᄒᆞ리오 ᄒᆞ고 ᄏᆞᆯ을 들어 ᄇᆡᆨ마셩쟝 을 취ᄒᆞ니 그 쟝쉬 황겁ᄒᆞ야 ᄃᆞ라ᄂᆞᄂᆞᆫ지라[262]

卞喜 尋思一計 (…중략…) 卞喜就寺中埋伏下刀斧手二百餘人 約定擊盞爲號 要害雲長 卞喜 離關迎接關公 公見卞喜 殷勤下馬相見 喜曰 將軍名震天下 誰不仰視 今歸皇叔 以全大義 雲長訴斬孔秀韓福之事 卞喜曰 將軍殺的是也 某如見丞相 替稟衷曲 關公甚喜 遂同上馬 過了沂水關到鎭國寺前下馬 衆僧鳴鐘出迎 本寺有僧三十餘人數 內長老正是雲長同鄕 法名普淨長老 (…중략…)遂請關公入 方丈長老以手攜挈戒刀 以目顧盻公 會其意 (…중략…)公大喝卞喜曰吾以汝爲好人 安敢如此 卞喜知事已泄 大叫左右下手 其間有膽大者 就欲向前 皆被關公砍之 卞喜急下堂遶廊而走 關公棄劍執大刀赴來 卞喜暗取飛搥擲打 公用刀背隔開 搥赶將入去 一刀劈爲兩段 死於廊下[263]

<정목란전>에서 목란이 거친 네 번째 관은 '백마관'이다. 수성장이 성 밖에 사처를 잡아 도부수를 매복한 후에 목란을 거기로 인도하였다. 또한 잔치에서 술을 대접하다가 술잔을 던지는 것을 신호로 삼아 목란을 무방비한 상태에서 죽이려고 하였다. 그렇지만 술을 따라주는 여자가 목란의 시원한 기상을 보고 감복하여 일부러 목란의 옷에 술을 부어 옷을 갈아입게 하였다. 여자가 목란이 옷을 갈아입는 틈을 타 목란에게 수성장의 간계를 알렸으며 목란이 급히 말에 타 피신하러 갔다. 그 후 수성장이 쫓아와 목란을 막으려고 노력했지만 오히려 목란에게 패하여 황급하게 도망갈 수밖에 없다.

262) <정목란전>, 28~29쪽.
263) <삼국지통속연의>, 869~872쪽.

<삼국지연의>의 해당 내용은 관우가 지난 세 번째 관인 '沂水關'에서의 사건이다. 수장 卞喜는 사찰에서 도부수를 매복하여 관우를 사찰로 인도한 후 술을 대접하다가 술잔을 던지는 것을 신호로 관우를 죽이려고 하였지만 마침 사찰의 內長老가 관우의 同鄕이었다. 內長老는 卞喜의 간계를 알아차려 눈짓으로 관우에게 암시를 주었다. 덕분에 관우는 미리 준비하고 있다가 卞喜를 죽였다.

<정목란전>과 <삼국지연의>에서 수성장들이 도부수를 매복하여 잔을 던지는 것으로 신호를 삼아 목란과 관우를 죽이고자 한 계획은 같다. 그러나 목란은 전에 전혀 알지 못한 여자의 도움으로 간계를 알게 되고, 관우는 사찰의 內長老의 암시로 알아차렸다. <정목란전>의 이러한 변용은 정목란의 영웅적인 기상을 돋보이게 하였으며, 또 한편으로는 <정목란전>의 낭만적인 전기성을 띠게 하였다. <구운몽>과 여러 영웅소설에서 여자 자객이 남자주인공에게 반해 남자주인공을 살리는 모티프가 자주 보이는데 이 사건은 이러한 모티브와 같은 맥락이다.

물론 <정목란전>에서 목란을 도운 여자가 목란과 인연을 이루지는 않으나 <삼국지연의>보다 더 흥미진진한 것은 사실이다.

> 이 곳은 <u>판ᄉᆞ관</u>이라 관직흰 쟝쉬 목란의 오믈 듯고 졔장을 모화 의론ᄒᆞ야 왈 모란이 여러 관을 지ᄂᆞᄆᆡ 살ᄒᆡᄅᆞᆯ 무슈히 ᄒᆞ얏시니 찰하리 후덕ᄒᆞ야 반ᄉᆞ곡에 미리 군ᄉᆞᄅᆞᆯ ᄆᆡ복ᄒᆞ얏ᄃᆞ가 목ᄅᆞᆫ이 골에 깁히 드러가거든 불을 노ᄒᆞ며 졔 비록 용ᄆᆡᆼ이 잇스ᄂᆞ 죽기ᄅᆞᆯ 면치 못ᄒᆞ리라 우리 힘으로ᄂᆞᆫ 능히 젹지 못ᄒᆞᆯ 거시니 밧비 시초ᄅᆞᆯ 가지고 반ᄉᆞ곡의 가 목ᄅᆞᆫ을 기ᄃᆞ리라 ᄒᆞ니 일장이 령을 듯고 반ᄉᆞ곡으로 ᄂᆞ아가니라 이ᄯᅢ 목ᄅᆞᆫ이 ᄇᆡᆨ마셩을 디ᄂᆞ 판ᄉᆞ관의 니르니 관 직흰 장쉬 나와 마ᄌᆞ 관의 드러가 후ᄃᆡᄒᆞ고 인ᄒᆞ야 젼별ᄒᆞ거ᄂᆞᆯ 목ᄅᆞᆫ이 일변 의아ᄒᆞ고 일변 감격ᄒᆞ야 드ᄃᆡ여 셩장을

> 리별ᄒᆞ고 슈일을 힝ᄒᆞ야 ᄒᆞᆫ 곳의 니르니 산이 압흘 막앗시되 높기 하ᄂᆞᆯ의 ᄃᆞ핫고 골이 깁허 ᄉᆞᄅᆞᆷ이 능히 힝치 못ᄒᆞᄂᆞᆫ 곳이니 수목이 총잡ᄒᆞ야 길을 능히 분별티 못ᄒᆞᆯ지라 쳔만신고ᄒᆞ야 한 곳에 니르니 반ᄉᆞ곡이라 산이 험ᄒᆞ고 길이 위극ᄒᆞ야 발을 븟치기 어려온지라 ᄎᆞ탄ᄒᆞ믈 마지아니ᄒᆞ더니 홀연 함성이 ᄃᆡ딘ᄒᆞ며 ᄂᆞᆫᄃᆡ업ᄂᆞᆫ 불이 니러ᄂᆞ 화광이 츙텬ᄒᆞ거ᄂᆞᆯ 목ᄅᆞᆫ이 비로소 도젹의 ᄭᅬ의 ᄲᅢ진 줄 알고 ᄉᆞ면을 바라보니 불은 바ᄅᆞᆷ을 ᄶᅩᆺ고 바ᄅᆞᆷ은 화제ᄅᆞᆯ 돕ᄂᆞᆫ지라 목ᄅᆞᆫ이 ᄃᆞ만 ᄒᆞᄂᆞᆯ을 우러러 통곡왈 금일 목란이 싱환고국ᄒᆞᄃᆞ가 이 곳에 와 부모ᄅᆞᆯ ᄃᆞ시 못 보고 죽게 되엇ᄉᆞ오니 창텬은 굽어 살피ᄉᆞ 잔명을 구ᄒᆞ야 고국의 도라가게 ᄒᆞ소셔 ᄒᆞ고 눈물이 비 오듯 ᄒᆞ니 그 형상은 참불인견이러라 목ᄅᆞᆫ이 졍히 ᄌᆞ결ᄒᆞ랴 ᄒᆞ다가 문득 ᄇᆞ라보니 남ᄃᆞ히로셔 ᄒᆞᆫ ᄯᅦ 구름이 이러ᄂᆞ며 ᄃᆡ풍이 불고 비붓ᄃᆞ시 오ᄆᆡ 만텬ᄒᆞ얏던 불이 일시에 업셔지ᄂᆞᆫ지라 목ᄅᆞᆫ이 일노 인ᄒᆞ야 화셰ᄅᆞᆯ 버셔ᄂᆞ니라[264]

<정목란전>에서 목란이 지난 다섯 번째 관은 '판사관'이다. 판사관의 수성장이 목란의 영웅적 모습이 두려워 관 안에서는 후대하다가 성 밖에 있는 판사곡에 병사를 매복시켜 목란이 깊이 들어간 후에 불을 질러 죽이려고 하였다. 목란은 과연 수성장의 간계에 빠져 화염 속에 처해 목숨이 위태해졌다. 목란이 슬퍼하는데 갑자기 바람이 불고 비가 붓듯이 쏟아졌다.

이러한 내용은 <삼국지연의>의 다섯 번째 관인 '黃河渡口'[265]와 완전히 다르다. 그렇지만 제갈량의 '火燒盤蛇谷'의 내용과 비슷한 면이 보인다. 우선, <정목란전>에서 판사관을 '반사곡'으로 쓰기도 하기 때문에 <삼국지연의>의 '火燒盤蛇谷'과 제목상 유사성을 띠고 있다. 다음으로 반사

---

264) <정목란전> 29~30쪽.

265) 黃河渡口에서 관우가 관을 지킨 秦琪를 죽이고 두 형수를 모시고 배로 타서 黃河를 지나갔다.

곡에 대한 묘사가 매우 비슷하다. 또한 똑같이 '불'을 공격하는 무기로 삼았다. 이에 <정목란전>은 제갈량의 '火燒盤蛇谷'의 내용을 차용했을 것이라고 조심스럽게 추측해볼 수 있다.

이처럼, <정목란전>의 작가는 <삼국지연의>를 잘 알고 있었다. 그렇지만 수많은 영웅들 가운데 관우의 오관참장을 선택해 목란의 영웅성을 부각시킨 것은 어떤 의미가 있을까?

관우는 조선시대 민간 신앙의 일부분으로 아주 특별한 지위를 차지하고 있었다. 한국에서 관우는 뛰어난 무장의 이미지로 존재한 것뿐 아니라, 신앙 숭배의 일부분이기도 하였다. 임진왜란 당시 조선에 들어온 명나라 장수들이 관우의 사당을 건립한 이후에 오랫동안 특별한 관심을 받지 못하다가 19세기 후반 이후 놀라울 정도로 관우 숭배가 급격하게 확산되었다.[266] 따라서 <삼국지연의>의 다른 장군들보다 관우는 조선인에게 더 익숙한 영웅이라고 할 수 있다.

또한 관우는 영웅성과 함께 충의의 화신이라는 이미지가 강한데 이러한 충의의 이미지가 목란에 적용될 수 있다. <삼국지연의>에서 지략과 무력이 뛰어난 장군이 관우 외에도 많은데 '충의'로는 관우만한 사람이 없다고 할 수 있다. 따라서 목란을 관우에 빗댐으로써, 목란의 영웅성을 극대화시키고 나라에 대한 충을 최대화시킨 것이다.

마지막으로 짚어봐야 할 부분은 관우가 蜀漢正統論의 옹호자라는 것이다. 조조와 한 세 가지 약속 중의 첫 번째는 '조조에게 항복한 것이 아니라 한나라에게 항복한 것'이었다. <정목란전>에서 송나라를 배경으로 하고 원나라를 오랑캐로 설정한 것은 작가의 중화의식과 관련이 있다고

---

266) 손숙경, 「19세기 후반 식민지기 관우 숭배의 확산과 쇠퇴」, 『석당논총』 65, 2016, 228쪽.

볼 수 있다. 또 목란이 원나라를 오랑캐라 욕하는 부분을 통해 원나라 같은 夷族을 배척하고 漢族을 중심으로 한 작가의 華夷觀을 엿볼 수 있다. 결국 작가는 관우의 오관참장의 내용을 차용함으로써 목란의 영웅적 능력, 충효를 겸비한 이미지, 그리고 작품의 화이관까지 표현하였다고 할 수 있다.

따라서 효와 열을 겸비한 목란은 <삼국지연의>에 대한 수용을 통해 충·효·열의 모습이 형성되었다. 충·효·열의 결합체로 완성된 목란은 강한 자아실현의 욕망을 지닌 <정수정전>등 한국여성영웅소설과 구별되며 중국의 목란 이야기에서 보인 목란의 모습과도 매우 다르다.

6. 결론

<정목란전>은 중국의 목란 이야기를 소설화한 작품이다. 하지만 <정목란전>은 중국의 이야기와는 매우 다르게 내용을 구성하고 있다. 代父從軍한 기본 형태는 유지하면서도, 목란의 서사를 여성영웅소설의 전통과 접목시키고 있다. 작가가 정씨 성을 새롭게 부여하고, 아버지의 신분을 무관에서 문반으로 바꾸며 일대기구조의 활용을 통해 목란의 이야기를 조선식으로 꾸몄다. 또한 <삼국지연의> 등 중국소설을 활용하면서 중국의 목란은 통해 충·효·열 이념의 화신이 되어 개인의 영달과 가문의 번성을 이루는 朝鮮化된 여성영웅으로 전환되었다.

물론 이 작품에서 목란이 사회의 부조리에 전면적으로 도전하고 대항하는 여성영웅으로 성장하지 못한 점이 한계로 지적할 수 있으나 다양한 서사의 유기적 결합과 새로운 목란의 형상화를 이루었다는 점에서 그 의미가 크다.

제3장

〈서시전〉

1. 서론

<서시전>은 西施를 주인공으로 한 작품이다. 이 작품은 서시가 나라를 위하여 범려와의 사랑을 포기하고 친구 정조와 같이 오나라 왕 부차를 유혹하여 오나라를 멸망시킨 후 다시 범려와 은거한 이야기를 다루고 있다.

<서시전>에 관한 연구는 아직 이루어지지 않았다. 그 이본은 두 가지가 있으며 모두 국립중앙도서관에 소장되어 있다. 하나는 1919년 滙東書館에서 高裕相이 발행한 <서시전>이고 하나는 1929년 12월 25일에 廣韓書林에서 金松圭가 간행한 <서시전>이다. 그렇지만 회동서관본 <서시전>은 국립중앙도서관에 소장되었다가 현재 일실된 상태이기 때문에 작품의 내용을 확인할 수 없다. 따라서 이 글은 광한서림본 <서시전>을 연구 텍스트를 삼겠다.

서시는 중국의 실존 인물인 만큼 <서시전>의 내용 역시 중국의 서시

이야기를 완전히 배제할 수 없다. 따라서 먼저 중국의 서시 이야기와의 관계를 규명하고, 이를 바탕으로 <서시전>만의 서사적 특징을 살펴보도록 하겠다.

2. 西施 이야기와의 관계

중국에서 <서시전>이라는 작품이 없다. 그렇지만 서시 이야기를 다룬 작품이 수없이 창작되었다. 여기서 눈여겨봐야 할 것은 서시가 중국 역사에서 쟁점에 놓인 인물이며 그를 둘러싼 논변이 끊임없이 이루어졌다는 점이다. 그 이유는 월왕을 도와 오나라를 멸망시킨 사건과 관련이 있기 때문이다. 월나라의 입장에서 서시는 월나라를 도와 월왕의 복수를 이루게 한 공신이지만, 오나라의 입장에서는 오나라의 멸망을 야기한 죄인이기도 하다.

기실 先秦시대의 기록에서 서시는 吳越爭覇와는 관계없는 고대 미인일 뿐이었다. 서시에 관한 최초의 기록은 『管子・小稱』에 있다.

> 毛嬙 西施 天下之美人也

이처럼 서시는 미인계(美人計)와 관련 없이 오직 미인일 뿐이었다. 그 후 『맹자』, 『장자』, 『한비자』 등 문헌에서도 서시를 언급되었지만 역시 단순한 미인의 이미지였으며 오나라와 월나라의 흥망과는 아무런 관련이 없었다.

西漢때의 <史記> 등 역사서에는 미인계에 관한 기록이 있지만 서시를 언급하지 않았다. 東漢때의 <越絶書>와 <吳越春秋>에 이르러서야 서시가 미인계와 관련이 있는 것으로 나타났다. <吳越春秋>는 <越絶書>의 내용보다 더 자세하여 <吳越春秋>의 내용을 살펴보겠다.

> 十二年 越王謂大夫種曰 孤聞吳王淫而好色 惑亂沉湎 不領政事 因此而謀 可乎 種曰 可破 夫吳王淫而好色 宰嚭佞以曳心 往獻美女 其必受之 惟王選擇美女二人而進之 越王曰善 乃使相者國中 得苧蘿山鬻薪之女曰 西施 鄭旦 飾以羅縠 教以容步 習於土城 臨於都巷 三年學服 而獻於 吳乃使相國范蠡進曰 越王勾踐竊有二遺女 越國洿下困迫 不敢稽留 謹使臣蠡獻之大王 不以鄙陋寢容 願納以供箕箒之用 吳王大悅曰 越貢二女 乃勾踐之盡忠於吳之證也[267]

<吳越春秋>에서 大夫種이 월왕에게 미녀를 뽑아 호색한 오왕에게 바쳐 그를 현혹하라고 간하자, 월왕이 범려에게 미녀를 구해오라고 하였다. 이에 范蠡가 苧蘿山에서 장작을 파는 사람의 딸인 서시와 정단을 선발하여 그들에게 아름다운 옷을 입히고 걸음걸이와 단장하는 것을 삼 년 동안 교육한 후에 오왕에게 바쳤다. 이때 범려는 서시를 오왕에게 바치는 사람일 뿐, 서시와 사랑하는 관계가 아니었다.

그 후에도 오월쟁패와 서시를 소재로 한 宋元南戲 <浣紗女>, 關漢卿의 <姑蘇臺范蠡進西施>, 趙明道의 <陶朱公范蠡歸湖> 등 다양한 작품이 있는데, 이는 오월쟁패와 서시의 일부분만의 줄거리에 국한되어 있으며 범려와 서시의 사랑 이야기가 여전히 보이지 않다. 그렇지만 이것을 통해 서시의 이야기가 민간에 전해내려 오던 이야기가 문인들의 손을 거치면서 꾸며지고 만들어지면서 원대에 이르러서는 이미 독립적으로 무대에서 공연될 수 있었다는 것을 알 수 있다.[268]

---

267) 중국기본고적고를 참조.
268) 황현국, 「<완사기>의 본사와 부제」, 『중국문학연구』 24, 2002, 254쪽.

범려와 서시의 사랑 이야기가 오월쟁패의 역사 사건과 결합하여 완전한 줄거리로 이루어진 것은 明나라 梁辰魚(1519년~1591년)[269]의 희곡 <浣紗記>이다. 양진어는 당시 사회의 부조리한 현실을 비판하려고 오월쟁패의 역사 사건에 중심을 두고 <완사기>를 지었으며[270] 범려와 서시의 사랑 이야기는 이 작품에서 처음으로 나타난다. <완사기>는 嘉靖三十九年~嘉靖四十四年에 창작된 총 45出의 작품이다. 魏良輔가 개량한 昆腔으로 연출된 傳奇劇本이다. 역사기록의 오월쟁패를 다루면서 서시와 범려의 사랑 이야기를 삽입하였다. 每出의 제목은 家門, 遊春, 謀吳, 罰越, 交戰, 被圍, 通嚭, 允降, 捧心, 送餞, 投吳, 談義, 養馬, 打圍, 越嘆, 問疾, 效顰, 得赦, 放歸, 論俠, 宴臣, 訪女, 迎施, 遣求, 演舞, 寄子, 別施, 見王, 聖別, 采蓮, 定計, 諫父, 死忠, 思憶, 被擒, 飛報, 同盟, 誓師, 行成, 不允, 顯聖, 吳刎, 擒嚭, 治定, 泛湖이다. 여기서 볼 수 있듯이 범려와 서시에 과한 이야기는 총 13出의 분량을 차지한다. 그 구체적인 양상은 다음과 같다.

> ② 遊春: 범려가 봄에 놀러갔는데 저라촌에서 미녀를 만났다. 성은 施이고 이름이 夷光인데, 저라촌의 서쪽에 살기 때문에 또한 서시라고도 하였다. 범려가 서시와 후일을 약속했는데, 오나라가 월나라를 대패시켰기 때문에 삼년동안 그 약속을 지키지 못했다.
> ⑨ 捧心: 서시는 범려가 떠난 후 소식이 없었기 때문에 병에 걸려 가슴이 아팠다.
> ⑰ 效顰: 동시라는 여자는 서시가 가슴 아파 눈썹을 찡그리는 모습을 보고 예쁘다고 생각해 따라하였다.

269) 梁辰魚의 자는 伯龍, 호는 少伯, 仇池外史이다. 江蘇省 昆山 사람인데 문무를 겸비하였지만 출세하지 않고 여행을 좋아하며 호기로운 성격을 지녔다. 문식이 과인하여 다양한 시가, 전기, 잡곡 등을 창작하였다.(朱芝芬, 「范蠡西施故事流變與文化意蘊考論」, 陝西理工大學校 석사논문, 2010, 44~45쪽)

270) 황현국, 앞의 논문, 259~260쪽.

㉒ 訪女: 월왕이 우여곡절 끝에 풀려난 후에 미녀를 구해 오왕을 미혹하기로 하던 중에 범려가 서시를 추천하였다.

㉓ 迎施: 서시가 범려가 오기를 기다렸는데 범려에게 오왕을 미혹할 미인계의 대상으로 뽑혔다는 소식만 들었다. 서시가 매우 섭섭했지만 할 수 없이 범려의 청탁을 받아들였다.

㉖ 演舞: 서시가 월궁에서 월왕후에게 춤과 노래, 화장하는 법까지 배웠다.

㉗ 別施: 월왕이 서시를 자신의 고모로 책봉하고, 범려를 명하여 서시를 데리고 오나라로 출발하게 하였다.

㉘ 見王: 오왕이 한눈에 서시의 미색에 빠졌는데, 오자서의 말림에도 불구하고 매일 서시를 총애하였다.

㉛ 采蓮: 오왕이 서시랑 놀기 위해 배를 연못에 띄워 연꽃을 땄다.

㉟ 思憶: 서시가 옛날 범려와의 약속과 배신을 생각하면서 오왕을 유혹하여 오왕을 방탕하게 하였는데, 언제 끝날 수 있을지 한탄하였다.

㊶ 顯聖: 백비의 모함으로 죽은 오자서가 동문에서 혼령으로 나타나 월나라의 침략을 막지 못해 도망가려고 하는 오왕에게 서문으로 도망가라고 하였다.

㊷ 吳刎; 오왕이 죽은 오자서의 혼령의 권함을 듣지 않고 서시가 이야기한 陽山으로 갔다. 서시가 월나라의 병사에게 오왕의 거처를 알리는 바람에 오왕이 잡혔다가 자결하였다.

㊺ 泛胡: 범려는 서시가 월나라로 돌아가면 월왕을 미혹할 수 있는 禍水가 될까봐 서시를 데리고 太湖로 떠났다.

이와 같이 서시와 범려가 연인이었던 설정, 그리고 서시를 나라의 대의를 위한 여성의 영웅으로 형상화하였던 점, 서시가 범려와 함께 떠났다는 결말 등은 <서시전>과 매우 유사한 면모를 보이고 있다.[271] 그렇

271) 그 후에도 서시가 나온 소설이나 희곡 작품이 많은데 서시와 범려는 연인 관계가 아니라 美人와 獻美者의 관계일 뿐이다. 연의소설 <동주열국지>와 <춘추열국지>, 잡곡 <浮西施>와 <倒浣紗>는 그의 예이다.

다면 두 작품이 직접적인 관계가 있을까? 이에 우선 <서시전>의 서사전개를 살펴보겠다.

	서시전
①	㉠ 서시는 저라촌에 태어났는데 저라촌이 월나라 서쪽에 있어 서시가 그 姓을 서라 하고 저라촌에 시라는 이름을 가진 사람이 많기 때문에 그 이름을 시라 함.
②	㉠ 서시가 16세가 되자 一等美人이라는 칭호를 받았는데 집안이 빈곤해서 일찍이 마전(빨래질)을 해서 집안 살림에 보탬.
③	㉠ 월왕이 오왕에게 잡혔다가 여러 고난을 겪고 풀려난 후에 臥薪嘗膽하면서 미인계로 오왕을 미혹하기로 함.
④	㉠ 범려가 오왕의 명령을 받아 전국을 돌아다녀 고생한 끝에 저라촌에 와서 서시를 봄.
⑤	㉠ 서시가 빨래를 하고자 계변으로 갔다가 범려를 보자마자 반함.
⑥	㉠ 범려가 서시의 집에 와서 서시의 아버지에게 천금을 주고 서시를 오나라의 왕에게 바치겠다고 하자 온 가족이 반대하지만 할 수 없이 받아들임.
⑦	㉠ 월왕이 서시의 미모를 보고 크게 기뻐하며 범려의 수고와 충성을 칭찬함. ㉡ 범려가 월왕에게 서시를 데려가서 가무와 화장하는 법을 가르쳐 더 아름답게 하겠다고 청하자 월왕이 허락함.
⑧	㉠ 서시가 범려의 집에 간 후 혼자의 힘으로 월왕의 계획을 실행하기 어렵다면서 친구 정조를 추천하자, 범려가 정조를 데려와서 서시와 같이 수업을 듣게 함.
⑨	㉠ 정조와 서시가 화목하게 지냈는데 정조가 서시에게 글읽기와 문학을 가르치고 서시는 정조가 아플 때 수고를 아낌없이 돌봐줌.
⑩	㉠ 두 사람이 재주가 모두 출중한데 서시가 직접 梧葉落이라는 노래를 지음.
⑪	㉠ 하루는 범려가 서시와 정조를 데리고 월왕에게 갔는데 월왕이 두 사람을 좋아해 한 명을 자신 곁에 두고 싶다고 했지만 범려가 말림.

⑫	㉠ 서시가 범려와의 감정이 갈수록 두터워졌는데 이룰 수 없어 초췌해짐. ㉡ 정조가 서시의 감정과 고통을 알아채며 서시를 위로함.
⑬	㉠ 오왕이 천하미인을 구하던 차에 월나라 충신 文種이 서시와 정조를 추천함. ㉡ 오자서가 이는 월나라의 미인계라고 극도로 반대하지만 오왕이 듣지 않음.
⑭	㉠ 범려가 서시와 정조를 오왕에게 바치려고 했지만 두 사람을 단장할 옷이 없어 걱정함. 백성에게 절세미인 서시와 정조를 구경시키는 방식을 통해 돈을 벌게 됨.
⑮	㉠ 범려가 서시와 정조를 데리고 오나라로 향했는데 배에서 서시와 퉁소를 연주하면서 지냈음. ㉡ 정조가 두 사람의 사랑에 감동하여 계책을 내어 두 사람의 사랑을 이루게 해줌.
⑯	㉠ 오왕이 서시와 정조를 보자마자 마음에 들어 날마다 둘만 총애함. ㉡ 서시는 활발하고 정조는 대가규수처럼 행동하기 때문에 오왕이 정조보다 서시를 더 좋아함.
⑰	㉠ 정조는 홀로 오궁에 거처하면서 마음이 우울해져 결국은 심화병에 걸려 죽을 지경에 처함. ㉡ 서시가 이 사실을 알고 손수 병을 간호하였는데, 정조가 이미 위독해서 얼마 안 되어 세상을 떠남.
⑱	㉠ 서시가 정조의 죽음으로 인해 날마다 수척해지고 있는데, 오왕이 걱정하여 서시의 기쁨을 되찾으려고 새로운 궁을 지어줌.
⑲	㉠ 오자서는 오왕에게 수차례 간했지만 오왕이 듣지 않고 여전히 서시만 총애함. ㉡ 오자서가 실망하여 칭병하고 집에서 나가지 않음.
⑳	㉠ 서시가 속병이 재발해서 얼굴이 핼쑥해져 좋은 거울이 없다고 한탄하자, 오왕이 서시를 데리고 연못가에 가서 산책함. ㉡ 연못 가운데 찬란한 광채가 나와서 서시의 얼굴을 빛나게 하여 오왕과 서시가 크게 기뻐하여 매일 여기를 오감.
㉑	㉠ 서시가 지루하다고 오왕에게 새로운 일로 소일거리를 청하자 오왕이 연못 중에 배를 띄워 서시를 데리고 놈. ㉡ 서시가 오왕에게 구경하는 사람 중에 늙은 사람을 뽑아 자신의 말벗을 삼게 해 달라 청했는데 오왕이 허락함. ㉢ 그 후에 서시가 매일 늙은 사람을 불러서 이야기를 하고 상금을 후히 주었기 때문

	에 궁중의 재물을 모두 탕진함. ㉣ 오왕이 서시의 행동이 백성을 위한 것이라고 하면서 國庫를 채우려고 수많은 백성의 재물을 빼앗아감. ㉠ 백성이 더 궁핍해져 각 지역에서 도적이 봉기하여 도탄에 빠짐.
㉒	㉠ 오자서가 다시 서시를 내쫓기를 간하였지만 오왕이 또 거절함. ㉡ 서시가 궁중에서 고소대 가는 길이 너무 볼 게 없다고 하자 오왕이 공사를 크게 함.
㉓	㉠ 서시는 여름날씨 때문에 다시 병이 촉발되었는데 오왕이 이는 오자서의 탓이라고 생각하여 오자서에게 벌을 내리려고 하지만 서시가 말림. ㉡ 오왕이 이를 보고 서시가 관대한 여자라고 생각하여 더욱 사랑함.
㉔	㉠ 오왕이 서시에게 침혹하여 국가의 정사를 돌아보지 않자, 간신 백비가 정권을 장악하여 나라를 어지럽힘. ㉡ 서시가 이때를 타서 범려에게 편지를 보내 大事를 행할 때가 되었다고 전함.
㉕	㉠ 범려가 월왕에게 알윈 후 즉시 오나라로 행하고 뒤에 병졸을 따르게 함. ㉡ 범려가 오나라에 도착한 후 먼저 백비의 저택으로 가 많은 금백을 주면서 대사를 같이 상의함.
㉖	㉠ 범려가 백비와 같이 궁중에 이르러 가져온 금백을 바치고 오왕의 환심을 삼. ㉡ 서시가 비밀스럽게 궁에서 나와 범려를 만난 후 백비와 함께 오자서를 죽인 후에 오나라를 치기로 약속함.
㉗	㉠ 다음날 백비가 오왕에게 오자서가 장차 나라를 배반할 것이라고 고하자, 오왕이 오자서에게 칼을 내려 자살하라고 명함. ㉡ 오자서는 할 수 없이 오왕에게 공손히 예를 행한 후 자결함.
㉘	㉠ 오자서가 죽은 후 범려가 즉시 월나라 병졸을 데리고 오나라를 습격함. ㉡ 이미 도탄에 빠진 백성들이 반항하지도 않고 바로 항복함.
㉙	㉠ 오왕이 황망히 서시와 백비를 데리고 도망가려고 하였는데 백비가 왕궁 후문에 월나라 병졸이 잠복했을 것이라고 말하며 피신할 만한 데가 있다고 함. ㉡ 오왕이 서시와 백비를 따라 가다가 월나라 병졸에게 잡혀 자살함.
㉚	㉠ 범려가 오나라를 평정한 후에 서시에게 물 맑고 명산이 있는 데에 가서 남은 반생을 즐기자고 청하자, 서시가 즐겨 허락함. ㉡ 범려가 처자도 찾지 않고 서시의 손을 잡고 멀리 떠난 후 자취가 없어짐.

여기서 보인 것처럼, <서시전>은 오월쟁패라는 역사를 배경으로 하고 있으나 <완사기>와 달리 서시에 중심을 두고 있다. 내용을 봤을 때도 <완사기>의 서사전개와 다른 면모를 지니고 있어 번역이나 번안 관계가 성립하지 않다. 서시의 이름부터, 서시와 범려 만나는 시기, 심지어 서시가 오나라에서의 구체적인 활동, 월왕과 서시의 관계, 오자서의 죽음, 백비와 월나라의 관계, 정조의 등장, 특히 같은 여성영웅이라고 해도 <완사기>의 서시는 紅顔禍水의 이미지가 남아있는 반면에 <서시전>에서 전혀 보이지 않는다는 점에서 두 작품은 다른 면모와 가치지향을 지니고 있다. 따라서 <서시전>은 <완사기>와 직접 관련이 없다고 할 수 있다.[272)]

한편 한국에도 서시에 관한 기록이 매우 많다. <越絶書>와 <吳越春秋>가 일찍 한국에 전파되었으며 <高麗史節要>에서 이미 서시와 범려의 이야기를 제시한 바가 있다.

> 勾踐者 越王也 范蠡 爲其將 伐吳勝之 取吳王妃西施 載船而去曰[273)]

여기에서는 범려가 서시와 배를 타고 같이 떠났다는 내용을 담고 있다. 그렇지만 이는 서시와 범려의 결말만 이야기하였으며 두 사람의 사랑 이야기를 제기하지 않았다. 그 후에 서시의 결말을 논변한 사람도 많다. 이익(1681~1763)의 <星湖僿說> 26권 經史篇의 '西子逐鴟夷',[274)] 이규경

---

272) 출현시기가 각각 다른 <완사기>와 <서시전>은 서시와 범려의 사랑이야기, 그리고 서시가 나라를 구하는 호걸 모습을 공통적으로 다루고 있는 것은 매우 의미 있는 문학현상이다.

273) 高麗史節要 卷之二十八 恭愍王 戊申十七年, 한국고전번역원DB 참조, 이하 동.

274) 朱子語類云 范蠡載西施 以隹王性之云 歷攷無此事 其原出杜牧詩 云西子下吳會 一舸逐鴟夷 王解此意 又不然也 朱子又嘗許 王之讀書多攷究 得甚精 然彼攷之猶未博也 楊用修云 墨子曰 吳

(1788~?)의 <五洲衍文長箋散稿> 經史篇 論史類 人物에 있는 '西施・崔鶯鶯雪冤辨證說'[275] 등은 모두 서시가 범려를 따라간 것이 아니라 익사하였다고 주장하였다. 이처럼 서시와 범려의 이야기는 일찌감치 한국에 전해졌으며, 사람의 관심거리가 되었다. 다시 말하면 이들 역사기록과 대중의 관심은 <서시전>의 창작과 출현의 가능성을 충분히 제공하였다고 할 수 있다.

3. 일대기구조의 탈피와 에피소드의 활용

한국고전소설의 가장 큰 특징은 대개 일대기의 구조를 지니고 있다는 점이다. 주인공을 소개하기 위해 그의 조상에 대한 인정기술부터 시작하여 우여곡절 끝에 주인공의 성공과 가문의 영달 및 번영을 이루는 과정을 다루는 패턴을 가진다. 그렇지만 <서시전>은 이들 작품과 변별되는 도입부로 시작하고 있다.

먼 산에 봄이 드니 골〃히 아지랑이 끼고 들에는 파릇〃〃 새속닙 피

起之裂 其功也 西施之沉 其美也 此吳亡之後 西施亦死于水之證也 修文御覽 引吳越春秋逸篇云 吳亡後 越浮西施于江 令隨鴟夷以終 盖子胥之譖死 西施有力焉 胥死盛以鴟夷 今沉西施 所以報子胥之忠 故云隨鴟夷以終 范蠡亦號鴟夷子 杜牧遂以爲范蠡之鴟夷影 撰此事 蠡不幸遇杜牧受誣千載 又何幸遇予而雪之 愚謂蠡之案

275) 世傳西施隨范蠡去而不見所出 只因杜牧 西子下姑蘇 一舸逐鴟夷之句而附會也 予竊疑之 未有可證以折其是非 一日讀墨子 曰吳起之裂 其功也 西施之沈 其美也 喜曰 此吳亡之後 西施亦死於水 不從范蠡去之一證 墨子去吳越之世甚近 所書得其眞 然猶恐牧之別有所見 後檢修文御覽 見引吳越春秋逸篇云 吳亡後 越浮西施於江 令隨鴟夷以終 乃嗟曰 此事正與墨子合 杜牧未精審 一時趁筆之過也 蓋吳旣滅 卽沈西施于江 浮沈也 反言之耳 隨鴟夷者 子胥之譖死 西施有力焉 胥死盛以鴟夷 令沈西施以報子胥之忠 故云隨鴟夷以終 范蠡去越 亦號鴟夷子 杜牧遂以子胥之鴟夷爲范蠡之鴟夷 乃影撰此事 以墮後人于疑網也 又自笑曰范蠡不幸遇杜牧 受誣千載 又何幸遇升菴而雪之 亦一快哉。

> 엿난대 종달새와 황금 갓튼 꼬리난 노래를 부르며 나라드는 곳은 즈리촌이라 그 곳에는 조고마한 엿못시 잇스니 그 못은 미인계라 일카르며 미인계의 깁기가 밋치 아니 보이고 말기가 구름업는 하날과 갓더라 계변에 봇사나무를 심으고 양류를 심어 꼿필 시기가 되면 도화는 만발하고 수양버들이 춘풍에 나뭇기여 거울 가튼 시내물에 비치는 아름다운 경색은 짐짓 선경을 이루워스며 더구나 물우에 도화가 편〃이 써러지어 몰니여 단이는 물고시가 닷투어 꼿송이를 취하는 광경은 일곡 절묘한 그림에 낫타남과 방불허니 홍진에서 일즉이 보지 못할 경치일너라 호화로운 탐승객들은 미인계의 경치를 배경 삼아 한 잔 술과 한 마듸 시를 악기지 아니하며 동내 부녀들은 째를 지어 미인게 물 한 목음 마시기를 일삼으니 이는 월내 미인계의 경치도 절승하거니와 물 한 목음으로 가히 종일의 목말른거슬 피하는 특효가 잇고 더구나 일만가지 병특효가 잇습일너라 이와 갓치 경치 좃코 물에 심긔하미 잇는 미인계의 경긔를 타고 미인게 뒤편에서 셔시가 출생하엿디라[276]

여기서 볼 수 있듯이 <서시전>은 고전소설의 도입부를 계승하지 않고 경치가 절승한 저라촌부터 소개하는 다른 양상을 보이고 있다. 고전소설에 비하여, 첫째, 일대기 구조의 시작인 집안의 내력에 대한 소개가 사라졌다. 둘째, 주인공의 출생을 천상계와 관련을 짓지 않았다. 고전소설에서 주인공은 그가 처한 현실 사회의 개별 구성원으로의 의미보다는 가문의 후계자로서의 의미가 더 중요하다고 할 수 있다. 이에 작품의 시작에서 늘 주인공의 가계부터 소개되며, 주인공의 출생은 항상 가문의 대를 이을 수 없는 위기에서 기자치성의 결과로써 만득자의 모양새로 나타난다. 다른 한편으로 적강 모티프나 태몽 등을 이용해 천상계의 힘을 통한 주인공의 비범성을 보여준다. 또한 작품에서 주인공이 겪는 고난과

276) <서시전>, 1쪽.

해결은 천상계의 개입으로 전개되며 작품으로 하여금 운명론적인 색채를 띠게 한다.

그렇지만 <서시전>에서 서시의 가문의 내력과 천상계에 관한 내용은 전혀 보이지 않는다. 다시 말하면, 서시는 한 가문의 구성원으로서의 역할과 천상계의 개입으로 이루어진 이원론적 세계에서 탈피하여 한 개인으로서 현실세계에서 살아가는 인물로 전환되었다. 이러한 과정에서 고전소설의 주인공이 지닌 일대기 구조도 물론 함께 사라졌다.

그렇다면, <서시전>의 남다른 도입부는 무슨 의미가 지니고 있을까? <서시전>은 서시의 출생지와 범려를 만날 곳, 즉 공간 환경에 대한 묘사부터 시작하였다. 경치가 절승하여 선경 같은 공간이 있는데 이름이 저라촌이다. 그 근처에 미인계(美人溪)라는 연못이 있으며 역시 풍경이 빼어나기 그지없다. 저라촌은 실제 지명이지만 미인계(美人計)에 관한 기록은 어디서도 찾을 수 없어 허구적인 지명인 듯하다. 이렇게 설정한 것은 훗날 '미인계'의 주인공인 서시를 암시하면서 또 한편으로 '미인' 서시를 암시한 듯하다. 이러한 공간에 대한 설정은 관념적인 형식이 아니라 인물의 구성과 긴요한 관계가 있다. 이처럼, <서시전>은 시작부터 이미 고전소설의 일대기 구조에서 벗어서 개화기소설의 장면 提示型 序頭樣式[277]을 채용하고 있어 근대적 글쓰기의 방식을 사용하고 있다.

그렇다면 고전소설의 전통에서 벗어난 <서시전>은 어떻게 창작되었을까? 바로 앞에 보인 서두 부분을 통해서 이미 짐작할 수 있다. 서시의 출생지가 저라촌인 것은 이미 <오월춘추>나 <완사기>에서 확인되었으나 미인계라는 지명은 서시의 미모를 돋보이게 하려고 한 허구적인 내용

---

277) 윤명구, 『개화기소설의 이해』, 인하대학교 출판부, 1986, 73쪽.

이다. 이처럼 <서시전>은 서시에 관한 사적을 활용하면서도 필요에 따라 허구적인 내용을 추가하고 있다.

> 셔시의 집은 구차하야 그의 아비는 산에 올나 나무를 뵈여 이거슬 방매하야 약간의 푼전을 바다 생계를 삼고 그의 어미는 동내의 일품을 파라 하로 셰 끼의 호구에 버태여 어린 셔시를 양육하더라[278]

서시의 집안은 구차하고 그의 아버지는 나무를 베어 팔아 약간의 푼돈을 받고 그의 어머니는 동네의 일품을 팔아 겨우 끼니를 이어갔다. <오월춘추>와 <완사기>에서 서시의 아버지에 대한 언급이 있으나 그의 어머니에 대한 기록은 어디서도 발견할 수 없다. 그러나 <서시전>에서는 그의 어머니까지 소개하여 서시 집안의 구차함을 그림으로써, 뒤에 범려가 서시를 데려갈 수 있게 복선을 깔아주었다. 서시가 미인계의 대상으로 뽑힌 후 부모의 반대에 불구하고 굳이 가겠다고 한 것은 물론 자아실현의 의지와 관련이 있지만 집안의 빈곤함을 해결하려고 한 의도도 담고 있기 때문이다.

서시가 범려에 따라 월궁에 도착 후 오나라로 가는 준비를 하는 한편으로 범려와의 정이 더 깊어진다. 그러나 나라의 대의 앞에서 둘의 사랑이 이룰 수 없는 상황이다. 이때 조력자 정조를 등장되었다. 여기서 말한 정조는 아마도 <오월춘추>에서 서시와 같이 입궁한 鄭旦을 가리킨 것일 듯하다. 정단에 관한 문헌기록은 서시에 비하면 아주 적다. 관련 문헌에서 대부분이 '서시와 같이 입궁했다'정도만 언급했으며 오직 馮夢龍의 <東周列國志>에서 '鄭旦居吳宮 妬西施之寵 鬱鬱不得志 經年而死'라 하여 그

278) <서시전>, 2쪽.

의 죽음을 간단하게 소개하였다. <동주열국지>의 내용을 통해 볼 때 서시와 정단의 관계는 그리 좋지 않음을 알 수 있다. 그러나 <서시전>에서의 정조는 서시의 조력자로 등장하여 서시가 대의를 이루는 것을 도와주면서도 서시와 범려의 사랑을 이루도록 도와주었다.

서시와 정조가 모든 것을 다 배운 후 오나라로 가게 되었는데 이때 월나라의 경제는 좋지 않은 상황이었다. 오나라로 가는 배는커녕 심지어 두 사람을 예쁘게 단장할 옷과 꾸미는 화장 용품들을 구입할 수 없었다. 이에 범려가 정조와 서시의 미모를 이용해 돈을 버는 방법을 찾아냈다.

> 월나라 오나라에게 패하야 여간 국고에 잇든 재화는 닷 빼앗기여스니 셔시 정조 양인으로 하여금 오왕을 혹하도록 하랴면 몸단장을 화려하게 하여야만 될 터인대 이에 응할 만한 재화 업서 근심하더라 인민에 이에 보츙할 만한 셰금을 밧자 하니 갓득이나 곤피한 백셩에게 셰금을 더하야 괴로우믈 씻치여 백셩의 반감을 사면 이는 나라을 다사리는 자 취할 방책이 아니라 장차 엇지할 바를 몰느더니 문득 한가지 깨다른 바 잇서 리인으로 하야 곳〃이 방을 붓치게 하고 그 방에 왈 이제 오래 이궁에 은거하엿든 셔시 뎡조 양미인을 오나라로 보내게 되매 이를 여러 사람에게 공개하야 아릿다운 얼골로 여러 사람을 한번 대하고 월나라를 써나 오나라로 가고자 하니 셔시 이인을 보고자 원하는 자는 약간의 금젼을 내는 자로 이궁에 드러게 하야 이를 구경식키고저 하니 여러 백셩은 닷토어 경국지색을 구경하라 하니 여러 백셩들이 일즉이 이궁에 미녀를 두어 오나라에 보내게 한다는 쇼문을 드른 일이 잇는지라 한번 그를 보고자 이궁에 공개하는 날을 기대리더니 이궁을 공개하는 날이 당도하매 여러 백셩이 닷토이 구름갓치 모혀들어 무려 수천만인이 몰여든지라 범려 리인을 식키여 일〃이 약간의 돈을 밧게 하니 그 돈 슈효 수쳔만젼을 지내여 셔시 미인의 몸의 당하는 비용은 그 돈으로 능히 당하게 되고 국고의 돈은 일푼도 범하미 업더라[279]

이 부분은 '輪錢見美女'의 고사를 활용한 것이다. 이 고사는 처음에 <孟子·疏注>에서 '西施至吳市 觀者各輪錢一文'이라고 서술되었다. 그 후에 <동주열국지>의 기록을 보면, 범려가 서시를 데리고 월나라에 가는 도중에 서시의 미모를 보러 온 사람이 허다하여 길이 막힐 정도였다. 이에 범려가 서시를 별관에 잠깐 멈추게 하고 서시를 보고 싶으면 돈 一文을 내라고 지시하였다. 이 명령이 내리자마자 순식간에 상자를 가득히 채웠다.[280] 이러한 일화를 통해 서시의 미모는 극대화되었다.

그렇지만 <서시전>에서는 이 고사를 활용하여 서시와 정조의 옷단장과 오나라로 가는 배를 정비하는 돈을 장만하였다. 이러한 내용을 통해 월나라의 궁핍함을 적실하게 보여주었으며 오나라의 사치함과 선명한 대조를 이루었다.

서시가 오궁에 도착한 후 계획대로 오왕을 현혹하여 충신을 제거하고 국정을 어지럽혀 나라가 망하는 지경까지 이르게 만들었다. 그러나 오왕을 현혹하는 과정은 허구적이며 실존 인물 오자서의 죽음도 역사 기록과 상이하다. 司馬遷의 <史記>[281]에 의하면, 오자서가 월나라를 정복시키기 전에 齊나라으로 출병하면 안 된다고 간하였는데, 백비가 이를 핑계로 오자서 제나라의 간첩으로 모함하였다. 백비의 奸計에 속인 오왕은 명령을 내려 오자서로 하여금 자결하게 만들었다. <서시전>에서도 오자서가 백비의 모함으로 죽게 되었지만, 제나라와 관련이 없었다. 이처럼, <서시전>의 작가가 필요에 따라 원래 있던 에피소드를 변용하고 재구성하였다.

이러한 특징은 결말부분에서도 보인다. <서시전>은 서시가 범려와 같

279) <서시전>, 20쪽.

280) 國人慕美人之名 爭欲識認 都出郊外迎候 道路爲之壅塞 范蠡乃停西施鄭旦於別館 傳諭 欲見美人者 先輸金錢一文 設櫃收錢 頃刻而滿 (馮夢龍, <東周列國志> 제81回, 중국기본고적고 참조).

281) 司馬遷, <史記> 劵六十六, 伍子胥列傳, 중국기본고적고 참조.

이 세속을 떠난 것으로 종편을 지었다. 역사상 서시의 결말에 관한 가설이 여러 가지 있는데 대개 沉水說과 遊湖說이 가장 많은 비중을 차지하고 있다. 특히, 이익이나 이규경 등 조선시대의 문장가들이 모두 沉水說로 주장하였다. 또한 <서시전>이 <동주열국지>에서 '정단의 죽음'과 '輸錢見美女' 고사를 수용한 것으로 볼 때, 작가가 <동주열국지>의 沉水說을 모르지 않았을 것이라고 판단한다. 그러나 <서시전>의 작가가 범려와 서시의 사랑을 성취하도록 遊湖說을 선택하였다. 이렇게 설정한 것은 분명한 의도가 있으리라 판단되며 뒤에 밝히도록 하겠다.

이처럼, <서시전>의 작가는 서시에 관한 에피소드를 유기적으로 결합시켜 <서시전>을 창작했다고 할 수 있다. 이렇게 창출된 서시는 어떤 모습을 지니고 있으며 또한 어떤 주제의식을 내포하고 있는지 이어 살펴보겠다.

4. 救國女傑로의 변모

<서시전>에서 서시는 오월쟁패의 과정에서 월나라의 성공을 이룬 결정적인 인물이다. 그는 국가의 대의를 위해 부모를 떠나며 사랑을 포기하고 개인의 행복을 희생하였다. 그렇지만 대부분의 여성영웅소설과 달리 서시는 명문거족에서 태어난 것이 아니라 하층민의 여성을 대변하고 있다. 물론 이는 중국의 역사를 충실히 반영한 것에서 기인할 수도 있으나 소설의 허구성을 고려할 때 약간의 변용을 가해도 전혀 문제가 되지 않다. 따라서 작가가 이렇게 설정한 것은 귀족적 영웅의 모습과 거리를 두고, 하층민 여성 영웅의 형상화를 다루려고 한 것으로 이해할 수 있다.

실제로 작품에서도 서시는 스스로 하층민으로 인식하고 있으며 하층민의 생활을 하고 있다.

> 가) 다른 계집아이들은 그만 나히에 규즁에 드러안자 침선공부에 골몰하야 신랑 구하기에 밧부련마는 셔시는 발벗고 팔를 거더 식젼 일즉이 이러나 밤들기까지 부모의 일을 도우니 셤〃약질로 고단한 일에 병이 날가 염여하는 부모는 엄히 말이나 일당단심으로 부모의 힘을 덜랴는 효심이 가득한 셔시는 일졀 자긔 부모의 말류하는 거슨 아니 듯고 일보기에 골몰하다가 스스로히 돈벌거슬 생각하고 져라촌에서 부녀의 젼업인 마젼를 하게 되엿더라[282]

> 나) 우리 한 농군에 지내지 못하는 계집이[283]

가)는 서시의 생활 모습을 묘사하는 부분인데 다른 여자들이 모두 규중에 앉아 여공을 배우면서 시집가기에 집착하고 있는데 오직 서시만 발을 벗고 팔을 걷으며 약한 몸에도 불구하고 아침부터 저녁까지 부모의 일을 돕고 있다. 부모의 만류을 무릅쓰고 돈 벌기만 생각한 서시는 시골에 사는 하층민의 빈곤한 살림살이의 모습을 그대로 보여준다. 나)는 서시가 직접 한 말이다. 결국, 서시는 스스로 농군의 여자인 것을 자각하고 있다.

하층민인 서시는 물론 영험적인 태몽, 수학 등 내용을 통해 영웅성을 획득하지 않았지만, 앞의 인용문에 보인 것처럼 부모의 말림에도 불구하고 바깥일을 하면서 집안 살림을 돕는 주체적이고 진취적인 여자이다. 범려가 서시의 집에 와서 천금을 주면서 서시를 데려가 오왕에게 바쳐

282) <서시전>, 2~3쪽.
283) <서시전>, 10쪽.

월나라의 大事를 이루겠다고 할 때, 모든 가족이 눈물만 흘리고 걱정했는데 오직 서시가 나서서 허락하였다.

> 쇼녀 일즉이 듯사오니 우리 군주 쓸개를 다라 월나라을 회복시키여 오나라에게 바든 능욕을 셜치하랴 하신다 하니 소녀 맛당히 오나라에 건너가 쇼녀는 죽으믈 다 하야셔 군쥬를 대신하야 나라의 부그러우믈 셜할가 하오며 소녀 집안에 업서도 밥걱졍은 업게 편히 지내시오리니 언제든지 나무집으로 내노흘 계집 아해인 거슬 붓들고 잇스니 보담 나흘가 하나니다[284)]

이 인용문은 서시가 부모를 설득하는 내용이다. 그가 세 가지 이유를 들었는데, 첫째는 월나라의 백성으로써 쓸개를 맛보며 복수를 다짐한 월왕을 위해 雪恥한다는 것은 당연한 일이라고 생각해서이다. 둘째는 천금을 받으면 가난한 집안 살림에 대한 걱정이 없어질 수 있다. 마지막으로 나라를 위해 희생하는 것이 남의 집에 아내가 되는 것보다 훨씬 낫다고 여기고 있다. 범려는 서시의 대답을 듣고 매우 놀라 서시를 여중호걸이라고 칭찬하였다.

> 가위 녀즁호걸이로다 거죽 얼골과 속마음이 다른 거시 업도다 내 일즉이 셔시가 이러케 말할 줄 아드면 군쥬에 셰력을 파라 셔시를 위협하지 말고 바로 오나라을 처 셜치하겟다는 말울하미 조흘 번하엿도다[285)]

이처럼 범려는 서시를 높이 평가하면서 자신이 한 협박 행위를 후회하였다. 그리고 범려의 말을 통해서 서시가 지닌 여성호걸의 모습이 다시 확인되었다.

---

284) <서시전>, 10쪽.
285) <서시전>, 11쪽.

서시는 범려와 같이 월궁으로 간 후에 혼자의 힘으로 대사를 행할 수 없어 친구 정조를 추천하였다.

> 가-1) 쳡이 대부를 짜를 젹에 임에 먹엇든 결심이 셩쥬에 뜻한신 바 한가지라 연즉 쳡이 한 사람을 쳔거하야 쳡과 힘을 갓치 하야 나라를 위하야 대사를 꾀하야 볼가 하나니다[286]

> 나-1) 우리 나라을 기우릴 만한 재색을 가지고 록〃히 촌부에게 시집 가서 초목과 갓치 썩으미 엇지 앗갑지 아니리요 우리 월왕을 도아 공을 세운 후 후세까지 일흠을 흔날이미 엇지 장한 일이 아니리요[287]

가-1)은 서시가 대의를 이루려는 결심과 조력자가 필요해 정조를 천거하는 내용이고 나-1)은 서시가 정조를 설득하는 내용이다. 서시는 나라를 기울일 만한 재색이 있으면 공을 세워 후세까지 이름을 전해야 한다고 주장함으로써, 나라를 위해 이름을 필치고 싶어 하는 욕망과 서민 여성이 신분제약 때문에 하층 남자에게 시집가야 하는 것에 대한 불만을 표출하였다. 이처럼, 서시는 자아실현하려는 강력한 의지를 지니고 있다.

이러한 의지는 그가 오궁에서 행한 활약적이고 진취적인 모습을 통해서 확인 가능하다. 오왕을 유혹해 조정을 돌보지 않게 만든 후, 백성을 이용해 민중과 오왕 사이의 갈등을 일으켰다.

> 셔시 그 눈치를 알고 오왕에게 쥬달하야 구경하는 자 즁에 나히 늙근 사람을 뽑아 말벗을 삼겟다 하니 오왕이 이 말에 미루어 사람으로 하여

---

286) <서시전>, 12쪽.
287) <서시전>, 13쪽.

> 금 나히 늙은 자을 데려다가 셔시로 말벗를 삼게 하니 셔시 공연한 말로 횡셜슈셜하다가 늙은 자에게 슈백금의 샹금을 쥬어보내니라 이러케 하기를 슈십 차를 하야 늙은이 상금으로 슈백만금을 소비하니 궁중의 재보다 탕진하다십히 하나 오왕은 다만 셔시가 백셩에게 상금을 혜여하믄 대단이 가상한 일이라 칭찬할 다름이요 궁즁의 재화 업서지믈 아니하고 셔시가 백셩을 위하믄 칭송하면서도 자긔는 백셩의 재물을 거두어 궁즁에는 재화가 업스니 이거스로 백셩 상금을 주어 경의 마음을 만족키 하라 하고 셔시를 주어 공연이 남매하게 하더라[288]

위 인용문은 서시가 늙은이를 데려와 말벗을 삼다가 거액의 상금을 주어 궁중의 재물을 탕진한 내용을 담고 있다. 미인계에 빠진 오왕은 서시의 간교에 속아 그를 만족시키기 위해 다시 백성의 재물을 뺏어갈 수밖에 없다. 이에 백성들의 원망하는 소리가 자자하고 각 지역에서 봉기가 일어나기 시작한다.

나라가 불안해진 것을 목격한 오자서는 오왕에게 서시를 내쫓으라고 수차례로 간하였지만 오왕이 끝까지 허락하지 않았다. 서시가 오자서와 오왕의 거리를 멀어지게 하려고 다시 계교를 내세웠다. 그는 속병에 걸린 척하면서 이는 다 오자서의 간언 때문으로 포장하고 오왕을 착각하게 만들었다. 그러나 오왕은 오자서에게 벌을 내리고자 하자 서시가 이를 반대하는 자세로 나타나며 오자서를 위해 변호하였다.

> 가-2) 오자셔 비록 쳔만가지 말로 쳡을 습격하미 잇스나 사실이 뎍합하미 잇스니 무슨 병이 들미 잇스리오릿가 이졔 쳡의 병은 더위의 침로을 받다 본병이 복발하미오니 근심하시미 업게 하소서[289]

---

288) <서시전>, 32쪽.
289) <서시전>, 34쪽.

나-2) 경은 참으로 마음이 관후한 아녀로다 오자서 그토록 경을 공격하나 경은 일절 그를 원망하미 업스니 과인은 마음이 관후한 경을 입에 올리여 죠치 못한 평을 하는 늙은 오자셔가 더욱 미옵도다 그러나 져러나 원슈의 더위 경의 병을 침로하엿다 하니 이는 고소대 협착하고 풍정이 업는 연고라 경을 위하야 맛당이 피셔할 만한 곳을 션택하리로다[290]

가-2)에서 서시가 오자서를 위해 변명하자 나-2)에서 오왕이 서시를 매우 관후한 여자라고 칭하였다. 서시의 속임수에 넘은 오왕이 오자서를 더 멀리하고 서시를 더 총애하였다. 이처럼 국정을 돌보지 않고 서시를 위해 국가의 재물을 탕진하는 오왕이 오나라를 지킨 충신까지 내쳤으니 오나라의 상황이 더욱 위태로워졌다.

이에 서시가 범려에게 편지를 보내 대사가 이룰 때가 되었다고 전하였다. 그러자 범려가 오나라에 와서 백비 그리고 서시와 같이 상의하여 오자서를 자결하게 만든 후 병졸을 거느려 오나라를 정복하였다. 나라가 망한 것을 목도한 오왕은 자결을 선택하였다. 즉 서시는 오나라를 멸망시키는데 큰 공헌을 한 월나라의 영웅이 된 것이다.

5. 范蠡와의 애정서사 및 결말의 특이성

이미 앞에 서술한 바와 같이 서시는 신분적 제약에 반항하고 순수한 사랑을 추구하는 적극적인 여성이다. 이러한 태도는 그가 사랑하지 않은 사람에 대해 단호한 거절과 범려를 보자마자 반하는 것에서도 재확인할

---

290) <서시전>, 34쪽.

수 있다.

> 가-3) 주둥이 험한 젊은 자들이 셔시의 미모에 홀이여 셔시를 희롱하야 몸 허락하기를 강청하엿스나 마음이 활발하고 절개가 철석가튼 셔시는 이에 미혹하미 업고 쾌히 거절하며 강경한 태도로 이를 거절하니 거졀을 편한 청년즁에 드듸여 바위에 부대쳐 죽는 재 비일비재이더라[291]

> 나-3) 그 생긴 풍채 범인이 아니믈 알아스며 자긔 신변을 주목함미 잇스믈 보고 순진한 서시의 마음에는 연〃한 마암에 정욕이 불붓기 시작하야[292]

가-3)에서 서시는 변변찮은 청년의 구혼을 강경하게 거절하였지만 나-3)에서는 비범한 기상을 지닌 범려를 보자마자 첫눈에 반하였다. 이러한 대비를 통해 서시가 가지고 있는 사랑에 대한 욕망이 더 명확히 표출되었다.

또한 대의 앞에서 범려에 대한 사랑을 실현할 수 없음을 알고 있는데도 그것을 버리지 않은 적극적인 태도를 견지하였다.

> 범려 셔시를 한번 다리여온 후 때〃 셔시의 처소에 출입할 때마다 남모르게 솟는 가삼 속의 정은 불붓듯 이러나며 셔시 범려의 처소로 온후 져라촌으로부터 사모하든 바 범려을 사모하는 마음이 더욱 롱후하나 서로 말은 하지 못하고 가삼 속으로만 은근이 사모하더라[293]

---

291) <서시전>, 3쪽

292) <서시전>, 6쪽.

293) <서시전>, 17쪽.

서시와 범려가 서로 좋아하게 되었는데 국가 대의 앞에서 말할 수는 없고 마음속으로만 사모할 수 있는 상황을 위 인용문을 통해 알 수 있다. 그렇지만 서시는 그 사랑을 포기할 마음이 없었으며 오궁을 가기 전에 정조가 서시에게 범려에 대한 정을 끊어버릴 칼이 있냐고 물어보자 서시가 정조에게 다음과 같이 말했다.

> 현매 이졔 나의 범려와 졍 통하믈 알아스니 엇지 속흐미 잇슬리요 내 한번 범려의 관즁에 온후로 범려의 영웅지태에 목셕이 아닌 다음에는 엇지 여자의 마음이 동하미 업스리요 비록 범려의 품을 쪄나 오나라로 가서 늙고 음탕한 오왕에게로 가나 나는 월나라에 범려 둔 거슬 생각하고 속히 오나라를 쓰러바리고자 할 거시니 나의 사업을 셩공하미 속할가 하노라[294]

서시가 정조에게 범려와 마음이 통한 것을 이야기한 후에 오나라에 가는 것은 범려에 대한 사랑을 끝나려고 해서가 아니라 오히려 그와의 사랑을 이루기 위해 오나라를 쓸어버리겠다고 하여 그가 사랑에 대한 굳은 의지를 보여주었다.

이별하는 때가 다가오자 정조가 두 사람의 사랑을 잠시 이룰 수 있게 도와주는 조력자로서 다시 등장되었다.

> 셔시 그 진졍한 말이믈 알고 뎡조의 손을 잡고 침음양구에 왈 만약 범려와 내가 친히 하엿다는 말이 조졍에 들리면 내의 목숨이 위태할지라 이일이 매우 위험하니 현매는 이 일을 삼가하야 나의 신상에 위태하미 업게 하라 뎡조 우스며 가로대 현자와 내가 생사를 갓치 하기로 한지 오랜지라 현자의 신상에 위태하믄 나의 신상에 관한 일과 일반이니 엇지

294) <서시전>, 18쪽.

일을 경솔이 하미 잇스리요 내 병나믈 일캇거든 모든 비복을 내 병 구완하라 하야 보내고 현자 범려와 갓치 슈일을 질기라 셔시 졍조의 심사 긔특하믈 칭찬하고 명일로 행사하기로 약속하니 새 박는 날에 뎡조의 계교를 베푸러 셔시 범려로 슈일을 원앙금침에 금슈지락을 이루엇더라[295]

정조는 서시와 생사를 같이 하는 知己로서 서시의 우울함을 해소해주기 위해서 자신의 목숨이 위태로워질 가능성을 고려하지 않고, 친구의 사랑을 성취하도록 도와주기로 결심하였다. 서시는 정조의 도움으로 범려와 배에서 금수지락을 누렸으며 두 사람의 사랑이 확인되었다.

오나라로 도착한 서시가 범려에 대한 그리움을 견디면서 천신만고 끝에 월나라의 대사를 성사시키고 범려와 재회하였다. 이때 범려가 같이 떠나자고 제안하였다.

이때 범려 오나라를 무사히 쎄아서 백셩을 평졍식킨 후 장즁에 잇서 셔시를 본대 셔시 오래 그리든 범려을 조용히 만나니 엇지 깃부미 업스리요 피차에 손을 잡고 몸을 찌여 안고 잠시는 마모말도 못하고 다만 몸사이에 짜뜻한 긔운이 통할 다름이더니 범려 말을 내여 왈 내 산 깁고 물 말근 명산을 차자 셔시와 남아지 빈생을 즐기라 하니 셔시 쾌히 허락할소냐 셔시 우어 왈 이졔 범대부 대공을 이룬지라 장차 벼슬이 일품에 올를지라 엇지 이를 버리고 록〃히 산을 차 무미건죠한 생활을 하랴 하나뇨 범여 왈 셔시 내 뜻을 모르는도다 잠시는 벼슬을 취하야 영화로미 잇다 할지나 벼슬에 잇스미 오란즉 자연 벼슬을 닷투는 자 생기여 나를 시기하는 자 잇슬지라 내 마음이 약하미 아니라 오자셔의 비명회상하믈 죠화하지 아니하는 바라 도시 진셰의 일이 구찬으니 서시 여러말 말아 나의 마음을 편케 하라 서시 그졔야 대강의 뜻잇는 말을 알아듯고 즉시로 행장을 수습하야 길을 써나기를 말하니 범려 아모도 몰느게 쳐자도 차질

---

295) <서시전>, 23쪽.

> 생각을 아니하고 서시 행장에 든 궁중에서 서시가 피란할 시에 가저왓든 패물을 등에 지고 서시의 손을 잇글어 자최를 업시하고 말앗더라[296]

서시는 오래 그려왔던 범려를 보고 매우 기뻤다. 범려가 서시에게 산이 깊고 물은 맑은 명산에 가서 남은 인생을 살자고 했을 때, 서시는 대공을 이룬 범려가 벼슬을 포기하는 것에 의문이 없지 않았다. 그러나 범려는 오자서처럼 되고 싶지 않아 대업을 이루고 적당한 시절에 은거하는 것은 최우선의 선택이라고 하자, 서시는 즉시 행장을 수습하여 범려와 같이 떠났다. 서시가 망설이지 않고 범려를 따라가는 모습은 범려에 대한 믿음과 사랑을 다시 확인시켜준 부분이다. 즉, 서시는 하층민의 신분이지만, 그가 범려에 대해 사모는 순수한 사랑에서 기인한 것이며 남자를 이용해 신분상승을 꾀하는 춘향과 다른 모습을 지니고 있다.

여기서 한 가지 더 주목해야 할 것은 <서시전>의 결말에서 서시의 紅顔禍水의 이미지를 제거하였다. 그 이유는 중국의 <완사기>와 비교하면 더욱 선명해진다. <완사기>에서 서시는 역시 범려와 같이 떠나는데, 그 이유는 서시가 월나라로 돌아가면 월왕을 현혹할까봐 해서이다. 즉, 서시가 월왕을 도와 오나라를 멸망시킨 영웅이지만 紅顔禍水이기도 한다는 의식도 여전히 남아 있다. 그러나 <서시전>에서 이러한 내용이 전혀 안 보이며 서시가 '나라를 망하게 하는 이미지'가 제거되어 나라를 구하고 순수한 사랑을 추구한 여성호걸로 성장되었다.

한편 나라를 구하는 여성영웅은 고전소설에서 흔히 보이는 여성이지만 서시처럼 하층민의 신분을 지니고 있는 인물이 거의 없다. 또한 <서시전>에서 군담과 전쟁의 장면이 보지 않은 점에서도 전형적인 여성영

---

296) <서시전>, 40~41쪽.

웅소설과 거리가 있다. 따라서 <서시전>은 개화기의 시대에 맞게 창작된 것이라 판단된다. 개화기에 여성의 인격을 존중하고 여성의 지위를 향상시키고자 하는 사회 요구가 점점 커지고 있으며 여성의 계몽과 교육을 통해 여성들의 힘으로 민족주의운동에 투입하자는 제안도 같이 제기되었다.[297] 이러한 사회적 변화가 서민층 신분의 서시를 내세워 교육을 시킨 후 월나라의 부흥에 투입시킨 <서시전>와 매우 유사한 면모를 보이고 있다. 다시 말하면, <서시전>의 출현과 창작은 개화기의 여성에 대한 인식 변화와 관련이 있으리라 추측된다.

6. 결론

절세미인 서시의 이야기는 천년 이상 전승되었다. 한국의 경우를 보면 고려 시대에 이미 유입되어 그의 종말이 항상 사람의 관심사이었다. 또한 서시는 늘 쟁점에 놓인 인물이며 그를 둘러싼 논변이 끊임없이 이루었는데 그 과정에서 <서시전>은 서시에 관한 에피소드를 유기적으로 결합시켜 새롭게 창작한 작품이다. 기본 틀은 중국의 이야기를 수용하면서도, 곳곳에 허구적 사건을 배치시켜 작가의 의식을 드러내고 있다. 작가는 <서시전>을 통하여 '아름다우면서도 나라를 멸망시킬 운세를 타고난 인물 서시'라고 하는 기존의 이미지를 제거하고 있다. 나아가 서시를 나라를 구하고 순수한 사랑을 추구하는 여성호걸로 탈바꿈시킨다. 이러한 전환 과정에서 고전소설의 일대기 구조를 탈피하여 한국고전소설과의 전통과는 사뭇 다른 글쓰기 형태를 나타내고 있다. 또한 작중 서시의 신

---

297) 김지연, 「<조선명부전>에 반영된 여성 인식」, 『여성문학연구』 9, 2003, 228쪽.

분은 하천한 하층민으로 설정되어 있으며 군담과 전쟁의 장면도 보이지 않았다. 이는 역시 고전소설의 전통과 일정한 거리를 지니고 있다. 이러한 점을 통해 볼 때 <서시전>은 고전소설의 범주에서 신소설을 넘어가는 과도기에 처한 신작고소설이라고 할 수 있다.

결론을 대신하여
- 한국고전소설에 나타난 중국 여성인물의 의미

조선시대 중국 여성에 대한 관심은 일찍부터 시작되었다. 중국 역사책을 비롯하여 문집, 소설 등 다양한 서적의 유입과 전파는 조선 사람으로 하여금 중국 여성에 대한 인식을 정립하게 하였다. 한나라 劉向의 <열녀전>은 중국 여성을 접하는 전형적인 통로라고 할 수 있다. <열녀전>은 관련 기록에 의하면 고려시대부터 이미 전래되었으며, 후대까지 여자의 행실을 규정하는 교과서로 계속 전해져 내려오고 있다.

그렇지만 조선시대에 중국 여성에 대한 인식은 <열녀전>에 있는 여자로만 국한되지 않았다. 일찍이 이수광은 <지봉유설> 卷十六 잡설조에서 '我國之人 有中朝所不及者四 曰婦女守節 曰賤人執喪 曰盲者能卜 曰武士片箭也'라 하여, 중국 여성이 한국 여성보다 정절을 지키지 못한다고 평가하였다. 곧 이수광은 중국 여성을 직접적으로 비판하지 않았으나 <열녀전>과 다른 측면에서 중국 여성을 평가하고 있는 것이다. 그 외에 중국 여성에 대한 관심은 이규경의 <오주연문장전산고> 경사편 논사류를 통해서도 확인할 수 있다. 이규경은 '西施, 崔鸎鸎雪冤辨證說'에서 서시와 최앵앵이 입은 누명을 씻어주고 '王嬙, 魏木蘭辨證說'에서 王嬙과 魏木蘭에 관한 역사 사적을 다시 논증하였다. 이처럼, 조선시대의 문인들은 중국 여성에 대한 관심을 지녔을 뿐만 아니라 여성에 대한 재평가도 시도하고 있었다.

소설도 예외가 아니다. 한국고전소설사에서 중국 여성에 대한 재평가 전통은 다양한 방식으로 전계되어 있다. 김소행은 <삼한습유>에서 중국의 역대 여성 인물들을 대거 등장시켜 포폄을 시도한 후, 좌석을 배정하였다. 그리고 여후와 측천무후 같은 권력을 장악하고 조정을 좌지우지하는 여자에 대한 폭로와 조롱을 표현하면서도, 戚夫人처럼 권력의 횡포 속에서 불행하게 죽어간 인물들을 잔치에 참석하도록 하여 그들의 한을 달래주고 억울함을 풀어주기도 하였다.[1] <삼한습유>에서만 역사적 여성 인물에 대한 재평가를 시도한 것은 아니다. <투색지연의>에서 양귀비가 안록산과 사통한 음탕한 여인으로 묘사되는 것에 대한 비판적 시각은 <취유부벽정기>를 낳았다. <취유부벽정기>에서 작가는 양귀비가 안록산의 난을 일으킨 禍水가 아니라고 강력히 주장하며 그가 당명황을 위해 죽은 공을 인정하고 있다.[2] 또 <여와전>에서 二妃의 節烈에 칭송하는 것에 대한 비판은 <황릉몽환기>에서 나타난다.[3] 이처럼 한국고전소설, 특히 몽유록에서는 중국의 역사 여성인물에 대한 재평가를 꾸준히 시도해왔다. 이것이 가능했던 것은 몽유록이 강한 역사 인식을 지닌 서사장르이기 때문이다.[4]

---

1) 조혜란, 『19세기 서얼 지식인의 대안적 글쓰기, <삼한습유>』, 소명출판, 2011, 181~186쪽.
2) 지연숙, 『<여와전> 연작의 소설 비평 연구』, 고려대학교 박사논문, 2001, 62~63쪽.
3) 김우규, 「<황릉몽환기>의 이원적 성격 고찰-여성의식을 중심으로」, 『어문논집』 60, 2014, 60쪽.
4) 조현우, 『고전서사의 허구성과 유가적 사유』, 보고사, 2007.

이 글에서 살핀 작품들이 중국 인물에 대한 재평가의 전통을 잇고 있다는 점에서 위에서 논의한 몽유록 작품과 유사하다. 이들 작품은 대략 傳의 형식을 빌려 역사와 허구를 결합시켜 창작되었다. 傳이란 문학 장르는 司馬遷의 <史記·列傳>에서부터 발생되어 인물의 일대기를 서술하면서 그것을 일정한 관점에서 포폄하는 것을 목적으로 한다. 따라서 전의 일대기를 활용한 이들 소설은 중국 역사 인물을 포폄할 수 있는 가능성을 내포하고 있다.

<매비전>, <당고종무후전>, <소소매전>, <소달기전>은 번역 작품이기 때문에 인물에 대한 재평가라고 할 수는 없으나 수용하는 자체가 이미 조선인의 시선이 투영되어 있다고 할 수 있다.

한편, 조비연와 조합덕은 <한성제조비연합덕전>을 통해 악녀의 모습이 구체화되고 극대화되었으며, <양귀비>를 통해 악녀인 양귀비를 '선·악이 복합적으로 드러난 사람'으로 재평가하고 있다. <난초재세기연록>에서는 남편에 대한 사랑과 정절을 지키기 위해 자살한 蘭芝가 보상을 받고 환생하여 행복한 일생을 마쳤으며, <정목란전>에서 효심으로 代父從軍한 목란은 충·효·열 이념의 화신이 되어 개인의 영달과 가문의 번성을 이루는 한국 여성영웅소설의 전통을 잇는 여성영웅으로 성장하였다. <서시전>에서 포폄의 소용돌이에 처한 서시가 紅顔禍水의 이미지가 철저히 제거되었으며, 나라를 구한 여성영웅으로 재평가를 받았다는 점에서 특별히 주목할 만하다. 이처럼 이들 작품은 원전의 인물을 재평가하는 적극적인 모습이 보이고 있다.

그러나 이들 작품 가운데, 특히 개작형과 창작형의 작품은 단순히 인물에 대한 품평에 머무르는 차원을 넘어 원전의 서사를 비판적으로 수용하여 재해석하고 조선후기에 맞는 새로운 인물형을 창출하였다. 이와 수

반하여 조선후기의 사회상과 의식변화를 반영하고 있다는 점에서 그의 심층적의 의미를 찾을 수 있다.

우선, 이들 작품의 주인공들이 주로 왕실 여자에 집중하고 있어 조선시대 독자들이 왕실여성에 대한 관심을 재고할 수 있다. 김동인은 <춘원연구>에서 '궁중사건은 민간에는 휘지필지ᄒᆞ여 오든 이 왕조라 말하는 자에게는 호기심을 일으키는 것이 인정으로, 이 백성들은 궁중록이라면 머리를 싸매고 달려든다'[5]고 했다. 이것을 통해 宮中密史가 대중들에게 얼마나 많은 호기심을 주었는지를 알 수 있다. 그렇지만 조선시대는 왕이 교체되더라도 이씨왕조가 바뀌지 않았다. 이러한 사회에서 공공연히 조선의 궁중이야기를 한다면 문제시될 수 있다. 이런 점에서 중국 왕실 여자를 소개하는 소설들이 조선민중들의 호기심을 만족시키는 역할을 담당하게 되었다. <양귀비>의 서문에 보인 것처럼 작가가 <양귀비>를 지은 이유는 적적한 사람의 마음을 위로하기 위함이었다. 이러한 내용을 통해 이들 작품은 조선 민중들의 왕실 여자에 대한 호기심을 충족하고, 독자들의 적적함을 위로하는 역할을 담당하고 있는 것을 습득할 수 있다.

또한 중국 왕실의 여자를 통해 조선의 현실을 빗댈 수 있다. 김만중이 <사씨남정기>를 지어 인현왕후와 장희빈의 이야기를 간접적으로 했던 것처럼, 직접적으로 입에 담을 수 없는 조선 왕실 여성의 이야기를 중국 배경을 통해 서사화하였다. 이러한 맥락에서 <고후전>의 사회적 담당기능을 이해할 수 있다. 작중 보인 외척세력의 흥성과 몰락은 조선 후기 외척들에 의한 세도정치와 매우 비슷한 면을 나타내고 있다. 또한 낙선재본 소설로써 왕실여성들이 주 독자층임을 고려할 때, 부정적이든 긍정적

5) 김동인, 「춘원연구」, 『김동인전집』, 대중서관, 1983, 151쪽.

이든 왕실 여성들이 동질감을 느낄 수 있는 요소들을 충분히 지니고 있었다.[6] 이러한 '동질감'은 중국 왕실의 여성을 이야기하고 있지만 조선의 왕실 여자를 은유하는 것을 역설적으로 보여준다. 따라서 중국 왕실 여자에 집중하는 것은 민중의 호기심을 만족시켜 흥미성과 상업성을 획득하기 위한 방책이면서도 직접 표현할 수 없는 조선 왕실 여자의 이야기를 간접적으로 표출하는 역할을 함께 담당했다 할 수 있다.

두 번째 이들 작품의 주인공은 악녀에 집중하고 있어 한국고전소설, 특히 가문소설에 보인 악녀의 형상화를 재현하였다. 한국고전소설에서 독보적인 악녀의 등장을 알리는 <사씨남정기>의 교채란부터[7] 악한 처첩, 악한 계모, 악한 장모 등 다양한 형상으로 존재해 왔다. 이들 악녀의 발생은 그들이 추구하는 욕망이 지배적 유교적 이데올로기와 상충되는 데부터 기인하였으며 징벌 혹은 悔過하는 과정을 거쳐 선악의 규범론에 입각했던 인간관을 반영하고 있다. 여성들이 사랑, 성, 종통, 권력에 대한 본능적 욕망이 조선시대에 금기되었으나 완전히 해소할 수 없는 부분이기도 한다. 따라서 악녀들이 한국고전소설에서 끊임없이 나타나며 다양화해지는 시대적 흐름을 보이고 있다.

<매비전>에서 당명황의 사랑을 받기 위한 매비와 양귀비의 쟁총이야기는 고전소설에서 흔히 보이는 내용이며, <당고종무후전>에서 무후가 황후가 되려고 왕황후를 모함하는 것은 가문소설에서 정실부인을 모함하려고 하는 것과 일맥상통이라고 할 수 있다. 또 <양귀비>의 양귀비와 <한성제조비연합덕전>의 조비연의 蕩女적 모습은 <쌍성봉효록>의 교

6) 허원기, 「외로운 여성 권력자의 초상-<고후전> 연구」, 『장서각』 17, 2007, 154~155쪽.
7) 조현우, 「<사씨남정기>의 악녀 형상과 그 소설사적 의미」, 『한국고전여성문학연구』 13, 2006, 319~348쪽.

씨와 <명주옥연기합록>의 교주를 떠오르게 한다. 교씨는 남편의 사랑을 독점하면서도 성적 욕망 때문에 다른 남자와 사통한 모습이 양귀비와 유사하다. <한성제조비연합덕전>에서 조비연은 군수군주와 풍만금이 사통하여 태어난 아이로 <명주옥연기합록>의 교주와 같은 맥락을 지니고 있다. 두 사람은 사생아로써 태생적으로 탕녀의 모습을 갖추고 있으며 탕녀답게 행동하였다. 그렇지만 교주는 성적 욕망 때문에 탕녀가 된 거라며 조비연은 자식이 많은 젊은 남자를 사통대상으로 택함으로써 그의 성적 욕망을 後嗣와 관련지어 사회적 문제로 확대시킨 것이다. 이러한 노력에도 불구하고 임신하지 못한 조비연은 궁궐 밖에서 아이를 사오려고 계획하였다. <조씨삼대록>에서도 보인 이 모티프가 당대 사회의 후사의 중요성을 여실히 반영하였다고 할 수 있다.

한편, <소달기전>에서 소달기는 여우에게 몸을 뺏긴 후 紂王을 유혹하여 나라까지 망하게 하는 악녀가 되었다. 따라서 그가 작품에서 담당한 문학적 의미는 단순한 악녀에 넘어 '여우'까지 함축하고 있다. 이러한 문학적 의미는 <태원지>에서도 확인할 수 있다. 임성과 장수들이 여인국 요물의 유혹에 빠져들 위기에 처하자 정황이 이를 걱정하여 달기가 주왕을 미혹해 나라를 망하게 하는 일화를 들어 요괴의 유혹에 빠진 상황을 깨우쳐 주었다. 또한 한국의 <천년 묵은 여우>와 <靑도깨비>라는 민담에서 여우 혹은 도깨비가 할머니로 둔갑하여 다른 사람을 죽인 이야기와 일맥상통한 것으로 보인다.

이처럼 이들 악녀들은 중국 인물이면서도 한국고전소설의 악녀의 형상화를 재현하고 있다고 할 수 있다. 또한 이들 소설에서 본모습보다 악한 모습이 더 부각된 것은 한국고전소설에서 악녀의 역할이 그만큼 중요함을 보여준 것이다. 즉 이들 작품에서 악녀 형상에 변화를 주거나 그 악행의 강도와 비중을 높임으로써 긴장감을 고조시킨 후, 주변인들과의 공모를 통해 현실성을 강화하고 서사를 확장하는 효과를 내고 있다. 또한 작중의 악녀들은 모두 죽음으로 삶을 마감하지만 각각 다른 의미를 지니고 있다. 상대적으로 앞서 시기의 작품에 있는 조비연과 조합덕의 죽음은 그들의 악에 대한 징벌로 권선징악의 서사적 기능을 담당하고 있어 독자들에게 교훈적 감명을 부여한 것이지만, 개화기에 개작한 <양귀비>에서는 양귀비의 죽음은 당명황을 위한 희생으로 귀결되어 징악의 의미가 약화되었다. 이러한 대비를 통해 악녀 인식의 시대적 변화를 엿볼 수 있다.

여기서 한 가지 더 주목해야 할 점은 <당고종무후전>의 번역과정에서 음탕하고 성적 묘사 장면은 모두 생략되었으나 <양귀비>에서 성적 장면에 대한 묘사가 아주 구체적이고, 심지어 원작에 없는 장면도 추가함으로 변화하는 성의식을 노정하고 있다.

세 번째로 <정목란전>은 여성영웅소설과의 맥을 잇고 있다는 것을 확인할 수 있다. 영웅의 일대기 구조를 철저히 지킨 <정목란전>은 남장과 출전이라는 두 가지 모티프를 활용하여 전형적인 여성영웅소설의 전통을 계승하고 있다. 이 작품은 영웅의 일대기구조를 충실하여 목란의 아버지의 신분을 상승시켜 고귀한 혈통을 지니게 하며, 기자치성-태몽-적강 구조로 그의 신성성과 영웅성을 부여하고, <삼국지연의> 등 중국소설을 수용하였으므로 한국 여성영웅소설의 다양한 서사방식을 살펴볼 수 있는 계기가 되었다.

네 번째로 주목해야 할 것은 이 글에서 살핀 작품은 19세기 말~20세기 초의 창작된 구활자본의 시대적 특징을 지니고 있어 개화기 역사소설을 연구하는 중요한 자료이다. 19세기 말엽에서 20세기 초에 이르는 개화기는 기존의 문화와 새로운 문화의 혼재로 이전부터 존재했던 전통적 문학양식과 새로운 문학 양식이 동시에 존재한 시기이다. 이러한 개화기 사회의 면모를 단적으로 보여준 것은 바로 이 시기에 간행된 구활자본소설 가운데 '傳記的 형식'의 역사소설의 유형이 가장 많다는 점이다. 일본의 침략과 서구 문명의 영향을 받은 작가들이 고소설의 허탄함과 非實用性을 비판하고 있으면서도 대중에게는 고소설이 더 익숙한 장르임을 인식하고 있다.[8] 따라서 구활자본소설의 출판의 상업성까지 고려할 때 고소설의 형식을 취하면서도 역사성과 민족주의를 같이 표현하는 소설유형인 '傳記的 형식'의 역사소설은 최우선의 선택이 되었다. 이러한 사회분위기에서 <이순신실기>, <을지문덕전>, <강감찬전> 등 한국 역사상에 실존했던 위인의 일대기를 다룬 '전기적' 역사소설을 대량 출판되었다.

그러나 1904년부터 일제의 언론·출판물에 대한 탄압과 검열 제도의 강화로 강한 민족주의 경향을 띤 '전기적' 역사소설들은 출판할 수 없게 되고 옛날에 인기 있던 필사본·방각본이나 중국의 번역·번안물들이 급증되었다. 그러나 주목해야 할 점은 중국 소설의 번역과 번안은 원작의 전편을 그대로 번역하는 것보다 작중의 역사인물을 한 명을 중심으로 그의 일대기를 번역·번안한 작품이 더 많다는 것이다. <삼국지연의>의 역사 인물을 주인공으로 한 역사소설만으로도 <황부인전>, <제갈량전>, <강유실기>, <관운장실기>, <장비마초실기> 등 많은 작품이 출현되었다.

이러한 '전기적' 역사소설의 유행, 여성에 대한 인식 변화와 함께 역사여성을 주인공으로 한 소설도 같이 대두되었다. 여성의 인격을 존중하고

8) 김지연, 『구활자본 역사 영웅소설 연구』, 숙명여자대학교 박사논문, 2002.

여성의 지위를 향상시키고자 하는 사회 분위기에서 <조선명부전> 같은 여성을 주인공으로 한 작품이 출현하였는데 작중 유교적 이데올로기가 요구한 전형적인 여성의 모습인 효녀, 열녀, 신녀, 양처 등 외에 女傑, 女政治家, 女詩人, 女畵家도 등장하며 또한 긍정적인 평가를 받았다.[9] 이러한 사고방식은 재녀의 이야기를 다룬 <소소매전>과 서민救國女性이라 할 수 있는 서시를 다룬 <서시전>과 유사한 맥락이라고 볼 수 있다. <금고기관>은 조선시대에 수차례의 번역을 이루어도 그 안에 있는 <소소매전>은 번역 대상이 되지 못하였다가 1916년에 이르러서야 박건회에 의해 번역되어 출판되었다. 이러한 시대적 특징과 작중 소소매의 文才에 대한 긍정적인 평가가 여성에 대한 인식 변화를 보여주는 가장 좋은 단서가 되었다. <서시전>도 같은 맥락에서 살펴볼 수 있다. <서시전>은 여성영웅소설의 전통을 타파하고 서민층 신분의 서시를 내세워 교육을 시킨 후 월나라의 부흥에 투입시킨 것은 이 시기에 여성계몽을 통해 국권을 회복하는 힘을 보태야 한다는 사회적 요구[10]와 일맥상통한 것이라 할 수 있다.

마지막으로 열녀 蘭芝를 주인공으로 한 <난초재세기연록>은 조선시대 열녀에 대한 인식 변화를 탐구하는 중요한 자료임으로 그의 의미가 또한 적지 않다. 조선시대는 열녀를 강조하는 시대이다. 특히 양란 이후 사회질서의 붕괴와 같이 열녀 인식이 더욱 강화해진다. 이러한 사회분위기에서 열녀전이 다량 산출되었다. 그러나 조선후기에 이르러 열녀의 대한 인식 변화가 생기며 열녀에 대한 보상으로 <삼한습유>나 <유씨전> 등 소설이 창작되었다. <난초재세기연록>도 이와 같은 맥락에서 출현되

9) 김지연, 앞의 논문. 213~232쪽.
10) 위의 논문, 228쪽.

었다. 따라서 이 작품은 중국의 인물인 난지를 이야기하고 있으나 실제로 조선 후기 열녀에 대한 인식 변화를 담고 있다.

한 가지 눈여겨봐야 할 것은 <공작동남비>에 담긴 난지와 초중경의 이야기가 중국에서 소설화되지 않았으며 오히려 조선에서 소설화되었다는 점이다. <공작동남비>와 악부쌍벽으로 칭한 <목란사>는 중국 명·청 시대에 이르러 다양한 소설로 재창작되었는데 <공작동남비>는 유독 소설로의 전환이 보이지 않았다. 그 이유는 중국의 사회성과 깊은 관련이 있으리라 추정하지만 이에 대한 구체적인 연구는 후속 과제로 남기겠다.

결론적으로 이 글에서 살핀 중국 역사 속 여성 인물을 다룬 작품들은 소설의 교양성, 흥미성, 역사 전달력 등의 기능을 함께 담당하였으며 조선소설사의 다양한 유형의 발달사를 보여주었다고 할 수 있다. 또한 소설이 사회의 반영이라는 면에서 烈女를 비롯하여 惡女, 才女, 女性英雄 등 다양한 여성들이 '조선화'된 과정을 통해 한국고전소설사의 맥락과 다양한 창작기법을 조망하고, 조선시대 여성에 대한 인식변화를 확인하였다는 점에서 의의를 갖는다.

참고문헌

1. 자료

<고후전>, 한국학중앙연구원 장서각소장 K2-881, 한글필사본.

<난초셰록>, 한국학중앙연구원 장서각소장 D7B 88, 한글필사본.

<난초재세기연록>, 북한본, 한글필사본(지정엽, 『천년을 돌아온 사랑』, 보리, 2007).

<당고종무후전>, 아단문고 소장, 한글필사본.

<매비전>, 아단문고 소장, 한글필사본.

<서시전>, 김송규, 광한서림, 1929, 국문활자본.

<소달기전>, 이종정, 광동서국, 1917, 국문활자본.

<소소매전>, 박건회, 신구서림, 1918, 국문활자본.

『諺漢文 古今奇觀』, 박건회, 신구서림, 1918, 국문활자본.

<염정 양귀비>, 현영선, 경성서적업조합, 1926, 국문활자본.

<염정 양귀비>, 현영선, 광문서, 1922, 국문활자본.

<염정 양귀비>, 현영선, 박문서관 1924, 국문활자본.

<정목란전>, 남궁준, 1916, 유일서관, 국문활자본.

<한성제조비연합덕전>, 아단문고 소장, 한글필사본.

『孔雀東南飛』, 中國基本古籍庫.

『今古奇觀』, 抱翁老人, 中國基本古籍庫.

『東周列國志』, 馮夢龍 著, 中國基本古籍庫.

『木蘭辭』, 中國基本古籍庫.

『封神演義』, 許仲琳 著.

『三國志通俗演義』, 羅貫中 著, 『古本小說集成』, 上海古籍出版社, 1994.

『西周演義』, 장경남 외 역주, 이회문화사, 2003.

『惺所覆瓿藁』, 許筠 撰, 古典飜譯院DB.

『蘇小妹三難新郎』, 抱翁老人, 中國基本古籍庫.

『承政院日記』, 古典飜譯院DB.

『艶異編』, 王世貞 撰, 『古本小說集成』, 上海古籍出版社, 1994.

『吳越春秋』, 中國基本古籍庫.

『玉臺新詠』, 徐陵 撰, 中國基本古籍庫.
『浣紗記』, 梁辰魚, 中國基本古籍庫.
『長生殿』, 洪昇 著, 中國基本古籍庫.
『趙飛燕外傳』, 『古本小說集成』, 上海古籍出版社, 1994.
『趙飛燕合德別傳』, 『古本小說集成』, 上海古籍出版社, 1994.
『朝鮮王朝實錄』, 古典飜譯院DB.
『中國通俗小說總目提要』, 江蘇省社科院明淸小說硏究中心, 江蘇省社科院文學硏究所 編, 中國文聯出版公司, 1990.
『芝峯類說』, 李睟光, 古典飜譯院DB.
『靑叉日錄』, 古典飜譯院DB.
『漢書』, 班固 撰, 中國基本古籍庫.
『孝誠趙皇后傳』, 『古本小說集成』, 上海古籍出版社, 1994.

2. 단행본

구성희, 『한 권으로 읽는 중국여성사』, 이담북스, 2012.
권순긍, 『활자본 고소설의 편폭과 지향』, 보고사, 2000.
김경미 · 조혜란, 『19세기 서울의 사랑』, 여이연, 2003.
김동욱, 『오역의 문화』, 소명출판, 2014.
김명관, 『열녀의 탄생』, 돌베개, 2009.
김상태 · 박덕은, 『문체의 이론과 한국 현대소설』, 한실, 1990.
김수연, 『조선후기 소설개작과 서사의 소통』, 보고사, 2011.
김　영, 『조선후기 명청소설 번역 필사본 연구』, 학고방, 2013.
김윤선, 『한국근대소설의 섹슈얼리티 연구』, 월인, 2006.
김태준, 『증보조선소설사』, 한길사, 1990.
김효중, 『번역학』, 민음사, 1998.
대곡삼번, 『조선후기 소설독자연구』, 고대민족문화출판소출판부, 1985.
민관동, 『중국고전소설비평자료총고』, 학고방, 2003.
_____, 『중국고전소설사료총고(한국편)』, 아세아문화사, 2001.
_____, 『중국 고전소설의 전파와 수용(한국편)』, 아세아문화사, 2007.
_____, 『중국고전소설의 조선시대 번역본 목록 및 해제』, 학고방, 2012.
_____, 『중국 고전소설의 출판과 연구자료 집성(한국편)』, 아세아문화사, 2008.

______, 『조선시대 중국고전소설의 출판본과 번역본 연구』, 학고방, 2013.
박상란, 『여성과 고소설, 그리고 문학사』, 한국학술정보, 2005.
박재연 편, 完山李氏 序, 『中國小說繪模本』, 강원대학교 출판사, 1993.
박희병, 『한국고전인물전연구』, 도서출판 한길사, 1992.
부산대학교 점필재연구소 고전반역학센터 편, 『한국 고전번역학의 구성과 모색』, 점필재, 2013.
서지영 외, 『한국고소설과 섹슈얼리티』, 보고사, 2009.
설성경, 『고소설의 구조와 의미』, 새문사, 1986.
안기수, 『영웅소설의 수용과 변화』, 보고사, 2004.
윤명구, 『개화기소설의 이해』, 인하대학교 출판부, 1986.
이재선 외, 『개화기문학론』, 영설출판사, 1978.
이혜순, 『비교문학』 1, 과학정보사, 1986.
이화어문학회, 『우리 문학의 여성성·남성성』, 월인, 2001.
장시광, 『한국고전소설과 여성인물』, 보고사, 2006.
전용문, 『韓國 女性英雄小說의 硏究』, 목원대학교 출판부, 1996.
정규복, 『한중문학비교의 연구』, 고려대학교 출판부, 1987.
정주동, 『고대소설론』, 형설출판사, 1994.
정출헌 등, 『고전문학과 여성주의적 시각』, 소명출판, 2003.
조동일, 『한국고전소설의 이론』, 지식산업사, 1977.
______, 『한국문학통사』 4~5, 지식산업사, 2005.
조현우, 『고전서사의 허구성과 유가적 사유』, 보고사, 2007.
조혜란, 『19세기 서울 지식인의 대안적 글쓰기, 삼한습유』, 소명출판, 2011.
조혜란, 『옛 여인에 빠지다: 춘향에서 향랑까지』, 마음산책, 2014.
홍학희 외, 『19세기·20세기초 여성생활사 자료집』, 보고사, 2013.

3. 논문

강상순, 「한국 고전소설 속 중국 배경과 중국 인식」, 『고전과 해석』 15, 2013.
강애희, 「재생설화연구-사자를 소생시키는 설화를 중심으로-」, 『한국학논집』 10, 1992.
곽정식, 「<제마무전>의 성립과정과 구성 원리」, 『새국어교육』 75, 2007.
권혁래, 「16·17세기 동아시아적 경험과 기억으로써의 일본인 형상-조선후기 역사소설을 대상으로」, 『열상고전연구』 26, 2007.

김동욱, 「고전소설 정난지변 수용 양상과 그 의미」, 『고소설 연구』 41, 2016.
김동인, 「춘원연구」, 춘조사, 1959.
김영화, 「한국・일본의 명대 백화소설단편 번역・번안 양상: 三言・二拍과 <今古奇觀>을 중심으로」, 고려대학교 석사논문, 2011.
김우규, 「<황릉몽환기>의 이원적 성격 고찰-여성의식을 중심으로」 『어문논집』 60, 2014.
김유진, 「<당태종전> 연구」, 한국교원대학교 석사논문, 1991.
김정선, 「<제갈량전> 연구」, 충북대학교 석사논문, 2010.
김정은, 「<수당연의>계열 구활자본 연구」, 『어문논집』 55, 2013.
김준범, 「<范文正公忠節言行錄> 연구」, 서울대학교 석사논문, 2001.
김지연, 「구활자본 역사 영웅소설 연구」, 숙명여자대학교 박사논문, 2002.
김지연, 「<조선명부전>에 반영된 여성인식」, 『여성문학연구』 8, 2003.
김택중, 「측천무후의 사생활 비평에 대하여」, 『여성연구논총』 10, 1995.
김혜정, 「야담에 나타난 여성의 우정 실현의 두 양상」, 『돈암어문학』 18, 2005.
김홍영, 「한・중 여성영웅소설의 비교 연구」, 강원대학교 박사논문, 2011.
문범두, 「<삼한습유>의 주요 모티프 수용태도에서 본 작가의식-죽음, 재생, 재혼 문제를 중심으로」, 『한민족어문학』, 2014.
문선주, 「조선시대 중국사녀도의 수용과 변화」, 『美術史學報』 25, 2005.
박계옥, 「한국 <사씨남정기>에서 중국 강남 이미지 연구」, 『고전과 해석』 15, 2013.
박무영, 「18세기 중국 여성예술가의 소식과 조선의 반응」, 『한국고전여성문학연구』 17, 2008.
박병수, 「시조의 중국인물소재 연구」, 청주대학교 박사논문, 2012.
박상란, 「신작구소설에 나타난 여성상의 문제」, 『한국고전여성문학연구』 8, 2004.
______, 「왕후의 꿈과 욕망의 서사-장화왕후와 공예태후 열전을 중심으로-」, 『한국고전여성문학연구』 22, 2011.
박송희, 「한・중 여성영웅소설에 나타난 여성의식 비교연구」, 경희대학교 박사논문, 2014.
박영희, 「長篇家門小說의 明史 수용과 의미-정난지변을 중심으로」, 『한국고전연구』 6, 2000.
박은정, 「<명주옥연기합록>에 나타난 악녀 형상의 기능과 의미」, 『고전문학과 교육』 29, 2015.
박일용, 「한국 고전문학에 나타난 중국의 강남(江南) 체험과 강남 형상」, 『한국고전연구』 28, 2013.

박재연, 「<수당연의> 번역본의 연구」, 『우암논총』 3, 1987.
_____, 「윤덕희의 <小說經覽者>」, 『문헌과 해석』 19, 태학사, 2002.
_____, 「조선시대 중국통속소설 번역본의 연구」, 한국외국어대학교 박사논문, 1993.
박혜순, 「<곽분양전> 연구-구성과 인물 형상을 중심으로」, 고려대학교 석사논문, 2007.
배우정, 「雅丹文庫 所藏 한글筆寫本 <한셩뎨됴비연합덕젼>의 飜譯樣相 고찰」, 『한국중국소설학회』, 2014.
서경의, 「<경화연>의 여성인식과 <제일기언>의 수용방식 연구」, 『한국고전여성문학연구』 5, 2002.
서경희, 「<조완벽전>에 나타난 이방, 이방인 서사의 의미」, 『동방학』 25, 2012.
서대석, 「신소설 <명월정>의 번안 양상」, 『국어국문학』 72·73, 1976.
서신혜, 「<난초재세기연록> 연구」, 『온지논총』 8, 2002.
손병국, 「한국고전소설에 미친 명대화본소설의 영향-특히 <三言>과 <二拍>을 중심으로>-」, 동국대학교 박사논문, 1990.
손숙경, 「19세기 후반 식민지기 관우 숭배의 확산과 쇠퇴」, 『석당논총』 65, 2016.
손지봉, 「한국설화의 중국인물 연구」, 한국학중앙연구원 박사논문, 1998.
손 홍, 「강태공 소재 소설의 번안 양상과 그 의미」, 서강대학교 석사논문, 2009.
신동흔, 「역사인물담의 현실대응방식연구」, 서울대학교 박사논문, 1993.
양 반, 「고전소설에 나타난 주원장의 인물 형상과 그 의미」, 한국학중앙연구원 석사논문, 2016.
원송연, 「<삼한습유>의 서사체계와 작가의식」, 연세대학교 석사논문, 1994.
유연환, 「<관운장실기>와 <삼국연의>의 비교연구」, 고려대학교 석사논문, 1982.
유연환, 오혜순, 「≪唐太宗傳≫ 與 ≪西遊記≫ 的비교문학연구」, 『동아인문학』 19, 2011.
유영도, 「시조에 나타난 중국인물에 대한 연구」, 가천대학교 석사논문, 2016.
유희준·민관동, 「<매비전>의 국내유입과 번역양상」, 『비교문학』 27, 2010.
이경하, 「15세기 최고의 여성 지식인, 인수대비」, 『한국고전여성문학연구』 12, 2006.
이경희, 「<范文正公忠節言行錄> 연구」, 경기대학교 석사논문, 1994.
이금희, 「한국 고전문학 작품에 나타난 중국 인물의 양상」, 『동북아시아문화학회 국제학술대회 발표자료집』, 2009.
이민정, 「<구래공정충직절기>」, 고려대학교 석사논문, 2006.
이승수, 「<삼한습유>의 기술 방식 세 가지」, 『고소설연구』 15, 2003.
이영숙, 「독자문화 고찰을 통한 한·중 목란 형성 담론-조선후기 <정목란전>과 청후기 <北魏奇史閨孝烈傳>·<忠孝勇列奇女傳>을 중심으로」, 『중국문화연구』

27, 2015.

이은봉, 「<삼국지연의>의 수용양상 연구」, 인천대학교 박사논문, 2007.

이주미, 「朝鮮後期 女性人物傳硏究」, 성신여자대학교 석사논문, 2007.

이주영, 「근대 전환기 고소설의 대응 양상과 그 의미-박건회 편집 및 개작 소설을 중심으로」, 『국문학연구』 17, 2008.

이지영, 「조선시대 대하소설과 청대의 탄사소설의 비교를 통해 본 여성・문자・소설의 상관관계」, 『한국고전여성문학연구』 5, 2005.

이춘기, 「<삼한습유>에 끼친 배경설화의 영향」, 『한국언어문화』 9, 1991.

이홍란, 「낙선재본 <서주연의> 연구」, 숭실대학교 석사논문, 2008.

임금복, 「의암성사법설」에 나타난 중국 인물 연구」, 『동학학보』 27, 2013.

______, 「춘향전 사설에 등장하는 중국 여성 연구 -열녀춘향수절가를 중심으로-」, 『한국문예비평연구』 39, 2012.

임치균, 「<한조삼성기봉>연구」, 『정신문화연구』 26, 2003.

장 곤, 「<몽옥쌍봉연구>에 나타난 왕조교체의 의미」, 『영주어문』 31, 2015.

장미영, 「개화기의 역사전기소설 연구」, 전북대학교 석사논문, 1986.

장효현, 「애국개몽기 창작 고전소설의 한 양상」, 『정신문화연구』 41, 1990.

장 흔, 「<寇萊公貞忠直節記> 이본 연구」, 한국학중앙연구원 박사논문, 2017.

______, 「한국 고전소설에 나타난 중국 실존 인물 연구」, 한국학중앙연구원 석사논문, 2010.

전기화, 「<한조삼성기봉> 연구」, 『한국고전여성문학연구』 33, 2016.

전보옥, 「중국문학에 나타난 두 종류의 여성 형상-관방 문학과 민간 문학을 중심으로-」, 『한국고전여성문학연구』 2, 2001.

전용문, 「한국여성계영웅소설의 연구」, 충남대학교 석사논문, 1978.

전지원, 「조선전기 필기 산문에 나타난 여성의 성욕에 대한 인식」, 『한국고전여성문학연구』 30, 2015.

정명기, 「세책본소설의 유통양상-동양문고 소장 세책본소설에 나타난 세책장부를 통하여」, 『고소설 연구』 16, 2003.

정소연, 「<문장풍류삼대록> 연구: 역사적 사실의 변용 양상을 중심으로」, 강원대학교 석사논문, 2015.

정영호・민관동, 「중국 백화통속소설의 국내 유입과 수용-<三言>・<二拍>, <一型> 및 <今古奇觀>을 중심으로」, 『中國人文科學』 54, 2013.

정용수, 「國色天香의 통속적 성격과 조선유입의 의미」, 『석당논총』 57, 2013.

정우봉, 「비평본 <고시비평> 연구」, 『한국한문학연구』 40, 2007.

정환국, 「1900년대의 여성, 그 전도된 인식과 반영의 궤적-1906, 7년 소설에 나타난 여성을 중심으로-」, 『한국고전여성문학연구』 9, 2004.

조동일, 「영웅의 일생, 그 문학사적 전개」, 『동아문화』 10집, 서울대 동아문화연구소, 1971.

조상우, 「애국계몽기 한문소설에 표출된 지식인의 여성인식」, 『한국고전여성문학연구』 8, 2004.

조용호, 「여장군소설 주인공의 역할 모델 연구」, 『한국고전연구』 30, 2014.

조은희, 「고전 여성영웅소설의 여성주의적 연구」, 대구대학교 박사논문, 2005.

조현우, 「<사씨남정기>의 악녀 형상과 그 소설사적 의미」, 『한국고전여성문학연구』 13, 2006,

주수민, 「고전소설에 나타난 중국인식 연구-원·청 배경 작품을 중심으로」, 한국학중앙연구원 박사논문, 2017.

지연숙, 「<여와전> 연작의 소설 비평 연구」, 고려대학교 박사논문, 2001,

차충환, 「<문장풍류삼대록> 연구」, 『고전문학연구』 29, 2006.

초위산, 「<三國志演義>파생 작품에 대한 고찰: <張飛馬超實記>·<關雲長實記>·<山陽大戰>을 중심으로」, 『Journal of Korean Culture』 13, 2009.

최동원, 「古時調에서 본 中國人物」, 『국어국문학지』 7, 1968.

최선웅, 「<독립신문> 외국인물평으로 본 근대의 모습」, 『국제고려학회 사울지회 논문집』 5, 2005.

최지녀, 「여성영웅소설의 서사와 이념 연구」, 서울대학교 박사논문, 2015.

하윤섭, 「조선후기 <삼국지> 인물 차용 시조의 유행과 시대적 동인에 대한 탐색」, 『古典文學硏究』 41, 2012.

한길연, 「몸의 형상화 방식을 통해서 본 고전대하소설 속 탕녀 연구-<쌍성봉효록>의 '교씨'와 <임씨삼대록>의 '옥선'을 중심으로」, 『여성문학연구』 18, 2007.

허원기, 「외로운 여성 권력자의 초상-<고후전> 연구」, 『장서각』 17, 2007,

홍현성, 「<문장풍류삼대록>에 나타난 여성 인식과 의미」, 『장서각』 21, 2009.

_____, 「<范文正公忠節言行錄> 연구」, 한국학중앙연구원 박사논문, 2013.

황현국, 「<완사기>의 본사와 부제」, 『중국문학연구』 24, 2002.

4. 중국어 논문 및 저서

郭箴一,『中國小說史』, 中國社會科學出版社, 2010.
金正恩,「明淸歷史演義小說在韓國的傳播硏究」, 東北師範大學校 博士論文, 2011.
鄧凌云,「論西施形象變化與西施題材詩歌情感內涵」,『中國文學硏究』 2, 2012.
魯 迅,『中國小說史略』, 中華書局, 2014.
馬玉坪,『中國古典小說女性形象源流考論』, 南京師範大學出版社, 2008.
萬 方,『封神演義女性形象硏究』, 陝西理工大學校 碩士論文, 2015.
孟華 編,『比較文學形象學』, 北京大學出版社, 2001.
石昌渝, <中國古代小說總目提要>(1~3), 山西教育出版社, 2004.
孫楷第,『中國通俗小說書目』, 作家出版社, 1957.
陽 淸,「趙飛燕故事及小說變奏」,『民俗硏究』 111, 2013.
王引萍,『明淸小說女性硏究』, 寧夏人民出版社, 2007.
王重陽,「<艶異編> 硏究」, 南開大學校 碩士論文, 2007.
王曉南,『蘇小妹故事文本演變及其文化內涵』,『天中學刊』 29, 2014.
劉勇强,『中國古代小說史叙論』, 北京大學出版社, 2007.
李 勝,『四大奇書中的女性形象探析』, 高校社科硏究文庫, 2014.
任明華,「略論<艶異編>的版本」,『明淸小說硏究』 119, 2016.
章培恒,「關于<古詩爲焦仲卿妻作>的形成過程與寫作年代」,『復旦學報』, 2005.
張 雪,『木蘭故事的 文本演變與 文化內涵』, 南開大學校, 2013.
張艶萍,『梁辰魚 <浣紗記> 西施形象新探』, 曲阜師範大學校 碩士論文, 2009.
陳國軍,『明代志怪傳奇小說叙彔』, 商務印書館國際有限公司, 2016.
楚愛華,『女性視野下的明淸小說』, 齊魯書社, 2009.
許振東,『明淸小說的 文學詮釋與傳播』, 高等教育出版社, 2016.
胡士瑩,『話本小說概論』, 中華書局, 1980.

찾아보기

[ㄱ]

[ㄴ]

[ㄷ]

[ㅁ]

[ㅂ]

[ㅅ]

[ㅇ]

[ㅈ]

[ㅊ]

[ㅌ]

[ㅍ]

[ㅎ]